LAUERZE

CW01431302

SILVIA GÖTSCHI

LAUERZERSEE

Kriminalroman

emons:

Lust auf mehr? Laden Sie sich die «LChoice»-App
runter, scannen Sie den QR-Code und bestellen Sie
weitere Bücher direkt in Ihrer Buchhandlung.

Bibliografische Information der Deutschen Nationalbibliothek
Die Deutsche Nationalbibliothek verzeichnet diese Publikation
in der Deutschen Nationalbibliografie; detaillierte bibliografische
Daten sind im Internet über http://dnb.d-nb.de abrufbar.

MIX
Papier aus verantwor-
tungsvollen Quellen
FSC
www.fsc.org   FSC® C083411

© Emons Verlag GmbH
Alle Rechte vorbehalten
Umschlagmotiv: Ioannis Ioannidis/Pixabay.com
Umschlaggestaltung: Nina Schäfer
Gestaltung Innenteil: César Satz & Grafik GmbH, Köln
Lektorat: Irène Kost, Biel/Bienne, Schweiz
Druck und Bindung: CPI – Clausen & Bosse, Leck
Printed in Germany 2020
ISBN 978-3-7408-0784-9
Originalausgabe

Unser Newsletter informiert Sie
regelmässig über Neues von emons:
Kostenlos bestellen unter
www.emons-verlag.de

*Der Kriminalschriftsteller ist eine Spinne,
die die Fliege bereits hat,
bevor sie das Netz um sie herum webt.*

Sir Arthur Conan Doyle,
britischer Arzt und Schriftsteller

*Man braucht nichts im Leben zu fürchten,
man muss nur alles verstehen.*

Marie Curie, Physikerin

Sie erwachte und schlug die Augen auf. Über dem violetten Wasser glitt ein Schiff. Sein helles Segel fluoreszierte im Mondlicht. Ein Polygon, von Schatten umgeben, als würde es dort schweben vor der schwarzen Kulisse eines Niemandslandes. Nur wenn sie sich konzentrierte, vermochte sie die feinen Strukturen einer Ruine zu sehen. Etwas erhaben auf einem kleinen Hügel, den sie als Insel erkannte. Sie erinnerte sich nicht, je einmal hier draussen gewesen zu sein. Das Schiff. Es würde sie hinüberbringen, entweder auf die Insel dort oder auf das rettende Ufer, das sie in der Ferne erahnte. Sie rief, doch ihre Stimme wollte nicht. Sie erstickte in der Kehle, die sich trocken anfühlte. Sie gedachte der purpurnen Nächte, die sie früher zum Schreiben inspiriert hatten. Eine wunderbare Ergänzung zu ihrem Studium oder als Ausgleich zu ihrer Arbeit im Modehaus Melliger.

Alles war anders gekommen. Der Traum von einer Reise auf der Goethestrasse, wo sie ihrem grossen Vorbild hätte folgen sollen, war mit einem Mal zerstört worden. Jetzt würde sie sterben, ohne den Geburtsort des Dichters gesehen zu haben – Frankfurt. Sie wäre gern über Wetzlar, Fulda, die Wartburg in Eisenach und Erfurt gereist. Nach Weimar, das zu den Juwelen der europäischen Geistesgeschichte zählte.

Nun lag sie da, mit schmerzendem Körper, und sah dem Schiff nach, das im Kegel des vollen Mondes eine Spur ins Ungewisse zog. Sie wollte schreien und fand die Stimme nicht. Sie malte sich aus, dass sie den Tod zu überlisten vermochte, wenigstens so lange, bis sie die Handlungsschauplätze von Goethes «Faust» oder «Die Leiden des jungen Werthers» besucht hätte. Daran hatte sie sich in all den Jahren festgehalten, Leipzig und Dresden zu sehen, die Barockstadt an der Elbe – und dann sterben.

Eine einzige Nacht hatte ihr Leben verändert.

Sie hätte schwimmen können. Das kalte Wasser wäre eine Therapie gewesen für ihren malträtierten Körper. Kein Schmerz konnte schlimmer sein, nicht die tiefe Temperatur des Sees, auf dem das Schiff als kleiner Punkt verging, als hätte es nie existiert. Genauso wenig, wie es ihr Leben gegeben hatte, jenseits der Hölle. Ihr Unterleib brannte.

Sie blickte zum Himmel, der sich über ihr ausdehnte wie ein schwarzes Gewölbe in einem Raum, dessen Höhe sie nicht kannte.

Sie versuchte, ihren einen Fuss ins Wasser zu strecken. Sie würde es aushalten, wie sie alles in ihrem Leben ausgehalten hatte. Immer in der Hoffnung, dass es gut würde.

Eine Auserwählte sei sie, ein irdisches Geschenk der Götter, hatte man sie im Glauben lassen.

Sie hatte sich dem Schicksal gefügt. Bis zuletzt.

Dass ihr etwas fehlte, merkte sie erst jetzt, als Schwärze sie wieder zu umhüllen drohte.

Hatte der Tod sie bereits geküsst?

EINS

Sonja spürte nur seine Hände, die sich warm und fordernd an ihr zu schaffen machten. Sie lag auf dem Rücken und sah an seinem Kopf vorbei zum Himmel über ihr, der sich wie ein glitzerndes Tuch ausbreitete. Lars hatte etwas von Schlangenträger und Adler erzählt, während er mit dem Finger ins Universum zeigte. Mit der andern Hand hatte er ihren Pullover ausgekundschaftet, ihre Brüste umfasst. Sein Atem war schneller geworden; es hatte sie irritiert. Sie hatte sich das erste Mal anders vorgestellt. Inmitten einer blühenden Wiese, den Geruch nach Heu in der Nase. Grillengezirpe. Jetzt herrschte Nacht, und es war kalt. Und Lars grob.

Das Schaffell, welches er mitgebracht hatte, liess die harten Planken ein wenig vergessen. Das Schaukeln des Boots untermalte seinen Rhythmus. Trotz der Schmerzen fühlte sie sich glücklich. Sie war mit dem Mann zusammen, in den sie sich vor ein paar Tagen verliebt hatte.

Später paddelte Lars Richtung Ufer, von dem aus sie gestartet waren. Sie war froh, konnte er ihr Gesicht nicht sehen. «War's schön?», hatte er gefragt. «Du bist bei mir», hatte sie geantwortet. Das Allerweltsereignis, wie ihre Freundin es bezeichnete, das Nonplusultra der ersten Liebe – es blieb als schaler Geschmack zurück. Wohl sah sie die Sterne tanzen, aber nicht so, wie sie es sich vorgestellt hatte.

Am Horizont zeichneten sich die Konturen der Insel Schwanau ab. Das Boot war abgetrieben. Lars versuchte, es zurück an den Ausgangspunkt zu fahren. Eine Zeit lang war es sehr still um sie. Bloss das Aufschlagen der Ruder war zu vernehmen, als klatsche jemand monoton auf Papier. Hie und da ging ein Ächzen durch den Bootsrumpf.

«Mir ist kalt.» Sie hatte nur eine Jeansjacke dabei. Für die Horseshoe-Bar hatte sie gereicht. Nicht so für einen Bootsausflug nach Mitternacht. Es war Lars' Idee gewesen, nachdem sie ein einsames Boot im Wasser hatten schaukeln sehen. Wie übermütige Kinder waren sie hineingesprungen.

Später dann ein Sternenhimmel und Lars' erste zärtliche Umarmung, bevor er heftiger wurde. Das erste Mal. Es war zu schnell vorübergegangen. Und eine Enttäuschung gewesen. «Wir sind abgetrieben.» Es schien, als legte Lars seine ganze Kraft in die Paddel.

«Das kommt davon, wenn man in ein fremdes Boot steigt.» Sonja war mit diesem Schabernack zuerst nicht einverstanden gewesen. «Wir geben es ja wieder zurück», hatte Lars sie beruhigt. «Es ist nur für kurze Zeit.»

Sie erreichten das Ufer, ein anderes als das, welches sie verlassen hatten. In der Ferne schimmerte ein Licht, etwas erhöht. Doch Sonja vermochte nicht auszumachen, woher es stammte. Es erinnerte sie an einen Stern, der ins Wasser gefallen war.

Der Bootsbug schlug auf. Lars zog die Ruder hinein, sprang nach vorn und von dort über einen Steg, wo er das Tau um eine Eisenstange befestigte. Er streckte den Arm aus. «Komm, ich kenne einen Platz, wo es wärmer ist.»

Sonja zögerte. Ihrer Mutter hatte sie versprochen, vor Mitternacht zu Hause zu sein. Von ihrem Freund wusste Mam nichts. Sie ging wohl davon aus, dass sie bei einer ihrer Mitschülerinnen Hausaufgaben machte. Die letzte Klausur vor den Osterferien stand an. Auf diese würde Sonja sich heute Morgen noch vorbereiten können.

Leichten Schrittes hüpfte sie aus dem Boot. Sie brauchte sich nicht zu fürchten. Sie hatte mit Lars geschlafen. Er war ihr nicht mehr fremd. War er das wirklich nicht? Irgendwo musste eine Treppe sein.

Ihre Augen hatten sich längst an die Nacht gewöhnt, an den Mond, der kugelrund über dem westlichen Horizont stand und eine monochrome Spur auf dem See hinterliess. Die Schatten hatten das Unheimliche verloren. Lars war da, beschützte sie, hielt sie fest. Doch die Kälte, die sich allmählich durch ihre Kleider frass, vermochte auch er nicht zu beseitigen.

«Da geht's lang», sagte er und zog sie über einen schmalen

Pfad, der in einem moderaten Anstieg nach oben führte. Eigentlich hatte Sonja von ihm erwartet, dass er sie mit sich nach Hause nahm, in seine Villa in Brunnen, von der er schwärmte, von seinem Bootshaus direkt davor. Irgendetwas hinderte ihn daran, es ihr zu zeigen.

Sie fiel hin. Ein unbedachter Moment war es gewesen, ein Fehltritt. Sie hatte Lars losgelassen. Sie fand nicht einmal Zeit, ihre Hände auszustrecken. Erst im Fallen wurde ihr bewusst, dass sie vorsichtiger hätte sein sollen. Was, wenn sie sich verletzte? Dann müsste sie Mam alles beichten. Und die neue Jeans war auch dahin.

Sie fiel wider Erwarten weich. Vor sich hörte sie Lars' unterdrücktes Ausrufen. «Was war das?»

Sonja versuchte, Halt zu bekommen. Sie griff in etwas, das sich wie Haare anfühlte. Ihr Schrei war panisch, wie erstickt in dem Etwas, in dem sie gelandet war.

«Da liegt wer am Boden», hörte sie Lars sagen.

Jetzt war es auch für sie klar: Sie war auf einem Körper gelandet. Kopf voran auf einer weichen Brust. Wer immer da liegen mochte, er hatte einen schwereren Sturz verhindert.

Der Schreck kam später. Sonja rappelte sich auf, hielt ihre Hände vor den Mund, sie hätte sonst laut geschrien. «Ist er tot?» Dann kam der Schrei.

«Sei still!» Lars fauchte sie an. «Sonja, bitte.» Er holte sein iPhone hervor, knipste die Lampe an. «Menschenskind, halt den Mund!»

Der Lichtstrahl traf ein fahles Gesicht, geschlossene Augen. Lange dunkle Haare breiteten sich wie ein Schleier aus, verschmolzen mit dem Dunkel des Untergrunds, auf dem der Körper lag – eine Frau. Lars tastete ihren Hals entlang, suchte nach einem Lebenszeichen.

«Ist sie tot?» Sonja spürte, wie ihr Mageninhalt die Speiseröhre hochkroch. In ihrem Mund sammelte sich bitterer Speichel an. Sie hatte noch nie einen toten Menschen gesehen, geschweige denn einen angefasst.

«Wir müssen zurück», sagte Lars. «Wahrscheinlich ist sie tot.»

«Was heisst das, wahrscheinlich?» Sonja, von ihrem ersten Schrecken erholt, fasste Mut, fuhr mit der Hand erst sachte, dann mit festerem Druck über das Gesicht der Frau. «Sie … sie könnte noch leben. Wir müssen die Polizei rufen, die Ambulanz, irgendwen.» Worauf wartete Lars? «Gib mir dein iPhone.»

«Wozu?»

«Wir müssen etwas tun.» Sonja wandte sich ab. Es war zu viel: die Frau, die Situation, die Angst. Sie neigte ihren Kopf nach vorn und erbrach sich. Es wollte nicht enden. Zuletzt kam da nichts mehr als ein blosses Würgen.

Lars zog sie angewidert von der Frau weg. «Ich bringe dich jetzt nach Hause. Ich werde nachher anrufen, versprochen.»

«Und wenn sie nur bewusstlos ist?»

«Sie ist tot.» Lars' Stimme hatte an Kälte zugelegt.

Sonja erkannte ihn nicht wieder. «Lars, bitte … ruf jemanden an, der uns helfen kann.»

«Das geht nicht.»

Sonja wischte sich den Mund ab. «Und warum nicht? Warum?» Ihre Stimme hatte einen krächzenden Ton angenommen.

«Weil ich keinen Bock auf irgendwelche Fragen habe.»

***

Valérie Lehmann nahm eine sanfte Berührung auf ihrer Wange wahr. Dann roch sie Kaffee. Sie öffnete die Augen, blinzelte. «Emilio, du bist schon auf?» Sie streckte sich unter der Bettdecke. Heute war der erste Tag von ihren Ferien. Sie hatte sie redlich verdient, nachdem sie am Abend zuvor bis spät in die Nacht hinein ihre letzten Pendenzen abgearbeitet hatte: Eine Schlägerei in einem Schwyzer Turnverein, häusliche Gewalt in Gersau. Die Protokolle waren geschrieben. Sie mochte es, wenn alles erledigt war, zumal sie für mehr als zwei Wochen nicht auf dem Sicherheitsstützpunkt in Biberbrugg sein würde.

Zanetti fuhr mit dem Finger ihre Gesichtskonturen nach, schob eine Haarsträhne von ihrem linken Auge, während er auf der Bettkante sass, bereits rasiert und angezogen, und Kaffee hatte er getrunken. Valérie hatte sich diesen Morgen anders vorgestellt. Dass Zanetti in Eile war, sah sie ihm an. «Ich muss leider noch einmal weg», sagte er. «Mein erster offizieller Ferientag fängt erst am Samstag an. Man braucht meine Unterstützung.» Valérie setzte sich auf. «Was ist denn passiert?» Sie klammerte sich theatralisch an Zanetti, wollte ihn nicht gehen lassen. «Das kann doch ein anderer übernehmen.» «Es geht um eine Schwerverletzte. Sie wurde ins Kantonsspital Schwyz eingeliefert. Caminada geht von einer Straftat aus.» Zanetti erhob sich, nachdem er Valérie zärtlich geküsst hatte. «Wir werden unseren Urlaub machen, versprochen.»

Valérie liess sich enttäuscht ins Kissen fallen. Auf dem Nachttisch lagen Prospekte. Eine Woche Teneriffa, anschliessend Veloferien in Südfrankreich. Teneriffa war bereits gebucht, mit Frankreich wollten sie noch warten. Am Samstagmorgen hatten sie einen Flug von Zürich nach Santa Cruz im Süden der Insel. Das letzte Mal war Valérie vor sechs Jahren geflogen. Und zwischenzeitlich einmal virtuell. Der blosse Gedanke daran liess sie frösteln. Es lag über ein Jahr zurück, doch das Erlebnis war noch immer präsent.

Valérie drehte sich auf die Seite, zog die Decke über sich und versuchte, noch einmal in die entspannten Sphären ihrer Träume zurückzukehren. In eine Welt, von der sie manchmal träumte, von gefüllten Früchtekörben, süssem Traubensaft und *Mamans* warmer Stimme. Dann fühlte sie sich für kurze Zeit geborgen, war wieder Kind auf den gelben Ährenfeldern, naschte von den Biscuits aux Noisettes, die *Maman* für sie gebacken hatte. Sah sich auf den Blumenkohlfeldern miternten.

Im Entrée hörte sie die Tür ins Schloss fallen, den Bassklang von Zanettis Audi, als er den Motor startete. Emilio! Eine Woge der Glückseligkeit durchströmte sie, wenn sie an ihn dachte. Sie wusste, dass sie mit ihm das grosse Los gezogen hatte. Er war ein verständnisvoller, warmherziger Mann. Sie mochte seinen Intellekt, seinen feinen Humor.

Das Surren ihres iPhones störte ihr Wohlgefühl. Valérie griff nach dem Gerät, vergewisserte sich, wer ihr an ihrem persönlichen Feiertag die Ruhe nicht gönnte. Sie fühlte sich müde, hatte sich physisch und psychisch auf die Ferien eingestellt, hatte losgelassen, was ihr ansonsten schwerfiel. Louis! Sie fuhr über den Touchscreen. «Hast du bereits Sehnsucht nach mir?» Seit ihr Arbeitskollege mit der hübschen Journalistin Carla Benizio zusammen war, getraute sie sich, einen solchen Scherz zu machen, ohne dass Louis sich mit ihr zusammen im Bett sah. Er sei jetzt in festen Händen, hatte er mitgeteilt. Er und Carla hatten Ende Januar ihr einjähriges Jubiläum gefeiert. Grund genug, um Valéries Team zum Bowlingspielen nach Morschach einzuladen.

Louis wünschte einen guten Morgen. «Sorry, die Störung. Ich weiss, dass du jetzt Ferien hast. Ich habe mir lange überlegt, ob ich dich anrufen soll oder nicht, da du ja bestimmt faulenzt.»

«Komm auf den Punkt.» Valérie schwang die Beine über die Bettkante. «Emilio musste schon früh weg. Ich bin hellwach.»

«Christen von der Einsatzzentrale bekam um halb drei Uhr in der Früh einen anonymen Anruf. Ein Mann teilte ihm mit, dass in der Nähe des hinteren Landungsstegs auf der Insel Schwanau eine Frau liege. Unser IT-Spezialist versucht nun herauszufinden, woher der Anruf kam.»

«Was ist mit der Frau?» Valérie erhob sich und streckte den Rücken durch, während sie auf den Schrankspiegel sah.

«Die Ambulanz hat sie bereits ins Kantonsspital Schwyz gebracht.»

Verflixt! Es war dieser Fall, zu dem Emilio gerufen worden war. Mussten sie sich die gemeinsame Woche im Atlantik abschminken? «Weiss es Caminada schon?» Sie griff sich an die Hüfte, dachte, dass sie an Gewicht zugelegt hatte. Zanetti kochte einfach zu gut. Und öfters am Abend.

«Er steht neben mir.»

Valérie seufzte. Es war unüblich, dass Gian Luca Caminada, ihr neuer Chef, Louis vorschob.

«Ich gebe ihn dir», sagte Louis, als hätte er ihre Gedanken gelesen.

«Valérie …» Auch Caminada geizte nicht mit Entschuldigungen. «Die Staatsanwaltschaft hat die Herrschaft in diesem strafrechtlichen Ermittlungsverfahren bereits übernommen.»

«Warum Ermittlungsverfahren? Verstehe ich nicht.» Valérie ging in die Küche. Auf den ersten Kaffee am Morgen freute sie sich immer.

«Gemäss Notfallarzt hat die Frau erst vor Kurzem entbunden. Das Kind konnten wir jedoch nirgends finden.»

Die Hand, welche gerade die Ein-Taste an der Kaffeemaschine hatte drücken wollen, blieb in der Luft stehen. «Ist sie ansprechbar?»

«Nein, im Moment weiss man nicht einmal, ob sie durchkommt.» Caminada räusperte sich. «Ich wäre dir sehr dankbar, wenn du mit der behandelnden Ärztin sprechen könntest. Ihr Name ist Dr. Malea Pribram.»

Valérie riss ein herumliegendes Couvert an sich, suchte nach einem Stift in der Schublade und schrieb den Namen auf. «Weiss sie, dass ich komme?»

«Ich habe mir erlaubt, sie über dich zu informieren.»

Valérie schmunzelte vor sich hin. «Dann habt ihr also mit mir gerechnet.» Sie warf einen Blick auf das iPhone. «Wann?»

«Wenn's geht, noch vor neun Uhr. Danach ist die obligate Arztvisite.»

«Was liegt vor?»

«Leider nichts Grossartiges. Die Spurensicherung ist vor Ort. Die Leute vom Gasthaus werden gerade befragt. Am nächsten Samstag wird die Gastronomie für die Sommersaison eröffnet. Du kannst dir in etwa vorstellen, wie willkommen wir sind. Wir mussten die Insel vorübergehend für jeglichen Besuch sperren.»

«Ist Louis noch bei dir?»

«Ja, er steht neben mir. Er wird die Koordination der Befragungen übernehmen und die Ermittlungen vorübergehend leiten.»

«Vorübergehend – was soll das heissen?»

«Dass wir uns», seine Stimme wurde leiser, «je nach Entwicklung der Lage, miteinander unterhalten sollten.»

***

Das Spital lag leicht erhöht ausserhalb des Dorfkerns von Schwyz in Richtung Muotatal. Vom Garten aus gesehen ein graues lang gezogenes Gebäude, welches durch einen roten Mitteltrakt mit einem Rundbau verbunden war. Rechtsseitig befanden sich Balkone mit Liegestühlen, auf denen Patienten die ersten Sonnenstrahlen genossen. Für die Jahreszeit war es ungewöhnlich warm.

Valérie betrat den Bereich der Anmeldung. Vom Tresen, auf dem eine Vase mit dem ersten Schnitt von Frühlingsblumen stand, schaute eine junge Frau auf. Die Empfangssekretärin, vermutete Valérie. Vielleicht eine Praktikantin. Sie war sicher jünger, als sie aussah. Bambi-Augen schauten sie durch wagenrädergrosse Brillengläser an. Valérie wies sich aus.

«Frau Lehmann, man hat uns mitgeteilt, dass Sie kommen. Sie werden erwartet.» Die Sekretärin zeigte ihr den Weg Richtung Lift. «Dr. Pribram befindet sich auf der Intensivstation. Sie hat dort ein Büro. Eine Etage tiefer.»

Ein Déjà-vu war es, Erinnerungen an den Winter vor viereinhalb Jahren, als Valérie, nach einem Schusswechsel mit verhängnisvollen Folgen für sie, hier gelandet war. Der Geruch war derselbe geblieben, etwas zwischen Scheuermittel und Automatenkaffee.

Im Lift dagegen roch es nach einer starken Substanz, die Valérie nicht zuordnen konnte. Als sie aus der Kabine trat, kam ihr ein Mann entgegen. Er schien keine Augen für sie zu haben. Ihren Gruss erwiderte er nicht.

Im langen Korridor standen verwaiste Spitalbetten. Valérie suchte nach der Tür, die mit «Dr. Malea Pribram» beschriftet war, fand sie und klopfte an.

Auf ein schwaches «Herein», betrat sie den Raum, in dem knapp ein Tisch und zwei Stühle Platz fanden. Dr. Pribram sass schreibend vornübergebeugt und schaute erst auf, als Valérie sich auf ihre Aufforderung hin gesetzt hatte. «Frau Lehmann, richtig?»

«Ja, Valérie Lehmann von der Schwyzer Kantonspolizei. Mein Chef, Herr Caminada, hat mich kurz informiert.» Sie machte eine Pause, um die Aufmerksamkeit der Ärztin auf sich zu ziehen. «Heute wurde bei Ihnen eine verletzte Frau eingeliefert. In welchem gesundheitlichen Zustand befindet sie sich?»

Dr. Pribram presste ihre Lippen aufeinander. Sie war von kleiner Statur mit ausdrucksvollen Augen, die unter einem perfekt gezeichneten Brauenpaar und hinter einer schwarzrandigen Brille verschwanden. Sie strahlten Ruhe aus, braun und sanftmütig, ein wenig verfälscht durch die korrigierenden Gläser. Das dunkle Haar hatte die Ärztin hochgesteckt. Ihre Wangen schimmerten rosig. Keine vierzig war die Frau. «Den Umständen entsprechend. Leider haben weder die Leute von der Ambulanz noch die von der Polizei Ausweispapiere oder sonst einen Hinweis auf ihre Identität gefunden. Aber das wissen Sie sicher bereits. Der Notfallarzt hat eine erste Untersuchung vorgenommen, nachdem man die Frau mit einem Rettungsboot von der Insel geholt hatte.»

«Sie hat erst kürzlich ein Kind geboren?» Valérie erwartete eine Bestätigung.

«Ja. Leider hatte sie eine Placenta accreta.»

«Was bedeutet das?»

«Der Mutterkuchen hatte sich nicht abgelöst. Das kann einstweilen zu gefährlichen Komplikationen führen. Das ist der Grund, weshalb die Patientin viel Blut verlor. Zudem war sie stark unterkühlt. Es würde ihr vielleicht besser gehen, wenn man uns früher gerufen hätte.»

«Wie alt schätzen Sie sie?»

«Etwas über dreissig.»

Valérie vermochte es nicht, sich vorzustellen, dass sich eine Mutter freiwillig von ihrem neugeborenen Kind trennt, ausser sie befand sich in einer problematischen, wenn nicht sogar ausweglosen und katastrophalen Situation. Aber was hatte sie nachts auf der Insel Schwanau gesucht? Dazu in einer Jahreszeit, deren Temperaturen im einstelligen Bereich lagen? Und wer war der anonyme Anrufer gewesen? «Wir brauchen die DNA der Frau für einen Abgleich auf der Datenbank. Die richterliche Verfügung ist unterwegs.»

«Und der Säugling?» Zwischen Dr. Pribrams Augen zeichnete sich eine steile Falte ab. «Wenn er nicht unmittelbar gefunden wird, sind seine Überlebenschancen gering. Ich kann nicht feststellen, wann die Frau ihren Geburtstermin hatte. Sollte das Kind aber zu früh zur Welt gekommen sein, sieht es nicht gut aus.»

«Unsere Leute suchen das ganze Gebiet ab, glauben Sie mir.» Valérie fröstelte. Mit dem Fall in Muotathal hatte sie geglaubt, das ultimative Grauen bereits erlebt zu haben. Nun zeichnete sich wieder etwas in die Richtung ab. «Wir werden auch die Babyklappe in Einsiedeln nicht aus den Augen lassen.»

«Dort haben wir bereits nachgefragt», sagte Dr. Pribram. «Wir arbeiten mit dem Spital in Einsiedeln eng zusammen. Neueren Datums wurde kein Kind hineingelegt. Sollte es geschehen, werde ich mich umgehend bei Ihnen melden.»

«Wann, denken Sie, ist die Mutter ansprechbar?»

«Wir mussten sie sedieren wegen der starken Unterkühlung und des Blutverlustes. Vor morgen wird es kaum der Fall sein. Sie ist zurzeit stabil, aber das kann sich ändern.» Dr. Pribram machte eine nachhaltige Pause. «Wir tun, was wir können. Aber ihr Leben liegt wohl in Gottes Hand.»

«Ist es so schlimm?»

«Sie wäre fast verblutet.»

«Ist Ihnen an der Patientin etwas aufgefallen, das für uns relevant sein könnte?»

Dr. Pribram sah kurz auf, widmete sich alsbald den Unterlagen, die sie vor sich ausgebreitet hatte. «Ich weiss nicht, ob das wichtig ist, aber ich glaube, die Frau hat einen slawischen Einschlag.» Sie sah dabei nicht auf.

«Sie haben sie also noch sprechen können, bevor sie in die Langzeit-Narkose versetzt wurde?» Vielleicht war Valérie doch nicht umsonst hierhergekommen.

«Sie hat mal kurz die Augen geöffnet, ansprechbar war sie nicht.» Dr. Pribram erhob sich, führte Valérie zur Tür. «Finden Sie das Kind!»

***

Welches Schicksal hatte die Mutter ereilt? Was war auf der Insel geschehen? Wo steckte der anonyme Anrufer? War er der Vater des Kindes? Lebte das Baby noch?

Diese Fragen geisterten durch Valéries Kopf, als sie sich auf den Weg nach Biberbrugg machte. Sie hatte sich zwar vorgenommen, einen Augenschein vom Fundort der Frau zu nehmen, wollte aber Louis nicht den Platz streitig machen. Seit er mit Carla zusammenwohnte, hatte sich seine Arbeitsmoral verbessert. Er wäre auch motiviert gewesen, weitere Kurse zu besuchen, die ihn auf der Leiter der polizeilichen Hierarchie höher gebracht hätten. Und er hatte sich gegenüber Valérie geöffnet. Oft trafen sie sich nach Feierabend zu einem Drink. Dann erzählte er von sich, von Carla und von Charlotte, Fabias zweiter Tochter. Fabia liess ihn noch immer im Ungewissen. Sie genoss es offensichtlich, Louis zu verunsichern. Als sie im letzten Herbst nach dem Mutterschaftsurlaub ihre Arbeit auf dem Sicherheitsstützpunkt wieder aufgenommen hatte, hatte sie sich verändert. Sie tat so, als umwölkte sie ein Geheimnis. Valérie sah den Grund eher im Druck, der auf ihr lastete. Zwischen einer Arbeitsstelle von siebzig Prozent, einem Mann, der sich in der Verwirklichung seines Lebens sah, der Mutter im Bisistal und einer berufstätigen Schwiegermutter jonglierte sie ihre zwei Mädchen hin und her. Eine Kindertagesstätte für ihre Töchter sei zu teuer, hatte Fabia durchblicken lassen. So brütete sie ausschliesslich in den Büroräumen, war für Ausseneinsätze nicht zu begeistern, und wenn sie diese hatte, schmollte sie, derweil sie für ihre Kinder auf Abruf sein musste.

Valérie war daher erstaunt, als Fabia vor ihrer Bürotür wartete, als sie aus dem Lift trat.

«Ich habe gehört, was passiert ist», sagte sie, kaum hatte Valérie die Tür erreicht.

Valérie schloss auf. «Komm rein, dann können wir über den Einsatz sprechen, bevor wir zur Teamsitzung gehen.»

«Musst du diese nicht vorbereiten?»

«Louis führt das Zepter.»

«Macht es dir etwas aus?»

«Nein.»

Fabia schwang sich auf einen Stuhl. Sie hatte sich die Haare wieder wachsen lassen. Das Frauliche war zurück. Überhaupt hatte das zweite Kind sie optisch schöner gemacht. Sie hatte weiche und weiblichere Züge bekommen. «Ist es, weil du in die Ferien fährst?»

«Ich weiss nicht, ob ich fahren kann.» Valérie hatte sich noch keine Gedanken darüber gemacht. Ihre Ferien hatten im Moment nicht Priorität. Schlimmstenfalls müsste sie die Buchung annullieren. Sie musste Zanettis Informationen abwarten. So, wie sie ihn kannte, würde er den Fall nicht aus der Hand geben. Und dass es ein Fall für die Schwyzer Staatsanwaltschaft und die Kantonspolizei war, war seit dem Morgen ziemlich sicher. Caminada hatte via WhatsApp die Sitzung einberufen.

«Wenn du hier bist, so könnten wir gemeinsam die Vermisstenmeldungen der letzten Wochen oder Monate durchsehen», schlug Valérie vor. Seit Anfang Jahr verfügte sie über einen zweiten Computer, den sie auf Caminadas Intervention beim Regierungsrat bekommen hatte. «Die Meldung nach dem vermissten Baby habe ich bereits in die Wege geleitet.»

«Schreckliche Sache.» Fabia druckste herum. «Ich bin nicht deswegen hier.»

«Weswegen dann?» Valérie setzte sich hinter ihr Pult und startete den Rechner auf. Fabia hatte etwas auf dem Herzen, das sie unbedingt loswerden wollte. Aber es kam Valérie völlig ungelegen.

«Ich … ach, es ist mir etwas peinlich …» Fabia drehte sich nach der Fensterseite um, tat so, als verfolgte sie den Flusslauf der Alp, die wenig Wasser brachte.

Valérie folgte ihrem Blick. «Du kannst mir alles erzählen, so wie früher», rutschte es ihr heraus.

«Ich weiss, deshalb schätze ich dich so sehr. Ich habe mich in letzter Zeit etwas gar danebenbenommen. Ich ... ach, es ist unentschuldbar. Es ist wegen Charlotte. Louis will einen Vaterschaftstest machen lassen.»

Valérie hatte es geahnt. «Bist du dir nicht sicher, oder lässt du Louis absichtlich zappeln?» Sie öffnete die Fahndungsliste mit den Vermisstenmeldungen der letzten Tage und Wochen.

«Ich bin keine Schlampe.»

«Das habe ich nie behauptet.» Valérie tippte das Signalement der gefundenen Frau ein. Etwa eins fünfundsiebzig gross, schlank, dunkles, über die Schultern fallendes Haar, etwa dreissig Jahre alt. Besondere Kennzeichen ... Dr. Pribram hatte von einem slawischen Einschlag gesprochen. Woran hatte sie dies erkannt?

«Ich meine, es war ein einziges Mal, dass ich mit Louis zusammen war. Einmal ist keinmal. Aber ich weiss genau, dass ich mit Michael ... du weisst schon ... mehrmals ... Also wir feierten sozusagen unsere Versöhnung, du erinnerst dich ...»

«Ich war nicht dabei.» Valérie konnte sich ein Schmunzeln nicht verkneifen.

«Über mehrere Tage.» Fabia klang müde. «Ich habe Angst.»

«Was sagt denn dein Bauchgefühl?» Valérie kam Fabias Anliegen ungünstig. Ihre Kollegin wollte offensichtlich ihr Herz ausschütten, ihr schlechtes Gewissen vor ihr bereinigen. Sie davon überzeugen, dass sie keine Todsünde begangen hatte, sie, die nach katholischen Grundsätzen lebte. Das konnte länger dauern.

«Wenn ich mir Charlotte ansehe», sagte Fabia, «so hat sie doch ein paar Züge, die weder von den Ulrichs noch von den Gwerders stammen.»

«Das bildest du dir ein. Ich habe Charlotte gesehen. Seit sie auf der Welt ist, gleicht sie Olivia wie ein Ei dem andern.»

«Hast du mal ihre Augen genau angeschaut? Sie sind schmaler als die von Livi. Selbst meiner Mutter fiel es auf.»

«Lass den Test machen, dann weisst du's.»

Ein Klopfen an der Tür unterbrach das Gespräch.

Valérie atmete innerlich auf. Bevor sie «herein» sagte, ging die Tür auf.

«Darf ich?» Gian Luca Caminada trat ein. Sein Charisma überzeugte Valérie einmal mehr. Er war der richtige Mann an Dominik Fischbachers Stelle. Der letzte Kripochef hatte den Job bei der Schwyzer Polizei aufgrund eines Burn-outs quittieren müssen. Caminada war der Grund, weshalb Valérie Fischbacher nicht nachtrauerte. Der Bündner hatte seine Arbeit im Griff, was man von dessen Vorgänger nicht mehr hatte behaupten können. Valérie hatte Fischbachers Frau Luzia nach dem Rücktritt ihres Mannes zweimal getroffen, mit der Vermutung, sie wäre für ein Gespräch dankbar. Nach dem zweiten Treffen hatte sie Valérie wissen lassen, dass sie auf ihre Hilfe verzichten könne. Über Fischbachers weiteres Schicksal wusste Valérie nichts. Ihm hinterherzuspionieren, lag nicht in ihrem Naturell. Fischbacher würde sich gewiss bei ihr melden, sollte es ihm wieder besser gehen.

Caminada legte Akten auf den Tisch.

«Hast du schon etwas?»

«Ich gehe dann mal.» Fabia stand bereits bei der Tür. «Bis später.»

Caminada sah ihr stirnrunzelnd nach. «Von Schuler, was die ersten Spuren betrifft. Louis wird an der Sitzung darüber informieren.» Er wandte sich Valérie zu. «Ich bin hier, weil ich möchte, dass du den Fall übernimmst und leitest.» Er hob die Hände. «Ich weiss, deine Ferien.»

«Wir haben bereits gebucht. Am Samstag fliegen wir.»

«Zanetti hat es mir mitgeteilt.» Caminada fuhr sich mit der Hand übers Kinn. «Ich gehe davon aus, ihr habt eine Annullationsversicherung abgeschlossen.»

«Solche Versicherungen sind etwas für Pessimisten. Ein beruflicher Einsatz wäre kein Grund, diese zu beanspruchen.» Valérie beobachtete Caminadas Reaktion. Er sah sie an, als wüsste er nicht, ob sie es ernst meinte oder nicht. Sie hätte am liebsten losgeprustet. Caminada brauchte sie. Er hatte ihr erst vor Kurzem mitgeteilt, wie er ihre exakte und beharrliche Art schätze. Sie hatte dem nicht widersprochen, obwohl es ihr unangenehm war. Er hatte Louis und Fabia mit keinem Wort erwähnt, obwohl gerade diese zwei Mitarbeiter das Team erst perfekt machten.

Caminada war mit seinen neunundfünfzig Jahren ein sympathischer Typ mit bündnerischem Charme, den er zu den ungewöhnlichsten Begebenheiten ausspielte. Immer präsent. Immer bereit. Es wirkte jedoch nie fehl am Platz. Genauso wie sein Humor war seine Höflichkeit gegenüber seinen Mitarbeitern wohldosiert. Vor einem halben Jahr war er von Chur nach Schwyz gezogen. Wie er hatte durchblicken lassen, hatte es einiges gebraucht, um seine Frau Menga zu überzeugen, dass es ihr in Innerschwyz ebenso gefallen würde wie im Bündnerland. Valérie hatte Menga erst einmal gesehen. Am letzten Weihnachtsessen war es gewesen, als sie ein paar Worte mit ihr getauscht hatte.

«Ich glaube nicht, dass wir diesen Fall zwischen Tür und Angel lösen werden», sagte Caminada. «Wenn Kinder verschwinden, ist das eine heikle Angelegenheit. Bei Neugeborenen stehen viele Fragen offen. Vielleicht hatte die Frau eine Totgeburt.»

«Und verscharrt ihr Kind?» Valérie fröstelte bei dem Gedanken. «Oder versenkt es im See?» Sie überlegte. «Wo steckt ihre Familie? Und warum lag sie auf der Insel Schwanau? Hat man ihr das Kind weggenommen? Das wäre auch eine Möglichkeit.»

«Was schwebt dir vor?»

«Eine Entführung?» Valérie kannte solche Fälle aus den amerikanischen Medien. Mit den Hintergründen hatte sie sich jedoch nie beschäftigt. Vielleicht würde sie es nachholen müssen, um es zu verstehen. Sie erinnerte sich nur an einen einzigen Fall, der einige Jahre zurücklag, als eine Frau im Gewand einer Krankenschwester das Kind einer Wöchnerin aus der Klinik entführt hatte.

«Die Antwort dazu kann uns nur die Mutter des Kindes geben. Weisst du, wie es ihr geht?»

«Ich war heute im Kantonsspital. Sie liegt im künstlichen Koma. Bis sie erwacht, müssen wir uns gedulden. Doch die Zeit rennt uns davon.»

«Hast du einen DNA-Abgleich veranlasst?»

«Dr. Pribram war so freundlich, die DNA der Patientin ohne richterliche Genehmigung auszuhändigen, nachdem ich ihr die Dringlichkeit erklärt hatte. Ich weiss, das ist nicht der korrekte Weg. Hier handelt es sich jedoch um einen Notfall.»

Caminada erwiderte nichts darauf. Es blieb die Frage, ob er ihre Entscheidung goutierte.

«Die Probe ist bereits im Labor», fuhr Valérie fort, «und wird nun mit jenen der Datenbank verglichen.» Sie wies auf den Computerbildschirm. «Die Körpermerkmale der Frau reichen leider nicht aus, um ihre Identität festzustellen. Ich vermute aber eher, dass sie nicht als vermisst gilt. Wir sollten an die Medien, falls wir sie auf der Datenbank nicht finden.»

ZWEI

Louis Camenzind strich sich nachdenklich über die Haare. Letzte Woche war er beim Coiffeur gewesen und hatte sich auf Anraten seiner Freundin einen Undercut machen lassen. Der sei jetzt hip und modern, hatte Carla gesagt. Louis musste sich zuerst daran gewöhnen. Er war froh, stand Carla nicht auf die angesagten Bärte. Er hätte Mühe gehabt, sich einen wachsen zu lassen, erinnerten ihn diese vollbärtigen Typen doch an die Anhänger einer fanatischen Minderheit. Obwohl, wenn er es genau nahm, ihm als Halb-Asiate niemals ein Vollbart gewachsen wäre.

Die Ermittler und Mitarbeiter des Kriminaltechnischen Dienstes hatten sich im Sitzungsraum eingefunden. Unter ihnen befand sich auch Valérie, die aus seiner Sicht nicht erwünscht war. Auf dem Arbeitsplan waren sechzehn freie Tage eingetragen. Innerlich hatte er bereits triumphiert, endlich einen grossen Fall leiten zu können und zu beweisen, was in ihm steckte. Dass Valérie ihm einen Strich durch die Rechnung machen könnte, hatte er jedoch geahnt. Caminada musste letztlich an seiner Kompetenz gezweifelt haben, als er ihn bat, Valérie anzurufen und sie über die gefundene Frau zu informieren.

Da weder Caminada noch Valérie Anstalten machten, sich in den Vordergrund zu drängen, begann er mit dem wenigen, was er über den neuen Fall wusste. Er hatte ein einziges Bild der verletzten Frau, das an die Pinnwand geheftet hatte. «Das Foto erhielten wir von den Leuten der Ambulanz. Für die Bergung der Verletzten konnte es nicht schnell genug gehen. Wie wir sehen, trug sie zu diesem Zeitpunkt ein dunkles Kleid, das ihr über die Knie reichte, darüber weder Mantel noch Jacke noch sonst etwas Wärmendes.» Louis drehte sich von der Wand weg. «Der anonyme Anrufer konnte in der Zwischenzeit eruiert werden. Die Handynummer gehört Lars Bürgler, wohnhaft an der Gersauerstrasse in Brunnen. Leider war nur seine Frau zu

Hause. An seinem Arbeitsort war er nicht auffindbar. Er habe sich, hiess es vor Ort, krankschreiben lassen, was aber seine Frau nicht wusste.»

«Ein erstes Indiz?», fragte Valérie. «Wo arbeitet er?»

Louis sah, wie sie Notizen machte. Ihre Blicke trafen sich. «Er ist Spediteur bei einer Getränkefirma in Lauerz.»

«Ich lese hier, dass sie eine Sturzgeburt hatte.» Fabia deutete auf die Kopie von Dr. Pribrams Protokoll.

Louis blickte auf. Darunter konnte er sich nichts vorstellen, aber es klang nach Komplikationen.

«Auch dann durchläuft die Schwangere alle Phasen einer Geburt», klärte Fabia auf, «allerdings innerhalb weniger Minuten. Vielleicht hat das Kind nicht überlebt, und die Frau hat es in der Folge im See begraben.» Fabia malte Gänsefüsschen in die Luft. «War sie Mehrfachgebärende? Das würde eine Sturzgeburt rechtfertigen.»

Louis musste sie anstarren, als wäre sie eine Ausserirdische. Als Zweifachmutter spielte Fabia eindeutig ihre Pluspunkte aus, was Geburten betraf.

«Ich werde heute bei der Familie Bürgler vorbeigehen», sagte Valérie und fuhr mit dem Notieren fort. «Und eine Tauchequipe ist bereits vor Ort.»

«Sturzgeburt», murmelte Louis vor sich hin.

«Die Antwort darauf kann uns nur die Frau selbst liefern», sagte Valérie. «Ich habe veranlasst, den Gerichtsmediziner Res Stieffel zuzuziehen. Er soll sie untersuchen. Den Gerichtsbeschluss habe ich bereits.»

«Wie untersuchen?» Louis spürte einen harten Stich in der Brust. «Ich dachte, das hätte die Gynäkologin bereits getan.»

«Die Frau ist doch nicht tot», sagte Fabia.

«Ein Gerichtsmediziner ist nicht bloss dazu da, Leichen zu sezieren», sagte Valérie. «Er untersucht auch lebende Verletzte. Zum Beispiel misshandelte Kinder und Frauen auf Zeichen von äusserer Gewalt –»

«Und Verdächtige auf Wunden», fiel Fabia ihr ins Wort, «falls das Opfer sich gewehrt hat.»

Louis schwieg.

Fabia fuhr fort: «Gibt es denn Zeichen auf äussere Gewalt? Und falls ja, wurde die Frau bei Ankunft im Spital sicher gewaschen. Also wird auch Dr. Stieffel nichts Verdächtiges mehr finden.»

«Stieffel wird morgen Vormittag nach Schwyz fahren», sagte Valérie. «Er wird mir den Zwischenbericht im Verlauf von übermorgen übermitteln.»

Louis hätte sich gern nur einmal in seinem Ermittlerleben in Valéries Ruhe und Überlegenheit geübt. Sie sass an ihrem Platz und schrieb und dachte wahrscheinlich weit im Voraus. Wie er sie einschätzte, würde sie gleich die Arbeitseinsätze verteilen, wenn er ihr nicht zuvorkam.

Sie hielt sich jedoch im Hintergrund und machte weitere Notizen. Er liess ein paar Sekunden verstreichen. «Der KTD hat heute Vormittag tolle Arbeit geleistet», sagte er und gab das Wort an Franz Schuler weiter. «Bitte berichte uns, was ihr gefunden habt.»

«Wir sind mit den Auswertungen der Spuren noch nicht ganz durch.» Schuler erhob sich, schritt zur Pinnwand und heftete dort sein erstes Bild darauf. Es zeigte den linksseitigen Steg auf der Insel Schwanau. «Zu diesem Steg gelangt in der Regel ein Spezialboot, mit dem man gehbeeinträchtigte Menschen transportieren kann. Von dort aus erfolgt auch die Anlieferung von Gebrauchsgütern und Lebensmitteln. Vom Steg aus kommt man mit einem Lift zum Gasthaus. Neben dem Lift führt auch eine Treppe nach oben. Die verletzte Frau lag oberhalb des Stegs neben der Treppe. Wir konnten blonde Haare sicherstellen.» Schuler heftete ein neues Bild an. «Keinen Meter neben der Frau lag Erbrochenes. Ob es von der Frau stammt, muss das Labor erst herausfinden.» Schuler griff nach einem dritten Bild und brachte es auf der Pinnwand an. Es zeigte das Areal der Burg. Ganz deutlich war darauf die ruinöse Mauer zu erkennen, die sich gegen die Mythen ausrichtete. «Auf diesem Platz hier fanden wir frische Spuren von Menschen.»

«Wie müssen wir das verstehen?», fragte Louis. Bis anhin war keine Rede von solchen Spuren gewesen.

«Unmittelbar vor dem Turm konnten wir Flüssigkeit feststellen. Jemand muss da etwas verschüttet haben. Zudem brannte in der Nacht ein Feuer. Die Glut war zwar aus, aber die Steine darum herum waren noch warm.»

«Gibt es dort eine Feuerstelle?», fragte Fabia.

«Die Leute, die wir befragt haben», sagte ein Kollege, «wussten von keiner Feuerstelle. Die Burgruine steht unter Denkmalschutz. Es ist strengstens untersagt, auf der Insel ein Feuer zu machen.»

Valérie mischte sich ein. «Wurden die Leute vom Restaurant auch dazu befragt, ob sie jemanden beobachtet hatten?»

«Die sind verschwiegen wie ein Grab», sagte jemand.

«Steht schon fest, warum sie sich um die fortgeschrittene Uhrzeit auf der Insel befanden?», fragte Valérie. «Soviel ich weiss, kehrt das Personal nach der Arbeit aufs Festland zurück.»

«Es gibt dort», erwiderte Louis, «ein einziges Gästezimmer. In besagter Nacht war es jedoch nicht besetzt. Es war gereinigt.»

«Ich werde mir die Insel zu einem späteren Zeitpunkt anschauen.» Valérie machte wieder Notizen.

Louis wandte sich konsterniert an Schuler. «Gibt es Spuren eines … Babys?»

Schuler verschränkte die Arme. «Wir haben Spuren gefunden, die wir aber zuerst auswerten müssen. Die Blutspuren könnten von der Geburt sein. Wir haben auch Blut auf der Vorderseite der Insel gefunden, dort, wo die Anlegestelle des Pendlerbootes liegt. Am Ende des Stegs …»

Valérie hob die Hand.

«Ja?» Louis übergab ihr das Wort.

«Wir müssen uns an die Gynäkologen und Hausärzte in der Zentralschweiz wenden, eventuell auch an Spitäler. Ich gehe mal davon aus, dass eine schwangere Frau unter ärztlicher Beobachtung steht.»

«Da werden wir die Nadel im Heuhaufen suchen», fand

Louis. «Gut, das wäre ein erster Versuch, um die Identität der Frau herauszufinden.»

Valérie meldete sich wieder. Ihre Stimme nahm einen lauteren Tonfall an. «Noch möchte ich damit warten, die Bevölkerung via Medien um sachdienliche Hinweise zu bitten. Aber bis morgen Mittag müssen wir in Erfahrung bringen, ob es in den letzten Jahren ähnliche Vorfälle gab.»

***

Es war bei einem dieser typischen Kleinstadthäuser, in dem Valérie das Klingelschild von Lars Bürgler fand. Graue Fassaden, bunte Türen, auf jedem der fünf Stockwerke eine Veranda, über die man die Wohnungen erreichte. Vor jeder Tür türmte sich allerlei Gerümpel: Schuhe, Abfallsäcke, leere Kartons und Pflanzen. Einzelne wirkten verdorrt.

Valérie war zusammen mit Fabia nach Brunnen gefahren, nachdem Louis der Kollegin geraten hatte, sich nicht wie üblich im Büro zu verschanzen. Dass Valérie die Ermittlungen leitete, hatte Caminada wohl aus taktischen Gründen noch nicht publik gemacht. Offenbar wollte er die Entwicklung der Dinge abwarten. Louis würde enttäuscht sein, wenn er von Caminadas Entscheid erfuhr.

Sie klingelten im Parterre.

«Sieht aus wie ein Bienenstock.» Fabia reckte den Hals. «Jede Tür in einer anderen Farbe. Nichts für Farbenblinde.» Sie kicherte noch, als die Tür aufging und ein gut gebauter Mann sich unter dem Rahmen aufbaute. Er trug lediglich verblichene Jeans und ein Leibchen, das die Waschvorgänge nicht unbeschadet überstanden hatte. Sein Dreitagebart dagegen sah gepflegt aus, ebenso seine Hände und Arme, die er wie zur Abwehr vor der Brust verschränkte.

Valérie zückte ihre Marke. «Valérie Lehmann von der Kantonspolizei Schwyz. Das ist meine Kollegin Fabia Ulrich. Ich gehe davon aus, dass Ihre Frau Sie über den Besuch meiner Kollegen bereits informiert hat.»

«Nein, hat sie nicht.» Bürgler wich einen Schritt zurück. «Ich kann sie leider nicht fragen. Sie ist nicht da.»

«Können wir reinkommen?», fragte Fabia.

«Was ist Ihre Begründung? Bin ich zu schnell gefahren?» Bürgler versuchte zu lachen, was ihm nicht ganz gelang. Er wirkte ratlos.

Valérie war dieser Widerspruch vertraut. Er bedeutete Unsicherheit oder Selbstschutz. «Sie haben letzte Nacht den Polizeinotruf angerufen.»

«Was habe ich?» Bürgler stiess die Tür auf. «Kommen Sie rein. Das müssen Sie mir erklären.»

Das Appartement sah wider Erwarten aufgeräumt aus. Das Wohnzimmer war mit wenigen, aber zeitgemässen Möbeln bestückt. Auf einem Sideboard standen Bilderrahmen mit Fotos, auf all denen dieselbe Kleinfamilie zu sehen war – über die Jahre aufgenommen.

Bürgler folgte Valéries Blick. «Das sind ich und meine Frau und unsere Tochter. Sie geht in Brunnen zur Schule. Etwas zu trinken? Ich kann Ihnen Kaffee, Bier oder Hahnenwasser anbieten.»

Valérie winkte dankend ab. Fabia entschied sich für ein Glas Wasser, worauf Bürgler in der Küche verschwand und fröhlich vor sich hin pfiff.

«Hast du seine Muckis gesehen? Wetten, dass seine Frau arbeitet, während er sich im Fitnesscenter verausgabt. Scheint überdies von sich selbst überzeugt zu sein.»

Valérie liess es unkommentiert.

«Was also wollen Sie von uns?», fragte Bürgler, als er mit dem Wasserglas zurückgekehrt war. «Sie sagten, dass Sie bereits bei meiner Frau waren?»

«Wir möchten *Sie* sprechen», sagte Valérie. «In der Firma erfuhren wir, dass Sie krank sind.»

Bürgler hustete seine augenscheinliche Verlegenheit weg. «Das ist richtig. Ich fühle mich etwas neben den Schuhen. Kommt vor, oder? Der Frühling reisst an den Kräften.»

«Ihre Frau wusste heute Vormittag nichts davon.»

«Ich … ich ging zur Apotheke. Musste mir Medikamente besorgen.»

Valérie unterliess es vorerst, ihn nach der Quittung zu fragen.

«Um zwei Uhr neunundzwanzig haben Sie sich anonym bei der Einsatzzentrale der Polizei gemeldet und mitgeteilt, dass am Ufer der Insel Schwanau, in der Nähe der Schiffsanlegestelle, eine tote Frau liegt.»

Bürglers Adamsapfel glitt auf und ab. «Das … das muss eine Verwechslung sein. Ich war die ganze Zeit zu Hause.»

«Könnten Sie uns mal Ihr Handy zeigen?», fragte Fabia.

«Das ist jetzt aber saudumm, ich habe es verlegt. Wollte vorher kurz meine SMS checken, meine Mails und WhatsApp-Nachrichten, da habe ich es bemerkt. Sorry, ich kann Ihnen nicht helfen.»

Valérie und Fabia sahen sich an.

«Kann Ihre Frau bezeugen, dass Sie letzte Nacht zu Hause waren?», fragte Valérie.

«Was soll ich bezeugen?» Im Flur fiel die Tür ins Schloss. Valérie folgte der Stimme. Eine kleine Frau, die man gnädig vollschlank nannte, trat voll beladen mit zwei Einkaufstaschen ins Wohnzimmer. «Schon wieder Polizei?»

Valérie stellte sich und Fabia vor. «Meine Kollegen waren heute schon hier.»

«Sie wollten zu meinem Mann, ich weiss. Hat sich das Missverständnis geklärt?»

«War Ihr Mann letzte Nacht zu Hause?», fragte Valérie anstelle einer Antwort.

«Ach, daher weht der Wind.» Frau Bürgler stellte die Taschen auf den Esstisch. Diese kippten. Dabei fielen eine Familienpackung Cervelats und eine Schachtel Billigschokolade heraus.

Valérie entging der böse Blick nicht, den Frau Bürgler ihrem Mann zuwarf. Ein Schatten hatte sich über ihr Gesicht gelegt. Ihr Doppelkinn wackelte wie Pudding. «Vielleicht ist jetzt die Gelegenheit gekommen, deine Verfehlungen zu beichten. Ich weiss doch, was seit geraumer Zeit hinter meinem Rücken läuft. So blöd, wie du glaubst, dass ich sei, bin ich nicht.»

Valérie ahnte, was gleich kommen würde. Es wäre nicht der erste Einsatz gewesen, an dem die Nerven der Betroffenen blank lagen. Polizei im Haus stellte für schwelende Konflikte oft ein Ventil dar. Emotionen gerieten in den Vordergrund. Manchmal wurde geweint, geschrien und die Beherrschung verloren. Dass Bürgler konterte, war abzusehen gewesen. «Sag, dass ich da war. Unseren persönlichen Disput können wir nachher austragen.»

«Das würde dir gefallen.» Frau Bürgler grapschte in ihrer Jackentasche und brachte daraufhin ein iPhone zutage. «Hier ist der Beweis, dass du mich betrügst. Sonja heisst das Flittchen, halb so alt wie du. Die Letzte ist dir wohl überdrüssig geworden.»

«Ursi, bitte, das gehört nicht hierher.» Bürgler gebärdete sich wie ein aufgescheuchter Gockel.

«Du gibst es also zu, du verdammter Hurensohn!» Frau Bürgler war ausser sich.

Valérie trat schlichtend dazwischen, obwohl sie nicht sicher war, das, was gerade aus dem Ruder lief, bremsen zu können. «Darf ich das Handy einmal sehen?»

«Gut, gut.» Bürgler verwarf die Arme, blieb aber erstaunlich beherrscht. «*Ich* habe die Polizei angerufen. Ich komme freiwillig mit aufs Revier.»

✳✳✳

Valérie bediente das Aufnahmegerät, nachdem sie Lars Bürgler ins Vernehmungszimmer geführt hatte. Sie bedeutete dem Wachmann, die Tür zu schliessen und sich danebenzustellen.

«Erstvernehmung im Fall Lauerz. Es ist neunzehn Uhr dreizehn, Mittwoch, der 8. April. Anwesend sind der Zeuge Lars Bürgler und Oberleutnant Valérie Lehmann.» Sie schob das Mikrofon über den Tisch in Bürglers Nähe. «Ihr Geburtsdatum?»

«Ist das relevant?» Bürgler hüstelte. Er hatte sich umgezogen, trug gewaschene Jeans und ein frisches, buntes Hemd. Die Haare hatte er sich geliert, als wäre er nicht bei der Polizei, sondern an einem Vorstellungsgespräch. «Der 15. Mai 1985. Müssen Sie das Sternzeichen auch wissen?»

Valérie sah ihn nur an.

Er winkte ab. «Entschuldigung. Keine dummen Sprüche, ich weiss.»

«Sie sagten aus, dass Sie um halb drei in der letzten Nacht die Notrufzentrale von Ihrer Handynummer aus gewählt haben. Dies bestätigt auch der Telefonanbieter. Bitte erzählen Sie mir, was dem Anruf vorausgegangen war.»

«Eine kleine Zwischenbemerkung hätte ich.» Bürgler streckte sich in die Höhe. «Ich kenne den Grund nicht, weshalb Sie das wissen wollen.»

Valérie schluckte leer. Gab er sich so einfältig, oder war er es? «Sie teilten uns mit, dass in der Nähe der Schiffanlegestelle auf der Insel Schwanau im Lauerzersee eine tote Frau liege. Was ist passiert?»

«Versprechen Sie mir, dass niemand sonst hineingezogen wird?»

«Wie soll ich das verstehen?»

Bürgler wand sich. «Ich war nicht allein dort.»

«Ja, zusammen mit dieser Frau.» Würde Valérie ihre Identität bald erfahren?

«Mit einer anderen Frau.»

«Das ist also nicht aus der Luft gegriffen.»

«Ich weiss nicht, weshalb Ursi darauf gekommen ist. Sie muss es geahnt und mir das Handy entwendet haben. Ich Idiot habe die WhatsApp-Nachrichten nicht gelöscht. Sie hat mir so schöne Dinge geschrieben …» Bürgler stützte die Ellenbogen auf dem Tisch ab und legte nachdenklich das Kinn auf die Hände.

«Wer hat Ihnen schöne Dinge geschrieben?»

«Sonja. Nur Sonja. Den Nachnamen verrate ich nicht.»

«Sie werden nicht darum herumkommen.»

«Also gut, sie heisst Sonja Schelbert. Sie kann nichts dafür.»

«Wofür?»

«Sie ist gestolpert und direkt auf der Frau gelandet.» Wieder bewegte sich Bürgler in eine andere Sitzposition. «Ist sie tot?»

Valérie ging nicht darauf ein. «Wie alt ist Sonja?»
«Sie ist volljährig.»
«Wie alt?»
«Achtzehn.»
Valérie atmete unbemerkbar auf. Sie konnte ausschliessen, dass die Frau im Krankenhaus Sonja war. Bürgler brüstete sich offensichtlich mit dem jungen Alter seiner Freundin. «Ist Ihnen an der Frau etwas aufgefallen?»
«Nichts Besonderes. Es war dunkel. Zudem reagierte Sonja ziemlich hysterisch. Wir wollten so schnell wie möglich von dem Ort weg.»
«Sie haben sich nicht vergewissert, dass sie noch leben könnte?»
Bürgler glotzte vor sich hin. «Wir dachten, sie sei tot.»
«Woran haben Sie das erkannt?»
«Sie … sie war eiskalt.»
«Haben Sie sich vergewissert?»
«Sonja hat es, glaube ich …»
«Sie hätten vor Ort bleiben müssen, bis die Rettungskräfte eintrafen.»
«Sie kennen den Grund, weshalb ich es nicht tat. Aber offenbar war ich zu wenig vorsichtig. Ursi ist sehr eifersüchtig.» Bürgler nahm die Arme vom Tisch und legte sie auf die Knie. «Wir haben früh geheiratet. Meine Frau ist vier Jahre älter als ich. Sie war eine Schönheit – früher. Aber das ist schon lange her. Ich kann sie aber nicht verlassen wegen unserer Tochter. Das würde sie nicht verstehen.»
«Wie alt ist Ihre Tochter?»
«Vierzehn.» Bürgler fuhr sich mit der rechten Hand an die Stirn. «Ah, ich verstehe. Sie denken sicher, Sonja könnte meine Tochter sein. So einfach ist das nicht. Ich bin jung Vater geworden. Ursi war meine erste Freundin und wurde gleich schwanger.»
Valérie schwieg. Im Raum wurde es zunehmend stickiger. Sie beobachtete Bürgler. Hinter dessen Stirn arbeitete es. Er wollte mit etwas nicht herausrücken. «Die Frau lebt. Es ist aber

nicht sicher, ob sie durchkommt. Sie werden für die unterlassene Hilfeleistung zur Verantwortung gezogen.»

«Was hätte ich denn tun sollen? Mund-zu-Mund-Beatmung? Ich habe doch keine Ahnung davon.»

«Zumindest hätten Sie sie zudecken und bei ihr bleiben können.» Valérie hustete den Kloss in ihrer Kehle weg. Sie hatte nie begriffen, weshalb es Menschen gab, die gegen jegliche Vernunft handelten. «Und jetzt teilen Sie mir noch einmal den vollständigen Namen Ihrer Freundin mit und wo ich sie finde.» Valérie schob ihm ein Schreibblatt über den Tisch. «Inklusive Adresse.»

Bürgler notierte mit Bedacht. Valérie sah ihm an, dass er Mühe damit hatte.

«Was haben Sie nach Mitternacht auf der Insel Schwanau gesucht?»

Bürgler schob das beschriebene Blatt zurück. «Ich war mit Sonja in der Horseshoe-Bar in Oberarth verabredet. Sie können dort gern nachfragen. Der Besitzer kennt mich.»

«Das werde ich tun.» Valérie linste über den Tisch. «Das beantwortet jedoch meine Frage nicht.»

Bürgler hob bloss die Schultern.

«Ich kann die Frage auch anders formulieren. Seit wann kennen Sie Sonja?»

«Ich … seit zwei Wochen.»

«Und dann fahren Sie mit ihr nachts auf die Insel?»

«Ja, das war eine blöde Spontanidee, wenn ich es mir jetzt überlege. Ich arbeite in Lauerz und weiss, dass es da Boote gibt. Boote, die nie gebraucht werden. Also dachte ich mir, dass ich mir eines schnappe. Das Boot fand ich beim Steg, wo die Fähre liegt. Ich wollte Sonja die Insel zeigen.»

«Nachts in dieser kalten Jahreszeit?»

«Denken Sie, was Sie wollen. Ihr gefiel es.»

«Hmm, wo genau haben Sie sich das Boot angeeignet?»

«Es schaukelte exakt neben dem Kursboot.»

«War es dort angebunden?»

«Nein, das ist ja so sonderbar an der ganzen Sache, wenn

ich es mir im Nachhinein überlege. Die Stricke, mit denen man normalerweise ein Boot befestigt, lagen auf den Planken.»

Das Boot befand sich jetzt beim KTD in Schindellegi, wo es auf Spuren untersucht wurde. «Wären Sie bereit für eine DNA-Probe?»

«Dazu bräuchten Sie eine richterliche Bescheinigung, nicht wahr?»

«Die ich binnen vierundzwanzig Stunden habe.»

Bürgler überlegte. «Okay, ich bin einverstanden.»

«Erzählen Sie mir, was Sie in der letzten Nacht beobachtet haben.»

«Nichts. Als Sonja und ich beim Steg ankamen, war er menschenleer.»

«Dann fuhren Sie zur Anlegestelle der Insel?»

«Ich musste paddeln. Zum Glück lagen in dem Boot zwei Paddel. Ich paddelte aufs Geratewohl.»

«Wie lange waren Sie unterwegs?»

«Ich weiss nicht … ich paddelte mit Unterbrüchen.»

«Warum?»

«Warum?» Bürgler hob die Augenbrauen. «Ist das Ihr Ernst? Es war Vollmond, ich war mit meinem Mädchen unterwegs. Ich musste ihm den Sternenhimmel zeigen.» Er grinste vor sich hin.

«Bei diesen Temperaturen.»

«Zum Glück waren wir dort, sonst hätten wir die Frau nicht gefunden.»

Valérie äusserte sich nicht dazu. Die unterlassene Hilfeleistung sah sie noch immer als latente Straftat an. Andere Möglichkeiten wollte sie nicht durchspielen.

«Erzählen Sie mir, was auf der Insel tatsächlich geschehen ist.»

«Wir stiegen aus. Ich sicherte das Boot.»

«Warum stiegen Sie aus?»

«Sonja fror. Ich wollte mit ihr zum Restaurant.»

«Das um diese Uhrzeit geschlossen hatte. Die Saisoneröffnung ist zudem erst am Karsamstag.» Valérie erwähnte nicht, dass diese aufgrund der polizeilichen Untersuchungen eventuell verschoben war.

«Das stimmt. Aber ich kenne dort einen Unterstand.»

«Den Sie dann aber nicht aufgesucht haben.»

«Sonja fiel hin und landete auf der Frau.»

Valérie griff nach dem iPhone. Sie stellte Louis' Nummer ein. Er nahm das Gespräch entgegen. «Ich werde Lars Bürgler ins Labor schicken», sagte sie. «Bist du im Haus? Wenn ja, könntest du mit ihm dorthin gehen? Melliger, das ist der Neue, soll eine DNA-Probe nehmen.»

Louis räusperte sich. «Wenn ich dich schon in der Leitung habe. Caminada hat mir vor zehn Minuten mitgeteilt, dass du die Ermittlungen im neuen Fall leitest ... Ich dachte, du hast Ferien.»

Damit hatte Valérie früher oder später rechnen müssen. «Ich bringe das hier zu Ende. Wir können zu einem andern Zeitpunkt darüber diskutieren.»

«Ich wollte dir bloss sagen, dass es mir für dich leidtut.» Hörte sie einen sarkastischen Unterton heraus?

«Noch ist nicht sicher, dass wir annullieren müssen.»

«Caminada wird dich nicht gehen lassen, wenn der Fall nicht gelöst ist.» Louis brach ab.

Valérie sah auf ihr iPhone, aus dem bloss der Piepton zu vernehmen war.

«Ist etwas?» Bürgler machte sich bemerkbar.

«Mein Kollege zeigt Ihnen den Weg zum Labor. Leutnant Camenzind wird Sie begleiten. Er wird Sie gleich abholen.»

DREI

Zweihundertneunzehn Treppenstufen. Valérie hatte sie gezählt. Als sie vor dem Schulgebäude Ingenbohl, das früher ein Kloster gewesen war, angekommen war, dachte sie, ihr sportliches Soll für diesen Tag erfüllt zu haben. Es war zwar nur ein Bruchteil davon, was sie ansonsten an körperlicher Ertüchtigung leistete. Sie sah zurück über die Treppe, deren unterer Handlauf gelb angemalt war, und auf den Bauernhof rechter Hand, vor dem der Landwirt drei Kühe in eine Umzäunung führte. Ein Berner Sennenhund sprang hinterher. Eine ländliche Idylle präsentierte sich ihr, wo der Jugendstilbau des Gymnasiums prägnant auf dem Hügel thronte.

Die höhere Schule «Theresianum» war einst den Töchtern vorbehalten gewesen. Heute war es eine Privatschule mit Orientierungsstufe und Gymnasium sowie ein Internat, und die Fachmittelschule war für beide Geschlechter offen. Valérie hatte sich vorab beim Sekretariat des Gymnasiums angemeldet, nachdem sie bei Sonjas Eltern wenig Glück gehabt hatte. Die Mutter hatte sie etwas unwirsch empfangen. Bereits das Wort «Polizei» musste bei ihr einen Brechreiz ausgelöst haben. Valérie vermutete, dass Sonja keine einfache Tochter war und ihren Eltern einiges verheimlichte. Mehr jedoch erstaunte sie das zarte, kleine Mädchen, knapp eins sechzig gross, mit halblangen blonden Haaren, von aussergewöhnlicher Schönheit. Nicht die freche Rotznase, die Valérie erwartet hatte. Ihr Klassenlehrer, Typ Kahlkopf mit Vollbart, hatte Sonja zur Seite genommen, ausser Hörweite der anderen anwesenden Schülerinnen. Er erinnerte Valérie an ihre eigene Gymnasiumzeit in Martigny. Selbst das Odeur nach Papier, Leim und Teenagerschweiss war dasselbe geblieben.

Valérie stellte sich der jungen Frau vor, ergriff eine schmale Hand, in der selbst der kleinste Druck ausblieb. «Ich würde Sie gern unter vier Augen sprechen», sagte sie und an den Bärtigen gewandt: «Gibt es hier im Haus einen leer stehenden Raum?»

«Bestenfalls das Lehrerzimmer. Sonja weiss, wo sich dieses befindet. Andere Räume sind zurzeit für Gruppenarbeiten besetzt.»

Sonja zögerte. Sie wirkte etwas angeschlagen, als sie Valérie vor die Tür folgte. Sie gingen eine Galerie entlang, von wo aus sie über eine Treppe in einen weitläufigen Innenhof gelangten. In farbigen Deckenfenstern brach sich das Licht und flutete das Darunter blau. Valérie suchte vergebens nach einer Sitzgelegenheit.

«Es macht mir nichts aus. Wir können auch stehen.» Sonja schien Gedanken lesen zu können. «Im Lehrerzimmer mieft es. Darf ich wissen, in welcher Angelegenheit Sie mich sprechen möchten?»

«Es geht um die Nacht vom Dienstag auf den Mittwoch. Können Sie mir sagen, wo Sie da waren?»

Sonja errötete. Möglicherweise machte sie sich bereits einen Reim darauf, weshalb die Polizei bei ihr war. «Ich musste eine Klausur vorbereiten. Zusammen mit einer Freundin.»

«Das ist nicht die Wahrheit.»

Sonja ging erhobenen Hauptes geradeaus. Ihre Kopfhaltung spiegelte eine innere Unsicherheit. «Versprechen Sie mir, dass Sie nichts meinen Eltern verraten? Die würden mir den Hals umdrehen, wenn sie erführen, wo und vor allem mit wem ich die Nacht verbrachte.»

«Ich kann nichts versprechen.» Valérie hielt Schritt.

Sonja verlangsamte das Tempo. «Hören Sie, ich will keine Scherereien.»

«Wenn Sie mir die Wahrheit sagen, brauchen Sie nichts zu befürchten.»

«Ich war mit einem Freund unterwegs.»

«Machen Sie es bitte nicht spannend. Ich habe mit Ihrem Freund bereits gesprochen.»

«Mit Lars?» Sonja blieb abrupt stehen. «Sie waren in seiner Villa?»

«Villa?» Valérie wollte sich ihr Erstaunen nicht anmerken lassen.

«Lars wohnt in einer Villa in Brunnen, direkt am See. Er besitzt ein Boot und ein Bootshaus.»

«Das hat er Ihnen erzählt?»

«J...aaaa.» Sonja schüttelte ihre Mähne. Eine Strähne blieb an ihrem linken Augenrand kleben. Sie wischte sie energisch aus dem Gesicht. «Er ist selbstständig, arbeitet zu Hause. Was, das wollte er mir nächste Woche zeigen.»

«Er hat ein eigenes Boot am Vierwaldstättersee und lädt Sie zu einer Fahrt mit einem Boot auf dem Lauerzersee ein?»

«Das ...» Es machte den Anschein, als verlöre Sonja die Sprache.

«Lars Bürgler hat um zwei Uhr neunundzwanzig die Notrufzentrale der Polizei angerufen. Waren Sie da noch bei ihm?»

«Nein.»

«Wann haben Sie ihn verlassen?»

«Ich glaube, es war kurz nach eins, nachdem ich auf die Frau gefallen war.»

«Sie haben die Frau kurz nach eins gefunden, und Ihr Freund ruft die Polizei erst eineinhalb Stunden später an?»

«Vielleicht war es auch schon halb zwei. Ich erinnere mich nicht.» Sonja war nicht bei der Sache.

«Wohin hat Ihr Freund Sie gefahren?»

«Nach Hause. Ich wohne in Steinen.»

«Warum haben Sie den Notfalldienst nicht unmittelbar nach Auffinden der Frau angerufen?»

Sonja überlegte. «Lars wollte das nicht. Er sagte, dass die Frau tot ist.» Sie setzte sich wieder in Bewegung. «Ist die Frau tot?»

«Sie liegt auf der Intensivstation im Spital», sagte Valérie und sinnierte, ob sie Sonja auf das vermisste Baby ansprechen durfte. «War da noch jemand?»

«Auf der Insel? Nein.»

«Haben Sie etwas Ungewöhnliches gehört? Ein Wimmern zum Beispiel?» Valérie befürchtete, dass Sonja nichts damit anzufangen wusste.

Sie zuckte nur die Schultern.

«Wann und wo hatten Sie Lars Bürgler getroffen, bevor Sie nach Lauerz fuhren?»

«Etwa um zehn in Oberarth. Wir verabredeten uns in der Horseshoe-Bar.» Sonja machte die haargenau gleiche Aussage wie Bürgler, als hätten sie es vorher miteinander abgesprochen. «Ist Ihnen auf der Hinfahrt zur Insel etwas aufgefallen?» Valérie wollte sich nicht zufriedengeben und appellierte an das Erinnerungsvermögen der jungen Frau.

Sonja zögerte mit der Antwort, als liesse sie innere Bilder Revue passieren. «Da waren der Sternenhimmel, der Mond, die Konturen der Insel ... Lichter. Ja, ich erinnere mich. Da waren Lichter wie Glühwürmchen, dort, wo die Ruine liegt. Auch das Gasthaus war beleuchtet, schwach zwar. Aber dort war jemand.»

«Dort war jemand?»

«Ich erinnere mich. Im Haus brannte Licht.»

«Im Gasthaus? Konnten Sie sehen, dass die Lichter aus dem Restaurant kamen? Hätte es nicht etwas anderes sein können? Zum Beispiel Licht aus der Kapelle oder jemand mit einer Taschenlampe?»

«Sie drehen mir die Worte im Mund um. Ich bin mir absolut sicher, dass im Restaurant Licht brannte.»

Valérie ging in sich. Im Protokoll stand, dass in der Nacht von Dienstag auf Mittwoch lediglich eine Serviceangestellte und der Koch vor Ort gewesen waren. Dass sie Gäste beherbergt hatten, stand nirgends. «Kennen Sie die Insel?»

«Aus Darlegungen meiner Grossmutter. Sie erzählte mir die Geschichte von dem tyrannischen Burgherrn, der einem jungen Mädchen aus Arth nachgestellt und es eingesperrt hatte. Es hatte sich mit einem Sprung in den See den Avancen des Wüstlings entziehen können, war aber ertrunken. Aus Rache hatten sich die Verwandten des Mädchens zusammengetan und die Burg verwüstet. Das genaue Schicksal der Burganlage ist jedoch nie ganz ans Licht gekommen. Ich weiss nur, dass der Kanton Schwyz 1967 die Ruinen von der Familie Auf der Maur erwarb, nachdem diese seit 1809 in deren Besitz gewesen war. Glauben

Sie, der Geist der ertrunkenen Frau treibt nun sein Unwesen?»
Sonja liess ein Kichern vernehmen.

«Die Insel übt noch heute eine geheimnisvolle Faszination aus», sagte Valérie, ohne auf Sonjas Bemerkung einzugehen. «Denken Sie nach: Ist Ihnen sonst noch etwas Aussergewöhnliches aufgefallen, bevor Sie die Frau fanden?»
«Nein, echt nicht.» Wieder kicherte Sonja. «Wir waren definitiv zu sehr mit uns selbst beschäftigt.» Sie schniefte. «Er hat *keine* Villa, nicht wahr?»
«Nein, hat er nicht. Und er ist verheiratet und Vater einer vierzehnjährigen Tochter.»

***

Wenige bis fast keine Erkenntnisse. Valérie fühlte sich frustriert. Als sie in ihrem Büro in Biberbrugg zurück war, nahm sie noch einmal das Protokoll des Vortags zur Hand, um herauszufinden, ob sie nicht etwas übersehen hatte. Laut der Ausführung des Küchenchefs waren nur gerade er und seine Freundin, die als Serviceangestellte arbeitete, im Restaurant zugegen gewesen, als die Polizei vor Ort eintraf. Das war knapp um drei Uhr gewesen. Valérie wunderte sich, dass sie noch nicht geschlafen hatten. Gemäss Aussage waren beide damit beschäftigt gewesen, das Restaurant und die Küche aufzuräumen. Valérie fragte sich, was diese aufzuräumen hatten, wenn das Restaurant erst am Samstag öffnen würde. Nach dem Grund hatte niemand gefragt.

Sie rief Louis auf dessen Mobiltelefon an, liess es klingeln, als es an die Tür klopfte. Louis steckte den Kopf in den Raum. «Störe ich?»

Valérie wischte über das Display. «Gerade habe ich deine Nummer gewählt.» Sie sah ihren Kollegen schmunzelnd an. Seit er mit Carla zusammenlebte, legte er viel Wert aufs Äussere, kam jetzt öfter mit einem neuen Outfit daher. Heute trug er sogar einen Kittel zu den Jeans, wo er sich sonst mit den selbst gestrickten Pullovern seiner Mutter brüstete. An die Haarfrisur hatte sich Valérie noch nicht gewöhnt.

«Das ist Gedankenübertragung», sagte Louis. «Ich habe da etwas, das dich interessieren dürfte.» Er liess Valérie nicht zu Wort kommen. «Lars Bürgler ist vorbestraft, wegen Betrugs. Er missbrauchte den Namen einer Kinderhilfsorganisation, um Spendenboxen aufzustellen. Das eingenommene Geld behielt er für sich. Der Schadenfall belief sich auf mehrere tausend Schweizerfranken.» Louis schwang sich auf das Fensterbord und liebäugelte mit der ferrariroten Kaffeemaschine.

«Ich ahnte, dass mit dem etwas nicht stimmt. Seiner Freundin erzählte er, er habe eine Villa, ein Boot und ein Bootshaus am Vierwaldstättersee.» Valérie deutete auf die Kaffeemaschine. «Kannst dir gern einen Kaffee rauslassen.»

«Ein Hochstapler?» Louis winkte ab. «Ich muss mich zurückhalten. Carla meint, ich sei nervös.»

«Ich weiss nicht, wo ich ihn zuordnen kann.» Valérie überlegte. «Wann wurde er straffällig?»

«Das liegt fünfzehn Jahre zurück. Meinst du, er hat sich gebessert?»

«Wir sollten uns vielleicht seine letzte Freundin ansehen. Bürglers Frau hat da so eine Andeutung gemacht. Ich finde es sonderbar, dass er ausgerechnet mit einem Boot, das er gefunden haben soll, auf dem Lauerzersee paddeln geht.»

Das Telefon der Festnetzstation klingelte. Valérie beugte sich über das Pult und griff nach dem Hörer. Sie hatte sich kaum angemeldet, wurde sie mit einem Wörterschwall am andern Ende der Leitung zum Schweigen gebracht. «Hast du das heutige Boulevardblatt gesehen? Ist wirklich das Maximum, was sich diese Person erlaubt.» Fabia war ausser Atem. «Und woher hat sie das Foto?»

«Würdest du mir bitte mitteilen, worum es geht?»

«Jemand muss Carla das Foto zugespielt haben. Ihre Augen sind zwar geschlossen, aber sie ist es: unverkennbar unsere Verletzte von der Insel. Hast du grünes Licht für eine Berichterstattung gegeben?»

«Halt mal die Luft an.» Valérie wandte sich von Louis ab. «Kannst du mich aufklären? Und alles der Reihe nach.»

«‹Wer ist die Frau im Schwyzer Kantonsspital?›» Fabia enervierte sich. «Steht da schwarz auf weiss. Dritte Seite gleich unter der Billigkopie einer halb nackten Beyoncé. Und weiter: ‹In der Nacht vom Dienstag auf Mittwoch wurde am Ufer der Insel Schwanau im Lauerzersee der leblose Körper einer unbekannten Frau gefunden.› Leblos heisst tot, oder? Ist sie aber nicht. Das Schmierblatt übertreibt mal wieder. Könnte ein Polizeifoto sein, auf jeden Fall ein ähnliches.»

«Gehst du davon aus», flüsterte Valérie, «Carla hat dies geschrieben?»

«Mit Kürzel CB. Ist wohl offensichtlich. Glaubst du, Louis hat ihr das gesteckt?»

«Das kann ich mir nicht vorstellen.»

«Ist er etwa bei dir?»

«Ja.»

«Ach so, deshalb deine Zurückhaltung.»

Valérie überlegte, ob Carla so dreist gewesen war, diesen Artikel zu veröffentlichen. Andererseits wusste sie, wie unzimperlich die Medien sich einstweilen anstellten, wenn es um Effekthascherei ging. Aber Carla? Valérie sah Louis' Freundin nicht oft. Manchmal holte sie ihn ab und wartete auf dem Parkplatz vor dem Sicherheitsstützpunkt. Sie stieg selten aus, grüsste knapp hinter getönten Autoscheiben, als hätte sie etwas zu verbergen. Dabei hatte Valérie sie kennengelernt, bevor Louis es tat. Dass Carla bei der renommiertesten Klatschpresse der Schweiz arbeitete, nahm Louis ihr übel. Seine gelegentlichen Interventionen blieben ungehört. Erst noch hatte er sich bei Valérie darüber beschwert.

«Was ist?» Fabia riss sie aus ihren Gedanken. «Willst du etwas unternehmen?»

«Bist du im Haus?»

«Auf dem Weg zum Büro.» Sie schnappte nach Luft.

«Dann mach einen Abstecher zu mir. Ich möchte die Sache geklärt haben.»

«Stehe bereits vor deiner Tür.»

«Das ging aber fix.»

«Darf ich reinkommen?»

«Worauf wartest du?»

Die Tür ging auf. Fabia schob sich in den Raum, den sie mit ihrem Blick zu scannen schien. Als sie Louis entdeckte, schritt sie zügig auf das Pult zu und pfefferte im Gehen das Boulevardblatt auf die Tischplatte.

«Wow, da hat wer Temperament.» Louis schnappte nach der Zeitung und sah auf die aufgeschlagene Seite. «Ist sie das?»

«Das solltest du vielleicht am besten wissen», schnauzte Fabia ihn an.

«Die Frau vom Lauerzersee.» Valérie beobachtete Louis, während sie ihm die Zeitung aus der Hand nahm. Sie war sich nicht sicher, ob die Fotografie von der Kamera der Polizei stammte. Der geringen Auflösung wegen konnte sie auch mit einem Mobiltelefon aufgenommen worden sein. Die Frau sah aus, als schliefe sie. Deutlich waren ihre hochstehenden Wangenknochen zu sehen, die nach oben auslaufenden Augenwinkel. «Das Kürzel hier», Valérie tippte auf die beiden Buchstaben am Ende eines Vierzeilers, «stammt es von Carla?»

«CB», fuhr Fabia dazwischen, «klingt verdächtig nach Louis' Muse.» Sie funkelte ihn angriffslustig an.

Valérie befürchtete, es könnte etwas Unausgesprochenes in der Luft liegen. Etwas, das zwischen Fabia und Louis nicht bereinigt war.

«CB steht auch für Christoph Burri», sagte Louis zerknirscht. «Zufällig arbeitet er in Carlas Abteilung.»

«Binde mir einen anderen Bären auf.» Fabia wandte sich fast beleidigt Valérie zu. «Was ist deine Meinung?»

«Wir können eine Polemik daraus machen», sagte Valérie, «oder es im Raum stehen lassen. Fakt ist, dass das Bild erschienen ist. Die Leser werden sich darauf stürzen, wenn sie es noch nicht getan haben. Möglicherweise kennt jemand die Frau.»

Fabia blieb der Mund offen stehen.

Valérie wandte sich an Louis. «Ich verlange, dass du heute Abend mit Carla sprichst und die Sache klärst. Ich hoffe für dich, dass du nichts aus den Polizeiinterna hast heraussickern lassen.»

Louis schluckte nur leer, wogegen Fabia zu einem neuen verbalen Angriff ansetzte, den sie jedoch wegen des Klingelns des Telefons abbrach. Valérie registrierte ihre verbissene Miene, als sie nach dem Hörer griff. Sie hatte sich kaum angemeldet, redete Res Stieffel auf sie ein. «Ich wollte dir nicht den Tag vermiesen. Ich befinde mich jetzt im Schwyzer Kantonsspital für die Untersuchung der unbekannten Frau. Dr. Pribram ist bei mir. Aber wir haben ein Problem. Kannst du kommen?»

***

Es lag nicht in Louis' Naturell, auf die Pauke zu hauen, wenn er sich hintergangen fühlte. Dazu war er zu anständig. Doch seit er die Schlagzeilen in der neusten Ausgabe der Boulevardzeitung gesehen hatte, liess ihn der Gedanke nicht mehr los, Carla könnte etwas damit zu tun haben. Ein eigenartiges Gefühl bemächtigte sich seiner, das er durchwegs mit Wut in Verbindung brachte. Valérie hatte ihn nicht grundlos verdächtigt. Carla galt als frech, manchmal sogar skrupellos, wenn es darum ging, die Erste zu sein, die sich bei ihrer Arbeitgeberin mit einer Hiobsbotschaft brüsten konnte. Als die Sache im Zusammenhang mit dem Mord am Itlimoos passiert war, hatte sie eine ganze Reihe namhafter Politiker in den Schmutz gezogen. Hatte Louis sich so in ihr getäuscht? War sie heimlich an seinem Computer gewesen? Sie kannte sein Passwort. Und ein ähnliches Bild wie jenes, das in der Zeitung erschienen war, hatte er für sich abgespeichert.

Louis wartete im Steakhouse «Fuego» in Feusisberg, wo sie sich zum Mittagessen verabredet hatten. Einmal pro Woche assen sie hier, vorzugsweise am Mittag. Beide mochten Tatar, das im Angebot stand. Wie üblich, war Louis vor ihr da. Und als wüsste er nicht, was er zu essen gedachte, studierte er die Speisekarte, war aber nicht bei der Sache. Während er an seinem Wasserglas nippte, warf er immer wieder einen Blick in die

Runde. Ihm schräg gegenüber hatte ein älterer Herr die Zeitung aufgeschlagen. Louis musste ihn nicht fragen, um welche es sich handelte. Der Mann verzog sein Gesicht zu einer Grimasse, als er mit seinem Tischgefährten über den Inhalt sprach. Offensichtlich ging es dabei um die vermisste Frau. Ein paar Wortfetzen erreichten Louis, und was er vernahm, war nicht nett. Die Rede war von illegalen Ausländern und dass es bedenklich sei, eine historisch bedeutsame Insel als Schutthalde zu benutzen. Louis schüttelte angewidert den Kopf. Er musste Carla überreden, den Job zu wechseln.

Da stand sie bereits beim Eingang. Ausser Atem, wild und schön. Ihre blonden Haare spielten neckisch um ein rosiges Gesicht. Louis konnte es noch immer nicht fassen, dass diese Frau seine Freundin war. So lange wie mit Carla hatte noch keine Beziehung gehalten. An Weihnachten hatte er sie seiner Mutter vorgestellt, die fand, dass Carla noch ein halbes Kind sei. Es sei an der Zeit, hatte sie gemeint, dass er an seine Zukunft und an Kinder denke. Sie wolle nicht mehr lange auf Enkelkinder warten.

Möglicherweise war sie bereits Grossmutter.

Carla war nach dem Besuch ein wenig verwirrt gewesen, weil sie sich nebst dem Weihnachtsbaum mit einer beachtlichen Anzahl Buddhastatuen konfrontiert gesehen hatte. Seine Mutter, die aus Thailand stammte, hatte trotz ihrer Bemühungen, den christlichen Glauben zu leben, den Buddhismus nie ganz abgelegt. In der Garderobe stand, seit sich Louis erinnern konnte, ein Miniaturtempel, den sie sporadisch mit Opfergaben bestückte, in Form von Blumen, Obst und Gemüse.

Louis erhob sich, ging auf Carla zu und begrüsste sie so, als hätte er sie wochenlang nicht gesehen. Seine Euphorie war heute einem Zweifel gewichen und einer latenten Angst, Carla könnte ihre Beziehung für ihre Arbeit missbrauchen. Louis hatte keine Geheimnisse vor ihr. Und wenn sie fragte, gab er ihr meistens bereitwillig Antwort. Sie hatten sich einmal das Versprechen gegeben, nichts, das mit ihrem Beruf zu tun hat, für ihre Zwecke zu verwenden.

Carla küsste ihn auf den Mund. Sie trug Jeans, eine weisse Bluse und einen blauen Blazer. Ihre Korrekturbrille hatte sie in ihr Haar geschoben. «Ist etwas nicht in Ordnung?» Sie schaute ihn mit zusammengekniffenen Augen an. Louis vermochte seine Launen nicht vor ihr zu verbergen. Carla kannte ihn wie niemand vor ihr. Nicht umsonst galt sie bei ihrer Arbeitgeberin als die Journalistin mit dem unschlagbarsten Einfühlungsvermögen.

Louis führte sie zum Tisch. «Ich habe uns bereits zwei Battuta bestellt. Dir ist es doch recht so?»

Carla setzte sich, linste noch immer ungläubig über den Tisch, auf dem schön gefaltete Servietten wie Segel im Sturm auf dem Set wogten. «Deswegen sind wir doch hier. Was ist los, Louis? Ist dir etwas über die Leber gekrochen?»

«Der Bericht im Boulevardblatt, ist der von dir?»

Carla lehnte sich zurück und verschränkte die Arme. Sie schwieg.

«Warst du an meinem Computer?»

«*Dein* Computer? Ich dachte, den teilen wir uns.»

«Du hast einen eigenen Laptop.» Louis versuchte, ihren Blick einzufangen. Carla wich ihm aus. «Du hast die Frage noch nicht beantwortet.»

«Wird das jetzt ein Verhör?»

Louis schluckte leer. Wenn sie sich stritten, passierte das oft in der Öffentlichkeit, als bräuchten sie die Menschen um sich herum als Zeugen ihrer emotionalen Ausbrüche. Diese geschahen längst nicht mehr nur glimpflich wie am Anfang ihrer Bekanntschaft. Louis wich grundsätzlich verbalen Auseinandersetzungen aus, Carla dagegen debattierte gern bis zum Schluss. Nur wenn sie sich in Unschuld wähnte, schwieg sie.

Heute verteidigte sie ihren Lapsus. Dass sie Louis die Antwort schuldete, führte er darauf zurück, dass der Zeitungsbericht von ihr stammte. Eine andere Möglichkeit gab es nicht. Christoph Burri arbeitete beim Ressort Sport und hatte das Kürzel «Bu». «CB» war das von Carla. «Du hättest mich fragen können.»

Carla warf den Kopf zurück. «Das Bild wurde mir zugespielt. Ja und? Dass ihr die Frau sucht, hast du mir gestern zwischen Tür und Angel mitgeteilt.» Sie hob ihre Hände, als Louis intervenieren wollte. «He, ich verdiene meine Brötchen mit solchen Artikeln. Ich fülle unseren Kühlschrank mit meinem Einkommen, schon vergessen? Ich bezahle die halbe Monatsmiete und komme zur Hälfte für die Stromkosten auf.»

Und sie hatte sich in seiner Wohnung breitgemacht, seine Schränke mit ihren Sachen gefüllt. Seit sie bei ihm wohnte, durfte er nachts die Rollläden nicht mehr ganz schliessen, musste im Sitzen pinkeln und Liebesfilme anstelle von Sportsendungen anschauen. Louis verkniff sich ein Grinsen. Er liebte Carla und war bereit für Kompromisse. Dazu gehörte auch die Kostenaufteilung. Dass sie ihm das jetzt vorwarf, verstand er nicht. «Von wem hast du das Bild?»

«Mein beruflicher Kodex verbietet mir, darüber zu sprechen.»

«So ein Bullshit!» Louis hielt sich dennoch zurück.

Ein Kellner brachte die Battuta, Toast und Butter. Eine Weile schwiegen sie.

«Ich muss wissen, von wem du das Foto hast», sagte Louis, als sich der Kellner entfernte.

«Keine Ahnung. Es erreichte mich anonym.» Carla stiess die Gabel ins Tatar.

«Es ist wichtig.»

«Tut mir leid.» Carla hatte den ersten Bissen hinuntergeschluckt.

«Per Mail oder SMS?»

«Was?» Carla widmete sich ganz dem Fleisch, führte die Gabel langsam zum Mund und schloss dabei die Augen. «Hmm …»

«Du kannst die Nachricht zurückverfolgen.»

«Diese nicht.»

Louis liess Gabel und Messer auf dem Teller liegen. «Und das nennst du seriös?»

Carla verhielt sich ruhig, obwohl Louis von ihr einen verbalen Ausbruch erwartet hätte. Diese Ruhe brachte ihn fast in Rage.

«Das nächste Mal frage ich», sagte Carla. «Es lag an mir, die dritte Seite zu füllen. Die Frau kam mir gelegen.»

Louis befand sich in einer Zwickmühle. Valérie hatte ihn gebeten, die Sache abzuklären. Er hatte Carla in Schutz genommen. Nun musste er einsehen, dass er sich getäuscht hatte.

«Du wirkst nachdenklich», sagte sie.

«Ich möchte deinetwegen nicht in Teufels Küche geraten, das ist dir schon klar?»

«Ja, ich werde mich zurückhalten, was solche Berichte betrifft.» Sie lächelte ihn an. «Wenn du mir versprichst, mich als Erste zu informieren, wenn etwas Spannendes ansteht.»

«Du weisst, dass dies nicht in meiner Hand liegt.»

VIER

Valérie wunderte sich über das Polizeiaufgebot vor dem Kantonsspital Schwyz. Auch Zanettis Audi stand da, eingepfercht zwischen vier Streifenwagen. Weder Zanetti noch Caminada hatten ihr über den Einsatz etwas mitgeteilt. Denn dass es einer war, sah ein Blinder. Und Stieffel hatte sich am Telefon nicht darüber äussern wollen, was geschehen war. Ein Problem. Valérie war nicht geheuer, als sie die Eingangspforte passierte. Bereits bei der Anmeldung hatte sich ein Polizist in Uniform positioniert. Valérie kannte ihn nicht. Sie wies sich aus.

«Oberleutnant Lehmann.» Der junge Mann stand in Achtungsstellung stramm und führte seine rechte Hand zum Gruss an die Stirn. «Miran Petrović.»

Valérie grüsste formell zurück. Ein Neuling, dachte sie, wahrscheinlich kürzlich aus der Polizeischule in Hitzkirch entlassen worden. Ein Jungspund mit Ambitionen. Weit vom Gedanken entfernt, wie nervenaufreibend ein Polizeialltag sein konnte und wie schnell die harte Realität diese Hoffnungsvollen an den Abgrund reissen würde.

«Ich begleite Sie einen Stock tiefer», sagte Petrović. «Der Staatsanwalt erwartet Sie.»

Nicht Stieffel? Valérie schwieg. Sie sah sich um. Im Korridor, der zum Patientenlift und von dort zu den Zimmern führte, standen zwei Polizisten. Weiter hinten zwei Männer der Spezialeinheit, die sie an ihrer Kampfmontur erkannte. Was war geschehen?

Valérie fragte nicht nach dem Grund. Sie würde es bald erfahren. Möglicherweise war die unbekannte Frau aus der Langzeitnarkose erwacht und hatte Stieffel mit einer Wahrheit konfrontiert, die zu verarbeiten er nicht imstande war. Sie kannte ihn mittlerweile gut. Ohne ihre Meinung einzuholen, hatte er noch nie ein Protokoll bis zum Ende verfasst.

Aber warum war Zanetti da? Was hatte das Aufgebot der Polizei zu bedeuten?

Sie und Petrović fuhren mit dem Lift eine Etage tiefer. Auch im Korridor, der zu Dr. Pribrams Büro führte, hielt ein uniformierter Polizist Wache. Licht flutete aus dem Raum, ein Geruchsgemisch nach Schweiss und Medizin. Unter dem Türrahmen stand Zanetti. Den Rücken hatte er ihr zugewandt. Valérie ging auf ihn zu, berührte ihn sachte am Arm und sah zum Pult, an dem Dr. Pribram mit vornübergebeugtem Oberkörper sass. Ihr Gesicht hielt sie hinter den Händen verborgen.

«Was ist passiert?»

Zanetti drehte sich nach Valérie um, zog sie auf den Flur.

«Die Frau vom Lauerzersee ist gestorben.»

Es war, als verlöre Valérie einen Moment lang die Fassung. Wie war das möglich? Sie erinnerte sich an Dr. Pribrams Aussage, dass das Leben der Frau in Gottes Hand liege. «War ihr Gesundheitszustand so schlecht?» Im Moment, in dem sie das sagte, schwante ihr Ungeheuerliches. Warum dieses Aufgebot?»

«So wie es aussieht, wurde sie umgebracht.»

Ein weiteres Mal fühlte es sich so an, als zöge es Valérie den Boden unter den Füssen weg, obwohl sie genau das geahnt hatte. «Was? Hier? Aber das … ist nicht wahr.» Sie sah auf einmal alle Felle davonschwimmen. Ihre Hauptzeugin war tot. Deren Kind hatte man nicht gefunden. Zum ersten Mal hasste Valérie ihren Beruf.

«Ist dir nicht gut?» Zanetti war besorgt.

«Das fragst du mich? Ich hätte eine Überwachung der Frau anordnen sollen.»

«Die Intensivstation ist rund um die Uhr überwacht.»

«Dann sag mir, wie das passieren konnte.»

«Das kann uns Dr. Pribram sicher beantworten. Sie hat unmissverständlich nach dir verlangt.»

«Nun glaubst du, der Mörder befindet sich noch im Spital?»

«Auszuschliessen ist es nicht. Im Moment befragt man das ganze Pflegepersonal, auch die Patienten, sofern es ihr gesundheitlicher Zustand erlaubt.»

«Hast *du* das angeordnet?»

«Caminada. Es musste schnell gehen, nachdem Stieffels Nachricht den Bereitschaftsdienst erreicht hatte.»

Valérie zückte ihr iPhone. «Wann war das?»

Zanetti wiegte den Kopf. «Plus/minus elf Uhr.»

Valérie vergewisserte sich, wann Stieffels Anruf bei ihr eingegangen war. Sieben Minuten vor elf. «Ich will mir zuerst die Tote ansehen.»

«Das wollte ich dir auch gerade vorschlagen», sagte Zanetti.

«Dr. Stieffel hat dich bereits angerufen.»

Also doch vorab. Beruhigt war Valérie allerdings nicht. «Das stimmt. Aber den Grund wollte er mir nicht verraten.»

«Er erwartet dich im Kühlraum im Keller, wo er die Tote hingebracht hat. Ich komme mit.» Zanetti beauftragte Petrović damit, bei Dr. Pribram zu bleiben. Erneut wandte er sich an Valérie. «Der Leichentransporter aus Zürich ist unterwegs.»

Schweigend gingen sie zum Lift, der sie in den Keller fuhr. Res Stieffel erwartete sie beim Durchgang zum Kühlraum.

«Wie lange ist sie schon tot?» Valérie vernachlässigte es, Stieffel freundlich zu begrüssen. Er hatte das nicht verdient, aber nach Nettigkeiten war ihr nicht zumute. Zudem nervte es sie allmählich, dass er immer um den heissen Brei herumredete.

«Als ich hier eintraf, war ihr Körper noch warm. Es muss unmittelbar vorher geschehen sein.»

«Weisst du, wie man sie getötet hat?» Valérie betrat den Kellerraum. Zanetti und Stieffel folgten ihr.

Die Frau lag auf einem Aluminiumgestell, bis auf ihren Kopf war der Körper unter einem weissen Laken. Es sah aus, als schliefe sie. Auf ihrem Gesicht war nicht das kleinste Anzeichen eines Todeskampfes zu lesen.

«Wahrscheinlich durch Verabreichung einer fremden Substanz über die Infusion», sagte Stieffel. «Das kann ich erst nach der Obduktion mit Bestimmtheit sagen. Aber die Kanüle für die externe Medikamentenzufuhr war aufgeschraubt.» Er liess den Satz nachwirken. «Ich habe mit der Legalinspektion begonnen. Mit Ausnahme einiger Schürfwunden älteren Datums und den bereits bekannten Hämatomen infolge des Geburtsvorganges ist mir ein sonderbares Zeichen auf ihrem linken Schulterblatt aufgefallen.» Stieffel streifte das Laken vom Oberkörper, drehte ihn etwas zur Seite und wies auf die Stelle. «Es sieht nach einem Tattoo aus, das auf den ersten Blick verblasst wirkt. Ich tippe aber eher auf ein Entfernen hin, was allerdings nicht sehr professionell vonstattenging. Es sieht aus wie weggekratzt.»

Valérie beugte sich über die Tote, besah sich das seltsame Zeichen, das verschwommen wirkte. «Was ist das?»

Auch Zanetti blickte darauf. «Sieht aus wie ein Insekt.»

«Ein dreigliedriges …»

«Eine Fliege?»

«Eher eine Ameise.»

«Wie kann man sich eine Ameise auf die Schulter tätowieren lassen?» Valérie ging zwei Schritte zurück. Stieffel würde sie gleich mit einer Litanei möglicher Tattoo-Sujets überhäufen. Wider Erwarten sagte er nichts.

Zanetti dagegen meinte: «Über Geschmäcker lässt sich nicht diskutieren.»

«Sie hat es entfernt oder zumindest versucht.» Valérie schätzte, dass das Tattoo Sinn und Zweck für die Besitzerin verloren hatte, was immer es für sie einmal bedeutet hatte. Eine Ameise. Warum hatte sie nicht eine schönere Zeichnung gewählt? Eine Libelle zum Beispiel?

«Ein Tattoo kann man nicht einfach mit einem Schwamm wegwischen, wenn man seiner überdrüssig wird», warf Zanetti ein. «Eine Entfernung, auch eine professionelle, hinterlässt immer Narben.»

«Sonst noch etwas, das relevant ist?» Valérie zeigte auf den Frauenkörper vor ihr. Die Frage, ob Zanetti sich mit dem Entfernen von Tattoos auskannte, sprach sie nicht aus.

«Du kannst sie dir ansehen.» Ohne eine Antwort abzuwarten, zog Stieffel das weisse Laken behutsam weg, als würde er eine Porzellanfigur von einem Staubtuch befreien. Es schien, als zollte er der Toten grossen Respekt. Die Totenflecke waren noch nicht sehr ausgeprägt. Stieffel wies auf den seitlichen Unterteil des Rumpfs, wo sich zum Teil blaugraue und violettrote Schatten abzeichneten. «Mehr als eine Stunde ist sie nicht tot.»

Der Bauch war etwas schwammig, das Hautgewebe darüber gedehnt. Zwischen Brust- und Schambein war eine feine Linie sichtbar. Valérie erkannte Schwangerschaftsstreifen, vereinzelt Besenreiser auf den Brüsten. Der Hof um die Brustknospen war dunkelviolett, ein untrügliches Zeichen dafür, dass das Kolostrum eingeschossen war. Valérie fragte sich, ob man der Frau die Vormilch abgepumpt hatte, in der Hoffnung, dass man ihr Baby aufspüren würde. Bei dem Gedanken an den vermissten Säugling fröstelte Valérie. Die Fahndung lief noch immer. Doch mit jeder Stunde verringerte sich die Aussicht darauf, das Kind lebend zu finden.

Valérie überlegte still: Sie war mit einer toten Frau konfrontiert, deren Kind verschwunden war. Hatte jemand damit gerechnet, die Frau sei bereits tot, als man ihr das Kind wegnahm? Oder hatte jetzt nachgeholfen, nachdem in der Zeitung ihr Gesicht erschienen war? Was bedeutete die Ameise auf dem linken Schulterblatt? Eine alte Geschichte, welche die Frau durch das Entfernen des Tattoos hatte vernichten wollen? War die Geschichte noch nicht so lange Vergangenheit?

«Hat jemand eine Ahnung, was die Ameise bedeutet?», fragte Valérie.

Zanetti und Stieffel mussten sich angesprochen fühlen, denn beide wandten sich augenblicklich von der Leiche ab und ihr zu. Aber keiner der beiden Männer schien die Frage verstanden zu haben.

«Du solltest dir nun Dr. Pribram vornehmen», fand Zanetti. «Sie hatte heute Vormittag Dienst, als ihre Patientin starb.»

***

Die Nachricht vom Tod der unbekannten Frau hatte auch Louis und Fabia erreicht. Sie waren beide gleichzeitig auf dem Sicherheitsstützpunkt eingetroffen, als Caminada sie auf dem Gang zu ihren Büros abfing. Fabia schwirrte an ihrem Chef vorbei,

Louis dagegen wurde von ihm zurückgehalten. «Hast du einen Moment Zeit?»

Louis ahnte, was kommen würde. Die neuste Ausgabe des Boulevardblatts hatte auch vor ihm nicht haltgemacht. Er blickte demonstrativ auf sein iPhone, um sich zu vergewissern, wie spät es war.

«Es dauert nicht lange», sagte Caminada. «Können wir in dein Büro gehen?»

Unter Ausschluss aller Öffentlichkeit. Louis überlegte sich, mit welchem Geschütz Caminada gegen ihn auffahren würde. Es war kein Geheimnis, dass Louis und Carla ein Paar waren, obwohl Caminada an dem Abend in Morschach nicht dabei gewesen war. Er wusste, dass Carla als Journalistin bei der Zeitung arbeitete. Dachte er, Louis würde ihr alles brühwarm erzählen? Da täuschte er sich.

Louis mochte Caminada nicht besonders. Als er im Januar vergangenen Jahres den Posten des scheidenden Fischbacher besetzte, hatten ihm alle den Hof gemacht. Auch Valérie hatte ihn in den höchsten Tönen gelobt und dabei übersehen, dass Caminada im Bündnerland während des Dienstes einen Mann getötet hatte. Ob dies der Grund für seinen Umzug nach Schwyz war, wusste Louis bislang nicht. Doch er würde es früher oder später herausfinden und was da genau vorgefallen war. Louis fühlte sich Caminada überlegen, jetzt, als dieser ihn wegen Carla in die Mangel zu nehmen drohte. Falls er ihm zu nahe treten würde, wollte er seine Trümpfe gegen ihn ausspielen. Louis ging davon aus, dass Valérie keine Ahnung von Caminadas Vergangenheit hatte.

Caminada blieb vor Louis' Pult stehen und wies mit dem rechten Zeigefinger auf den Computer. «Ich habe dir eine Mail weitergeleitet, die Valérie mir vor zehn Minuten übermittelte.»

Keine Rüge. Louis atmete aus. Vielleicht hatte Caminada die Zeitung nicht gelesen oder sah mit seiner Nonchalance einfach über den Bericht hinweg. Louis setzte sich, bewegte die Maus auf der Mausmatte, auf der Carlas Porträt abgebildet war. Carla hatte sie ihm zu Weihnachten geschenkt, auf dass er immer an sie denken möge. Der Bildschirm erwachte. Louis tippte Outlook an und sah zu, wie verschiedene Mails nacheinander in den Posteingang hereinfluteten. Er öffnete Caminadas Mail und deren Anhang und sah sich einem seltsamen Bild, das stark vergrössert war, gegenübersitzen. Aussen war es hautfarben, in der Mitte zeigte es drei unterschiedlich grosse rot umrandete Ovale. Mit viel Phantasie erkannte Louis eine Ameise.

«Das ist eine Tätowierung, die der Gerichtsmediziner auf der linken Schulter der Toten gesichtet hat.» Caminada wies auf die verschwommenen Linien. «Vermutlich hat sie diese entfernen wollen.»

Louis musste ihm recht geben.

«Valérie ist damit beschäftigt, Dr. Pribram zum Todesfall im Spital zu befragen, und hat mich gebeten, dich auf dieses Tattoo respektive diese Zeichnung und deren Bedeutung anzusetzen.»

«Ameisen sind ein beliebtes Sujet bei den Tätowierern.» Louis überlegte sich, ob er Caminada seinen rechten Fussknöchel zeigen sollte, auf dem er sich vor Jahren eine Ameise hatte stechen lassen. Seine sah mit Bestimmtheit besser aus als die Ameise auf der toten Frau. Sein Tätowierer hatte die Ameise so hinbekommen, als würde sie über den Knöchel krabbeln. Sogar deren Schattenwurf war zu erkennen. Louis sah davon ab, sich vor Caminada lächerlich zu machen. Er hätte sich das Insekt schon längst entfernen lassen, wären seine Verflossenen nicht so darauf erpicht gewesen, dass er es behielt. Sogar Carla fand es sexy. «Man kann sie sich in zig Varianten stechen lassen», sagte er.

«Welche Bedeutung haben sie?»

Louis lächelte in sich hinein. War klar, dass Caminada nichts damit anzufangen wusste. Dort, wo er herkam, hatten sie wahrscheinlich nicht einmal eine Ahnung davon, dass es eine Tattoo-Szene gab und Leute, die danach lechzten, ihren Körper tätowieren zu lassen. «Ich werde mich mal schlaumachen», sagte er nur.

Caminada erhob sich. «Falls es nicht zu umgehen ist, musst du mit dem Tattoo an die Öffentlichkeit. Ich gebe dir grünes

Licht dafür. Und ich mache mich auf den Weg zum Spital. Morgen Vormittag sehen wir uns um acht zum Rapport.»

«Ich dachte, der sei verschoben worden? Morgen um acht wollten Valérie und ich nochmals zur Insel Schwanau fahren.» Caminada blieb unter dem Türrahmen stehen. Er griff sich an den Kopf. «Klar. Steht ja in meiner Agenda.»

Louis sah ihm nach, wie er vor die Tür trat und diese zuzog. Dann widmete er sich seinem Computer.

✳✳✳

Es war, als hätte sich Dr. Pribram keinen Zentimeter von ihrem Platz bewegt, seit Valérie sie nach ihrem Eintreffen im Spital gesehen hatte. Noch immer vergrub sie ihr Gesicht in den Händen. Ihr Oberkörper war eingesackt. Valérie wies Petrović an ihrer Seite an, das Büro zu verlassen. Sie stellte sich neben die Ärztin und strich mit ihrer Hand über deren Schultern.

Dr. Pribram sah augenblicklich auf. Sie hatte ihre Brille abgelegt. Ihre rot geschwollenen Augen verbargen nicht, dass sie geweint hatte.

«Fühlen Sie sich in der Lage, mir ein paar Fragen zu beantworten?»

Dr. Pribram in diesem Zustand zu sehen, rief bei Valérie ein Unwohlsein hervor. Nebst dem Tod der Unbekannten musste etwas anderes existieren, das die Ärztin dermassen aus der Bahn geworfen hatte.

Diese holte ein Taschentuch aus ihrem weissen Kittel und schnäuzte sich. «Entschuldigen Sie bitte. Es geht mir alles ganz nah.» Sie machte eine Pause, in der sie Valérie traurig ansah. «Ich habe sie aus der Narkose geholt. Stellen Sie sich vor, noch vor zwei Stunden hat sie mich angelächelt, als hätte sie begriffen, dass man sie gerettet hatte.»

Valérie schob einen Stuhl zurecht und setzte sich Dr. Pribram gegenüber. «Erzählen Sie mir der Reihe nach.»

«Um acht Uhr war Schichtwechsel. Ich war heute etwas früher da, weil ich gut vorangekommen war. Manchmal verspäte ich mich, je nachdem wie der Verkehr rollt. Dr. Plüss hatte Nachtdienst auf dem Notfall. Er kümmerte sich gleichzeitig um die Patienten auf der Intensivstation, falls es zu Komplikationen kommen sollte. Katharina, unsere Pflegerin, verliess zur selben Zeit wie Dr. Plüss die Station. Ihre Kollegin Daria übernahm deren Arbeit.»

«Dr. Plüss.» Valérie notierte den Namen. Falls man ihn nicht gerade befragte, würde sie es tun müssen. «Wo befindet sich Daria jetzt?»

«Bei den Patienten. Sie brauchen unsere Pflege nach wie vor, auch wenn Ihre Leute hier sind und für Unruhe sorgen.»

Valérie erwiderte nichts darauf. «Sie waren also den ganzen Vormittag bei der Patientin?»

«Ja. Ich bereitete alles vor, um sie aus dem Tiefschlaf zu holen.»

«Jetzt schon?»

«Ja. Wir haben das Sedativum bereits gestern reduziert.»

«Wurde es der Patientin intravenös verabreicht?»

«Das ist richtig.»

«Das heisst, über einen externen Zulauf?»

Dr. Pribram sah Valérie skeptisch an. «Was wollen Sie damit andeuten?»

«Kann es sein, dass das nächtliche Pflegepersonal vergessen hat, dieses Ventil zu schliessen?»

«Warum glauben Sie?»

«Dem Gerichtsmediziner fiel auf, dass das Hähnchen offen stand.»

«Das ist nicht möglich. Ich habe es selbst gecheckt. Ich habe es so gedreht, dass die isotonische Kochsalzlösung wieder in die Venen träufelt.»

«Wo befanden Sie sich, als der Alarm ausgelöst wurde?»

Dr. Pribram starrte vor sich hin, als hätte die Frage sie nicht erreicht. «Bei einem … Herzpatienten, den wir … wir reanimieren mussten.» Sie schaute Valérie mit grossen Augen an. «Er lebt … und ja … er wurde kurz davor eingeliefert. Er ist wieder stabil.»

Es klang, als wollte sie sich rechtfertigen.

Valérie fuhr mit den Fragen fort. Die Ärztin tat ihr leid, wie sie vor ihr sass wie ein Häufchen Elend. «Was taten Sie in der Folge?»

«Ich konnte nicht gleich weg. Daria ging an meiner Stelle zu der Frau. Es verging keine Minute, als sie mich zu sich rief. Ich ging dann sofort hin, nachdem ich zwei Assistenzärzten Anweisungen gegeben hatte, mit der Reanimation des Herzpatienten weiterzufahren. Sie übernahmen den Defibrillator und die Sauerstoffmaske, bevor sie ihn mit dem Oxylog beatmeten.»

«Oxylog?»

«Der Respirator respektive das Beatmungsgerät. Es ist eine von Mikroprozessen elektrisch gesteuerte, elektromagnetisch oder pneumatisch angetriebene Maschine –» Es klang völlig instrumentalisiert und nicht danach, dass Dr. Pribram bewusst war, was sie sagte.

«Was geschah mit der Patientin?», unterbrach Valérie sie.

«Sie atmete schon nicht mehr. Wir versuchten noch, sie zu reanimieren.»

«Haben Sie die Infusionszufuhr kontrolliert?»

«Selbstverständlich.»

«Aber Ihnen ist nichts aufgefallen?» Valérie musterte die Ärztin, die mit jeder bohrenden Frage nervöser wurde. An ihrem auffallend schlanken Hals erschienen rote Flecke.

«Wird jetzt ein Ermittlungsverfahren gegen mich eröffnet?»

«Das entscheidet die Staatsanwaltschaft.» Valérie sah sich um. Sie brachte es nicht fertig, Dr. Pribram in die Augen zu sehen. Die Ärztin hatte sicher alles richtig gemacht. Trotzdem blieb ein Restzweifel. Auch die Götter in Weiss machten Fehler. Und hier lag eindeutig einer vor. Dr. Pribram hatte sich wegen der Routine sicher gefühlt und die Kontrolle vergessen, wollte es aber nicht zugeben. «Gibt es auf der Station Kameras?»

Dr. Pribram sah auf. Sie hatte wieder Tränen in den Augen.

«Es gibt in jeder Ecke eine, wo der Blick auf die Patienten fällt.» Sie wies ins nächste Zimmer. «Das ist unser Kontrollraum. Er ist mit Monitoren ausgestattet. Von dort aus haben wir freie

Sicht auf die Betten. Nebst den akustischen Alarmsignalen gibt es auch visuelle.»

«Was nützt es, wenn der Posten nicht besetzt ist?», provozierte Valérie. Sie hatte keine Kenntnis davon, ob während des Sterbens der Frau jemand im Kontrollraum gewesen war. «Gibt es Bänder?»

«Bänder?»

«Eine Videoaufzeichnung?»

Dr. Pribram schluchzte. «Nein, der Monitor übermittelt in Echtzeit. Die Bitte bei der Verwaltung, die Kameras auf den neusten Stand zu bringen respektive Videos zu installieren, ist bis jetzt wegen der Finanzierung gescheitert. Es wird überall gespart.»

Wollte sich die Ärztin gerade ihrer Verantwortung entziehen? Valérie sah davon ab, sie weiterhin herauszufordern, und fragte stattdessen: «Erinnern Sie sich an jemanden, der hier nicht hingehörte?»

«Sie meinen, ob ein Fremder hier war?»

«Angehörige oder … jemand, der sich einen Arztkittel übergezogen hat, zum Beispiel.»

«Aber das wäre ja kriminell. Wo hätte er zudem einen weissen Kittel hernehmen sollen?»

«Aus der Lingerie?»

«Die liegt eine Etage tiefer.»

«Gibt es in den Korridoren Überwachungskameras?»

«Ja, aber das sind die gleichen Modelle wie hier.»

Auf dem Flur wurde es unruhig. Valérie wandte sich zu der Tür um, hinter der sie Schritte vernahm. Sie erhob sich, ging auf die Tür zu und öffnete sie. Draussen bewegten sich die Männer des KTD in ihren weissen Overalls. Die Stimmung hier vermittelte etwas Futuristisches.

«Hey, Valérie», sagte Franz Schuler.

Valérie hätte ihn beinahe nicht erkannt. Sein blasses Gesicht verschmolz mit der Kapuze, die er sich über den Kopf gezogen hatte. Er trug eine Brille. Valérie deutete darauf. «Korrektur?» Sie verstand das Grossaufgebot nicht. Hatte man ihr etwas verschwiegen?

«Nein, Bindehautentzündung. Ich dürfte eigentlich nicht hier sein. Wir sind durch mit der Spurensicherung. Der Eingangsbereich war wichtig, bevor noch mehr Fingerabdrücke dazugekommen wären. Wir nehmen uns jetzt die Intensivstation vor.»

Valérie betrat den Korridor.

«Bemühe dich nicht», sagte Schuler. «Ich weiss, in welchem Abteil die Tote gelegen hat. Warst du etwa schon drin?»

Valérie schüttelte den Kopf. «Ging nicht. Ist mit Flatterbändern abgesperrt.» Die Situation erschien ihr seltsam. Valérie hatte keine Ahnung, weshalb sie nicht früher aufgeboten worden war. Die Chronologie stimmte nicht. Sie konnte sich auch keinen Reim darauf machen, weshalb Stieffel ihr am Telefon den Grund verschwiegen hatte. Von einem Problem hatte er gesprochen. So wortkarg war er sonst nicht. Er hatte eine Art, an die Valérie sich gewöhnt hatte. Früher hatte er sie mit seinem makabren Humor geärgert, bis sie ihm unmissverständlich zu verstehen gegeben hatte, dass sie Witze über Tote nicht mochte. Seitdem verschonte er sie damit. Valérie hätte gern gewusst, was für ein Mensch seine Frau war. Ob sie seine Marotten vertrug, denn, davon ging Valérie aus, Stieffel hatte welche. Einen Sohn hatte er auch und eine Tochter. Die hatte sie einmal kurz gesehen, als Alisha – so hiess sie – ihren Vater vor der Rechtsmedizin abholte. Stieffel hatte sie ihr vorgestellt, ein pummeliges, trotziges Mädchen von dreizehn Jahren. Valérie erinnerte sich, wie Alisha sie mit einem abschätzigen Blick taxiert hatte, als stellte sie für sie eine Gefahr dar.

Schuler riss sie aus ihren Gedanken. «Ich werde dir die Resultate für den Abgleich überliefern, sobald wir sie haben.» Er betrachtete sie kritisch. «Alles klar bei dir?»

Das fragte sie sich selbst.

FÜNF

Sie hatte geträumt. Von ihrer Kindheit. Ein ungewohntes Geräusch, das durch die geöffneten Fenster ins Schlafzimmer drang, hatte sie aufgeweckt. Valérie wälzte sich auf die andere Bettseite, weg von Zanetti, den sie an ihrer Seite gespürt hatte, und griff nach der Armbanduhr auf dem Nachttisch. Sieben Uhr. Zaghaft flutete Tageslicht durch die fadenscheinigen Vorhänge herein. Ein Schimmer, der nicht gleich erkennen liess, ob draussen die Sonne schien oder sich der Nebel ausgebreitet hatte. Das Geräusch war geblieben. Es war ein Feiertag, und die Kirchenglocken schwiegen. Valérie fuhr es eiskalt über den Rücken. Erinnerungen schossen wie Nadelstiche in ihr Gehirn. An die Zeit in Fully, an den Karfreitag, als ihr Vater zum ersten Mal unangemeldet in ihr Zimmer getreten war. *Maman* war im Spital gewesen, als *Père* sie hatte «aufklären» wollen.

Traum und Erinnerung gaben sich die Hand. Nicht sicher, ob sie sich alles nur einbildete, stiess Valérie das Duvet von sich.

Die Glocken schwiegen wie damals. An ihrer Stelle ertönte ein dramatisches Rätschen, als würde jemand mit einem Löffel über ein Waschbrett fahren. Auf und ab. Auf und ab.

Vom Gründonnerstagabend bis zur Osternacht hatten in Fully die Glocken geschwiegen, als hätten sie damit der Pein eines Mädchens Bedeutung verliehen.

Valérie drehte sich wieder nach Zanetti um, ergriff seinen Arm. «Ich habe nicht gewusst, dass die Küssnachter diesen Osterbrauch leben.»

Zanetti brummelte etwas vor sich hin. Offenbar war er auch erst erwacht, hörte eine Weile dem Knattern zu. «Seit der neue Priester die Pfarrei übernommen hat», sagte er und räusperte sich. «Hast du den ‹Boten der Urschweiz› nicht gelesen? Pfarrer Mascoli hat den Brauch wieder eingeführt. Er wurde deswegen interviewt.»

«Pfarrer Mascoli? Klingt nicht gerade nach einem Innerschweizer.» Valérie schwang sich auf die Beine, nachdem sie Zanetti einen zärtlichen Kuss auf die Wange gedrückt hatte.

«Monsignore Mascoli. Er stammt aus Bari.»

Valérie ging zum Fenster, lauschte in den frühen Morgen hinaus. Auf und ab, wie der Löffel auf dem Waschbrett ... wie Vaters Hände an ihr. Das Schweigen der Glocken. *Mamans* Schweigen, aus Angst vor Schlägen. *Maman* trug keine Schuld.

«Du wirkst bedrückt», sagte Zanetti.

Valérie schloss das Fenster. «Warum erfuhr ich gestern auf dem Latrinenweg, was im Spital passiert war?» Sie hatte nicht so gereizt sprechen wollen, bereute es gleich.

«Caminada rief mich an. Ich wusste es von ihm. Ich ging davon aus, dass er es dir mitgeteilt hatte. Ich wusste, dass er dich als leitende Ermittlerin auserkoren hatte.»

«Auserkoren.» Valérie ging ins Bad. «Du weisst schon, was das bedeutet. Wir können uns unsere Osterferien ins Kamin schreiben.»

«Ich habe mit dem Reisebüro bereits Kontakt aufgenommen.»

«Ach so, hinter meinem Rücken.» Valérie wusste nicht, ob sie lachen oder weinen sollte. Heute war nicht ihr Tag, und es nervte sie. Das Gespräch mit Dr. Pribram gestern war wenig erbaulich gewesen. Es fühlte sich so an, als suchte man nach einem Sündenbock, dem man die Schuld zuweisen konnte. Es war immer schwierig, die Verantwortung für etwas zu übernehmen, wenn man sich keiner Verfehlungen bewusst war. Valérie hatte es am eigenen Leib erlebt. Sie fühlte sich schuldig, weil sie keine polizeiliche Überwachung angeordnet und man den Säugling noch nicht gefunden hatte. Eines war jedoch offensichtlich: Es handelte sich eindeutig um ein Verbrechen. Hatte die Vermutung, dass die fremde Mutter ihr Kind womöglich tot geboren und selbst verscharrt hatte, vorgeherrscht, kristallisierte sich heraus, dass man ihr das Kind entrissen hatte. Wahrscheinlich gleich nach dem Geburtsvorgang.

Was für eine kranke Welt! Valérie stellte sich unter die Dusche, liess heisses Wasser über ihren Körper rinnen, bis er rot war, bis ihr seelischer vom körperlichen Schmerz abgelöst wurde. Bis sie unter der dampfenden Hitze zusammenbrach. Zanetti fand sie wenig später so vor, als er ins Badezimmer trat. «Was, um Gottes willen, ist geschehen? Hast du dich verletzt?» Er zeigte auf ihre linke Schulter, wo sich eine dunkelrote Stelle von der rot verfärbten Haut abhob. Valérie musste sich beim Hinfallen an den Duscharmaturen gestossen haben. Sie rappelte sich auf. Ihr war es nicht recht, dass Zanetti sie in diesem Zustand sah. Es war lange her, seit ein solcher Anfall sie zum letzten Mal heimgesucht hatte. Früher hatte sie mit Tabletten dagegen angekämpft, bis sie es ohne in den Griff bekam. Brach sich gerade wieder eine psychische Labilität Bahn?

War es wegen des Säuglings? Die Ungewissheit nagte wie eine fette Ratte an ihrer Seele. Das Schicksal des Babys liess sie nicht mehr los. Wenn sie ihre Augen schloss, sah sie das zarte Menschenkind, wie damals Colin, als man ihn ihr nach der schmerzhaften Geburt auf die Brust gelegt hatte. Der Schmerz war vergessen, das Glück, ihren eigenen Sohn ausserhalb des Leibes zu spüren, überwältigend gewesen.

Zanetti half ihr in den Bademantel. «Ist es dieser Fall?» Er führte sie wie eine Schwerkranke in die Küche, wo er sie zum Sitzen zwang. «Er belastet uns alle.» Er schaltete die Kaffeemaschine ein, ersetzte das Wasser im Tank, füllte Kaffee in den Filter, rasterte ihn ein und drückte auf den Knopf. «Vielleicht solltest du den Besuch auf der Insel Schwanau an Fabia delegieren.»

Valérie zog die Beine an. «Louis begleitet mich. Zudem geht es mir schon besser.» Das war gelogen. Um in die Gänge zu kommen, hätte sie mindestens drei Tassen Kaffee hinunterleeren müssen. Nein, sie durfte jetzt keine Schwäche zeigen. Sie war stark und dachte positiv. Das hatte sie in den letzten Jahren gelernt. Niemals wieder würde sie sich in die Knie zwingen lassen, weder von einem Mann wie ihrem verstorbenen Vater noch von einem Psychopathen wie Willy Lehmann, ihrem Ex.

Sie trudelte durch ein Universum voller abstruser Gedanken. Der Vater, Willy, der verschollene Säugling. Valérie vermochte kaum mehr, ihre Überlegungen zu steuern.

«Tut mir leid», sagte Zanetti. «Ich hätte dir wegen der Annullation unserer Ferien Bescheid geben sollen.» Er stellte die Kaffeetasse auf den Tisch. «Möglicherweise hattest du den Schalter in deinem Kopf bereits auf Ferien gekippt. Vielleicht deshalb dein Schwächeanfall. Sag mir, falls ich etwas Gutes für dich tun kann.»

«Das tust du doch immer.» Valérie griff nach der Tasse und bemerkte, wie ihre Hände zitterten. Was hatte sie sich bloss angetan? Sie kam sich wie ein törichter Backfisch vor, der mit seinen Kinkerlitzchen auf sich aufmerksam machen wollte. «Sorry wegen vorhin. Manchmal habe ich das Bedürfnis, mir Schmerzen zuzufügen, damit ich erkenne, wie weit ich gehen kann.» Über den wahren Grund wollte sie nicht sprechen. Doch sie ahnte, dass nicht der Traum, sondern die Ohnmacht wegen des neuen Falles sie durcheinanderbrachte. Sie war überfordert wie ihr ganzes Team.

«Die Geschichte mit deinem Vater?», fragte Zanetti sanft und strich ihr über den Rücken.

Sie nickte bloss. Er kannte sie. In endlosen Nächten hatte Valérie ihm davon erzählt und später geglaubt, mit dieser Offenbarung einen Schlussstrich ziehen zu können. In kritischen Momenten nahm der Missbrauch an ihr überhand. Dann fragte sie sich, ob sie fähig war, echte Liebe zu empfinden. «Ich hatte einen Traum, in dem ich *Pères* Gewalt an mir immer und immer wieder erdulden musste. Dann erwachte ich ob des Rätschens, was wahrscheinlich der Auslöser für diesen Traum war. Die Erinnerung, weisst du, ist manchmal wie ein dunkles Loch.» Sie griff nach Zanettis Händen. «Der Alptraum von damals ist zurück … schlimmer als je zuvor. Wir suchen nach einem Baby, dem vielleicht Gewalt angetan wurde …»

***

66

Am Ufer des Lauerzersees hatten sich auch an diesem Morgen ein paar Schaulustige eingefunden. Mit Handys bewaffnet standen sie vor der Schranke, die den Weg zur Bootsanlegestelle versperrte. Obwohl von der Insel kaum etwas zu sehen war, reckten die Leute ihre Hälse, egal, ob der Nebel wie ein alles verschlingendes Staubmonster die Sicht unter sich begrub. Louis wartete bereits auf der Fähre, einem Schiff mit dunklem Rumpf und hellem Dach, als Valérie dort ankam. Von den Gaffern hatte sie kaum Notiz genommen, geschweige denn Antworten auf blöde Fragen gegeben. Möglicherweise hatten sich gerade ein paar Journalisten ihr Stelldichein gegeben, gierig darauf, etwas über den Fall auf der Insel Schwanau zu erfahren. Valérie kümmerte sich nicht darum.

Sie schritt über den schmalen Bootssteg und begrüsste die Schiffsführerin, eine zierliche Frau, der sie das Manövrieren des Schiffes unter normalen Umständen nicht zugetraut hätte. Die Frau sah kaum über das Schiffsteuer hinaus.

Valérie wies sich aus, grüsste die Frau und hoffte, dass sie des Schiffs mächtig war.

«Hallo, ich bin Leni. Bitte schnallen Sie sich an.»

Für Spässe war Valérie nicht aufgelegt. Dennoch schenkte sie Leni ein Lächeln. War vielleicht nicht gerade ihr Traumjob, zwischen dem Festland und der Insel zu pendeln, zumal die kurze Strecke kaum etwas Spannendes bot. Heute versanken Landschaft und See in einem tristen Grau. Passt, dachte Valérie. Karfreitag war kein guter Tag. Sie setzte sich neben Louis auf die Holzbank, flüsterte ein «Guten Morgen» und liess ihren Blick über die graue Wasseroberfläche gleiten in Richtung Horizont, dessen Konturen so verschwommen wirkten wie eine verwischte Bleistiftzeichnung.

Louis trug einen Ordner mit sich, den er aufgeschlagen auf seine Oberschenkel gelegt hatte. «Das sind alle Bilder von der Insel, wie ich sie von unserem Polizeifotografen bekommen habe. Wir sollten uns die markierten Stellen noch einmal ansehen.»

Durch den Schiffsrumpf ging ein kaum wahrnehmbares

Vibrieren. Leni fuhr rückwärts, wendete gekonnt und steuerte auf den gegenüberliegenden Steg zu. Sie tat dies mit einer routinierten Sicherheit, dass Valérie ihre ersten Zweifel revidieren musste. «Hast du sie auch befragt?»

Louis holte sein iPhone aus der Kitteltasche. «Ist alles hier drauf.» Er sah zu Leni hinüber. «Sie sagte, dass sie am Dienstagabend eine Gesellschaft von circa zwanzig Leuten auf die Insel transportiert habe.»

«Und warum steht das nirgends?»

«Ganz einfach, weil wir Leni bis anhin nicht gefunden hatten. Sie erzählte mir, dass sie nach beendeter Arbeit am Dienstagabend spät nach Lugano gefahren sei.»

«Eine Gesellschaft also.» Valérie wandte ihr Gesicht der Fahrtrichtung zu. Ein kühler Luftzug strich ihre Haare nach hinten, liess ihre Haut prickeln. «Warum haben uns der Koch und die Serviceangestellte das verschwiegen?»

«Du weisst, wie das ist: ‹Wir wurden nicht danach gefragt.›»

«Dass man den Leuten auch immer alles aus der Nase ziehen muss.» Valérie machte eine Sprechpause, überlegte, was der Grund für das Schweigen gewesen sein könnte. In der Regel waren die Zeugen redselig, wenn es nichts zu verheimlichen gab. Manchmal wurde noch einiges dazugedichtet, und man hatte etwas gesehen, das in der Realität nie existiert hatte. Die Wahrnehmungen waren oft einfach zu verschieden.

«Leni habe die Gäste nach Mitternacht zurückgebracht», sagte Louis. «Einundzwanzig an der Zahl, in der Mehrzahl Männer.»

Valérie griff sich an den Kopf. «Das sind einundzwanzig mögliche Zeugen, die wir demnach befragen müssen.» Sie erhob sich, ging nach vorn ans Steuer, welches Leni locker in der rechten Hand hielt. Man sah ihr an, dass sie Spass dabei empfand. Ein Schiff zu lenken, egal, wie gross oder klein es war, hatte etwas Erhabenes. «Mein Kollege sagte mir soeben, dass Sie in der vergangenen Dienstagnacht eine Gruppe von Leuten auf die Insel und wieder zurückgeführt haben. Haben Sie irgendwo die Namen der Gäste notiert?»

«In meinem Logbuch», sagte Leni stolz. «Ich habe alle Namen eingetragen. Sobald wir angekommen sind, können Sie einen Blick darauf werfen. Jetzt aber darf ich den Landungssteg nicht verfehlen.» Sie wandte sich zuerst an Valérie, dann an Louis. «Bitte nehmen Sie Ihre Plätze wieder ein und schnallen Sie sich an.» Leni liess sich von ihrem trockenen Humor nicht abbringen. Sie lenkte das Schiff zum Steg, hielt an und stellte den Motor ab. Sie hüpfte auf den Steg und band das Schiff mit einem Seil an den Pfahl, der wie ein versunkener Obelisk aus dem Wasser ragte. Dann kam sie zurück. Sie öffnete eine Kiste neben dem Steuer und griff hinein. «Das ist mein Logbuch.»

Valérie schaute auf nichts Geringeres als auf eine Agenda, der man ansah, dass sie noch nicht lange im Gebrauch stand. Der Einband war unversehrt, tannengrün mit Goldprägung.

Leni schlug die Seite auf, die durch ein Lesebändchen markiert war, und blätterte zwei Seiten zurück. «Hier, das sind die Namen. Siebzehn Männer und vier Frauen. Ich habe sie am Dienstagabend um sechs hierhergefahren.»

Valérie überflog die Namen. «Ist das alles? Keine Adressen?» Sie war enttäuscht.

«Die Adressen befinden sich bei Frau Tomasi. Sie war es auch, die mir die Liste mit den Namen ausgehändigt hat. Aber wenn Sie nach Frau Tomasi suchen, die kommt erst am Sonntag zurück. Ihr Sohn hat geheiratet. In Südfrankreich, glaube ich … Coaraze oder so.»

Valérie zückte ihr iPhone und machte ein Foto von der Liste. Sie drehte sich nach Louis um, der das Schiff bereits verlassen hatte. «Sagt dir der Name Tomasi etwas?»

«Selbstverständlich. Sie ist die Pächterin vom Restaurant Schwanau. Leider konnten wir sie bis dato nicht erreichen.»

Bereits zwei Versäumnisse. Valérie vermochte nicht, es nachzuvollziehen. Der Wurm war drin, und sie wusste nicht, wo der Grund dafür lag. War sie, wie Zanetti festgestellt hatte, mit einem Bein bereits in den Ferien und am Fall nur halbherzig dabei? Das hätte nicht passieren dürfen.

«Versuchen wir, den Schaden so gering wie möglich zu halten», sagte Louis, als hätte er ihre Gedanken gelesen. «Es war mein Fehler. Ich hätte konsequenter an die Sache herangehen sollen.»

«Das war nicht dein Fehler, okay?» Und an Leni gewandt. «Sie können wieder zurückfahren. Ich werde Sie anrufen, sobald wir hier fertig sind.»

Leni reichte ihr eine Visitenkarte. «Da steht meine Handynummer drauf. Da die Insel bis auf Weiteres gesperrt ist, werde ich mir die Zeit bis zu meinem nächsten Einsatz zu Hause um die Ohren schlagen. Ich wohne nämlich gleich am Dorfeingang von Lauerz. Ich kann aber in fünf Minuten beim Bootssteg sein. Ich bin bei jedem Wetter mit dem Velo unterwegs.»

Ein Eisensteg führte rechts der Landungsbrücke ins Nirgendwo. Ein paar Holzpfähle markierten Stellen, wo man mit Booten anlegen konnte. Valérie fielen ein Seil und eine Kette auf, welche um den letzten Pfahl gebunden waren und deren Enden im Wasser verschwanden. «Wurde das auch fotografiert? Hier könnte ein Boot angelegt haben.»

«Das ist im Rapport vermerkt.» Louis zeigte auf ein Bild im Ordner. «Hier, die Stelle wurde auf Spuren abgesucht.»

«Möglicherweise lag hier das Boot, das bei der Spurensicherung in Schindellegi ist.»

«Sieht ganz danach aus.»

«Was befindet sich auf der anderen Seite der Insel?»

«Unwegsames Gelände, viel Gebüsch, ein Paradies für Vögel. Sogar Nattern soll es hier geben.»

«Dann hätten wir uns Stiefel anziehen sollen.»

Louis sah auf ihre Füsse. «Bergschuhe passen auch.»

«Untersteh dich, das sind keine Bergschuhe.»

«Ich weiss, mit Kunstpelz gefütterte Sneakers, der letzte Schrei von vergangenem Winter. Carla hat auch welche.»

Valérie ging zum Ausgangspunkt zurück. Eine Treppe führte nach oben und erreichte in einem rechten Bogen den Platz vor der Kapelle. Zwei uniformierte Polizisten hielten die Stellung. Valérie grüsste sie. «Irgendwelche Vorkommnisse?»

«Nichts Verdächtiges.»

Sie sah ihnen an, dass dieser Einsatz sie langweilte. Das garstige Wetter tat sein Übriges. «Habt ihr wenigstens etwas zu essen?»

«Jede Menge.» Die Männer schenkten ihr synchron ein Lächeln.

Rechter Hand der Kapelle standen Tische und Bänke im Gartenrestaurant. Schön arrangierte Blumengestecke vermittelten den Eindruck, dass die Saison für Inselbesucher begonnen hatte. Rot-weisse Aschenbecher leuchteten aus dem Grau des Vormittags.

«Wenigstens kann man hier rauchen.» Als hätte er sich eines Bedürfnisses entsonnen, entnahm Louis seiner Kitteltasche ein angebrochenes Zigarettenpäckchen, holte eine Zigarette daraus hervor und steckte sie in den Mund.

Valérie reichte ihm Feuer.

«Sieh an, sieh an, nicht bloss ein Sackmesser, auch ein Feuerzeug hat die aufmerksame Lady dabei.»

«Echte Frauen tragen immer Sackmesser und Feuerzeug bei sich.» Valérie schaute über den mit Kieselsteinen belegten Platz, auf die Fassade des Gasthauses bis nach oben unter das Dach, ohne Louis weiter Beachtung zu schenken. Es war ein altes Chalet mit drei Stockwerken, sah renoviert und einladend aus. Dahinter erhob sich dunkel und schwer die südliche Seite des Turms. Links des Hauses thronte ein kubisches Gebäude über den Abhang. Die Tür stand offen. Valérie betrat das Innere, das an einen Pavillon erinnerte. Aneinandergeschobene Tische bildeten ein Rechteck. Darum herum standen Stühle. Drei Seiten des Raums waren mit Fenstern versehen, die bei schönem Wetter sicher eine phänomenale Aussicht auf den See und das nahe gelegene Ufer boten. Heute versank alles in einer grauen Tristesse.

«Wurde hier das Dinner für die Besuchergruppe serviert?», fragte Louis. Schmutzige Tischwäsche wies darauf hin.

«Ist anzunehmen.» Valérie stellte sich an die nordwestliche Fensterfront und versuchte, einen Blick in die nahe Umgebung zu erhaschen. «Platz hätte es genug.» Unter ihr entdeckte sie Bäume und Sträucher im ersten filigranen Grün. Der Nebel hatte sich ein wenig dezimiert. Der Blick auf den See reichte weiter als vorhin. Ab und zu blitzten die Narben des Goldauer Bergsturzes am Hang des Rossbergs auf. «Gibt es auf dieser Seite einen zweiten Landungssteg?» Valérie deutete nach unten. «Dorthin werden die Leute mit einer körperlichen Beeinträchtigung gefahren», erklärte Louis. «Du hast sicher das Spezialboot am andern Ufer gesehen. Ein Schräglift führt nach oben, auch eine Stahltreppe. So gelangt man bequem zum Restaurant.» Louis inhalierte den Tabakrauch, stiess ihn nervös wieder aus. «Die fremde Frau wurde auf dem naturbelassenen Podest neben der Talseite gefunden.»

«Das heisst, dass Bürgler und seine Freundin dort gestrandet sind.» Valérie versuchte, sich in die Fremde zu versetzen. Was war vorausgegangen? Warum war sie ausgerechnet hierhergekommen? Hatte sie nach oben gelangen wollen? Oder war sie von oben nach unten gegangen? Aber in ihrem Zustand … Und wo war das Boot geblieben, mit dem sie hergefahren war? Hatte sie letztendlich zu der Gesellschaft gehört, welche auf der Insel gewesen war? Valérie kam auf keine plausible Erklärung. Leni hatte einundzwanzig Leute hin- und ebenso viele zurückgefahren. Valérie schätzte sie so ein, dass die geringste Abweichung vom Normalen sie auf die Barrikade hätte steigen lassen.

«Wir sollten uns das Areal um die Turmruine ansehen», sagte Louis. Er legte den Ordner, den er bis hierher mitgetragen hatte, auf den Tisch. «Der Fotograf hat diese Bilder hier von der Umgebung geschossen, auch die Feuerstelle ist zu sehen, deren Glut am Erkalten war. Trotz des Verbots muss jemand ein Feuer entfacht haben.»

«Und das hat niemand bemerkt?» Valérie sah auf die Bilder, ohne sie richtig wahrzunehmen. «In der Nacht vom Dienstag auf den Mittwoch war Vollmond. Der Himmel hätte nicht klarer, die Sicht nicht besser sein können.»

«Wer blickt schon zum Himmel, wenn er Speis und Trank bekommt?»

Bürgler und Sonja, dachte Valérie. Sie mussten es gesehen haben, das feine Rauchfähnchen über der Insel. Nein, sie waren zu beschäftigt gewesen, wie Sonja hatte durchblicken lassen, oder selbst in etwas involviert, das sie verschwiegen.

Valérie verliess den Pavillon. Louis folgte ihr, nachdem er den Ordner zugeschlagen und unter den Arm geklemmt hatte. Eine weitere Treppe führte nach oben, wo die Ruine stand. Viel war von der einstigen Burg nicht mehr zu sehen, mit Ausnahme des Turms, der ziemlich intakt war. Über die gesamte östliche Turmseite war eine überdachte Metalltreppe angebracht mit asymmetrischen Stufen. Valérie zog sich am Handlauf hoch, darauf bedacht, die Stufen nicht zu verfehlen. «Ziemlich tricky, diese Treppe.»

Oben angelangt, kämpfte sich ein erster Sonnenstrahl durch das diffuse Gewirk des Nebels. Kurz nur, doch die Zeit reichte aus für den Blick zu den Mythen, die sich wie zwei Pyramiden imposant aus dem Grau schälten. Dann verschwanden sie wieder. Louis keuchte hinter Valérie her. «Das kommt vom Rauchen», frotzelte sie, obwohl sie wusste, wie agil Louis war, trotz seiner «Sargnägel». Kaum jemand vermochte, ihn einzuholen, wenn er rannte.

Beide blickten hinunter auf den ehemaligen Innenhof der Burganlage. Weiter hinten, dort, wo sich früher vermutlich der Wohnraum befunden hatte, entdeckte Valérie die Feuerstelle, von der Louis gesprochen hatte. «Die müssen wir uns näher ansehen», sagte sie.

«Die wurde akribisch abgesucht.» Louis löschte den Zigarettenstummel auf der Turmmauer aus und warf ihn nach unten. «Ich werde ihn aufheben, versprochen.»

«Das will ich doch hoffen.» Valérie sandte ihm einen tadelnden Blick zu. «Hatten die Gäste vom Dienstagabend ihren Apéro auf dem Platz dort?» Sie wartete Louis' Antwort nicht ab. «Ich muss mir diesen aus der Nähe ansehen.» Sie kehrte über die Treppe zurück nach unten.

Während sie ans östliche Ende der Ruine schritt, stellte sie sich vor, wie der Burgherr und seine Entourage hier gelebt hatten, in einer Zeit, in der es keine Heizung gab. Vielleicht waren diese Menschen so abgehärtet gewesen, dass es ihnen nichts ausmachte, oder das Klima hatte sich im Winter erträglicher gezeigt als heute. Die Mauern wiesen einen beträchtlichen Durchmesser auf, Stein auf Stein gefügt, mit Mörtel befestigt. Valérie erreichte den Platz mit dem Rückstand verbrannten Holzes und sah sich um, in der Hoffnung, etwas zu finden, was die Leute des Kriminaltechnischen Dienstes nicht gesehen hatten. Einen kleinen Anhaltspunkt, dass hier gefeiert worden war. Mit Champagner und Fingerfood. Wer auf der Insel dinierte, liess es sich gewiss nicht nehmen, die Stimmung der Burgruine auf sich wirken zu lassen, in einer Vollmondnacht wie der letzten.

Valérie entdeckte einen Durchgang zu einem dahinter liegenden Weg, der gut zu begehen war. Er führte um die Mauern herum und fiel auf der Seite steil zum See ab. Trotzdem wollte Valérie sich vergewissern, wohin er mündete.

«Pass auf!» Louis goutierte ihr Vorhaben nicht. «Willst du dir sämtliche Knochen brechen? Dort ist es gefährlich.»

«Warum? Warst du schon einmal hier?»

«Ich hab's mir von unten angesehen. Das Gelände ist unpassierbar.»

«Da bin ich mir nicht so sicher. Schau.» Sie bückte sich. «Das sind doch Fusstritte respektive zertretene Grasflächen. Wurde das nicht bemerkt?»

Louis kam an ihre Seite und sah ebenfalls auf die Stelle. «Mit viel Phantasie. Auf dieser Insel leben Tiere und hinterlassen schon mal ihre Spuren.»

«Aber nicht menschliche.»

«Das steht alles im Protokoll. Franz hätte es mit Sicherheit erwähnt, wenn das hier», Louis zeigte auf den Boden, «von einem Menschen stammte.»

«Ich will, dass die Spurensicherung noch einmal antrabt.»

«Ist das dein Ernst? Du beharrst darauf?» Louis lachte. «Dein Bauchgefühl, nicht wahr?»

«Bis jetzt bin ich damit immer gut gefahren. Zudem ist dieses frisch zertretene Gras hier Fakt.»

«Könnte auch von Franz und seiner Truppe stammen.»

«Du weisst, wie er bei der Spurensuche vorgeht.»

Louis gab sich offensichtlich geschlagen. Mit hängendem Kopf ging er zum Durchgang, der zurück in die Ruine führte. Valérie ahnte, dass sie zu weit gegangen war. Sie lief einfach nicht auf ihrem geistigen Maximum. Mit ihren abstrusen Ideen machte sie sich bloss lächerlich. Sie musste einem wie Franz Schuler nicht vorschreiben, was er zu tun hatte. Wenn einer akribisch nach Spuren suchte, war er es. Trotzdem wollte sie eine zweite Begehung des KTD anordnen.

«Kommst du endlich?» Louis war ungeduldig. «Wir müssen zurück. Am Nachmittag steht die Teamsitzung mit Caminada an. Zudem sollten wir die Zeugen checken und versuchen, Frau Tomasi zu erreichen.»

Das war neu, dass Louis ihr den Marschplan vorgab. Er merkte es. «Sorry, ich habe mich im Ton vergriffen. Du bist noch immer meine Chefin. Aber ich mache mir ein wenig Sorgen um dich. Habe ich bloss das Gefühl, oder stehst du dir im Moment selbst im Weg?»

Als Valérie nichts darauf erwiderte, packte er sie am Arm. «Du hättest dich bei Caminada wegen der Ferien durchsetzen sollen. Du läufst am Limit. Du könntest jetzt am Strand liegen und dich entspannen bei einer Piña Colada oder frisch gepresstem Fruchtsaft. Dein Zanetti hätte dich auch allein wegschicken können. Und ich hätte den Fall übernommen.»

«Wir würden erst morgen fliegen», sagte Valérie, während sie sich um Gelassenheit bemühte. «Emilio hat die Ferien jedoch annulliert. Wird also nichts mehr damit. Er und Caminada brauchen mich hier.»

«Mache dich nicht unersetzlich. Du hast bei Fischbacher gesehen, wo das endet. Du bist müde, Valérie, und das nicht erst seit gestern.»

Louis hatte recht. Aber wenn sie es zugab, zeigte sie Schwäche. Das konnte sie sich in ihrer Position nicht erlauben, nicht vor Louis.

«Wenn du zurückkommst, ist der Fall gelöst, versprochen.»

«Ich habe nicht vor, ein Jahr Ferien zu machen.»

Louis nahm ihr die Bemerkung nicht übel. Aus diesem Grund mochte sie ihn. «Wir sind nur zusammen stark, du und ich», sagte sie aus einem Bedürfnis heraus, ihre Äusserung von vorhin abzuschwächen. Ihre freundschaftliche Beziehung wollte sie nicht aufs Spiel setzen. «Ich komme mit dir zurück», sagte sie, während sie sich vor dem Turm bückte und den Zigarettenstummel aufnahm.

SECHS

Der Konferenzraum auf dem Polizeistützpunkt in Biberbrugg platzte aus allen Nähten. Neben Valéries Team und einigen Polizisten von der Bereitschaft waren auch Schuler und zwei seiner Assistenten zugegen. Auch Zanetti und Caminada und, was Valérie nicht verstand, Regierungsrat Auf der Maur, Vorsteher des Sicherheitsdepartements.

«Was sucht denn *der* hier?», fragte sie leise Fabia, die sich neben sie auf den Stuhl schwang. «Hat er eine Einladung bekommen?»

Seltsamerweise wurde Auf der Maur nicht nur von seiner Partei immer wieder portiert, sondern auch vom Volk stets wiedergewählt. Freiwillig wäre er nie zurückgetreten, obwohl es nach Valéries Dafürhalten an der Zeit gewesen wäre, den Platz für einen Jüngeren zu räumen. Auf der Maur ging auf die siebzig zu, war ein Sesselkleber und Selbstdarsteller und mischte sich gern in die operative Ermittlungsarbeit der Polizei ein, obwohl ihm das wegen der Gewaltentrennung nicht erlaubt gewesen wäre.

Caminada hatte Auf der Maur bereits in Beschlag genommen. Die Männer waren in ein angeregtes Gespräch vertieft. Ob es Caminadas Idee gewesen war, ihn hierher zu beordern?

Vor der Tür hatten Valérie und Louis vereinbart, dass er die Sitzung leitete. Er war im Moment einfach besser vorbereitet. Als sie ihm das mitgeteilt hatte, hatte er gestrahlt wie ein überhitzter Reaktor. Jetzt stand er am Kopfende des Tisches, zwischen Flipchart und Pinnwand, und wirkte angespannt. Möglicherweise war auch ihm die Anwesenheit des Regierungsrats nicht geheuer.

«Ich habe hier den Bericht aus der Rechtsmedizin», begann Louis. «Dr. Stieffel hat sich in der Zeit selbst übertroffen. Die Frau vom Lauerzersee wurde vergiftet.»

«Schon wieder ein Giftmord?», entglitt es Fabia.

«Hier steht, dass anhand der gehemmten Blutgerinnung und in der Folge inneren Verblutens innerhalb kurzer Zeit der Tod eingetreten sei.»

Valérie sah die Tote vor sich. Auf ihrem Gesicht hatten sich keine Anzeichen von einem Todeskampf befunden, ihre Züge waren friedlich gewesen. Hatte sie überhaupt etwas gespürt?

«Um welche Gifte es sich handelt», sagte Louis, «kann Dr. Stieffel noch nicht mit Bestimmtheit sagen. Herauskristallisiert hat sich einzig – und er schreibt ‹unter Vorbehalt› – Bromadiolon, das in flüssigem Rattengift enthalten ist. Es sei aber eindeutig intravenös verabreicht worden. Wir müssen die definitive toxikologische Analyse abwarten.»

«Rattengift?» Über Fabias Gesicht huschte ein Schatten. «Niemand kommt leicht an Rattengift, ausser erfahrene Schädlingsbekämpfer oder Landwirte. Mein Grossvater zum Beispiel durfte Rattengift verwenden, aber er musste entsprechenden Sachkundenachweis liefern. Soviel ich weiss, darf Rattengift seit 2013 nicht mehr an Privatpersonen abgegeben werden.»

«Ich muss dich korrigieren», sagte Valérie. «Dieses Gesetz gilt nur bei unserem nördlichen Nachbarn.»

«Können wir den Radius der Ermittlungen schon eingrenzen?», warf jemand die Frage auf.

«Zumindest ansatzweise ein Täterprofil erstellen», sagte Valérie und wandte sich an Louis. «Wann erhalten wir das Gutachten?»

«Das hat er nicht mitgeteilt.»

Im Raum breitete sich ein Raunen aus.

«Des Weiteren haben wir erste Reaktionen auf die Veröffentlichung des Bildes in der Klatschpresse erhalten», fuhr Louis fort.

Prompt hob Auf der Maur seine rechte Hand, um die Aufmerksamkeit auf sich zu ziehen. «Die Medien lauern uns wie die Aasgeier auf. Vielleicht sollten Sie Ihre Polizeinotizen dosierter verteilen. Es scheint, als krallten sich die Zeitungsfritzen an jede Kleinigkeit, um aus einer Mücke einen Elefanten zu machen.

Oder …» Er hüstelte hinter vorgehaltener Hand. «Warum wissen die Medien immer alles so detailgetreu? Gibt es ein Leck?»

Valérie beobachtete Louis und schickte ein Stossgebet zum Himmel, dass er sich nicht provozieren liess. Sie fand die Aussage des Regierungsrats heftig, was nicht nur ihr aufgefallen war. Es war höchste Zeit, dass er sich von der Öffentlichkeit verabschiedete.

«Der hat hier doch nichts verloren», flüsterte Fabia.

«Er hat eine ziemlich hohe Meinung von sich», sagte Valérie.

«Wenn ich mir die Mails ansehe, die uns erreicht haben», sagte Louis ruhig, «dürfen wir die Presse nicht nur verteufeln. Insgesamt sind siebenundvierzig Mails eingetroffen, die sich auf das Tattoo beziehen.»

Das Tattoo in Form einer halbwegs entfernten Ameise hatte offenbar die Gemüter unter der Bevölkerung erhitzt. Die Frage war nicht die, wo die Tätowierung gemacht, sondern wo sie entfernt worden war. Louis verlor ein paar Sätze darüber. Über die lausige Arbeit von Laien-Tätowierern, die wie Pilze aus dem Boden schossen, und solchen, die sich erlaubten, ohne sicheres Wissen unerwünschte Zeichnungen auf dem Körper zu entfernen. Es schien, als hätten sich die Betroffenen durch solche Mails Luft gemacht oder den Frust von der Seele geschrien. «Arbeit wartet auf uns», beendete Louis die Ausführungen.

«Auf das Gesichtsbild gab es keine Reaktionen?», fragte verzögert Valérie, die sich mit dem Resultat der Sitzung nicht zufriedengab. Sie musste mit Auf der Maurs Intervention rechnen, doch dieser verhielt sich wider Erwarten ruhig.

«Das Gesicht?» Louis tat überrascht. «Nein, keine Meldungen. Auf der DNA-Datenbank CODIS gab es auch keine Übereinstimmungen. Die Frau wird definitiv *nicht* vermisst.»

«Wir sollten es mit einer besseren Auflösung versuchen», sagte Valérie, die das letzte Foto gut in Erinnerung hatte. «Das Bild war arg verpixelt.»

Louis sah sie zuerst blinzelnd an und nickte dann. «Ich werde das in die Wege leiten.»

Valérie wartete, bis sich der Geräuschpegel im Raum verringert hatte. «Leider gibt es keine Hinweise in Bezug auf den vermissten Säugling.»

«Vielleicht ist er schon längst gestorben», sagte Fabia.

«Solange wir keine Leiche haben, werden wir die Suche nicht aufgeben.» Valérie sah Louis an.

Dieser legte ein paar Schweigesekunden ein, in denen er seine Dokumente auseinanderfächerte. «Heute waren Valérie und ich noch einmal auf der Insel. Wir kamen überein, dass der KTD den östlichen Hang hinter der Ruine ein zweites Mal akribisch auf Spuren untersuchen sollte. Wir fanden zertrampeltes Gras, abgebrochene Äste, was in keinem der Rapporte vermerkt ist. Wir dürfen nicht ausschliessen, dass jemand über den schwer zugänglichen Weg auf die Insel gekommen ist.» Er wandte sich an Schuler, der konzentriert Notizen machte, aber mit keinem Wort gegen Louis' Direktiven konterte. «Wie weit seid ihr eigentlich mit dem Boot?»

«Die Auswertungen werde ich bis morgen bereithaben», sagte Schuler. «Ich kann nur so viel dazu sagen, dass Blutspuren sichergestellt werden konnten. Es gab ein paar Haare, bei denen wir noch nicht wissen, ob sie menschlichen oder tierischen Ursprungs sind. Die Abgleiche mit dem Liebespaar sind gemacht.»

Louis kratzte sich am Kinn, schien zu überlegen. «Wir wissen bis heute nicht, wo dieses Boot angelegt war, bevor man es bei der Anlegestelle auf dem Festland gefunden hat. Gut möglich, dass es auf der Insel seinen Platz hatte, denn dort liegt ein Seil im Wasser.» Er teilte Kopien von Lenis Namensliste aus. «In besagter Nacht waren zudem einundzwanzig Personen zum Nachtessen auf der Insel. Ich möchte bis morgen um die gleiche Zeit die Adressen der Personen bei mir haben, bevor wir mit der Vorladung und den Befragungen starten können.»

Wieder ging ein Raunen durch den Raum.

«Tut mir leid. Trotz des Osterwochenendes dürfen wir keine Zeit verlieren. Noch könnte sich ein Säugling dort draussen befinden …»

«Dann sollten wir wirklich Dampf machen.» Fabia, die sich

gerade einen Kaugummi in den Mund gesteckt hatte, enervierte sich zusehends. «Und damit an die Presse gehen.»

Valérie schätzte ab, wie Louis darauf reagieren würde. Auch wenn sie sich nicht laut dazu äussern wollte, sie hatte ihn in Verdacht, dass er seiner Carla ab und zu Informationen steckte, verschlüsselte vielleicht. Aber Carla musste klug genug sein, diese zu enträtseln. Louis verzog keine Miene.

«Auf morgen Karsamstag haben wir eine Pressekonferenz einberufen», sagte Caminada. «Wir dürfen die Medien nicht mehr hinhalten, ansonsten erscheinen Artikel wie in der letzten Boulevardzeitung.» Augenscheinlich wusste Caminada nichts vom Verfasser des Textes. «Zudem müssen wir den Tattoo-Studios nachgehen.»

«Die über diese Tage bis Dienstag geschlossen haben», sagte jemand.

Valérie zog noch einmal die Aufmerksamkeit auf sich. «Hat schon jemand an eine Wärmebildkamera gedacht?»

«Unser Helikopter war bereits im Einsatz», sagte Caminada. «Die Kamera reagiert, wie es der Name sagt, auf Wärme.»

«Ich verstehe: Tote Körper werden nicht erfasst.» Fabia kniff den Mund zusammen.

Valérie wog ab, ob sie auf ihre Ferien angesprochen würde. Denn noch hätte sie die Chance gehabt, diese zu beziehen, egal, ob Zanetti sie begleitete oder nicht. Louis hatte mit der Leitung der Sitzung schon mal ein Zeichen gesetzt. Aber weder Caminada noch Zanetti waren darauf eingestiegen. Valérie raffte sich auf. Es brachte nichts, wenn sie sich jetzt gehen liess. Auf sie wartete die rasche Aufklärung eines Falles, der bis anhin zu verworren schien. Valérie fehlte die Struktur, ein Profil, welches ihr ermöglicht hätte, die richtigen Schlüsse zu ziehen.

Und der Säugling.

«Da ist noch etwas», sagte Louis. «Nach der Befragung im Spital Schwyz haben wir eine einzige Zeugenaussage eines Patienten, der seit einem Monat stationär behandelt wird. Ein Arzt, den er nie zuvor gesehen habe, sei ihm im Lift begegnet. Er habe sich gewundert, dass er unter dem Arztkittel eine Jacke getragen habe. Leider erinnert er sich aber nicht an dessen Gesicht, und auch sonst konnte er den Mann nicht näher beschreiben. Aber wir müssen davon ausgehen, dass es sich bei dem Täter im Spital um einen Mann handelt.»

«Wir haben einen Arztkittel sichergestellt», sagte Schuler, «den wir ausserhalb der Lingerie fanden. Er ist ebenfalls im Labor.»

***

Sie war in ihr Büro zurückgekehrt, nachdem Louis ihr mitgeteilt hatte, dass er die Pächterin des Restaurants Schwanau erreicht habe. Jetzt wartete Valérie auf den Anruf aus Frankreich. Sie hatte einen Zeichenblock hervorgenommen und die Insel anhand eines Eintrags auf der Suchmaschine skizziert. Von oben gesehen, sah sie wie ein Oval aus, ein sanfter bewaldeter Rücken. Kapelle, Gasthaus und Pavillon befanden sich im südwestlichen Teil, wo auch die beiden Anlegestellen lagen. Bergfried, Burghof und Palas nahmen den Platz in der Mitte ein. Dahinter dehnten sich die Mauerruinen aus und endeten am höchsten Punkt. Die Nachbarinsel Roggenburg war um einiges kleiner als Schwanau und unbewohnt. Valérie entnahm ihrem Ordner Schulers Protokoll. Er hatte nichts von diesen Trittspuren erwähnt, was Valérie nicht verstand. Schuler zählte zu den präzisesten Menschen, die sie kannte. Warum war er während der Sitzung nicht darauf eingegangen? Waren die Spuren erst im Nachhinein dorthin geraten? Hatte sich jemand von der Nordostseite aus Zugang zur Insel verschafft? Am östlichen Ende des Lauerzersees, in Seewen, gab es Boote. Von dort aus hätte man unbeobachtet auf Schwanau gelangen und am äussersten Zipfel stranden können. Der Weg bis zur Ruine und in der Folge zum Gasthaus war sicher mühsam, aber nicht unmöglich, wenn sich jemand in der Gegend gut auskannte.

Das Telefon der Festnetzstation läutete. Valérie griff nach dem Hörer.

«Frau Tomasi hat zurückgerufen», sagte Louis. «Soll ich durchstellen?»

«Klar, worauf … danke.» Valérie war nervös. Sie wusste nicht, was sie erwartete. Und dass die Chefin während der Eröffnungstage der Insel fernblieb, obwohl sie bereits Gäste gehabt hatte, vermochte sie nicht nachzuvollziehen. Hochzeit hin oder her. Bei der Planung musste sie gewusst haben, wann die Sommersaison beginnt.

Louis verband. Auf der andern Seite der Leitung vernahm Valérie die resolute Stimme einer Frau. «Andrea Tomasi. Ich habe gehört, was passiert ist. Ich hatte vor einer Stunde ein Telefonat mit meinem Küchenchef. Das ist ja schrecklich.» Erst jetzt holte sie Luft.

Valérie wusste nicht, wie weit der Koch Andrea Tomasi eingeweiht hatte. Sie musste davon ausgehen, dass er und die Serviceangestellte weder vom Tod der Fremden noch vom verschwundenen Säugling eine Ahnung hatten.

Valérie nannte ihren Namen. «Danke für den Rückruf. Ich gebe ehrlich zu, mir wäre es lieber, wir könnten uns Face-to-Face miteinander unterhalten. Aber ich habe erfahren, dass Sie bis morgen in Frankreich bleiben wollen.»

«Wollen? Ich muss. Mein Sohn hat geheiratet. Die Festivitäten finden erst morgen Samstag statt.»

«Am Karsamstag?»

«Mein Sohn ist bekennender Atheist. Er schert sich weder um katholische noch um evangelisch-reformierte Feiertage. Was für mich nicht ganz einfach ist. Er ist mein einziger Sohn.» Andrea Tomasi erzählte im Endlosmodus von dem kleinen Ort in Südfrankreich, von Coaraze, wo ihr Sohn seine Zukünftige kennengelernt habe. Sie sei Französin, ein reizendes Mädchen und aus gutem Haus, obwohl Coaraze alles andere als reich sei. Es erinnere an ein mittelalterliches Dorf, in dem die Sammlung von Keramik-Sonnenuhren bekannt sei. «Ich überlege mir gerade, ob man die auch kaufen kann», beendete sie ihren Redeschwall.

Die würden sicher hervorragend auf die Insel passen, dachte Valérie und ertappte sich dabei, wie zynisch sie war. «Sie hatten am Dienstagabend eine Gesellschaft von einundzwanzig Leuten zum Dinner auf der Insel.»

«Das stimmt. Die Werbegilde des Kantons Schwyz schneite es mir kurzfristig herein. Da war die Hochzeit meines Sohnes bereits seit Langem geplant. Absagen wollte ich dennoch nicht. Ein Dinner für so viele Leute vor der offiziellen Eröffnung ist Motivation für meine Angestellten und gleichzeitig eine Probe, ob sie dem Ansturm gewachsen sind. Ich hatte dies natürlich mit meinem Küchenchef Claudio abgesprochen. Seine Freundin Paula ist eine tüchtige Frau. Zu zweit haben sie den Abend toll hingekriegt.»

«Wann hatten Sie Claudio zum ersten Mal nach dem Dienstagabend am Telefon?»

«Sagte ich doch gerade. Vor einer Stunde.»

«Sie hat es nicht interessiert, wie es gelaufen ist?» Valérie vernahm nur ein hektisches Atmen. «Sind Sie noch dran?»

«Ach, Sie können sich etwa vorstellen, wie das ist, wenn der Sohn heiratet. Als Bräutigammutter war ich ständig unterwegs und beim Arrangieren der Dekorationen behilflich. Zusammen mit der Brautmutter. Die Männer konnte man dazu nicht gebrauchen. Und die Brautjungfern … na ja, die hatten genug um die Ohren mit ihren Frisuren und dem Make-up.» Andrea Tomasi holte tief Luft. «Klären Sie mich jetzt auf?»

«Ich bräuchte den Namen der Firma und die Adressen der Gäste vom Dienstagabend. Man sagte mir, dass die bei Ihnen liegen.»

«Das ist so. In meinem Büro in Lauerz. Wozu brauchen Sie die Adressen? Wird die Gruppe verdächtigt, etwas mit dem Unfall der Frau zu tun zu haben? Es war doch ein Unfall, oder?»

«Es sind laufende Ermittlungen. Darüber kann und darf ich nicht sprechen.»

«Ach so. Aber ich kann Ihnen von hier aus nicht helfen, tut mir leid.»

«Sie sagten, die Gäste waren von der Werbegilde.» Valérie blieb hartnäckig.

«Ja, eine Vereinigung von Werbern. Besteht bereits seit neun Jahren. Wenn sie zufrieden waren mit dem Abend, werden sie

nächstes Jahr zum zehnjährigen Jubiläum eine grössere Sache auf der Insel planen. Ich habe auch schon Ideen …»
«Sie haben also noch keine Rückmeldungen erhalten?»
«Wie denn? Ich war überaus beschäftigt. Zudem wollte ich nicht gestört werden … an einer Familienfeier. Wo denken Sie hin?»
«Können Sie mir wenigstens die Firmennamen nennen?»
«Die habe ich nun wirklich nicht alle im Kopf, wäre ja noch schöner.»
«Zwei, drei?» Wieder vernahm Valérie nur ein Atmen.
«Spontan fällt mir die Werbeagentur von Altendorf ein. Sie nennt sich, warten Sie mal … ach, mein Gedächtnis … ‹Digital and …› irgendetwas mit einer Birne ‹… Communication AG›, wird von drei Typen geführt. Es haben sich alle angemeldet. Einer hiess … Moment, ich muss es mir zuerst überlegen … Chris Schelling. Vielleicht rufen Sie den mal an … und sorry nochmals. Ab Sonntag bin ich wieder voll im Einsatz, also …»
Valérie legte den Hörer auf die Station zurück, nachdem sie sich von Andrea Tomasi verabschiedet hatte. Wenigstens etwas. Sie startete die Suchmaschine und gab den Namen «Digital and Pear Communication AG» sowie den Namen Chris Schelling ein. Obwohl Valérie den Namen der Website unvollständig geschrieben hatte, stand sie gleich an erster Stelle. «Digital and Light Blue Pear Communication AG». Valérie klickte sie an. Auf dem Bildschirm erschien eine hellblaue überdimensionale Birne in einem kleinen Früchtekorb. Valérie verstand nicht, was diese hellblaue Birne mit Marketing und Kommunikation zu tun hatte. Wahrscheinlich waren den Werbern keine Grenzen gesetzt, wenn es darum ging, sich von der Konkurrenz abzuheben. Valérie tippte auf «Team» und fand auf der ersten Zeile den Namen Chris Schelling und ein dazugehörendes Standbild, auf welchem er mit einer ebensolch hellblauen Birne herumturnte. Er betitelte sich als «Creative Director». Der «CEO» und «Chairman of the Board of Directors», wie er sich nannte, war ein grobschlächtiger Enddreissiger in einem dunklen Anzug, der etwas deplatziert wirkte. Cyrill Hildebrand hätte besser in

eine Geisterbahn gepasst. Valérie fand sein pickeliges Gesicht geradezu gruselig. Der Dritte im Bund war der «Head of Online Marketing». Er dagegen sah zum Anbeissen aus und war jünger als sein Chef. Valérie überlegte, ob sie einen von ihnen anrufen oder direkt abholen lassen wollte. Sie gab unter «Search.ch» nacheinander die Namen der drei Männer ein. Nur einer war angemeldet: Cyrill Hildebrand, wohnhaft in Altendorf. Valérie kopierte die Seite, öffnete Louis' Mailadresse und setzte die Kopie ein. Sie bat Louis schriftlich, die Sache mit Hildebrand an die Hand zu nehmen.

Valérie wählte die Nummer des Polizeipsychologen Henry Vischer. Mit Vischer verband sie eine besondere Freundschaft. Seit er mit seiner Lebensgefährtin Helena aus Japan zurückgekehrt war, hatte sich diese noch intensiviert. Vischer war Anlaufstelle für polizeiinterne Probleme, geduldiger Zuhörer und bot gleichzeitig für all jene seine Schulter an, die ohne psychologischen Beistand nicht mehr weiterwussten. Auf Vischer war Verlass. Obwohl seine Fernbeziehung mit Helena ein Ende genommen hatte und sie jetzt offiziell bei ihm wohnte, durfte Valérie jederzeit bei ihm zu Hause an die Tür klopfen. Vischer gewährte ihr immer Einlass. Nach dem zweiten Klingelton nahm er den Anruf entgegen und freute sich hörbar.

«Was bedrückt dich?», fragte er und liess Valérie nicht zu Wort kommen. «Du klingst so anders als sonst.»

Vor Vischer brauchte sie sich nicht zu verstellen. Und wenn sie es doch tat, fand er ganz schnell heraus, dass sie ihm etwas vormachte. Er besass die Gabe, in ihre Seele zu blicken, auch dann, wenn sie ihm nicht gegenüberstand. Er kannte sie zur Genüge, was stundenlangen Gesprächen zu verdanken war. Vischer wusste über ihre Kindheit Bescheid, über den Missbrauch, als sie ein junges Mädchen gewesen war, über die Beziehung zum Vater, den Hass ihm gegenüber und die fast krankhafte Liebe zu *Maman*, deren Hinschied ein grosses Loch in ihr Leben gerissen hatte. Vischer kannte die Tragödie um ihre erste Ehe, die anfängliche Unfähigkeit, ihrem Sohn eine gute Mutter zu sein. Um den Kampf für das Sorgerecht und die Zweifel gegenüber sich selbst und schliesslich über den Tag, als sie Zanetti begegnet war, der ihr all das gab, das sie nie wirklich erfahren hatte – ausser bei *Maman*: eine unvoreingenommene Liebe.

Als Valérie nichts darauf erwiderte, sagte Vischer, dass er sie ebenfalls habe anrufen wollen.

«Gibt es Neuigkeiten?» Gut so, dachte Valérie. Es war der falsche Moment, über ihre Person zu diskutieren. Es würde sich sicher bald eine passende Gelegenheit finden lassen.

«Diese Tätowierung», sagte Vischer, «hat mich nicht mehr losgelassen. Louis hat mir die Unterlagen dazu gesandt, wollte meine Meinung einholen. Ich teile sie nun dir mit.»

«Soll anscheinend ein gängiges Sujet in der Tattoo-Szene sein.» Valérie legte die Beine über den Rand des Pults; dieses Gespräch konnte länger dauern.

«Ich habe die Ameise auf der Schulter der Toten mit zig anderen gleichen oder ähnlichen Sujets verglichen respektive versucht, deren Bedeutung zu eruieren.»

«Was ist dabei herausgekommen?» Valérie spürte Ungeduld. Würde Vischer ihr heute den Weg aus dem Dilemma weisen?

«Die Ameise steht für Stärke, Ausdauer und Fleiss. Nicht nur in der Welt der Tattoo-Künstler.»

«Was heisst das?» Valérie vermochte nicht, sich vorzustellen, dass Vischer allein anhand der schlecht entfernten Ameisenzeichnung irgendwelche Übereinstimmungen gefunden haben könnte. Sie bekundete ihre Zweifel.

«Zuerst konzentrierte ich mich auf die Zeichnung, dann auf deren Bedeutung. Und siehe da: Organisation und Disziplin, harte Arbeit und Ausdauer, Stärke, Geduld und Teamwork – alles Eigenschaften, die man der Ameise attestiert – finden sich im Leitsatz eines Ordens wieder.»

«Was für ein Orden?» Valérie nahm die Beine vom Pult, stand auf und schritt durchs Zimmer. Sie war zu aufgeregt, um still zu sitzen. Orden! Das klang nach Mittelalter, nach Verschwörungen, nach religiösen Gemeinschaften, die nach bestimmten Regeln lebten. In allen Glaubensrichtungen existierten Orden.

«Hierbei handelt es sich um den Formica-Orden. Sein Kennzeichen ist eine Ameise. Die Anhänger tragen sie auf dem linken Schulterblatt.»

«Noch nie gehört.»

«Es muss ein Geheimorden sein, der zwar eine eigene Website hat, aber diese ist verschlüsselt.»

«Dann verrate mir, wie du trotzdem auf diese Gemeinschaft gestossen bist.»

«Du weisst, das Internet vergisst nichts.»

«Ja, ja, alles, was einmal darin geschrieben wurde, verschwindet zwar auf der Oberfläche, bleibt jedoch im dunklen Kosmos bestehen.» Valérie setzte sich wieder und aktivierte den PC. «Gib mir die Koordinaten durch. Ich sitze vor dem Computer.»

«Formica-atta.com.»

«Wofür steht ‹atta›?»

«Das habe ich nicht herausgefunden.»

Valérie tippte den Namen ein. Auf dem Bildschirm erschien eine Ameise am oberen linken Rand und als Text: «Formica – der einzige Orden der Befreiung». Darunter wurde nach dem Mitgliedernamen und dem Passwort verlangt. «Ich bin jetzt auf der Startseite», sagte Valérie. «Sieht ziemlich düster aus. Ein Weltall, soweit ich das erkennen kann, die Erde im Vordergrund, auf die ein Asteroid zurast. Ein Comic, wie wir ihn aus verschiedenen Weltuntergangsprophezeiungen kennen. Scheint, dass der Orden darauf aufbaut. Wann, glaubst du, wird unser Planet das nächste Mal von einem solchen Geschoss getroffen?»

Vischer lachte kurz auf. «Warte mal, ich kann das nachsehen. Es gibt Studien von der NASA, die solche Berechnungen veröffentlichen. Ein gefundenes Fressen für die Medien, um für Panik in der Bevölkerung zu sorgen. Dann braucht es nur noch ein Bauernopfer, eine Stimme aus der Prominenz und finanzielle Unterstützung aus dem Hintergrund, um die Menschheit zum Wahnsinn zu treiben. Dieses Szenarium kennen wir aus der nahen Vergangenheit. Fanatiker und Sektierer finden immer wieder Anhänger. Beschämend dabei ist, dass auch Leute, die man als intelligent einstuft, ihnen blindlings Folge leisten. Am Schluss drehen wir alle durch …»

«Es gibt immer Gründe, um den Normalverbraucher abzuzocken, unter dem Deckmantel der Angst und des schlechten Gewissens. Es profitieren die, die gierig nach noch mehr Profit und Macht streben.»

«Warte, ich hab's gleich.» Vischer machte eine Pause. Valérie hörte bloss sein regelmässiges Atmen und das Geräusch der Tastatur. «Voilà, hier steht, dass Wissenschaftler am astrophysikalischen Observatorium auf der Krim einen riesigen Asteroiden entdeckt haben, der am 26. August 2032 mit der Erde kollidieren könnte. Der Kleinplanet hat einen Durchmesser von über vierhundert Metern und trägt die Bezeichnung ‹2013 TV 135›. Obwohl die Wahrscheinlichkeit, dass er tatsächlich einschlagen könnte, nicht ganz auf null heruntergestuft ist, ist sie gering.»

«Auf jeden Fall beflügelt es die Phantasie der Apokalyptiker.»

«Einer Sekte wie den Formica-Orden.»

«Weisst du, wo sein Hauptsitz ist?»

«Steht nirgends.»

«Wir müssen herausfinden, wer dahintersteckt und seit wann es diesen Orden gibt.» Valérie stiess erleichtert Luft aus. «Danke, Henry, endlich haben wir einen Anhaltspunkt.»

SIEBEN

Kurz vor acht an diesem Samstag fuhr ein schwarzer Van über die Churerstrasse in Altendorf und bog auf der Höhe «Ziegelwis» in Richtung See ab. Er parkte vor einem weitläufigen Anwesen, wo Louis wartete, rauchend an die geschlossene Einfahrt gelehnt. Louis warf die halb heruntergebrannte Zigarette auf den Boden und zerdrückte sie mit dem Schuh. Die Fahrer- und Beifahrertür gingen auf, und aus dem Innern des Wagens stiegen zwei zivil gekleidete Polizisten. Louis hatte sie gestern Abend spät aufgeboten, nachdem er gelesen hatte, mit wem er es heute zu tun haben würde. Cyrill Hildebrand war der Sohn des erst kürzlich verstorbenen Lukas Hildebrand, der sich mit illegalen Geschäften einen schlechten Namen gemacht und fast drei Jahre im Knast verbracht hatte. Auf sein Konto waren der illegale Handel mit Waffen sowie deren Ein- und Ausfuhr gegangen. Ob sich in den Mauern dieser Villa, die sich vor Louis präsentierte, gewaschenes Geld versteckte, konnte er nur vermuten. Nachweisen hatte man nie etwas können. Hildebrand junior habe sein Geld ausnahmslos mit «Digital und Light Blue Pear Communication» verdient, wusste Louis aus dem Netz. Trotzdem liess er sich nicht blenden, auch wenn Hildebrand im Verwaltungsrat sass. Was hiess das schon? Er drückte eine Klingel, worauf sich jemand durch eine Gegensprechanlage meldete. «Freunde sind immer willkommen», sagte eine helle männliche Stimme. Über dem Tor prangte eine Kamera, an der ein rotes Lämpchen aufleuchtete. Louis hielt seinen Ausweis vor die Linse. Kurz darauf öffnete sich das Tor.

Louis schritt voraus. Die beiden Polizisten folgten ihm. Vor einem Doppelgaragentor stand ein Aston Martin DB5, Baujahr 1963, wie James Bond ihn gefahren hatte. Louis steckte die Hände in die Hosentasche, war bereit für den grossen Auftritt des Protzbrockens, denn niemand anderen erwartete er. Auf peinliche Art wurde bereits im Aussenbereich der Villa gezeigt, was man hatte: abartig viel Geld. Den Eingangsbereich zierten zwei Bonsais. Bevor Louis eine weitere Klingel betätigte, ging die reliefbestückte Tür auf, und ein Mann mit Pickelgesicht erschien. Er war mindestens eins neunzig gross und sicher einhundertzwanzig Kilogramm schwer. «Ja?» Er streckte seine Pranken aus. Louis griff danach und wäre des Druckes wegen fast in die Knie gegangen. Das Grosskotzige von draussen setzte sich auf Hildebrands Visage fort. Louis hatte in seiner beruflichen Laufbahn schon oft mit solchen Typen zu tun gehabt. Allein ihr provokatives Auftreten spiegelte deren Arroganz. «Leutnant Louis Camenzind von der Schwyzer Kantonspolizei. Ich würde Ihnen gern ein paar Fragen zum Fest der Werbegilde stellen.»

Hildebrand folgte Louis' Blick, der wieder zu den Bäumen abschweifte. «Sollte ich einmal bankrott sein, so werde ich noch immer die Möglichkeit haben, die beiden Bonsais zu veräussern. Sie kosten im Minimum je achtzigtausend Franken. Aber bitte, treten Sie ein. Ach, Verstärkung haben Sie auch gleich mitgebracht. Was habe ich denn ausgefressen?» Hildebrand sah die Polizisten der Reihe nach an. Diese folgten schweigend Louis.

«Gehen Sie durch das Entrée ins Wohnzimmer», sagte Hildebrand, der sich nicht eine Sekunde von den Polizisten hatte ablenken lassen. «Ich trinke gerade einen Martini, geschüttelt, nicht gerührt.» Er lachte schallend.

Louis verzog keine Miene. Wenn er jetzt mitlachte, hatte Hildebrand ihn in der Hand. «Nein danke, ich trinke nicht.»

«Klar, Sie sind im Dienst. Was verschlägt Sie hierher? Ich habe wenig Zeit.» Sein Ton hatte sich verschärft, die kurze Zeit der Clownereien war vorbei. Vor Louis stand ein Mann, der gespannt auf seine Ausführungen wartete.

«Am letzten Dienstag waren Sie mit den Freunden Ihrer Werbegilde auf der Insel Schwanau zum Nachtessen.»

«Soll ich Ihnen sagen, was uns aufgetischt wurde?» Er wartete Louis' Einwand nicht ab. «Carpaccio vom Kalb mit Kräuterseitlingen und flüssigem Eigelb, hausgemachte Geflügelbrühe und als Hauptgang das Duo vom Schwyzer Lamm mit Gummelistunggis und einer Gemüsepalette. Die kochen hervorragend, das muss mal gesagt sein.» Er strich mit der Hand über seine ausladende Körpermitte, die das Hemd zu sprengen schien. «Ich bin kein Kostverächter, wie Sie sehen.»

Louis zückte seinen Notizblock und einen Schreibstift. «Erzählen Sie mir, wie der Abend verlaufen ist?»

«Warum? Ist das wichtig? Sie haben mir nicht verraten, weshalb Sie hier sind und solche Fragen stellen.»

Louis schwieg und sah sich um. Das helle Wohnzimmer war mit asiatischen Möbeln ausgestattet, mit Sofas mit Seidenbezügen, Stühlen aus Teakholz und geschnitzten Tischen. An der Wand hing ein Bild, das einen buddhistischen Tempel zeigte, neben einem plätschernden Brunnen standen Messingtöpfe mit Palmen, und aus einer unsichtbaren Musikanlage erklang eine feine Melodie. Louis tippte auf ein Khim, ein traditionelles thailändisches Saiteninstrument. So war Louis nicht im Geringsten überrascht, als beim Durchgang zum Essbereich eine zierliche Frau in einem bestickten langen Seidenkleid erschien.

«Das ist meine Frau Nong Fah», sagte Hildebrand, während Louis sich die beiden als Liebespaar vorstellte.

«Oh, Sie kommen aus meinem Land», sagte Nong Fah in gebrochenem Deutsch. Wenn sie sprach, klang ein Singsang mit, den Louis allzu gut von seiner Mutter kannte.

«Sie sind Thailänderin?»

«Ich komme aus Chiang Mai, aber bin seit 2014 hier.»

«Ich habe sie als Souvenir nach Hause gebracht.» Hildebrand lachte über seinen eigenen Humor, den Louis völlig daneben fand.

Nong Fah nahm keine Notiz von ihrem Mann. «Woher kommen *Sie*?»

«Meine Mutter stammt aus Hua Hin, mein Vater ist Schweizer.» Louis verschwieg, dass dieser seit einem halben Jahr wieder in Thailand lebte.

Louis bat um Entschuldigung, weil er aus einem anderen Grund hier war, als über seine Herkunft zu schwatzen. Er wandte sich an Hildebrand. «Andere Frage: Könnten Sie mir eine vollständige Liste von den Mitgliedern der Werbegilde Schwyz aushändigen, von den Leuten, die am Dienstag auf der Insel waren?»

«Ich habe keine Liste, aber ich weiss, wer dort war, und kann Ihnen die Namen buchstabieren.»

«Die Nachnamen kenne ich, eine entsprechende Namensliste habe ich bereits von der Schiffsführerin bekommen. Ich brauche auch die Adressen.»

«Leni, ich weiss. Sie wollte zuerst in zwei Staffeln rüberfahren, weil sie glaubte, das Schiff könnte kentern. Ich habe ihr gesagt, dass sie in einem solchen Fall gut versichert sei, und steckte ihr hundert Franken zu. Sie ist ein armer Teufel. Zurück fuhr sie uns dann in zwei Gruppen, weil alle sitzen wollten.» Hildebrand bewegte sich zu einem Sekretär aus dunklem Holz und holte Block und Schreibstift. «Hier, für die Namen und Adressen. Ich nehme an, Sie brauchen die Adressen. Ich bin leider nicht mehr so gut in der Handschrift … arbeite immer entweder auf meinem PC oder dem Notebook. Geht schneller als manuell.»

«Könnten Sie mir vorab den Ablauf des Abends schildern?», wiederholte Louis. Er hatte Hunger, sein Magen knurrte, und er hoffte, dass es niemand hörte.

«Detailgetreu?»

Welche schmutzigen Gedanken vermochten sein Gehirn zu besiedeln? Louis sah Nong Fah nach, die sich wie in Zeitlupe durch den Wohnraum in Richtung einer Treppe begab. «Wann startete der Abend?»

«Um achtzehn Uhr setzten wir zur Insel über.» Hildebrand liess sich auf ein Sofa fallen, das er in der Breite ausfüllte. «Dort erwartete uns ein Apéro.»

«Wo war das genau?»

«Draussen im Garten.»

«Nicht bei den Ruinen?»

Hildebrand schüttelte den Kopf, seine Hamsterwangen vibrierten. «Das ist nicht jedermanns Sache. Anschliessend dislozierten wir ins ‹Ritterhöckli›, wo uns das Dinner serviert wurde. Eine einzige Serviertochter war da. Das habe ich bereits bemängelt. Sie stellte uns Gott sei Dank genügend Weinflaschen auf den Tisch, damit wir uns selbst bedienen konnten. Der Koch dagegen hat sich in seinem Können übertroffen. Ein gutes Mise en place und dann ruck, zuck à la minute … wirklich genial. Er bekam von mir dann auch ein saftiges Trinkgeld.»

«Wie lange blieben Sie dort?»

«Wir hatten vorab eine Abmachung, dass wir bis Mitternacht sicher bleiben können. Bis halb eins mussten wir die Insel aber verlassen haben.»

«Ist Ihnen während des Abends etwas aufgefallen, das ungewöhnlich war?»

«Aussergewöhnlich war der Vollmond. Er spiegelte sich imposant auf dem Lauerzersee. Wir gingen abwechselnd nach draussen, um ihn besser sehen zu können.»

«War ausser Ihnen, der Servicemitarbeiterin und dem Koch sonst noch jemand auf der Insel?»

«Wenn ich das wüsste … nein, ich glaube nicht. Warum all diese Fragen?»

«Lesen Sie keine Zeitung?»

«Zeitung? Ich hatte noch nie eine Zeitung in der Hand. Ich lese alles digital. Das ist die Zukunft, erspart uns einen Haufen Papier, und wir bekommen erst noch mehr Nachrichten für weniger Geld.» Er zögerte. «Was hätte ich denn erfahren müssen?»

«Auf der Insel wurde eine stark unterkühlte Frau gefunden. Sie lag unterhalb des Pavillons neben dem Lift.»

«Aha, und jetzt glauben Sie, sie sei eine von uns gewesen? Wir hatten nur vier Frauen dabei. Die waren zwar sturzbetrunken, doch immer in unserer Nähe geblieben, ausser sie mussten mal. Aber die gingen da immer zu viert hin, wenn Sie verstehen, was ich meine.» Als er lachte, wackelte das ganze Sofa, und über den Boden lief ein Zittern.

Louis hätte am liebsten laut Atem ausgepustet. Dieser eingebildete Gockel. «Wären Sie so freundlich und teilen Sie mir jetzt die Vornamen und Adressen der Mitglieder mit, die auf Schwanau waren?»

***

Müller war Müller. Obwohl er zwei Vornamen hatte, nannte ihn die ganze Abteilung so. Müller war mit seinem Computer zusammengewachsen, denn nirgendwo sah man ihn öfter als an seinem PC. Dass er immer sehr beschäftigt war, wusste Valérie mittlerweile. Um von ihm schnellstmöglich ein Resultat zu bekommen, musste sie ihn mit Süssigkeiten bestechen. Deswegen hatte sie in ihrem Büro Schokolade auf Vorrat.

Müller hatte seinen Arbeitsplatz verlassen, als Valérie in seinem Büro eintraf. «Wirst du deinen Prinzipien untreu?» Sie deutete auf seinen PC. «Die Buchstaben auf der Tastatur sind verschwunden. Vielleicht forderst du mal eine neue an.»

«Die ist so.» Müller schwang sich auf seinen Sessel. «Habe ich so anfertigen lassen.»

Valérie fand keine Worte. Man hätte Müller erfinden müssen, wenn es ihn nicht gegeben hätte. Er war eine Bereicherung bei der Polizei, obwohl er selten redete. Seine Welt befand sich im digitalen Kosmos, er bewegte sich zwischen Bits und Bytes.

«Die Mail von gestern?» Müller zeigte auf einen Besucherstuhl und sagte: «Setz dich zu mir. Ich habe schon eine ganze Menge herausgefunden.»

Valérie zog den Stuhl in die Nähe des Pults und setzte sich. «Du hast das Passwort bereits knacken können?»

«Das war nicht ganz einfach. Ich habe bislang einzig das Passwort von der Startseite zu den verschiedenen Menüs dekodiert. Jede neue Seite ist wiederum verschlüsselt.»

Valérie hätte gern erfahren, wie er das angestellt hatte.

Müller öffnete die Website des Formica-Ordens. «Scheint ein Geheimbund zu sein. Die ganze Website ist ziemlich kompliziert, wahrscheinlich bewusst so aufgebaut.»

«Befindet sie sich im Darknet?»

«Nein, das nicht. Sollte es so sein, bräuchte man eine spezielle Software, um auf diese zu gelangen.»

«Die du unbestritten hast», sagte Valérie.

Müller sah sie mit zusammengekniffenen Augen an. «Selbstverständlich. Aber wie kommst du darauf, die Website des Formica-Ordens laufe über das Darknet?»

«Ach, war nur so eine Idee. Hätte ja sein können.»

«Auch wir benutzen das Darknet, wenn wir heikle Daten übermitteln müssen», sagte Müller. «Aber das weisst du sicher. Deepnet und Darknet sind nicht zwangsläufig negativ.» Er zeigte auf den Bildschirm. «Sieh es dir an. Auf jeden Fall verstehen die etwas von Websites. Die sind auf dem neuesten Stand, mit jeglichen Finessen, die man heutzutage anwenden kann.»

Die düstere Startseite verwandelte sich in ein gleissendes Lichtermeer, aus dem wie ein Schemen die Ameise krabbelte. Erst noch wie eine Warnung am linken oberen Rand, entfaltete sie sich zu einem menschgleichen Wesen. Auf ihrem Kopf trug sie eine Krone. «Das ist die Königin. Wenn ich mit dem Pfeil hier draufgehe», Müller fuhr auf die Krone, «erscheint der Name ‹Atta Sexdens›.»

Valérie schrieb den Namen in ihr Notizheft. «Atta Sexdens, was für ein kurioser Name. Hast du eine Ahnung, was der bedeutet?

Müller schenkte ihr ein Lächeln. «Du denkst aber nicht, was ich denke.»

«*What's on a man's mind?*» Valérie konnte sich ein Grinsen nicht verkneifen.

Müller öffnete auf seinem zweiten Bildschirm ein neues Fenster und gab den Namen «Atta Sexdens» in der Suchmaschine ein. «Ah, da haben wir die Erklärung. Das sind Blattschneiderameisen. Sie leben in tropischen Gebieten von Süd- und Mittelamerika. Die Königin erreicht eine Grösse von drei Zentimetern … deshalb die Ameise auf der Website.»

Valérie konnte sich keinen Reim darauf machen, was diese Ameisen mit einem Orden zu tun hatten. «Klick mal weiter. Vielleicht finden wir eine Erklärung, warum die Sekte, oder was auch immer es ist, die Ameise als Symbol hat.»

«Die Ameise steht für Kraft und Ausdauer.»

«Das hat schon Henry gesagt. Aber welche Absicht steckt dahinter?»

«Wenn es um die Königin geht, wird das Oberhaupt der

Gemeinschaft eine Frau sein.» Müller versuchte vergebens, im Menü eine neue Seite zu öffnen. Er scheiterte beim Passwort.
«Siehst du, ich komme nicht weiter. Du musst mir noch etwas Zeit lassen. Vielleicht habe ich etwas übersehen, oder die Seite hat sich aufgehängt, und ich muss den Computer komplett runterfahren und neu aufstarten.»
«Bis wann, denkst du, hast du das Problem gelöst?» Valérie spürte wieder Ungeduld. Es hatte alles so gut begonnen, jetzt stand sie erneut in einer Sackgasse.
«Ich gebe mein Bestes. Wo ist die Schokolade?»
«Die bekommst du in der doppelten Menge, wenn du mir Resultate lieferst.» Valérie klopfte Müller freundschaftlich auf die Schultern. «Versprochen.»

✵✵✵

Sie hatten sich im Sitzungszimmer des SSB verabredet. Louis und Caminada waren bereits vor Ort, als Valérie und Fabia eintrafen. Auf dem Tisch standen Mineralwasser und Apfelsaft, in einem Korb lagen Sandwiches bereit. Valérie wusste, was dies bedeutete: Sie würden über den Mittag arbeiten müssen.
«Wir sind ein gutes Stück weitergekommen.» Caminada hatte vor sich einen Bund Akten liegen, die er nebeneinander ausbreitete. «Ein erster Bericht aus der Rechtsmedizin ist eingetroffen sowie die komplette Namens- und Adressliste der Werbegilde Schwyz. Danke, Louis, für die Beschaffung.» Er nickte in dessen Richtung. «Schuler ist mit zweien seiner Leute noch einmal auf die Insel Schwanau ausgerückt für eine erweiterte Spurensuche, weil nicht klar war, ob sich nach der Sperrung jemand unterhalb der Ruine aufgehalten haben könnte.»
«Und vor allem, weshalb.» Fabia warf Valérie einen verschwörerischen Blick zu. Noch bis vor fünf Minuten hatten sie auf dem Korridor miteinander diskutiert, ob Schulers zweiter Einsatz auf der Insel gerechtfertigt war. Fabia hatte Valérie recht gegeben. Sie glaubte auch, dass es möglich war, von der Nordostseite unbemerkt dorthin zu gelangen. Sie kenne den kleinen

Bootshafen beim Buchenhof in Steinen. Als Kind seien sie im Sommer beim nahen Campingplatz schwimmen gegangen, weil ihr Onkel dort einen Wohnwagen gemietet habe. Manchmal hätten sie ein Boot entwendet und seien zu den Inseln gepaddelt. Fabia stand also ganz auf Valéries Seite, sollte Caminada einen Einwand haben. Doch dieser schloss das Thema. «Wir werden die Insel für die Öffentlichkeit freigeben, sobald Schuler mit der Spurensicherung durch ist. Vischer hat mir den Bericht über den Formica-Orden zugestellt. Du, Valérie, hast dich heute damit befasst. Hast du schon was?»

«Es sind blosse Vermutungen. Trotzdem sollten wir diesen Orden im Auge behalten. Es kann kein Zufall sein, dass die unbekannte Tote dieses Ameisen-Tattoo auf der Schulter trug. Wenn wir herausfinden, wer hinter dem Orden steckt und wo seine Anhänger sich treffen, wären wir in unseren Ermittlungen ein schönes Stück weiter. Ich bringe den Verdacht nicht los, dass sie ganz in unserer Nähe sind. In der Nacht vom Dienstag auf den Mittwoch muss jemand ein Feuer auf der Burgruine entfacht haben. Das wissen wir von der Spurensicherung. Weder die Leute von der Werbegilde noch das Liebespaar, das die Frau gefunden hat, wussten etwas von einem Feuer. Weil sie es wahrscheinlich von der Südseite aus nicht sehen konnten. Keiner von ihnen war zudem bei den Ruinen in besagter Nacht. Es war Vollmond. Eine prädestinierte Zeit, um irgendwelche Rituale zu vollziehen. Der Formica-Orden plädiert für eine befreite Zeit. Auf seiner Homepage erscheint ein Asteroid, der auf die Erde zurast. Das sieht verdächtig nach einer Weltuntergangssekte aus. Wir wissen aus der Vergangenheit, zu was solche Gruppen fähig sind, vor allem ihre Anführer. Angenommen, die Tote vom Lauerzersee wollte aus dem Orden aussteigen, könnte das der Grund gewesen sein, warum sie versucht hat, das Symbol dieser Gemeinschaft zu entfernen.»

«Bleibt noch immer das verschollene Kind», warf Fabia ein. «Vielleicht müssen wir davon ausgehen, dass es längst tot ist.»

«Oder dass es von Atta Sexdens, so heisst die Sektenführerin oder der Sektenführer, entführt wurde. Möglicherweise sehen sie in dem Kind eine Art Retter der Zukunft. Der Fanatismus treibt manchmal seltsame Blüten.»

«Aber dann hätten wir doch Rückstände gefunden», insistierte Caminada. «Irgendetwas, das auf die Anwesenheit von Menschen hindeutete. Ausser der gelöschten Glut und der sonderbaren Flüssigkeit war da aber nichts.»

«Wenn man vorsichtig genug ist», sagte Fabia, «hinterlässt man keine Spuren.»

Louis griff nach einem Sandwich und schälte es aus einer Serviette. «Die Frau lag jedoch unterhalb des Pavillons. Das Gelände ist nur vom See her unbemerkt zu erreichen.»

«Vielleicht ist sie vor ihren Peinigern geflüchtet», sagte Valérie.

«Und erleidet eine Sturzgeburt?» Fabia schniefte. «Und niemand von den Werbern bemerkt etwas. Das ist doch seltsam.»

«Die Musik lief, man trank Hochprozentiges, es wurde gesungen und getanzt. Da hört man nicht, was wenige Meter nebenan passiert.» Louis deutete auf die Unterlagen auf dem Tisch. «Hildebrand hat mir den Abend geschildert. Sie hatten gefeiert, vergassen die Zeit, bis der Koch sie darauf aufmerksam machte, dass sie auf das Festland zurückfahren mussten.»

«Alle einundzwanzig?», fragte Valérie.

«Alle einundzwanzig», sagte Louis. «Das hatte Leni bereits bestätigt.»

«Dann können wir schon mal ausschliessen», sagte Fabia, «dass die Frau der Werbegilde angehörte.»

«Wir machen da gleichwohl weiter.» Caminada tippte auf die Unterlagen. «Mit Rücksicht auf Ostersonntag möchte ich bis Montagabend sämtliche Mitglieder, die in der Dienstagnacht auf der Insel waren, befragt haben.» Er nahm Stieffels Bericht zur Hand und hob ihn in die Höhe. «Abschliessend beschreibt er die Zusammensetzung des Gifts, das der Unbekannten verabreicht wurde. Es handelt sich nebst dem bereits erwähnten Bromadiolon um Difenacoum – ein hochtoxisches Gemisch also.»

«Wie konnte der Mörder unbemerkt an die Infusion kommen?» Fabia enervierte sich dermassen, dass sie beim Einschenken von Apfelsaft die Hälfte verschüttete.

«Pass auf!» Louis kam ihr zu Hilfe. Er opferte ein Stofftaschentuch, das er aus seiner Hosentasche gezaubert hatte, und wischte den Saft unter Caminadas belustigtem Blick auf. «Vielleicht hat er sich tatsächlich als Arzt verkleidet.»

«Und jetzt sollten wir noch ein paar Worte über die heutige Pressekonferenz verlieren», sagte Caminada, ohne auf die Infusion zurückzukommen. «Womit wir an die Öffentlichkeit können und wo Zurückhaltung geboten ist. Unser Pressechef wird die Sitzung leiten. Louis, dich bitte ich, ebenfalls anwesend zu sein. Ich werde auch hingehen. Wir treffen uns zum Briefing nach einer kurzen Kaffeepause.» Er bat Valérie zur Seite. «Hast du einen Moment Zeit?»

«Klar, ich muss ja nicht zur Pressekonferenz. Ich bin nicht unfroh.»

«Wegen deiner Ferien …» Caminada wusste offenbar nicht, wie er es formulieren wollte. «Ich hätte dich gern gehen lassen, glaube mir. Aber du bist … entschuldige bitte diese Ausdrucksweise … mein bestes Pferd im Stall. Das Verschwinden des Kindes liegt mir auf dem Magen. Trotz Einsatz der Hundestaffel …» Er schluckte schwer und wechselte dann das Thema. «Ich sehe dir an, wie müde du bist. Darum schlage ich dir vor, heute Nachmittag freizunehmen. Gehe wellnessen oder ruhe dich einfach aus.»

Valérie befand sich in einem Wechselbad der Gefühle. Ja, sie hatte sich auf die Ferien mit Zanetti gefreut und hätte sie gern die nächsten zwei Wochen eingezogen. Andererseits beschäftigte der neue Fall sie dermassen, dass sie keine Option sah, als hierzubleiben und ihren Job zu erledigen, auch wenn Caminada sie hätte gehen lassen. «Das ist schon okay.» Sie schenkte ihm ein Lächeln. «Ich werde mich ins Büro zurückziehen. Da kann ich auch ein wenig herunterfahren.» Sie sagte nicht, dass sie dies nicht wirklich vorhatte.

✻✻✻

Er fühlte sich erhaben, wenn er vor seiner Gemeinschaft sass, im Schneidersitz, die Arme nach vorn gestreckt und die Hände auf die Knie gelegt. Sie hatten sich zurückgezogen wie immer, wenn es draussen in der freien Natur zu gefährlich für sie wurde. An einer neu errichteten Betonwand prangte eine digitale Uhr wie ein Mahnmal. Die Ziffern zählten pro Sekunde zurück. Ein Countdown war es – zwölf Jahre, hundertsiebenunddreissig Tage, fünf Stunden, zwanzig Minuten, vierzehn Sekunden – bis zum Impact.

Seine Anhänger sassen vor ihm, vertieft in ihr eigenes stilles Gebet, was dem Chanten vorausging. Meditieren war oberstes Gebot, in sich gehen und den Leitsatz ihres Ordens verinnerlichen. Im Gewölbe schwollen die Stimmen an. «Sexdens – Atta Sexdens – Atta Sexdens, Sexdens Atta – Atta Sexdens – Mari Sexdens – Mari Mari – Mari Sexdens, Sexdens.»

Er war zufrieden. Seine Jüngerinnen und Jünger huldigten ihm, unterstützten ihn in der Umsetzung seines Plans, seine Auserwählten zu retten vor der totalen Zerstörung. Und diese würde kommen, wiederholte er jedes Mal, wenn sie sich trafen. Der Asteroid rase ungebremst auf die Erde zu. Er würde sie nicht bloss schrammen, sondern auf ihr einschlagen und das irdische Leben auslöschen. Bis auf ein paar wenige Auserwählte, die mit ihm jetzt an einer Art Arche bauten, was im Grunde eine Freizeitbeschäftigung war.

Er hob die Hand, gebot Einhalt, er hatte etwas Wichtiges mitzuteilen und konnte nicht mehr länger damit warten. Er musste seine Schäfchen in Stimmung halten.

Die Leute verstummten, als hätte er einen Knopf gedrückt. Alle Augen waren auf ihn gerichtet. Zweihundertsechsundsiebzig Augenpaare, die voller Hoffnung glitzerten, mit Liebe erfüllte Gesichter und dieses entrückte Lächeln. Alles Vollpfosten, dachte er.

«Es herrscht Unruhe», begann er mit monotoner Stimme. «Meine Späher haben mir die Nachricht überbracht, dass unser Zeichen aufgetaucht sei. Auf der Insel Schwanau. Es bereitet mir grosse Sorgen.»

«Haben wir ein Leck?», fragte der Mann zu seiner Rechten, während er den einen Arm in die Höhe streckte. Er trug wie seine Brüder und Schwestern eine lange violette Kutte und auf der Brust ein Medaillon mit der unverkennbaren Atta Sexdens – die Blattschneiderameise, die Sinn- und Vorbild war.

«Wir sollten vorsichtiger sein mit der Akquise, vorläufig. Es könnte sein, dass spitzfindige Leute auf uns aufmerksam werden. Es sind die Ungläubigen, die Anti-Attas, die versuchen werden, uns anzugreifen. Lasst euch nicht irreführen. Zuletzt von den Medien. Die sind des Teufels. Seid sittsam und ehret den, der euch in eine bessere Welt führen wird.»

«Ehre sei Atta Sexdens», riefen die Leute im Chor. «Sexdens – Atta Sexdens – Atta Sexdens, Sexdens Atta – Atta Sexdens – Mari Sexdens – Mari Mari – Mari Sexdens – Sexdens.» Und sie erhoben sich.

«Seid fleissig, beharrlich und arbeitet zusammen, denn nur so werden wir unser Ziel erreichen.»

Jemand in der Menge hob beide Hände. «Und was ist mit den Kindern?»

Arschgeige! Er legte seine Finger an die Schläfe. «Ausserhalb unserer Zeitkontrolle werden sie wieder willkommen sein. Bis dahin aber gilt unser Formica-Gesetz. Wer es nicht einhält, wird drei Tage eingesperrt.»

«Sexdens – Atta Sexdens …»

Das Mantra wirkte auf seine Gemeinschaft hypnotisch. «Es gibt viel zu tun bis zur Stunde null. Carpe diem. Nutze den Tag.»

Wieder sah er zwei Hände in die Höhe schweben. Es gefiel ihm nicht, wenn seine Jünger Fragen stellten. Zu viele Fragen vergifteten die Atmosphäre. Manchmal fragte er sich, ob er nur von Idioten umgeben war.

«Es gibt da eine junge Frau, die bereit wäre, unseren Weg zu gehen. Sollen wir sie zu dir führen?»

«Lasst Vorsicht walten, denn es könnte eine Falle sein.»

«Sie ist jung, sucht nach dem Lebenssinn. Sie würde dir gefallen.»

Wärme durchströmte seine Brust. Eine Jungfrau, welch Glück! «Ja, bringt sie zu mir.»

«Sexdens – Atta ...»

***

Die Insel lag in einem flimmernden Abendlicht. Durch ein hellgraues Wolkenband drangen Sonnenstrahlen. Valérie entsann sich eines biblischen Gemäldes, das die Heilige Dreifaltigkeit darstellte. Der Heilige Geist sandte sein Licht vom Himmel. Auf dem Wasser spiegelte es sich, quirlte in den Wellen. Ein Entenpaar schwamm gemächlich Richtung Ufer. Ein idyllisches Bild. Niemand wäre von sich aus darauf gekommen, was auf Schwanau geschehen war.

Leni wirbelte herum, als Valérie und Fabia den Steg betraten. Sie war damit beschäftigt, die Sitze zu reinigen, was sie temporeich erledigte. «Ach, die Frau Kommissarin. Soeben hat mir Frau Tomasi mitgeteilt, dass die Insel wieder offen sei.» Sie fuhr mit dem Ärmel über die Stirn. «Sie wird morgen auch hier sein.»

«Könnten Sie uns zur Insel fahren?»

«Aber Ihre Leute sind schon weg. Die mit den weissen Anzügen.»

«Der Kriminaltechnische Dienst, ich weiss, deshalb darf die Insel wieder betreten werden.» Schuler hatte die Untersuchungen definitiv abgeschlossen.

Valérie schaute sich um. Weder Gaffer noch Fotografen waren zu sehen. Sie rechnete damit, dass diese in der nächsten Stunde hier wieder auftauchen würden, sollte die Nachricht wegen der toten Frau sie erreichen. Valérie betrat hinter Fabia das Schiff. Die Planken sahen frisch gebohnert aus. Leni musste die freie Zeit damit verbracht haben, ihren Arbeitsplatz auf Vordermann zu bringen. «Das glänzt vor Sauberkeit», sagte Valérie, um etwas Nettes zu sagen.

«Wie geht es der Frau?», fragte Leni. Offenbar hatte sie nicht erfahren, dass sie nicht mehr lebte.

«Sie ist leider gestorben», sagte Fabia und setzte sich.

Leni liess entsetzt das Steuer los. «Das ist ja schrecklich. War sie denn so krank?»

Valérie stellte sich neben sie. Obwohl sie davon ausging, dass Louis bei der ersten Zeugenvernehmung nichts ausgelassen hatte, juckte es sie, Leni noch einmal darauf anzusprechen. «Waren Sie am letzten Dienstagabend die ganze Zeit auf Ihrem Schiff?»

«Nein, ich fuhr mit dem Velo nach Hause. Bei einer geschlossenen Gesellschaft darf ich niemanden mehr auf die Insel lassen. Zudem war sie für den Rest der Welt noch nicht offen.»

«Erinnern Sie sich, wann Sie zurückgekommen sind?»

«Kurz vor halb eins. Claudio, der Küchenchef, rief mich an und teilte mir mit, dass die Herrschaften auf dem Weg zum Steg seien.»

«Ist Ihnen auf der Hinfahrt zur Insel etwas aufgefallen, das nicht dem Üblichen entsprach?»

«Das fragte mich bereits Ihr Chinese.» Leni manövrierte das Schiff rückwärts, nachdem sie lange damit gezögert hatte. «Über dem Wasser strahlte ein wunderbarer Vollmond.»

«War jemand mit einem Boot unterwegs, mit einem Kanu vielleicht?»

«Nein, nicht dass ich wüsste.»

Valérie ging zurück zu Fabia und setzte sich neben sie. «Ich tue mich schwer damit. Ich kann es mir nicht vorstellen, dass sie niemanden gesehen hat.»

«Ich mir ehrlich gesagt auch nicht.» Fabia spuckte einen Kaugummi ins Wasser und erschrak, als Valérie sie tadelnd ansah. «Oh sorry, das war nicht Absicht.»

Valérie beobachtete Leni, mit welcher Geschicklichkeit sie das Schiff am Inselufer anlegte. «Warum geht eine hochschwangere Frau nachts auf die Insel?»

«Vielleicht war sie schon hier», sagte Fabia. «Im Gasthaus gibt es ein Zimmer, das an Gäste vermietet wird. Ich habe es auf der Homepage gelesen.»

«Meinst du, der Koch und die Serviceangestellte verheimlichen uns etwas? Sie haben ausgesagt, dass sie die Nacht vom Montag auf den Dienstag auf der Insel verbracht hatten. Claudio und Paula sind ein Paar. Es gibt bloss ein Zimmer, die Insel war geschlossen ... andererseits ... wenn jemand über die Ostseite kommt ...» Valérie seufzte. «Ich muss mir das Haus ansehen.» Sie gingen über die Treppe nach oben, wo die Kapelle stand, warfen einen Blick hinein.

«Das ist die Sankt-Josefs-Kapelle», sagte Fabia. «Sie wurde vom ersten Eremiten auf der Insel, Bruder Johann Linder, errichtet und 1684 eingeweiht. Das Restaurant nebenan war früher das Bruderhaus.»

Valérie lächelte. «Du hast gut aufgepasst in der Schule.»

«Der Kanton Schwyz ist mein Heimatkanton. Das gehört zur Allgemeinbildung.»

Sie verliessen das Gotteshaus und gelangten auf den Platz mit den Tischen und Bänken. Paula war damit beschäftigt, jene zu reinigen, bevor sie ins Haus ging.

Valérie und Fabia folgten ihr. Paula schritt auf den Geschirrspüler zu, im Begriff, ihn zu öffnen. Erschrocken fuhr sie herum. «Mensch, haben Sie mich erschreckt.»

Valérie zückte ihren Ausweis und stellte Fabia und sich vor. «Wir würden uns gern mit Ihnen unterhalten.»

Paula lief rot an. «Wir haben der Polizei bereits alles gesagt, was wir wissen.» Sie drehte sich einmal um die eigene Achse und rief nach Claudio. «Schatz, kommst du? Die Bullen sind hier.»

Valérie hätte der zierlichen Person niemals einen so groben Wortschatz attestiert. Paula war ungefähr dreissig Jahre alt, trug Bluejeans und Pullover und ihre Haare auf Kinnlänge.

Claudio erschien beim Durchgang zum Treppenhaus. Er hatte eine schwarze Kochschürze umgebunden und seine schulterlangen Haare zu einem Pferdeschwanz geknotet. «Ihre Leute sind schon weg», sagte er und legte seinen rechten Arm um Paulas Taille. «Kann ich Ihnen behilflich sein?»

«Wir würden uns gern das Haus ansehen.»

«Das Haus? Okay ... ja.» Seine anfängliche Unsicherheit verflog rasch. «Folgen Sie mir.» Claudio liess Paula los. «Gern werde ich Ihnen unsere Wirtsstube zeigen. Die Tische sind bereits gedeckt. Morgen erwarten wir einen Ansturm auf die Insel. Die Meteorologen haben gutes Wetter vorausgesagt.»

Sie stiegen ein Stockwerk höher, gingen durch einen schmalen Korridor direkt in eine heimelige Stube, die mit alten Möbeln und einem schlichten grünen Kachelofen bestückt war. Um rechteckige Tische mit einer mittigen Schieferplatte standen Holzstühle und verliehen dem Interieur ein mittelalterliches Flair. «Früher befand sich hier wie gesagt das Bruderhaus», fuhr Fabia mit ihren Ausführungen fort, derweil Valérie sich fast nicht sattsehen konnte. «1806 wurde die Klause infolge des Goldauer Bergsturzes durch eine Flutwelle fast vollständig zerstört. Landeshauptmann Ludwig Auf der Maur baute das Bruderhaus wieder auf.»

«Das ist richtig», pflichtete Claudio ihr bei. «Im Oktober 1967 erwarb der Kanton Schwyz die Insel von der Familie Auf der Maur. Seit 2010 erstrahlt das Gasthaus in neuem Glanz, nachdem man es im Zuge der Gesamtsanierung auf seine historisch wertvolle Substanz zurückgebaut hat.»

«Johann Wolfgang von Goethe hat die Insel Schwanau besucht», sagte Fabia. «Er war hier drin, 1775 soll es gewesen sein.»

«Scheint, dass du auch in Geschichte nicht geschlafen hast», frotzelte Valérie und bestaunte die Butzenscheiben auf den Fenstern.

«Goethe ist weit herumgekommen», sagte Claudio. «Möchten Sie das Gästezimmer auch sehen?» Ohne eine Antwort abzuwarten, ging er zurück in den Korridor, von wo aus eine schmale Treppe eine Etage höher führte.

Valérie folgte ihm. Auf der dritten Stufe stolperte sie, konnte sich im letzten Moment am Handlauf festhalten, ansonsten wäre sie der Länge nach hingefallen.

Fabia, die vor ihr hochstieg, sah bestürzt zurück. «Hast du dir wehgetan?»

«Nicht der Rede wert.» Valérie besah sich die Stufe und schüttelte den Kopf.

«Das Zimmer wurde neu errichtet», sagte Claudio, als sie oben ankamen. «Manchmal wollen die Leute hier schlafen.»

«Sie haben von Montag auf Dienstag hier übernachtet?» Valérie sah auf die moderne Sitzgarnitur.

«Das war wegen der Vorbereitungen für den darauffolgenden Abend.»

«Gibt es hier viele Übernachtungen?», fragte Fabia.

«Wer die Einsamkeit mag.» Claudio verdrehte die Augen. «Aber das ist nicht jedermanns Sache. Da das Personal die Insel nach der Arbeit verlässt, ist man hier mutterseelenallein. Für Notfälle befindet sich unten bei der Anlegestelle ein Boot.»

«Wurde es im Notfall auch schon benutzt?», wollte Fabia wissen.

«Ja, wir hatten tatsächlich mal einen Gast hier. Der hielt es nicht lange aus, drehte sogar durch und verliess nach Mitternacht die Insel mit dem Boot.»

«Muss an den geheimnisvollen Ruinen liegen», sagte Fabia überzeugt. «Spukt es hier?»

Die Frage blieb unbeantwortet. Claudio zeigte ihnen das Badezimmer sowie eine kleine Nische, wo ein Sekretär stand, und lotste sie einen weiteren Stock höher. «Oben ist das Dachgeschoss, wo man schlafen kann.»

Valérie betrat einen kleinen Raum. Ein Doppelbett stand an der Wand mit direktem Blick auf den düsteren Turm. Mittlerweile dämmerte es. Ein irisierendes Licht flutete durch das einzige Fenster. «Kann ich hier übernachten?»

«Heute Nacht?» Claudio war die Überraschung ins Gesicht geschrieben.

«Nur eine Nacht.»

Fabia packte sie am Arm. «Was soll das?»

«Recherche.»

«Weiss Caminada davon?»

«Er wird es morgen erfahren.»

Fabia hob ihre Schultern und lächelte. «Dann bleibe ich auch.»

«Und die Kinder?»

«Sind eh im Bisistal»

ACHT

Sie hatten fürstlich gegessen. Claudio hatte in Kürze ein exzellentes Menü auf den Teller gezaubert. Dazu hatten sie zwei Flaschen Amarone getrunken. Später waren sie ins Bett gefallen, unter dem Dach mit Blick auf den Bergfried, der nachts noch bedrohlicher wirkte als am Tag.

Fabia kicherte. «Das wäre mir nie im Traum eingefallen, dass ich einmal im gleichen Bett schlafe wie meine Chefin.»

Sie hatten sich nicht ausgezogen, dafür war es zu kalt. Und darauf vorbereitet waren sie nicht gewesen. Sie hatten weder einen Schlafanzug noch Toilettenartikel dabei. Valérie überlegte, dass es eine etwas waghalsige Spontanidee gewesen war, auf der Insel zu bleiben, zumal sie Fabias Mann und Zanetti bloss eine kleine Nachricht hinterlassen hatten mit dem Vermerk, dass sie nicht auf sie warten müssten. Zanetti hatte sich postwendend gemeldet, aber auf die Combox sprechen müssen. Valérie hatte sie bislang nicht abgehört.

«Was erwartest du von dieser Nacht?», fragte Fabia in die Dunkelheit. Sie hatten das Licht längst ausgemacht. Durch das Rechteck des Fensters schimmerte der Sternenhimmel, ein Teil des Mondes. Der Turm warf unheimliche Schatten.

«Keine Ahnung. Wir sollten frühmorgens, bevor die ersten Besucher kommen, die Insel auf eigene Faust nochmals erkunden.»

«Du glaubst, du findest einen Hinweis zu diesem Formica-Orden?»

«Ein Gefühl, ich kann es nicht benennen.»

«Meinst du, die Leute waren in besagter Nacht auf der Insel?»

«Die gelöschte Glut, der zertrampelte Pfad, nachdem der KTD hier war. Trotz Sperrzone muss jemand hierhergekommen sein. Und ich wette, der hat etwas gesucht, was bei seinem oder ihrem Besuch in der Vollmondnacht vergessen wurde.

Und genau nach dem werden wir in der Morgendämmerung suchen.»

«Ich kann deine Überlegungen zwar nicht ganz nachvollziehen, vielleicht hat er es gefunden, was immer es war … aber ich bin dabei.» Fabia gähnte. «Louis war gestern bei mir, zusammen mit Carla.»

«Er hat euch besucht?» Valérie blieb auf dem Rücken liegen. An der Decke sirrte ein feiner Lichtstrahl. Sie fand nicht heraus, woher er kam.

«Ich glaube, da steckte eine Absicht dahinter.»

«Welche meinst du?»

«Er tollte ziemlich lange mit Charlotte herum. Er meint wahrscheinlich noch immer, sie sei seine Tochter.»

«Du solltest endlich Klartext sprechen.»

«Es würde mich nicht wundern, wenn er ein paar Haare von ihr mitgenommen hat.»

«Du siehst Gespenster …»

Auf einmal war dieses Geräusch da, was sich wie ein Klopfen anhörte.

Valérie und Fabia setzten sich gleichzeitig auf.

«Hast du das auch gehört?», sagte erschrocken Fabia. «Es kam von unten.»

«In alten Häusern ächzt und stöhnt es immer», sagte Valérie. Trotzdem fröstelte sie. Sie schwang die Beine über den Bettrand, zog sich im Dunkeln die Schuhe an und schnallte das Holster mit der Pistole um. «Ich werde nachsehen. Es gibt für alles eine Erklärung.»

«Dann komme ich mit.»

Valérie ging, soweit es möglich war, geräuschlos zur Treppe, die in den unteren Wohnbereich führte. Hier war alles still und finster.

Fabia folgte ihr leise.

Valérie drehte den Schlüssel, öffnete die Tür in den Flur, betrat die nächste Treppe. Das Restlicht der mondbeschienenen Nacht drang durch die Butzenscheiben. Unheimlich und bedrohlich warfen die Möbel im Essraum Schatten.

Auf dem drittuntersten Tritt stolperte Valérie. Der Versuch, sich am Handlauf abzufangen, misslang. Sie prallte mit der Schulter gegen die Wand.

Hinter ihr schrie Fabia: «Mensch, Valérie, hast du dir wehgetan?»

«Vermaledeit!» Valérie rappelte sich auf, griff nach dem erstbesten Lichtschalter und kippte ihn nach unten. Sofort beleuchtete ein spärliches Licht die Treppe. «Jetzt haben wir ihn vertrieben, falls hier jemand war.» Sie begutachtete die Stufe, fand aber nichts, über das sie hätte strauchelt sein können.

«Geht's wieder?» Fabia klang besorgt.

«Ja, geht schon.» Valérie versuchte ein Lächeln. «Die Stufe hat's in sich.»

An Schlaf war nicht mehr zu denken. Vom Drang gepackt, etwas zu tun, beschlossen Valérie und Fabia, mit der Taschenlampe zur Burgruine hochzusteigen.

Sie verliessen das Gasthaus. Der Mond spendete genügend Licht. Die Taschenlampe hatten sie eingesteckt. «Wenn hier jemand ist», flüsterte Valérie, «hat er drei Möglichkeiten, von der Insel zu verschwinden. Entweder geht er über die Treppe neben dem Servicelift nach unten oder zwischen Pavillon und Kapelle Richtung Hauptanlegestelle, oder er muss hoch zur Ruine und von dort durch den Waldweg auf die Ostseite. Den Weg zum Lift schliesse ich aus, denn dann hätten wir ihn längst gesehen.» Sie äugte neben dem Pavillon in die Tiefe. «Wir müssen uns aufteilen.»

«Ich gehe zur Anlegestelle», schlug Fabia vor.

Etwas anderes hatte Valérie nicht erwartet. «Und bitte nicht zögern, mich anzurufen, falls du etwas Verdächtiges siehst.» Valérie sah Fabia eindringlich an. «Bist du bewaffnet?»

«Logisch.» Fabia verschwand zwischen der Kapelle und dem Pavillon.

Valérie sah ihr nach, bis die Sträucher und Bäume sie verschlungen hatten. Sie ging hoch über die Treppe neben dem Anbau, wo die Küche lag. Sie erreichte den ehemaligen Burghof, blieb stehen und lauschte. Ausser dem Ruf eines Kauzes war nichts zu hören. Ab und zu ein Knacken im Gehölz, das von einem Tier stammte. Valérie stieg über die Metalltreppe auf den Turm. Von oben hatte sie einen Dreihundertsechzig-Grad-Blick, der ihr jegliche Veränderung in der Umgebung präsentiert hätte. Valéries Augen hatten sich längst an die Nachtschatten gewöhnt. Vom Ufer blinkten vereinzelt Streulichter. Valérie sah auf alle Seiten. In ihrem Umkreis bewegte sich nichts.

Langsam kletterte sie nach unten. Sie ging bis zur kleinen Pforte auf der linken Seite vor dem Einstieg zum Palas. Ihre eigenen Geräusche vermochte sie nicht zu vermeiden. Noch schaffte sie es ohne Lampe. Doch sie wusste, was ein falscher Tritt auslösen konnte. Keine gute Idee, nachts hier zu gehen. Sie schritt nur langsam voran. Zwischendurch blieb sie stehen, lauschte erneut.

Vielleicht war es doch ein Fehler gewesen, hierherzukommen. Ihre Schulter schmerzte vom Sturz. Der Alkohol hatte seine Wirkung entfaltet. Sie hatte zu viel gegessen. Wohlsein fühlte sich anders an.

Unmittelbar neben ihr knackte es.

Valérie stoppte, hielt den Atem an. Da war es wieder. Sie glaubte, ein heftiges Schnaufen zu hören. Keinen Schritt weiter ging sie. Ihre Sinne waren hellwach, ihr Körper bis auf den letzten Muskel angespannt. Sie spürte Adrenalin, ein Kribbeln bis in die Fingerspitzen. Sie versuchte, sich lautlos um die eigene Achse zu drehen und die Schatten mit ihrem Blick zu durchdringen. Ihre rechte Hand hatte sie an der Pistole. Langsam löste sie den Sicherheitsverschluss am Holster. Das metallene Geräusch kam ihr laut vor.

Aus dem Geäst flatterte ein Vogel, stieg zum Himmel auf, zeichnete sich wie eine urweltliche Kreatur gegen den Mond ab. Eine Ente oder ein Storch. Valérie wandte den Blick von ihm ab. In ihrer Nähe blieb es ruhig.

Plötzlich vernahm sie einen Schrei.

✳✳✳

Bettina Schleiss erwachte bereits zum zweiten Mal in dieser Nacht. Halb fünf. Das war nicht neu. Seit ihre Tochter verschwunden war, schaffte sie es nicht, durchzuschlafen. Immer wieder quälten sie die gleichen Gedanken, die Frage nach der Schuld. Alles in ihrem Leben war bachab gegangen, sie hatte vieles verloren, was ihr lieb und teuer gewesen war. Ihr Mann hatte sie verlassen, als sie nach einer tiefen Depression nicht mehr in die Gänge gekommen war. Doch sie hatte ihren Lebenswillen noch nicht ganz aufgegeben. Die Hoffnung, sagte sie sich jeden Tag von Neuem, stirbt zuletzt.

Sie ging in die Küche in ihrer kleinen Zweizimmerwohnung in Immensee, deren einzige positive Seite der Blick auf den Zugersee war. Die ständigen Lärmimmissionen von der Autobahn oder dem Zug hatte sie längst ausgeblendet und sich an den regen Baubetrieb in der nahen Umgebung gewöhnt. Sie liess Wasser aus dem Hahn, füllte ein Glas und setzte sich damit ans Fenster im Wohnzimmer. Sie schlug die Zeitung auf. Erst gestern hatte sie den Artikel gelesen, in dem die Polizei um Mithilfe in der Bevölkerung bat. Auf der Insel Schwanau war eine Frau gefunden worden. In diesem Zusammenhang war eine etwas verwischte Zeichnung abgebildet, eine Ameise auf dem linken Schulterblatt. Es handelte sich um eine Tätowierung, welche halbwegs entfernt worden war. Die Abbildung daneben zeigte das Tattoo im Originalzustand.

An eine solche Ameise erinnerte sich Bettina gut. Amelie hatte sich kurz vor ihrem Verschwinden eine ebensolche auf die linke Schulter ritzen lassen. Damals war ihre Tochter knapp zwanzig gewesen, ein Mädchen auf der Suche nach ihrem Lebenssinn, eine späte Rebellin, die tat, was ihr verboten wurde. Bettina und ihr Mann hatten schon früher kaum Zeit für ihre Tochter gefunden. Der Aufbau ihres eigenen Architekturbüros und der Auftritt im gesellschaftlichen Leben waren wichtiger gewesen, die Einladungen zu kulturellen Anlässen. Wer im Dorfleben von Schwyz mithalten wollte, musste Opfer bringen.

Bettina spürte eine starke Unruhe. Sie griff nach ihrem Smartphone, suchte nach Richards Nummer. Sie musste ihren Ex-Mann anrufen, egal, wie früh es war.

Er nahm nicht gleich ab. Und als er sich meldete, klang er verschlafen und harsch. Sie hatten kaum Kontakt zueinander. Richard hatte wieder geheiratet und eine zweijährige Tochter. Das tat weh. Amelie war ersetzbar geworden, zumindest für deren Vater.

«Hast du die Zeitung gelesen?»

«Bettina?» Sie vernahm ein Stöhnen. «Es ist nicht mal fünf. Was ist denn los?» Im Hintergrund sprach jemand: «Ist die komplett durchgeknallt?»

Ein Rascheln. Vermutlich flüchtete Richard aus dem ehelichen Bett. «Es ist Ostersonntag, wir schlafen noch.»

«Jetzt nicht mehr. Erinnerst du dich an das Ameisen-Tattoo?»

«Wie könnte ich es vergessen? Unsere Tochter hat nie verstanden, weshalb du deswegen einen solchen Wutanfall bekamst.»

«Du gibst noch immer mir die Schuld, dass sie von uns ging? Wir hätten beharrlicher sein müssen.»

«Da gebe ich dir ausnahmsweise recht.»

«Sie könnte ja tatsächlich einem Gewaltverbrechen zum Opfer gefallen sein.» Bettina vermochte nicht, ihre Tränen zurückzuhalten. Die Ungewissheit zerrte an den Nerven. «Auf der Insel Schwanau wurde eine Frau gefunden. Sie trug ein ebensolches Tattoo wie Amelie. Wir sollten uns bei der Polizei melden.»

Lange hörte sie nichts mehr. «Hallo?»

«Ich überlege gerade.»

Bettina atmete aus. «Rufst *du* an?»

«Nein. Es ist besser, wenn du es tust. Wenn jemand hysterisch ist, dann du. Ich will mich doch nicht lächerlich machen.»

«Deine Frau steht neben dir, nicht wahr?»

Es klickte in der Leitung. Richard hatte aufgelegt.

✻✻✻

Um halb sechs ging in der Notrufzentrale des SSB ein Anruf ein. In den letzten Tagen waren die Telefone heiss gelaufen. Nach der Pressekonferenz hatten sich die Radio- und Fernsehstationen selbst übertroffen. Nicht nur das Schweizer Fernsehen berichtete zur Hauptsendezeit, auch Privatsender räumten den Polizeinachrichten ein paar Minuten ein. Der Formica-Orden war *das* Thema, und entsprechend viele Leute meldeten sich.

Die Stimme der Frau klang aufgeregt. «Sie haben sie gefunden, nicht wahr?»

«Beruhigen Sie sich.» Christen verlangte den vollständigen Namen.

«Ich bin Bettina Schleiss, die Mutter von Amelie, die vor sechs Jahren verschwand.»

«Amelie Schleiss, haben Sie gesagt?» Christen tippte den Namen auf der internen Seite von Fedpol, dem Bundesamt für Polizei, ein. «Wohnhaft in Schwyz?»

«Von dort verschwand sie und kam nie wieder. Ich habe die Ameise wiedererkannt, die in den Online-Medien erschien. Amelie hatte das gleiche Tattoo.»

«Ich verbinde Sie mit unserem Fahndungsdienst.» Christen überlegte. Möglicherweise war es besser, wenn er gleich die Abteilung «Leib und Leben» benachrichtigte, und wählte deren Nummer. «Bleiben Sie bitte dran.»

∗∗∗

«Wissen Sie, wo Valérie steckt?» Zanetti war mit einer Tasse Kaffee zum Sitzungszimmer unterwegs, als Louis auf ihn stiess.

«Sie verspätet sich», sagte er. «Sie und Fabia hatten in der Nacht einen Einsatz.»

«Sie hat mich nicht zurückgerufen.»

«Ich kann Ihnen auch nicht mehr sagen. Ich habe gleich eine Zeugenbefragung. Sie entschuldigen mich.» Louis wollte ihm nichts über den nächtlichen Einsatz erzählen, nachdem Valérie ihn um Hilfe gebeten hatte. Fabia war bei der Schiffsanlegestelle der Insel Schwanau aus unerfindlichen Gründen ins Wasser gefallen. Das Boot, das üblicherweise dort lag, befand sich noch immer beim KTD in Schindellegi, und trockene Kleider waren keine vorhanden gewesen. Auf der Insel bleiben wollten sie nicht. Louis hatte die Frauen abgeholt, nachdem er bei der Feuerwehr in Lauerz das Rettungsboot angefordert hatte. Bis um neun wollten sie auf dem Stützpunkt sein. Louis hatte versprechen müssen, nichts von diesem Unfall zu erzählen.

Im Vernehmungszimmer sass eine Frau, die die fünfzig erreicht hatte, und erwartete ihn offensichtlich. Sie sprang sofort vom Stuhl hoch. «Sie ist es, nicht wahr? Ich habe von ihr gelesen, von der Frau auf der Insel. Dieses Tattoo ...» Weiter kam sie nicht. Sie liess sich zurück auf den Stuhl fallen und schluchzte heftig. Ihre fast weissen Haare fielen in ein blasses Gesicht, ihrem Körper fehlte es an Spannkraft.

«Sie haben Ihre Tochter vor sechs Jahren als vermisst gemeldet?» Louis installierte das Aufnahmegerät. Christen hatte ihn vorab informiert. «Ich werde unser Gespräch aufnehmen.»

«Das ist mir egal. Ich will zu meiner Tochter. Endlich kann ich abschliessen. Sie wissen nicht, wie es ist, wenn das eigene Kind verschwindet. Man weiss nie, ob es noch lebt, ob es leidet oder versteckt gehalten wird ... ja, seit sechs Jahren hoffe und bange ich.»

Louis legte den Ausdruck mit der nummerierten Vermisstenmeldung auf den Tisch. «Amelie Schleiss, geboren am 27. März 1995. Sie gilt seit dem 2. April 2014 als vermisst.» Louis stutzte. «Hier steht nichts von einem Tattoo.» Deswegen wurden keine Übereinstimmungen auf der Datenbank gefunden.

«Ich weiss, das kam nie zur Sprache. Nachdem ich meine Tochter wegen des Tattoos gemassregelt hatte, schämte ich mich, es später zu Protokoll zu geben. Mein Mann sah darin leider auch keine Relevanz.»

«Und jetzt wollen Sie das Gesicht der Frau wiedererkannt haben?»

«Das Tattoo ... Es sind sechs Jahre her. Ich weiss nicht, ob ich meine Tochter nach so langer Zeit wiedererkennen würde. Das Bild in der Zeitung war nicht sehr scharf.»

«Aber an die Ameise mögen Sie sich erinnern?»

«Ja. In den Jahren ist sie Sinnbild geworden für ihr Verschwinden.»

«Und trotzdem haben Sie es der Polizei nie gemeldet?»

«Ach, hören Sie auf … Es dauerte Tage, bis man mich ernst nahm. Sie komme wieder, hat man mich vertröstet. Zudem sei sie volljährig und könne machen, was sie wolle. Aber sie wohnte bei uns, kam für ihre Lebenskosten nicht selbst auf. Wir unterstützten sie.»

Louis kommentierte es nicht. «Die Frau vom Lauerzersee ist tot.»

«Das habe ich gelesen.»

«Möglicherweise müssen Sie sie identifizieren.»

«Das … das werde ich verkraften …»

So sicher war sich Louis nicht. Der korrekte Weg wäre ein DNA-Abgleich gewesen. Aber dieser würde dauern. «Und der Vater?»

«Wir sind geschieden. Aber er wird auch vorbeikommen.»

«Das würde ich Ihnen anraten.»

«Kann ich sie gleich sehen?»

Louis spürte ihre Ungeduld. «Ich muss zuerst einen Termin mit dem zuständigen Gerichtsmediziner in Zürich vereinbaren. Und Rücksprache mit meinem Chef oder dem Staatsanwalt aufnehmen.»

«Dann machen Sie vorwärts. Ich halte es kaum mehr aus.»

«Erzählen Sie mir von ihr», forderte Louis Bettina Schleiss auf. «Ich muss mir ein Bild Ihrer Tochter machen.»

«Wem nützt es?» Bettina Schleiss räusperte sich. «Natürlich, Amelie war kaum neunzehn, als sie uns erklärte, sie würde gern studieren … irgendetwas, das mit Insekten zu tun hat. Mein Mann … Ex-Mann und ich sahen es als Flause eines verspäteten Teenagers an. Als ich so alt war wie Amelie, schockierte ich meine halbe Verwandtschaft damit, dass ich ins Kloster gehen würde. Das war nur Provokation. Warum sollte es Amelie anders machen? Dann kam sie mit diesem Tattoo nach Hause … eine Ameise, ein schreckliches Ding. Ich glaube, da schlug ich meine Tochter zum ersten Mal.» Bettina Schleiss schluchzte auf. «Zwei Wochen später war sie weg ... sang-, klang- und spurlos. Ich hätte sie nie schlagen dürfen.»

«Erinnern Sie sich an die Tage vor ihrem Verschwinden? Hatte sie ein Hobby?»

«Sie modelte bei einer Fotografin, die bekannt dafür ist, mit Modehäusern zusammenzuarbeiten.»

«Kennen Sie deren Namen?»

«Nein, der ist mir entfallen. Aber sie ist, glaube ich, eine Italienerin und hat ihr Studio an der Herrengasse in Schwyz. Kann ich jetzt zu meiner Tochter?»

«Ich werde es veranlassen.» Louis beendete die Sprachaufzeichnung und bat Bettina Schleiss zu warten, bis jemand sie abholte.

**

Valérie hatte damit gerechnet, dass Zanetti sauer war. Er stand in ihrem Büro, kaum hatte sie dieses erreicht.

«Caminada hat dir gestern Nachmittag freigegeben, damit du dich erholst. Und was machst du? Eine Nacht-und-Nebel-Übung auf der Insel.»

Sie konnte unmöglich zugeben, dass diese Nacht-und-Nebel-Übung eher ein Speis-und-Trank-Vergnügen gewesen war. Dass sie seinen Anruf in den Wind geschlagen hatte, nahm er ihr offensichtlich übel. Jetzt tat es ihr leid. Sie hätte schon gestern mit ihm kommunizieren sollen. Alles, was sie aufschob, kam in der Regel nicht gut an bei ihm.

«Fabia ist mitsamt Kleidern ins Wasser gefallen?»

«Du weisst davon?» Valérie hatte Louis in Verdacht.

«Sie hat es mir soeben auf dem Flur mitgeteilt.»

«Nachdem du sie ausgehorcht hast.» Freiwillig erzählte Fabia nie etwas. Ihr Respekt gegenüber dem Staatsanwalt musste sie zu dieser Offenheit getrieben haben.

«Und du bist über die Treppe gestürzt?»

«Das hat sie dir also auch erzählt.»

«Tut's noch weh?»

«Ich bin ein tapferes Mädchen.» Valérie verschwieg ihre Schmerzen. Sie hatte Glück gehabt, es hätte schlimmer sein können. Aber ein Hämatom hatte sie sich trotzdem eingehandelt.

Es klopfte. Die Tür ging auf, und unter dem Rahmen erschien Louis. «Sorry, ich wollte nicht stören.» «Tust du nicht. Wir sind fertig.» Sie schickte Zanetti eine Kusshand zu. «Sehen wir uns heute Abend?» «Selbstverständlich. Es gibt Osterlamm, schon vergessen?» Sie lächelte. Er war nie nachtragend, trennte meistens Berufliches von Privatem. Das schätzte sie an ihm. Sie sah ihm nach und dachte, wie sehr sie diesen Mann liebte.

«Ich habe soeben Bettina Schleiss befragt», sagte Louis. «Sie behauptet, die Tote vom Lauerzersee sei ihre Tochter, die vor sechs Jahren verschwand. Sie will sie am Ameisen-Tattoo wiedererkannt haben. Ich habe bei Stieffel eine Identifikation des Leichnams angeordnet. Caminada hat mir grünes Licht erteilt, nachdem er sich mit dem Richter kurzgeschlossen hatte. Um halb zwölf in Zürich. Kommst du mit?»

«Es stehen Befragungen an. Dann sollte ich noch einmal zur Insel fahren. Andrea Tomasi ist zurückgekehrt.»

«Was ist gestern Nacht tatsächlich vorgefallen?» Louis kam um das Pult herum, lehnte sich daran und verschränkte die Arme.

«Wir haben es uns nach der Arbeit gut gehen lassen, Fabia und ich. Wir waren beide im ausserordentlichen Dienst. Dass wir auf der Insel blieben, war zuerst nicht vorgesehen. Ich nahm jedoch an, dass wir im Morgengrauen etwas finden würden, das uns weiterhilft. Frage mich nicht. Ich kann es nicht erklären. Wir tranken an diesem Abend sehr viel Wein. So gesehen, war es ein kluger Entscheid. Claudio und Paula verliessen mit der letzten Fähre Schwanau. Mitten in der Nacht wurden wir von einem Geräusch aufgeweckt und hatten beide das Gefühl, nicht mehr allein zu sein.»

«Kein Wunder bei so viel Alkohol. Da sieht man doppelt.»

Valérie ging nicht darauf ein. «Auf der Insel ist etwas. Ich meine, es ist doch sonderbar, dass ich am gleichen Tag zweimal über dieselbe Treppenstufe stolpere.»

«Zufall?»

«Möglich. Ich muss es als Zufall abhaken.»

«Du denkst aber nicht an etwas Okkultes?» Louis musterte sie eindringlich.

Valérie musste laut herauslachen. Geheuer war ihr nicht gewesen. Darüber zu sprechen, genierte sie sich. Möglicherweise hing ihre Sensibilität mit ihrer allgemeinen psychischen Verfassung zusammen.

«Hast du Caminada deinen Einsatz erklärt?»

«Warum Einsatz?»

«Du hast die Pistole getragen.»

«Dir entgeht wohl gar nichts.»

«Diese Eigenschaft habe ich von dir.»

«Witzbold.»

«Könnte das nicht ein Nachspiel haben?»

«Nur, wenn die Chefetage davon erfährt.» Valérie lächelte auf den Stockzähnen. Trotzdem konnte sie Louis' Ansinnen nicht nachvollziehen.

«Ich kenne dich nicht von dieser Seite.»

«Der Bericht über den gestrigen Einsatz liegt bereits auf Caminadas Pult.»

NEUN

Die Zeit drängte. Die Mitglieder der Werbegilde mussten befragt werden, trotz Ostersonntag. Valérie hatte die Einteilung gemacht. Ihr erster Zeuge traf um halb eins auf dem SSB ein.

Sie erwartete Lino Styger, Besitzer der Werbe- und Kommunikationsagentur «Styger and Digital Consulting», im Sitzungszimmer. Er war ein vierzigjähriger Typ aus Einsiedeln, in einer dieser verlöcherten Jeans, bei denen man nie wusste, ob man den Stoff bezahlte, den man herausgeschnitten hatte, oder deren Designer. Sein weisses Hemd stand bis zur Brust, die er augenscheinlich rasiert hatte, offen. Um den Hals trug er ein Lederband, dessen Enden bis zum Gürtel reichten, der die gleiche Farbe hatte wie die Schuhe. Valérie sah, dass sie nicht billig waren. Sie bat ihn, sich zu setzen, und nahm das Aufnahmegerät in Betrieb.

«Sie waren am letzten Dienstagabend zusammen mit Ihrer Frau Amber auf der Insel Schwanau.»

«Das ist richtig. Amber sitzt im Verwaltungsrat unserer Firma und ist Vizepräsidentin der Werbegilde. Wir haben den Abend organisiert.» Er wiederholte, was Valérie bereits von Leni, Claudio und Paula erfahren hatte.

«Gab es ungewöhnliche Vorkommnisse während der Zeit, die Sie auf der Insel verbrachten?»

Styger überlegte. Über seiner Stirn entstand eine steile Falte, die ihm mit den Jahren sicher zu denken geben würde. «Bis nach dem Essen ging alles ruhig zu und her.»

«Was heisst das im Klartext?»

Styger runzelte erneut die Stirn. Er schien ein Mensch zu sein, der lange nachdachte, bis er sich äusserte. «Es wurde ziemlich gebechert. Zuerst Wein, Bier und zuletzt Hochprozentiges. Nachdem uns Leni aufs Festland zurückgefahren hatte, brachte uns ein Kleinbus nach Hause. Angereist waren wir allerdings individuell mit Taxis.»

«Waren Sie bei den Burgruinen?»

Styger grübelte. «Ich sicher nicht. Ob die andern dort waren, daran erinnere ich mich nicht.»

«Sie befanden sich also während des ganzen Abends im Pavillon?»

«Lassen Sie mich überlegen. Ja, ausser wenn ich mal für kleine Buben musste.»

«Da haben Sie, wie es sich gehört für den Gentleman, immer die Toiletten aufgesucht?»

«Ja.» Styger sah sie schmunzelnd an.

«Und Ihre Kollegen?»

«Selbstverständlich auch.»

«Als Sie auf dem Weg zu den Toiletten waren, schauten Sie nie in die Tiefe?»

«Wohin sollte ich geschaut haben?»

«Zum Beispiel dorthin, wo sich der Servicelift befindet.»

«Gibt's dort einen Lift? Der ist mir nicht aufgefallen.»

«Aber Sie hatten doch den Abend organisiert?»

«Über das Internet.»

«Erzählen Sie.»

«Wir kamen um sechs Uhr an. Dann gab es Apéro im Gartenrestaurant. Bis ungefähr halb acht. Dann gingen wir ins ‹Ritterhöckli›, so nennen wir den Pavillon.» Styger erzählte von der Vorspeise und dem Hauptgang und kam ins Schwärmen.

«Schildern Sie mir, was Ihnen auffiel, als Sie den Pavillon verlassen hatten und draussen waren.»

Wieder überlegte Styger, und es fiel ihm offensichtlich schwer, sich zu erinnern. «Sie wollen mir partout etwas in den Mund legen.» Die steile Falte über der Nase grub sich tief in die Haut zwischen den Augenbrauen. «Es war Vollmond, sternenklar und fast wolkenlos.»

«Fast?»

«Über dem Turm hatte es Wolken.»

Das war Rauch gewesen. «Wann war das?»

«Keine Ahnung.»

«Haben Sie von irgendwoher Stimmen vernommen, die nicht zu Ihrer Gilde gehörten?»

«Ich dachte, ich sei als Zeuge hier. Das ist eine Vernehmung, nicht wahr?»

«In der Nacht auf Mittwoch wurde eine Frau gefunden. Haben Sie es nicht gelesen?»

«Nein, aber Cyrill teilte es mir mit.»

Valérie sah auf die Namensliste. «Cyrill Hildebrand.»

«Genau der.»

«Wann erfuhren Sie es?»

«Am Donnerstagabend.»

«Hat er sich dazu geäussert?», fragte Valérie. Hildebrand sei kein einfacher Mensch, hatte Louis ihr erzählt, nachdem er den Werber getroffen und mit ihm gesprochen hatte.

Es klopfte. Die Tür ging auf, und Louis steckte den Kopf herein. «Valérie, kannst du kurz rauskommen?»

«Dann sind wir wohl durch.» Styger stiess Luft aus.

Valérie erhob sich. «Sie warten hier. Wenn Sie möchten, kann ich Ihnen einen Kaffee bringen lassen.» Ohne ein weiteres Wort zu verlieren, verliess sie den Sitzungsraum.

Louis sass auf dem Fensterbord und strich sich über die raspelkurzen Haare auf der Seite.

«Was ist so dringend, dass du mich aus einer Befragung holst?» Dann erinnerte sie sich, dass Louis in der Rechtsmedizin gewesen war.

«Sie ist es nicht.»

«Nein?»

«Bettina und Richard Schleiss haben den Leichnam *nicht* als ihre Tochter identifiziert. Ich fand aber Zeit, sie zu befragen. Damals, als Amelie Schleiss verschwand, wurden ein paar Dinge nicht geklärt. So vergass man zum Beispiel, eine wichtige Person hinzuzuziehen. Amelie hatte einen Freund, der mit ihr das Kollegi Schwyz besuchte. Ihre Eltern behaupten, er habe sich, lange bevor ihre Tochter als vermisst galt, von ihr zurückgezogen. Wir sollten uns diesen Mann vorknöpfen. Er heisst Filippo Darnuzer und ist heute Lehrer an der Mittelpunktschule Schwyz.»

«Ich will ihn morgen sprechen. Kannst du einen Termin mit ihm vereinbaren?»

«Kann ich organisieren. Wann fährst du zur Insel?»

«Erst gegen Abend ... danke, Louis.»

Valérie kehrte zurück. Styger sass vor einem Pappbecher Kaffee, sichtlich in seine eigenen Gedanken abgetaucht. Er sah auf, lächelte gequält. «Dauert es noch lange?» Valérie setzte sich wieder. «Erklären Sie mir die Werbegilde. Seit wann besteht sie?»

Styger streckte sich, schob seine Brust nach vorn. Vergessen war sein Missmut. «Am 1. April 2011 gründeten Hildebrand und ich den Verein. Sollte er nicht funktionieren, sagten wir uns, wäre es ein Aprilscherz gewesen. Aber was klein begann, weitete sich mit den Jahren auf dreissig Mitglieder aus.»

«Von denen nicht alle an den Feierlichkeiten am letzten Dienstag dabei sein konnten», stellte Valérie lapidar fest.

«Das wäre in der Tat ein Glücksfall gewesen. Wir sind sehr beschäftigte Leute.»

«Und alles mehr oder weniger Alphatiere. Funktioniert das gut?»

«Ich würde lügen, wenn ich behauptete, dass zwischen den Mitgliedern alles reibungslos läuft. Missgunst kommt einstweilen vor. Aber das hält sich in Grenzen. Uns geht es darum, gegenseitig Ressourcen zu schöpfen. Wir sind alle mehr oder weniger unterschiedlich ausgerichtet. Arbeiten die einen vorwiegend mit der Maschinenindustrie zusammen, tun es die andern mit der Pharma, der Forschung und Entwicklung neuer medizinischer Errungenschaften.»

«Wie ist es mit der Landwirtschaft?» Valérie hoffte, mit dieser Frage eine Verbindung zu dem Gift zu finden.

Styger rückte sich schmunzelnd zurecht. «Das sind die kleinen Fische. Auf jeden Fall ist es nicht unsere Zielkundschaft.»

«Wie ist es im Chemie-Sektor?»

«Der hängt mit der Pharma zusammen. Die Chemie- und Pharmaindustrie bilden den bedeutendsten Sektor der Schweizer Exportwirtschaft. Dazu gehört auch die Biotechnologie.

Sie sehen, was wir tun, ist hochethisch. Wir arbeiten für grosse Pharmakonzerne, die Marktführer in der Schweiz. Wir konzentrieren uns hauptsächlich auf die Regionen Basel, Zug und Zürich.»

«Was kann ich mir diesbezüglich unter Ihrer Arbeit vorstellen?»

Styger taute auf. «In meiner Agentur, zum Beispiel, arbeiten Ärzte und Apotheker. Wenn es um den Marktauftritt der Pharmafirmen geht, müssen versierte Personen her. Wir bieten von strategischen Beratungen und Workshops über Marketing und Kreativkonzepte auch Visualisierungen und den Digitalen Service an. Und wir kreieren Broschüren für die Ärzte, Verpackungsmaterial für Medikamente und selbstverständlich Packungsbeilagen, und das mehrsprachig.» Er entnahm seiner Jackeninnentasche eine Visitenkarte. «Vielleicht werfen Sie mal einen Blick auf unsere Website.»

✳✳✳

Leni hatte sie ohne zu zögern durchgelassen, sonst hätte Valérie hinter einer Gruppe von Wartenden anstehen müssen. «Wir sind am Limit», stöhnte sie. «Seit heute Morgen wird die Insel belagert. Wildfremde Menschen, die wahrscheinlich noch nie einen Fuss in unseren schönen Kanton gesetzt haben, wollen jetzt die Ruine ansehen. Ich bete zu Gott, dass sie diese historischen Mauern nicht versauen. Sie wissen, wie das ist. Sorge tragen ist für viele ein Fremdwort.»

Valérie setzte sich zwischen zwei hagere Seniorinnen, die ihr nur widerwillig Platz machten. «Ich beisse nicht», sagte sie, als eine von ihnen nervös herumfuchtelte und seltsame Laute von sich gab. «Sind Sie von hier?»

«Wir kommen aus Lenzburg.» Die eine Dame wurde zusehends netter. «Wir dachten, dass es ein toller Osterausflug werden könnte. Mit so vielen Leuten haben wir allerdings nicht gerechnet.»

«Haben Sie gelesen, was auf der Insel passiert ist?», fragte die andere. «Eine Tote wurde dort drüben gefunden», und sie zeigte mit ihrem Gichtfinger Richtung Insel.

Valérie liess sich nicht anmerken, wie es sie anwiderte. Sie kannte diesen Katastrophentourismus, der es darauf anlegte, Tat- und Unfallorte aufzusuchen. Die Schaulust habe in den letzten Jahren massiv zugenommen, hatte Vischer gesagt. Es gäbe Leute, die würden nur an Orte des Schreckens reisen. Mittlerweile sei das sogar ein Geschäft geworden. Solche Reisen könnten als Gruppen- oder Individualreisen gebucht werden. Früher seien das die Schlachtenbummler gewesen. Der Grat zwischen Aufarbeiten von Unglücken und Sensationslust respektive der voyeuristischen Motivation sei sehr schmal.

«Dann freuen Sie sich gewiss auf Kaffee und Kuchen», stichelte Valérie.

«Was denken *Sie* denn», sagte die eine. «Zuerst wollen wir uns den Tatort ansehen.»

Leni legte das Schiff ordnungsgemäss an. Sie hielt die Fahrgäste zurück und liess Valérie den Vortritt.

«Das ist aber die Höhe», beschwerte sich die andere. «Ist sie die Kaiserin von China?»

«Das nicht.» Leni strahlte. «Das ist unsere Frau Kommissarin.»

Die Seniorinnen bedrängten Valérie jetzt für ein Autogramm. «Das uns das in unserem Alter passiert», sagte die eine. «Eine richtige Kommissarin.» Sie stiegen als Letzte aus.

Valérie hatte damit gerechnet, dass nicht nur die Gartenterrasse, sondern auch der Pavillon und das Gasthaus überfüllt waren. Nebst Paula servierten vier weitere Angestellte, mit einer Ruhe allerdings, die Valérie bewunderte. Die roten Sonnenschirme waren aufgespannt, die Tische draussen bis auf den letzten Platz besetzt. Valérie schaute sich um und entdeckte eine Frau in ihrem Alter, die gerade zwei Käseplatten an einen Tisch brachte.

«Frau Tomasi?»

«Ja?» Sie war eine rassige Erscheinung mit blonden, fast weizengelben Haaren, die sie kurz trug, wahrscheinlich gestreckt.

Auf den Seiten lockten sie sich. Ihre Augen waren blau wie die Fjorde in Norwegen.

«Wir haben miteinander telefoniert.» Valérie stellte sich ihr in den Weg.

«Ah, Frau Lehmann.» Sie wischte sich die Hände an ihrem Dirndl ab. «Kommen Sie.» Wie selbstverständlich zog sie Valérie über den Kiesplatz ins Gasthaus. «Ich bin froh, kann ich endlich Luft holen. Seit dem Vormittag ist hier der Teufel los.» Sie wandte sich an eine ihrer Mitarbeiterinnen, die an ihr vorbeischwirrte. «Dana, kannst du meinen Posten einen Moment übernehmen?»

«Ja, Chefin.» Und weg war sie.

«Wir gehen nach oben, wenn es Ihnen nichts ausmacht.»

Valérie folgte ihr eine Treppe höher. Als sie die nächste Treppe erreichte, blieb sie stehen.

«Ist etwas?» Andrea Tomasi sah sie fragend an.

«Diese dritte Stufe dort ... ich muss wohl bewusst über sie gehen, sonst stolpere ich wieder.»

«Ach.» Andrea Tomasi lachte laut heraus. «Sie sind nicht die Erste, die über diesen Treppenabsatz strauchelt. Mir passiert das andauernd, wenn ich unvorsichtig bin. Auch Gäste haben sich schon beschwert. Das muss an Gemma liegen.»

«Gemma?» Valérie hielt sich am Handlauf fest.

«Um die Zerstörung der Burg rankt sich die Sage des herrschsüchtigen Burgherrn, der die Jungfrau Gemma aus Arth entführt und eingesperrt hatte. Gemma entkam dem Verlies und kletterte zu den Burgzinnen, wo sie sich in die Fluten hinunterstürzte.» Andrea Tomasi zeigte auf die dritte Stufe. «Das muss hier gewesen sein.»

«Es spukt hier?» Valéries Gefühle waren gerade etwas ambivalent.

«Die Sage der ‹Gemma von Arth› wurde im 19. sowie 20. Jahrhundert von verschiedenen Schriftstellern literarisch verarbeitet. Soviel ich weiss, auch von Meinrad Inglin, der ein bekannter Schwyzer Autor war.»

«Glauben Sie an diesen ... diesen Humbug?»

«Jede Sage, jede Legende trägt ein Quäntchen Wahrheit in sich.»

Valérie wollte trotz ihres mulmigen Gefühls die Vorkommnisse der letzten Nacht nicht in der tragischen Figur der Gemma sehen. Wo führte das hin, wenn sie sich von Geistererscheinungen und Spukgeräuschen irreführen liess? Sie war zwar zweimal an der gleichen Stelle gestolpert, aber diese Tatsache schrieb sie keinem Gespenst zu.

«Kommen Sie nach oben», bat Andrea Tomasi sie. «Im Zimmer sind wir ungestört.»

Valérie kam sich lächerlich vor, als sie sich beim Hochsteigen fast panisch an den Handlauf klammerte.

Das Zimmer war nach ihrem Aufenthalt gereinigt worden. Etwas anderes hatte sie nicht erwartet. Sie setzten sich auf das Sofa. Valérie sah an die Fensterscheibe. Bei Tag und schönem Wetter hatte der Turm seinen Schrecken verloren.

«Ich habe in der Zwischenzeit gehört, was los war in der letzten Dienstagnacht.» Andrea Tomasi schlug ihre schlanken Beine übereinander und zupfte am Rocksaum. «Die Frau soll nun tot sein?»

«Es ist wichtig, dass ich restlos alles erfahre, was Sie wissen.»

«Ich war an diesem Abend nicht da.»

«Aber Tage vorher, um die Vorbereitungen zu treffen.» Valérie spekulierte.

«Am letzten Sonntag sowie Montag kurz vor meiner Abreise nach Südfrankreich. Ich erfuhr erst am Freitag davor vom Vorhaben der Schwyzer Werbegilde. In der Regel müssen wir einen solchen Event weit im Voraus planen. Doch Ausnahmen bestätigen die Regel. Ich bin Geschäftsfrau. Die Zeiten sind schwieriger geworden.»

«Mit wem haben Sie verhandelt?»

«Ich habe nachgesehen. Er heisst Lino Styger, ein unkomplizierter Mensch. Wir waren uns sofort einig.»

Valérie machte ein paar Notizen. «Wir gehen davon aus, dass sich am gleichen Abend jemand bei der Burgruine aufgehalten hat.»

«Das ist unmöglich. Die Insel war geschlossen.»

«Können Sie sich vorstellen, dass man mit einem Boot unbemerkt an der Ostseite anlegen kann?»

«Ich habe es noch nie ausprobiert. Ich bin froh, haben wir einen zuverlässigen Fährbetrieb und für Menschen mit einer Gehbeeinträchtigung das Spezialboot und den Lift.» Hinter Andrea Tomasis Stirn schien es zu arbeiten. «Was hätte der Fremde denn auf dem Burggelände machen sollen?»

«Ein Feuer», sagte Valérie. «Wir haben gelöschte Glut sichergestellt.»

«Aber dort ist keine Feuerstelle.»

«Jedoch eine Aussparung auf dem Holzboden mit einzelnen Steinen.»

Andrea Tomasi nickte zustimmend.

«Erinnern Sie sich daran», fuhr Valérie fort, «dass Ihnen jemand seltsame Fragen zur Burg gestellt hat?»

«Komische Fragen gibt es nicht, nur komische Antworten.» Andrea Tomasi schmunzelte. «Nein, ich erinnere mich nicht. Alles, was man über die Ruine erfahren möchte, steht auf unseren Tafeln rund um das begehbare Gelände.»

Sie musste jetzt darauf zu sprechen kommen, egal, was dabei herauskam. Valérie erhob sich, schritt zum Fenster und stellte sich frontal vor die Wirtin. «Sagt Ihnen der Name Atta Sexdens etwas?»

«Nein, nie gehört.»

«Der Begriff ‹Formica-Orden›?»

«Formica? Das ist eine Insel im Tyrrhenischen Meer, in der Nähe von Sizilien. Sie liegt zwischen der Insel Levanzo und dem Ort Trapani. Ich weiss es, weil mein Mann Sizilianer ist. Früher war dort eine Thunfischfabrik. Heute ist sie in Privatbesitz und dient einer Stiftung, die ein Padre als Rehabilitationszentrum für drogenabhängige Jugendliche gegründet hat.» Andrea Tomasi strich erneut den Rock glatt. «Formica ist der lateinische Name für die Waldameise.»

Valérie war verblüfft. «Genau um die geht es.»

«Ich hatte mal Lateinunterricht.» Andrea Tomasi schlug die

Augen nieder. «Ich muss Sie aber enttäuschen, von einem ‹Formica-*Orden*› habe ich weder gehört noch gelesen. Das klingt ziemlich abgefahren. Könnte das eine Sekte sein?»

«Dazu kann ich nichts sagen.»

«Eine Sekte, die nach Art der Ameisen lebt?» Sie hob die Hände mit den Handflächen nach vorn. «Ist bloss eine Idee. Die Menschheit ist eh verrückt. Da würde mich so etwas nicht verwundern. Wenn man hört und sieht, was für Abartiges sich täglich neu um den Globus entwickelt, bin ich froh, muss ich mich nicht damit befassen. Mit Ihnen möchte ich nicht tauschen. Ich geniesse jeweils den Tag in meinem kleinen Reich hier und freue mich, wenn ich den Gästen etwas Gutes tun kann. Mag die traurige Realität an mir vorbeischrammen … manchmal hat man Glück und kann ihr ausweichen. Nächstes Jahr werde ich fünfzig und bald Nonna. Es ist das, was zählt. Man kann die Dinge schwerlich verändern, ausser von innen heraus. Aus dem Herz jedes Individuums. Würde es weniger Neid geben auf dieser Welt, weniger Gier und Macht, glauben Sie mir, wir hätten den Frieden auf Erden.» Sie seufzte tief. «Wurde die Frau getötet? Deswegen sind Sie doch hier, oder? Sie könnte eine Mutter gewesen sein. Ohne uns Frauen gäbe es die Männer nicht, die glauben, uns beliebig benutzen zu können …» Sie winkte ab. «Ach, lassen wir das. Es würde zu einer Endlosdiskussion führen.»

«Die tote Frau war Mutter. Sie muss das Kind auf dieser Insel entbunden haben. Der Säugling ist verschwunden.»

Andrea Tomasi war eine Weile sprachlos. Valérie bemerkte ihre Tränen. «Jetzt ist die Gewalt bereits im Paradies angekommen, auf meinem kleinen Eiland.»

***

Die Forsythien trugen gelbe Blüten, die Narzissen säumten den Weg zum Haus. Zanetti stand im Garten, als Valérie die Einfahrt hochfuhr. Sie parkte vor der Garage, stellte den Motor ab und stieg aus.

Zanetti nahm sie gleich in Beschlag, als hätte er auf sie gewartet. «Colin ist da.»

«Colin?» Mit ihm hatte Valérie nicht gerechnet. «Wie schön. Dann kann er mit uns zu Abend essen.»

«Er hat Besuch mitgebracht.» Zanetti zog sie an sich.

«Einen Freund?»

Colin hatte einige Freunde, und seit er in einer Wohngemeinschaft in Zug lebte, oft Besuch von Kollegen, die dieselbe Schule besuchten wie er. Seit gut zwei Jahren absolvierte er eine Lehre in der IT-Branche.

«Eine Freundin.» Zanetti stiess sie sanft zum Hauseingang. «Ich möchte dich bloss vorwarnen.»

«So schlimm?» Sie stoppte, drehte sich zu Zanetti um, sah ihm in die Augen und erinnerte sich an ihre erste Begegnung, ihre brennenden Gefühle für ihn, die Flugzeuge im Bauch. Jetzt hatte es vielleicht Colin voll erwischt.

Vorwarnen? Befürchtete Zanetti, sie könnte falsch reagieren? Er kannte ihren Charakter, ihre Ecken und Kanten, auch ihre Sanftmut, ihre überbordende Liebe, wenn es um Colin ging. Was ahnte er?

«Einfach, dass du auf die Begegnung mit ihr vorbereitet bist», sagte Zanetti.

Mit seinen achtzehn Jahren war Colin bis anhin mit keinem Mädchen aufgetaucht, das er als seine Freundin vorstellte. Valérie hatte sich bereits Gedanken darüber gemacht, ob ihn das andere Geschlecht nicht interessierte und er sich von seinesgleichen angezogen fühlte. Auch damit hätte sie umgehen können. Sie war deswegen gespannt und neugierig auf das Mädchen. Colin war ein attraktiver junger Mann geworden, der wusste, was er wollte, und zu seiner Mutter stand. Valérie hatte es viel Kraft und Geduld abverlangt, bis es so weit war. Heute schätzte sie sich glücklich. Colin hatte den Weg zu ihr zurückgefunden. Sein Glück würde auch ihr Glück sein.

Aus der Küche duftete es nach Lammbraten. Der Tisch im Esszimmer war festlich für vier Personen gedeckt. Zanetti hatte sich auch hier übertroffen. Er hatte ein Händchen für schöne

Dekorationen. Der frische Schnitt von Osterglocken strotzte in einer Kristallvase.

Noch bevor Valérie die Sitzlandschaft im Wohnzimmer erreichte, sah sie Colin auf dem Sofa und neben ihm eine Frau sitzen.

Eine Frau! Das war kein Mädchen, zumal sie augenscheinlich um einiges älter war als er. Valérie blieb stehen, riss sich gerade zusammen, dass sie keine despektierliche Bemerkung fallen liess, was Colin verletzt hätte.

«Das ist Angela», stellte Colin sie vor. «Angela, das ist meine *Maman*, von der ich dir erzählt habe.»

«Hoffentlich nur Gutes.» Valéries Stimme krächzte etwas, der Kloss in ihrem Hals wuchs ins Unermessliche. Sie musterte die junge Frau, die gegen die dreissig zuging. Sie trug Lederhosen und Lederjacke und die schwarzen Haare schulterlang und offen. Sie war fast genauso gross wie Colin und hatte einen beneidenswert schlanken Body. Valérie hätte sich nicht gewundert, wenn ihr das Motorrad gehörte, das sie vor der Auffahrt zu ihrem Haus bemerkt hatte. Sie brauchte jetzt frische Luft. Halbherzig reichte sie Angela die Hand, vermochte kaum, ihrem Blick standzuhalten, diesen grauen Augen, die wie Schiefer schimmerten. «Ich gehe mich duschen und umziehen. Werde gleich zurück sein.»

«*Maman?*» Colin klang enttäuscht.

«Bin gleich zurück.»

Grosser Gott! Bitte lasse mich aus diesem Alptraum erwachen. Valérie eilte über die Treppe in die obere Etage, wo die Schlafzimmer lagen. Sie hetzte in ihr Zimmer. Dort warf sie sich rücklings aufs Bett, starrte wie hypnotisiert an die Decke. Doch der Lüster konnte ihr keine Antwort auf die Frage geben, ob sie sich gerade ziemlich danebenbenahm. Sie, die sich für aufgeschlossen und modern hielt. Es war ein Vertrauensbeweis ihres Sohnes, wenn er ihr seine Freundin vorstellte. Er hätte sie ihr verheimlichen können. Aber, verflixt noch mal: Musste diese Freundin zehn Jahre älter sein als er?

Zanetti stand plötzlich in der Tür. «Ist dir nicht gut?»

Valérie rappelte sich auf. «Ich bin müde.»

Er setzte sich zu ihr, umarmte und küsste sie. «Wir machen uns einen gemütlichen Abend mit Colin und Angela. Das wird auch dir guttun. Angela ist nett.»

Valérie löste sich von Zanetti, erhob sich und ging ins Badezimmer. «Und eindeutig zu alt für Colin», konnte sie sich gerade nicht verkneifen.

Zanetti kam ihr nach, hatte ihre Bemerkung offenbar nicht mitbekommen. «Sie arbeitet als Solaringenieurin und montiert Solarpanels auf Dächern. Sie ist zuständig für den Einbau der dazugehörenden Warmwasser- und Heizsysteme und plant und berechnet ganze Solaranlagen.»

«Aha.» Mehr zu sagen, war Valérie nicht imstande. Anscheinend hatte Angela einen unvergesslichen Eindruck hinterlassen. Valérie stellte die Dusche an, vermied es jedoch, das Wasser auf maximale Hitze zu stellen wie neulich. Colin hatte sich also verliebt. Damit hatte Valérie früher oder später rechnen müssen. Bilder von früher tauchten vor ihrem geistigen Auge auf – der kleine Junge, der ihr Wiesenblumen mitgebracht hatte, einmal sogar einen vergoldeten Ring. Er hatte ihn mit seinem ersten Ersparten gekauft. Colin, ihr Baby, war erwachsen geworden und kam jetzt mit seiner ersten Freundin nach Hause.

Valérie hätte sich freuen sollen. Warum musste es ausgerechnet Angela sein?

Zanetti stand vor der Duschkabine, hielt ein übergrosses Frottiertuch bereit. Er fing Valérie ab und schlang das Tuch um ihren Körper. «Angela hat eine selbst gemachte Schwarzwälder Torte mitgebracht.»

Valérie wand sich erneut aus Zanettis Armen. «Wie nett.» Sie trocknete sich ab, hatte keine Lust, über Backen und Kochen zu reden, während sie nun in der Kommode nach frischer Unterwäsche suchte. «Ich war heute noch einmal auf der Insel Schwanau», sagte sie deshalb, in der Hoffnung, Zanetti würde endlich diese Angela aussen vor lassen. Dass sie ihm imponierte, musste er nicht extra betonen. Zanetti sagte nichts dazu.

Valérie zog sich ein knielanges Kleid an, bei dem sie wusste, wie gut es ihr stand. Der Blick in den Spiegel bewies ihr das Gegenteil. Sie hatte tatsächlich zugenommen. Sie zog das Kleid wieder aus, entschied sich für Jeans und Bluse und beschloss, nicht ein einziges Stück von der Schwarzwälder Torte anzurühren.

Eine Weile noch blieb sie im Zimmer, nachdem Zanetti bereits nach unten gegangen war, schminkte ihre Augen dezent, überpinselte ihre Narbe und zog die Lippen mit einem roten Stift nach. Sie bürstete ihre Haare und begutachtete ihr Gesicht im Spiegel. Siebenundvierzig Jahre, und sie kam sich wie ein eifersüchtiger Teenager vor. Reiss dich zusammen, schalt sie sich. Was war bloss in sie gefahren, dass sie sich wegen einer Dreissigjährigen dermassen infantil benahm? Hatte sich der Neid ihrer bemächtigt, das Gefühl, die Unbeschwertheit der Jugend endgültig hinter sich zu haben?

Einmal tief durchatmen. Valérie ging über die Treppe nach unten. Als sie das Esszimmer erreichte, schickten sich Colin und Angela an, sich an den Tisch zu setzen. Sie hielten Händchen.

Colin warf Valérie einen bewundernden Blick zu. «Wow, *Maman*, du siehst klasse aus.»

Angela nahm ihr gegenüber Platz. Sie hatte ihre Lederjacke ausgezogen. Eine semitransparente Bluse verhüllte nicht, dass sie keinen Büstenhalter trug. Valérie ertappte sich dabei, wie ungeniert lange sie auf ihre durchscheinenden Rosinen sah. Sie schluckte den Ärger hinunter. Das ging nun doch zu weit. In ihrem Haus. Und das an Ostern.

Zanetti trug die Vorspeise auf, einen Frühlingssalat mit Ei, bestückt mit Oliven. Das Ganze sah aus, als würde ein Gesicht aus dem Teller starren. Dann setzte er sich. «Lasst es euch schmecken.» Er sandte einen Blick in die Runde.

Valérie war der Appetit vergangen. Lustlos stocherte sie zwischen den grünen Blättern herum, als müsste sie darin etwas Verborgenes suchen.

Eine Weile schwiegen alle.

«Angela fährt eine 1000er Kawasaki», sagte Colin zwischen zwei Bissen und setzte dem Schweigen ein Ende. «Präzisiert: einen Z 1000 SX Tourer.»

«Und ihr seid mit dem Motorrad hierhergefahren?», fragte Valérie. Sie hielt ihr Entsetzen darüber zurück.

Colin strahlte. «Yep.»

«Hatten wir die Diskussion nicht schon?» Valérie legte die Gabel neben den Teller. «Hatte ich es dir nicht verboten?» Über Colins Gesicht zog sich Schamesröte. «Ja, *Maman*. Aber du hast mir auch versprochen, dass ich den Führerausweis machen darf, wenn ich achtzehn bin. Von dem willst du nichts mehr wissen.»

«Den kannst du nach wie vor machen, wenn du es dir leisten kannst.» Valérie wandte sich an Angela, der es nicht mehr wohl zu sein schien. «Lieber vier Räder als nur zwei unter dem Hintern. Oder soll ich Ihnen Bilder von Motorradunfällen zeigen?»

«*Maman*, Angela ist kein Strassenrowdy», sagte Colin. «Sie fährt gemässigt.»

«Mit einer 1000er Kawasaki?» Valérie spürte Zanettis Hand an ihrer Seite. Er drückte sie. Valérie räusperte sich. «Sorry, tut mir leid. Ich wollte euch den Abend nicht vermiesen.» Sie realisierte, dass sie zu weit gegangen war.

«Ich verstehe Sie gut», sagte Angela ruhig. «Meine Mam machte auch einen Aufstand, als ich mit meiner Maschine aufkreuzte. Das ist drei Jahre her. Seither fuhr sie jedoch bereits ein paarmal auf dem Sozius mit. Und es macht ihr immer grossen Spass. Ich lade Sie zu einer Passfahrt ein.» Angela sah sie erwartungsvoll an.

Valérie wollte es nicht gehört haben. «Sie wohnen bei Ihrer Mutter?», war im Moment das Einzige, was sie interessierte.

«Nein, in einer Wohngemeinschaft in Zug.» Angela schenkte Colin ein Lächeln. «In derselben wie Colin.»

«Dort haben wir uns kennengelernt», sagte Colin und strich seiner Freundin zärtlich über die Wange. Valérie sah ihm an, wie verliebt er war. Dieses Glänzen in den Augen, der verklärte Gesichtsausdruck – sie hatte keine Chance, diese Beziehung zu unterbinden. Auch kein Recht.

ZEHN

Valérie parkte neben der Schranke, welche die Zufahrt zu den Gebäuden der Mittelpunktschule Schwyz absperrte. Sie stieg aus und sah auf das Schulareal, die Steinbänke, die Rasenflächen, die Fahrradunterstände und noch kahlen Jungbäume. Im Hintergrund ans Stanserhorn, dessen Gipfel weiss vom Restschnee war, rechts an die Rigi mit dem bereits grünen Buckel. Trotz der Osterferien erwartete Filippo Darnuzer sie vor dem roten Schulhaus. Er tigerte beim Eingang hin und her und rauchte, als könnte er mit der Zigarette seine Nervosität verbergen. Valérie ging auf ihn zu und stellte sich vor. Augenblicklich drückte er die Kippe auf einem Abfalleimer aus und warf sie hinein.

«Danke, dass Sie sich die Zeit für mich nehmen.» Valérie schritt neben ihm ins Schulhaus. Kühle Luft umfing sie.

«Keine Ursache. Ich habe sowieso zu tun. Vorbereitungen für die Wochen nach den Ferien. Wir Lehrer sind auch beschäftigt, wenn andere glauben, wir würden während der schulfreien Zeit bloss faulenzen.»

Dass er nicht erwähnte, wie gerechtfertigt die Ferien für Lehrer seien, rechnete ihm Valérie hoch an. Sie folgte ihm über die Treppe und hatte Gelegenheit, den Mann, der kaum dreissig war, unbeobachtet anzuschauen. Er trug saloppe Hosen, wie sie gerade bei den jungen Leuten modern waren, und ein T-Shirt mit dem Aufdruck: «I touch the future. I teach». Seine langen Haare hatte er mit Gel nach hinten gekämmt, auf seinem Gesicht spross eine Art Dreitagebart mit Aussparungen. Wohl ein verzweifelter Versuch, männlicher auszusehen.

Im Klassenzimmer roch es nach gebohnerten Fussböden. Die Markisen waren heruntergelassen. Darnuzer knipste die Neonröhren an, die ein kaltes Licht verströmten. «Ihr Kollege Louis Camenzind hat mir nicht mitgeteilt, worum es bei dieser Befragung geht, nur, dass ich als Zeuge gelte.» Darnuzer schwang sich auf seinen Bürostuhl und bot Valérie einen Schülerstuhl an.

«Wir ermitteln unter anderem im Fall der verschwundenen Amelie Schleiss.» Valérie setzte sich, während sie das Schulzimmer scannte – den Weltatlas, die gereinigte Schiefertafel, den Beamer, Texte auf A4-Blättern, verschiedene Porträts, die an der Seitenwand aufgehängt waren. Unter den Zeichnungen befanden sich ein paar gelungene.

Darnuzer war ihrem Blick gefolgt. Er wies auf eine Zeichnung, die einer Fotografie in nichts nachstand. «Wir haben einen kleinen Künstler unter uns, wie Sie sehen.» Sein Interesse daran war von kurzer Dauer. «Wie also kann ich Ihnen helfen? Amelie Schleiss, sagten Sie?» Er nickte zustimmend. «Ist schon eine Weile her. Mit ihr besuchte ich das Kollegi. Im Verlaufe des letzten Jahres verschwand sie.»

«Ihre Mutter sagte aus, dass Sie gut befreundet waren mit ihr.»

«Sie war meine erste Liebe.» Darnuzer strich sich über die Stirn. «Sex hatten wir nie, falls Sie das fragen wollten. Sie gehörte zu den Blümchen Rührmichnichtan. Trotzdem war sie ein faszinierendes Mädchen … bis das mit den Ameisen begann.»

Valérie holte ihren Notizblock aus der Jackentasche. «Erklären Sie es mir näher?» Sie fing an mit dem Schreiben von Stichwörtern: *zurückhaltendes Mädchen, vermutlich aus strengem Elternhaus.*

«Amelie wollte Germanistik studieren wie ich.» Darnuzer lachte verlegen. «Anstatt zu studieren, habe ich nach der Matura die Pädagogische Hochschule absolviert.»

«Aber?» Valérie hielt inne. «Bleiben wir bei Amelie.»

«Plötzlich war nicht mehr Germanistik ihr Thema, sondern Entomologie, also Insektenkunde. Sie beschaffte sich Bücher aus der Bibliothek, holte sich Informationen über das Internet. Sie war besessen von den Ameisen. Keine freie Minute verging, in der sie mir nicht über sie berichtete. Sie wusste schliesslich alles über sie, dass zum Beispiel die Wanderameisen mit ihresgleichen ganze Brücken bauen, um ein Hindernis zu überwinden. Aber am meisten interessierte sie die Gattung der Blattschneiderameise, die Atta.»

Beim Namen Atta horchte Valérie auf. «Sie erinnern sich an Atta?»

«Ja, weil mir dabei immer das unvollendete Versepos von Heinrich Heine in den Sinn kommt, das er 1841 zu Papier brachte. ‹Atta Troll, der Sommernachtstraum› zählt zu den virtuosesten Werken des Schriftstellers.»

Valérie verlieh ihrem Erstaunen Ausdruck. «Deshalb sind Sie Deutschlehrer geworden.»

Darnuzer lachte nur.

«Zurück zu Amelie. Sie sagten, dass sie sich verändert habe.»

«Kann man wohl sagen. Von einem auf den anderen Tag wollte sie mit mir nichts mehr zu tun haben. Sie zog sich nicht nur von mir, sondern auch vom Rest der Klasse zurück.»

«Hatte sie eine Freundin?»

«Nein, sie war Einzelgängerin. Mit Ausnahme von mir hat sie sich kaum näher mit jemandem eingelassen oder nur dann, wenn es um Schulisches ging. Sie galt deshalb als überheblich.»

Darnuzer beugte sich über das Pult. «Eines Tages kam sie mit diesem Tattoo auf der linken Schulter. Voller Stolz zeigte sie es mir. Ich fragte, was dies zu bedeuten habe. Sie tat geheimnisvoll, sagte, dass sich bald alles auf der Erde ändern würde. Das Ende stehe bevor. Da wusste ich, dass sie nicht mehr alle Tassen im Schrank hatte.»

«Wann genau verschwand sie?»

«Vor gut sechs Jahren. Es war kurz vor den Osterferien, als uns die Nachricht ereilte. Ich war zu diesem Zeitpunkt ein Jahr von Amelie getrennt.»

«Wurden Sie nie befragt?»

«Nein.»

«Nein?»

«Die Polizei war mal kurz in der Klasse, stellte kollektive Fragen. Diese wurden jedoch vom Klassenlehrer beantwortet.»

«Nennen Sie mir den Namen dieses Lehrers?»

Darnuzer nannte ihn. «Er ist verstorben.»

Valérie notierte es. «Haben Sie sich nie Gedanken darüber gemacht, dass Amelies Verschwinden etwas mit dem Tattoo zu tun haben könnte?»

«Warum hätte ich? Wir alle waren damals verrückt nach Tattoos. Auf dem Pausenplatz gab es einen richtigen Wettbewerb, wer wo wie viele Tattoos hat stechen lassen. Auch ich trage welche an den unmöglichsten Stellen. Heute bereue ich es.»

«Sie haben noch nie daran gedacht, sie wegmachen zu lassen?»

«Das ist teuer.»

Valérie dachte an die laienhafte Entfernung des Ameisen-Tattoos auf der Schulter der Toten. «Kennen Sie vielleicht Leute, die das *nicht* profimässig machen?»

«Was? Tattoos entfernen?»

«Das meine ich.»

«Eine solche Adresse ist mir nicht bekannt. Unprofessionell klingt wie Schwarzarbeit.» Darnuzer lächelte.

«Sagt Ihnen der Name Formica-Orden etwas?»

«Hat wahrscheinlich auch mit Ameisen zu tun, abgeleitet von Formicidae.» Darnuzer geriet ins Grübeln. «Formica-Orden … ich glaube, ich habe mal einen Flyer gesehen. Ist das eine Sekte?»

Valérie liess es unkommentiert. «In welchem Zusammenhang haben Sie den Flyer gesehen, und wann war das?»

«Ich erinnere mich nicht mehr, wo. Aber es liegt kein Jahr zurück.»

Valérie deutete auf den Computer. «Könnten Sie den mal hochfahren?»

«Der ist bereits in Betrieb. Ich war vorher nur kurz draussen, um Sie in Empfang zu nehmen und eine zu rauchen. Was soll ich eintippen?»

«Formica-atta.com.»

«Mit Bindestrich?»

«Ja.» Valérie erhob sich, schritt um das Pult herum und schaute Darnuzer über die Schultern. Dabei nahm sie den herben Geruch eines Aftershave wahr.

Die Seite öffnete sich. Die Erde, davor ein Komet, der unver-

kennbar auf sie zusteuerte. Und oben links die Ameise. Darnuzer tat überrascht. «Was zum Henker ist das?» Doch dann kam
das vermeintliche Erkennen. «Genau, an die Ameise erinnere
ich mich. Die war auf dem Flyer *und* auf Amelies Schulter.»

✲✲✲

«*Porca miseria!* Wie oft muss ich dir sagen, du sollst den Kopf
heben! Hast du gehört? Die Haare sollen nach *hinten* fallen,
nicht ins Gesicht.»

Geraldine Marxer schüttelte ihre Mähne, warf den Kopf in
den Nacken und lächelte gequält in die Kamera. Diese ewige
Zickerei hatte sie langsam satt. Zudem eilte ihr die Zeit davon.
In einer halben Stunde hatte sie sich in der Mything-Bar verabredet. Dieses Date durfte sie auf keinen Fall verpassen. Endlich
würde sie Jonathan kennenlernen, den Mann, mit dem sie seit
zwei Monaten chattete.

«Hast du in einen sauren Apfel gebissen? Ich will dich lachen
sehen … Lachen bedeutet, wenn der linke und der rechte Mund-
winkel sich Richtung Ohren bewegen.» Laura fletschte ihre
Zähne. «Ja, so ist gut. Und jetzt die Arme in die Seite stemmen,
capisci?» Sie knipste im Sekundentakt. «Body, lässt du mal die
Nebelmaschine laufen? Dann brauche ich Wind, viel Wind …
oder noch besser *una burrasca* … Amore mio! Du machst es
doch nicht zum ersten Mal. Was ist bloss los mit dir?» Sie liess
ihre Kamera sinken. «*Il tempo è denaro.* Zeit ist Geld. Morgen
muss ich die Bilder vorlegen. In zwei Wochen geht der Katalog
in Druck. Du bist nicht bei der Sache. Müde? *Mamma mia!*
Diese Jungen heutzutage haben einfach kein *temperamento*
mehr. Dann mach mal eine Pause.»

Geraldine löste sich aus ihrer künstlichen Körperhaltung.
«Können wir morgen weitermachen? Ich bin heute nicht in
Topform.»

«Nicht in Topform? *Cosa vuol dire?* Hast du vergessen, dass
du einen Vertrag hast?» Laura gebärdete sich wie ein aufge-
scheuchtes Huhn. «Oder hast du die Tage? Dann hättest du es

mir vorher sagen sollen. *Dio mio!*» Sie gab offensichtlich auf. «*Allora, ci vediamo domani.*»

Geraldine bedankte sich und schlüpfte in die Garderobe, wo sie sich umzog. Wieder einmal Glück gehabt. Nicht sie, sondern Laura war heute schlecht drauf.

Für ein Date war es zwar reichlich früh. Aber Geraldine hatte darauf beharrt, sich nicht am Abend, sondern am Mittag zu treffen. Wenn wider Erwarten nichts aus diesem Date wurde, wollte sie sich die Option offenlassen, nicht nachts allein nach Hause gehen zu müssen.

Sie schlich aus der Garderobe, sah sich nach Body um, der die Nebelmaschine verräumte. Morgen würde er sie wieder aufstellen, ohne zu meckern. Er war Lauras Lakai und folgte ihr wie ein zahmes Hündchen.

Draussen atmete Geraldine die frühlingshafte Luft ein. In den Bäumen führten die Vögel ein Konzert auf. Alles war im Aufbruch, auch ihr Liebesglück, wenn es sich denn heute bewahrheitete. Jonathan hiess der Angebetete und sah nicht nur blendend aus, er war auch klug. Und einige Jährchen älter als sie. Also ein paar Jahre mehr. Etwa fünfzehn. Egal, sie hatte mit den unprofilierten Jungs noch nie etwas anfangen können. Immer benahmen sie sich kindisch. Sprachen bloss über Fussball und wie viele Frauen sie schon flachgelegt hatten. Zu mehr Konversation waren die nicht fähig.

Jonathan aber, der war weltgewandt, beherrschte vier Sprachen: Deutsch, Englisch, Französisch und Russisch. Russisch! Hammer! Mit ihm konnte sie zudem über Gott und die Welt faseln, auch über ihre Sinnsuche und den Wunsch, nach dem Studium als Tierärztin nach Australien auszuwandern.

Auf dem Hauptplatz in Schwyz flanierten die Leute. Die Strassencafés waren von Sonnenhungrigen belegt. Vor der Kirche gaben die Schwyzer Tambouren ihr Können preis. Ein Ostermontag wie im Bilderbuch.

Geraldine überquerte den Platz. Beim Brunnen blieb sie stehen, versteckt hinter den geparkten Autos. Jonathan hatte ihr zwar ein Foto von sich geschickt. Sie war sich jedoch nicht sicher, ob sie ihn anhand des Bildes auf Anhieb würde erkennen können. An der nahen Kirchturmuhr schlugen die Glocken drei Uhr. Zeit, mutig in die Mything-Bar zu spazieren, lässig und unbeschwert, wie Geraldine es vor dem Spiegel geübt hatte. Sollte sie ihre Haare offen lassen oder doch zurückbinden? Vielleicht hochstecken? Sie überquerte den Hauptplatz. Musik wummerte aus der Bar. Shawn Mendes und Camila Cabello sangen «Señorita». Geraldine mochte dieses Lied. Es bedeutete Ferien und Liebe. Vor allem Liebe. Rot flimmerte es hinter der Bar. An der Theke bediente Mesche, den sie aus der Schule kannte.

«Hi, Geraldine. Lange Zeit nicht gesehen.» Er schien sich über ihren Besuch zu freuen.

Sie hätte sich mit Jonathan anderswo verabreden sollen. Sie wollte nicht, dass Mesche Zeuge von ihrem ersten Date wurde.

«Was willst du trinken?»

Ich muss mir Mut antrinken, dachte sie und sah sich vorsichtig um. Da war niemand, der sie nur annährend an Jonathan erinnerte. «Ein Panaché.»

«Das geht auf mich.» Mesche goss zur Hälfte Limonade ins Glas und füllte es mit Bier auf. «Was tust du allein in Schwyz? Keine Familienfeier? Ist schliesslich Osterwochenende.»

«Ist etwas für Kinder … Ostereiersuchen oder so …» Wann hatte sie zuletzt Ostern im Kreis ihrer Familie gefeiert? Das war Jahre her.

Eine Gruppe älterer Herren drängte sich an die Bar. Geraldine verdrückte sich mit dem Panaché an einen der Tische. Sie setzte sich und betrachtete die weissen Lampen über ihr, die sie an Grossmamas Jugendstillämpchen erinnerten. Bei Grossmama war es gewesen, die letzten Ostern ihrer verblichenen Kindheit.

«Ist da noch frei?»

Geraldine wandte sich nach der Stimme um und sah sich augenblicklich mit einem Typen konfrontiert, der die fünfzig überschritten haben musste. «Ich erwarte noch jemanden.»

Der Kerl schwang sich trotzdem auf den Stuhl, direkt ihr gegenüber. «Bist du Marilyn?»

Geraldine war gewarnt. Nur Jonathan kannte ihren Nick-namen. Unmöglich, dass der Typ Jonathan war.

«Mich schickt Jonathan. Er ist verhindert.»

«Sorry, Sie müssen sich irren. Ich bin nicht … wie sagten Sie, Marilyn?»

«Er hat dich beschrieben. Siebzehn, lange blonde Haare, Stupsnase, blaue Augen …»

Geraldine spürte, wie sie rot wurde. Wut kroch in ihr hoch. Das kam davon, wenn man Bilder von sich ins Netz stellte. Alle Welt konnte sich daran ergötzen. Vor allem an denen, die sie fast hüllenlos zeigten.

«Hab keine Angst», sagte der Typ. «Ich tue dir nichts.» Und als wäre es die selbstverständlichste Sache, griff er nach ihrer Hand. «Vertraue mir. Ich kenne deine Geschichte. Jonathan hat mir davon erzählt.» Er liess sie los, kramte eine Karte aus der Hosentasche und legte sie auf den Tisch. «Wir können dir helfen.»

Geraldine spürte einen Stich in der Magengegend. Sie sah die Karte, dann den Typen an und überlegte sich, wie sie möglichst schnell unbeschadet aus der Sache herauskäme.

**

Valérie kehrte auf den Sicherheitsstützpunkt zurück, den sie am Morgen vor dem Treffen mit Filippo Darnuzer kurz besucht hatte.

Auf dem Flur kam ihr Louis entgegen. Er trug ein Dossier mit sich. «Ich habe alle Aussagen der Werber, die am Dienstag auf der Insel waren. Habe die relevanten Stellen überflogen. Es sieht nicht danach aus, als gäbe es Abweichungen. Keiner will etwas Aussergewöhnliches bemerkt haben. Es sei aber fröhlich zu- und hergegangen, sagen alle einstimmig aus, einige seien ziemlich verschmust gewesen, was immer das heissen mag. Eine fremde Frau war ihnen nicht aufgefallen. Das Kind habe ich vorerst nicht erwähnt.» Louis zögerte. «Willst du die Akte einsehen?»

«Nicht jetzt. Weisst du, ob der erwartete Bericht von der Technik eingetroffen ist?»

«Ja, bei dem Blut, das auf dem Boot sichergestellt wurde, handelt es sich eindeutig um Menschenblut. Ich habe den Abgleich mit der DNA der Toten in Auftrag gegeben. Das Labor schiebt eine Nachtschicht ein. Eine von Bürglers Ex-Freundinnen haben wir auch ausfindig gemacht. Ich habe sie für morgen Dienstag vorgeladen.»

«Danke, Louis.» Valérie erreichte ihr Büro, schloss die Tür auf und trat ein. «Kann ich dir einen Kaffee anbieten?»

«Da sage ich nicht Nein.» Louis folgte ihr. Er musterte sie neugierig. «Alles okay?» Er setzte sich auf die Fensterkante.

«Colin hat eine Freundin.» Sie musste sich endlich Luft verschaffen.

Louis schmunzelte. «Dein Sohnemann wird erwachsen.»

«Sie ist im Minimum zehn Jahre älter als er.» Valérie drückte heftig eine Kapsel in den Kaffeeautomaten, als hätte die Maschine Schuld an ihren seltsamen Gefühlen.

«Er ist achtzehn, oder?»

Valérie liess Kaffee in die Tasse träufeln. «Achtzehn, ein halbes Kind.»

«Und sie eine reife, erfahrene Frau. Mensch, Valérie. Deinem Sohn kann nichts Besseres passieren. Ich hatte meine erste Freundin mit sechzehn. Sie war einunddreissig.»

«Und über Liebe wusstest du nicht viel», sagte Valérie. «Sie wusste alles …»

Louis lächelte. «Und liess mich spüren, ich war kein Kind mehr.»

«Und es war Sommer … Peter Maffay.» Die erste Liebe, ein Bauch voller Schmetterlinge. Sie drückte eine Träne weg. «Sie benutzt ihn.»

«So ein Quatsch. Colin ist ein attraktiver junger Mann. Die Frauen stehen auf ihn. Das Alter spielt keine Rolle.» Louis zog die Stirn kraus. «Ist dein Ex nicht auch einige Jahre älter als du?»

«Das ist etwas anderes.»

«Finde ich nicht.»

«Zudem ziehst du selbst eher die jungen Frauen an. Stell dir vor, Carla wäre älter als du.»

Louis griff nach der vollen Kaffeetasse. «Mit Frauen ist es wie mit dem Wein. Auf den Jahrgang kommt es an.»

Valérie boxte ihn in die Seite. Der Kaffee schwappte über den Tassenrand. «Untersteh dich. Wie weit bist du mit Fabia?»

«Ich dachte mir, dass diese Frage früher oder später auftauchen würde. Hat Fabia etwas gesagt?»

«Sie glaubt, dass du letzthin ein Haar von Charlotte eingepackt hast.»

Louis druckste herum, wollte es augenscheinlich nicht kommentieren.

«Hast du das Haar für eine DNA-Probe eingeschickt?»

«Dazu hätte ich Fabias schriftliche Zustimmung gebraucht.»

«Ich kenne dich doch, Louis Camenzind.»

«Also gut, ich habe es ins Labor gebracht. Huwyler checkt es für mich.»

Das Telefon klingelte. Valérie nahm den Hörer von der Festnetzstation, ohne Louis aus den Augen zu lassen.

«Christen hier. Eine Geraldine Marxer will dich sprechen.»

«Weisst du, worum es geht?» Valérie bedeutete Louis, der sich soeben aus dem Staub machen wollte, zu bleiben.

«Stichwort Ameise.»

«Stell mich durch.» Und an Louis gewandt, sagte sie: «Geh bitte nicht weg.»

«Frau Lehmann?» Eine junge Frauenstimme, leise und dennoch hörbar aufgeregt. «Mein Name ist Geraldine Marxer. Ich bin siebzehn Jahre alt und besuche in Ingenbohl das Theresianum.» Sie klang so, als würde sie einen Text ablesen. «Entschuldigen Sie bitte, ich bin gerade so was von nervös.»

«Wo sind Sie?», fragte Valérie einfühlsam. «Können Sie sprechen?»

«In der Kirche Sankt Martin in Schwyz. Ich habe mich hier versteckt. In einem der Beichtstühle. Ja, es geht. Ich kann sprechen, aber nicht laut.»

«Wie kann ich Ihnen helfen?»

«Ich glaube, ich habe den Mann gesehen, den Sie vermutlich suchen.»

Valérie überlegte. An der Pressekonferenz war von keinem Mann die Rede gewesen. Das wusste sie von Louis. Das Gespräch hatte sich um die fremde Frau und das Ameisen-Tattoo gedreht. Genauso war es anderntags in allen Medien gewesen. Selbst vom Säugling wusste bis anhin niemand etwas. Caminada und der Pressesprecher hätten sich zurückhaltend gezeigt. Vielleicht war es ein Fehler gewesen. Oder aber, Geraldine sprach von etwas ganz anderem. «Wissen Sie, wo sich der Polizeiposten Schwyz befindet?»

«Ja, das weiss ich. Aber ich kann hier nicht weg. Ich werde verfolgt.»

«Von wem werden Sie verfolgt?» Valérie stellte den Anruf auf laut, damit Louis mithören konnte.

«Von einem Mann. Er ist etwa fünfzig Jahre alt, hat schütteres Haar und eine Nickelbrille, und er trägt schwarze Jeans und einen bordeauxroten Lumber. Und er hat mir eine Karte gezeigt, eine Art Flyer. Darauf ist die Ameise abgebildet, wie sie im ‹Boten der Urschweiz› erschien. Ich habe mir die Überschrift gemerkt: Formica-Orden.»

Valérie und Louis warfen sich Blicke zu.

«Wo haben Sie den Mann gesehen?»

«In der Mything-Bar.»

«Bleiben Sie, wo Sie sind», sagte Valérie. «Ich werde sofort jemanden zu Ihnen schicken. Verlassen Sie auf keinen Fall den Beichtstuhl.»

Geraldine hatte das Gespräch bereits abgebrochen.

«Ich übernehme es», sagte Louis. «Ich werde sofort die Streife aufbieten. Wenn wir Glück haben, ist sie in der Nähe des Hauptplatzes, dort befindet sich auch die Mything-Bar. Ich mache mich auf den Weg nach Schwyz.»

«Ich komme mit.»

✳✳✳

«Wir haben das Mädchen nicht gefunden», sagte ein etwas verstörter Sicherheitspolizist, der vor dem Hauptportal der Kirche auf Valérie und Louis gewartet hatte. «Dabei sind wir nach dem Aufgebot keine fünf Minuten später hier eingetroffen. Meine Leute sind jetzt in der Mything-Bar und suchen dort nach ihr. Der fremde Mann ist bestimmt bereits über alle Berge. Der Barkeeper sagte, dass er ihn gesehen habe, und konnte ihn beschreiben. Er habe aber kurz nach dem Mädchen die Bar verlassen.»

Valérie öffnete das schwere Kirchentor, schlüpfte hinein und sah sich unmittelbar einer spätbarocken Architektur gegenüberstehen. Das Kirchenschiff zeigte auch klassizistische Elemente. Schön ausstaffierte Pfeiler und ausladende Bögen zogen sich unterhalb des Gewölbes in Richtung Altar. Sakrale Gemälde zierten die Decke, endeten in Ornamenten, die sich über die Säulen verteilten. Die linksseitig angebrachte Kanzel dominierte mit rosafarbenem Marmor, Gold und hellen Figuren den Raum. Valérie ging das rechtsseitige Seitenschiff entlang und auf der gegenüberliegenden Seite wieder zurück, warf einen Blick in die Beichtstühle, die genauso verlassen wirkten wie bei der Ankunft der Streife.

«Frau Lehmann?» Eine feine Stimme, die trotzdem mit einem Resonanzkörper schwang, als wäre sie neben Valéries Ohr.

«Geraldine? Wo sind Sie?» Valérie sah zur Orgel und war von deren Anblick überwältigt. Von Geraldine keine Spur.

«Hier bin ich.» Über dem Rand der Kanzel erschien ein blonder Haarschopf und danach der Oberkörper einer jungen Frau, als würde sie aus einem Meer von Kitsch auftauchen. Sie schwebte über die Treppe, wo sonst der Priester ging. «Ich habe den Beichtstuhl verlassen, fühlte mich nicht mehr sicher. Als die uniformierten Polizisten kamen, versteckte ich mich auf dem Kanzelboden. Ich wollte mit *Ihnen* sprechen.»

«Wovor haben Sie Angst?» Valérie nahm sie in Empfang, als sie über den letzten Tritt kam.

«Ich glaube, ich habe eine riesengrosse Dummheit gemacht. Ich möchte nicht, dass meine Eltern davon erfahren.» Sie hängte sich bei Valérie ein. «Darf ich?»

«Sicher. Sie haben die Ameise erwähnt.» Valérie führte Geraldine aus der Kirche, wo Louis auf der Treppe stand.

«Glauben Sie mir», sagte Geraldine. «Ich hatte keine Ahnung, worauf ich mich einlasse.»

Auf der Strasse wartete ein Streifenwagen. Valérie setzte sich neben Geraldine ins Auto. «Wir fahren jetzt zur Einsatzzentrale in die Bahnhofstrasse. Dort können wir in aller Ruhe sprechen.»

«Habt ihr ihn?», fragte Geraldine. Ein Vibrieren beherrschte ihre Stimme.

«Den Fremden?»

«Ja, den Mann, der mich verfolgt hat.»

«Wir mussten damit rechnen, dass er uns entwischt. Wir werden ein Phantombild anfertigen und ihn zur Fahndung ausschreiben, sollte sich zeigen, dass er mit unserem Fall zu tun hat. Aber vorher muss ich alles von Ihnen erfahren.»

Geraldine sprach erst im Sitzungszimmer wieder, in das Valérie sie führte. «Erzählen Sie mir der Reihe nach», forderte Valérie sie auf. «Was sollten Ihre Eltern nicht erfahren?» Sie installierte das Aufnahmegerät.

Geraldine wartete, bis sie es in Betrieb genommen, Datum, Zeit und die Namen der Anwesenden daraufgesprochen hatte.

«Was haben Sie Ihren Eltern verschwiegen?»

«Dass ich in meiner Freizeit chatte. Sie haben es mir ausdrücklich verboten. Das sei des Teufels, meint meine Mutter. Aber in der Schule tun es alle. Viele sind auf Instagram oder twittern. Das ist aber nicht so mein Ding. Ich habe jemanden kennengelernt, vor zwei Monaten ungefähr. Jonathan heisst er, ist dreiunddreissig ...» Geraldine hob die Augenbrauen. «Denken Sie nicht, dass er zu alt ist für mich.»

Valérie dachte bloss an Colin und Angela, und das nackte Grauen wollte sie packen. Sie riss sich zusammen. «Das hat er Ihnen so mitgeteilt?» Immerhin hatte er sich nicht jünger gemacht. «Haben Sie irgendeinmal durchblicken lassen, dass ältere Männer Sie anziehen?»

«Ich schrieb ihm, dass ich mit den unreifen Bubis nichts anfangen kann. Ich glaube, erst danach verriet er mir sein Alter.»

«Was tut er beruflich?»

«Er ist Chirurg.»

Valérie überlegte, ob ein Chirurg sich auf das Niveau einer Siebzehnjährigen hinunterlassen würde.

«Er hat ein Haus am Zürichsee», fuhr Geraldine fort.

«Und das hat Sie natürlich beeindruckt.»

«Na ja, er hat es zumindest zu etwas gebracht. Wir verstanden uns gut und vereinbarten das erste Treffen in der Mything-Bar.»

«Das wäre heute gewesen.»

«Jonathan kam aber nicht. An seiner Stelle setzte sich ein Grufti zu mir an den Tisch.»

«Ein Grufti?»

«In der Schule nennen wir die über Fünfzigjährigen so.»

Valérie verkniff sich ein Grinsen. «Er hat Sie also angesprochen, dieser Grufti.»

«Er sagte, dass Jonathan ihn schicke. Er nannte mich Marilyn, das ist mein Nickname im Chat. Und er wusste genau, wie ich aussehe. Jonathan musste ihm von mir erzählt haben. Mir war trotzdem nicht geheuer. Und als er mir diese Karte zeigte, bekam ich es mit der Angst zu tun. Ich verliess die Bar und versteckte mich in der Kirche.»

Valérie vermutete, dass Geraldine von diesem Jonathan hinters Licht geführt worden war. In der Anonymität des Internets war alles möglich. «Hat er Ihnen seinen richtigen Namen nie verraten?»

«Nein, ich muss davon ausgehen, dass der alte Sack Jonathan ist und er mir das Bild eines jungen Mannes gezeigt hat. Ich war so dumm und habe Fotos von mir reingestellt.»

«Was für Fotos? Aktaufnahmen?»

Geraldine zögerte. «So halb nackte … Ich habe eine Menge davon. Als Ausgleich zum Gymnasium modle ich für eine Modezeitschrift. Da muss man sich auch mal Bikinis oder Unterwäsche anziehen. Zweimal pro Woche gehe ich ins Atelier von Laura Santoro.»

Valérie sah auf. Hatte nicht auch Amelie Schleiss gemodelt, bevor sie verschwand? Gab es eine erste Konformität? Eine Verbindung zwischen den beiden jungen Frauen? Valérie notierte den Namen. «Erinnern Sie sich in etwa, worüber Sie sich mit ‹Jonathan› ausgetauscht haben? Sie sagten, er habe Sie verstanden.»

Geraldine überlegte lange. «Ich fühlte mich geborgen bei ihm.»

«Via Chat.»

«Er sprach meine Sprache, eine Herzenssprache, wenn Sie verstehen, was ich meine. Bei ihm konnte ich mein Herz ausschütten. Er nahm mir die Angst, die mich seit diesem Klima-Hype beherrscht. Die Zukunft versetzte mich in Panik. Jonathan beruhigte und tröstete mich. Bis vor einem Monat ging es mir nicht so gut.»

Valérie hatte das Staunen noch nicht verlernt. Jährlich gab die Polizei ein Vermögen für Präventionen aus. Nebst der Warnung vor Enkeltrickbetrügern wurde auch auf die Gefahren im Internet aufmerksam gemacht. Trotz dieser Massnahmen gerieten immer mehr Jugendliche in den Sog falscher Propheten. Wenn es um ihre Sicherheit ging, trugen sie Scheuklappen und wurden erst im Nachhinein klüger, wenn der schlimmste Fall eingetreten war.

«Ich werde Sie jetzt zu unserem IT-Spezialisten schicken. Dort können Sie ein Phantombild des Gruftis anfertigen lassen.» Valérie griff zum Telefon und wählte Müllers Nummer.

«Ich kann aber nicht zeichnen», sagte Geraldine.

«Das müssen Sie nicht können. Ihr gutes Gedächtnis ist gefragt. Alles andere machen IT-Müller und der Computer.»

***

Nach Hause gehen war keine Option. Dort hielten sich noch immer Colin und seine Angela auf. Nach dem gemeinsamen Nachtessen waren sie ziemlich rasch in Colins Zimmer verschwunden, was sicher Valéries Benehmen geschuldet war. Wider ihre Gewohnheit hatten Zanetti und sie sich einen Schmachtstreifen reingezogen. Nach der Halbzeit war Zanetti eingeschlafen. Valérie kehrte nach der Befragung von Geraldine nach Biberbrugg zurück, wo sie sich in ihrem Büro verschanzte. Sie breitete sämtliche Akten des Falles «Lauerzersee» auf dem Boden aus und sondierte sie anhand der jüngsten Berichte neu. Sie liess einen Kaffee aus der Maschine und setzte sich mit der Tasse neben die Dossiers. Auf einem A4-Schreibblock wollte sie die Anmerkungen anbringen. Als sie damit begann, ahnte sie, dass es nicht bei den Notizen bleiben würde. Sie musste eine strukturierte Übersicht schaffen.

Mittwoch, 8. April, 02.29 Uhr: Lars Bürgler meldet anonym das Auffinden einer toten Frau bei der Talstation des Behinderten- und Servicelifts auf der Insel Schwanau. Die unbekannte Frau wird ins Spital Schwyz eingeliefert und sediert. Zu diesem Zeitpunkt steht fest, dass die Frau erst vor Kurzem entbunden hat. Der Säugling ist trotz intensiver Suche unauffindbar. Am selben Abend befinden sich ausser Lars Bürgler und seiner Freundin Sonja einundzwanzig Mitglieder der Schwyzer Werbegilde ebenfalls auf der Insel, zusammen mit Paula und Claudio, von denen sie bewirtet werden. Leni, die Schiffsführerin, sagt aus, dass sie bei der Hinfahrt einundzwanzig und auf der Rückfahrt um halb eins einmal zehn und einmal elf Leute transportiert hat.

Valérie suchte die Rapporte heraus, die nach der Befragung der Werber erstellt worden waren.

Siebzehn Männer, zwei davon mit ihren Ehefrauen, und zwei Singlefrauen sind während des Abends so sehr mit sich selbst beschäftigt, dass ihnen das Feuer bei der Burgruine nicht auffällt. Die Frage stellt sich, wer in dieser Nacht ebenfalls auf der Insel ist und Feuer macht.

Valérie kam auf keinen anderen Nenner als auf den, dass es sich letztendlich um Mitglieder des geheimnisvollen Formica-Ordens gehandelt hatte. Es war Vollmond gewesen, sie hatten sich treffen *müssen*, vielleicht nicht zum ersten Mal auf Schwanau. Lag sie mit ihrem Denkansatz komplett falsch?

Das Tattoo auf der linken Schulter der unbekannten Frau verweist auf den Formica-Orden.

Valérie unterstrich Formica-Orden. Sie war sich sicher, dass sie die Weitersuche hier ansetzen musste. Sie war abgelenkt, griff wieder zu den Rapporten der Werbegilde, sortierte die Namen der Mitglieder mit den Namen der Firmenzugehörigkeit. Mit Ausnahme von Lino Styger und seiner Frau Amber hatte lediglich Jeronimo Fallegger mit seiner Frau Cinzia als Paar am Anlass teilgenommen. Seine Firma war die «Digitacomm-One GmbH» in Pfäffikon. Valérie konzentrierte sich auf die Aussagen aller involvierten Personen und kam zum Schluss, dass es eine einzige Abweichung gab, die beim Abgleich niemandem aufgefallen war. Lino Styger von «Styger and Digital Consulting» hatte ausgesagt, dass er sich bei der Rückkehr zum Festland auf der zweiten Fahrt befunden habe. Er erinnere sich an zehn Personen.

Warum war ihr das nicht aufgefallen? Warum hatte sie dieser Aussage zu wenig Beachtung geschenkt?

Valérie verglich die Aussage mit den Personen, die auf der ersten Rückfahrt auf dem Schiff gewesen waren. Sie alle hatten von zehn Leuten gesprochen. Müssten also auf der zweiten Fahrt elf Personen gewesen sein. Hatte sich Styger geirrt?

Wenn dies aber nicht der Fall war, wer war zurückgeblieben? Hatte sie selbst etwas übersehen? Valérie widmete sich den vier Frauen.

Amber ist die Frau von Lino Styger. Sie fährt gemäss Aussage mit dem ersten Rücktransport, ihr Mann mit dem zweiten. Keine besonderen Auffälligkeiten. Seit sechs Jah-

ren verheiratet. Keine Kinder. Tadelloser Leumund. Sitz im Verwaltungsrat des «Styger and Digital Consulting», Vizepräsidentin der Werbegilde.

Cinzia Fallegger, seit acht Jahren verheiratet mit Jeronimo Fallegger, keine Kinder, befindet sich auf der ersten Rückfahrt. Tadelloser Leumund.

Edith Moser, Inhaberin der «Graphic Design Arth GmbH» in Arth, befindet sich auf dem zweiten Rücktransport. Sie spricht von elf Anwesenden. Ebenso Wiktoria Stepanowa. Beide Frauen mit tadellosem Leumund, beide Schweizerinnen.

Valérie machte bei Wiktoria Stepanowa ein Fragezeichen.

Valérie legte die Fotos der vier Frauen vor sich hin, studierte ihre Gesichtszüge. Wiktoria Stepanowa sah etwas fremdländisch aus. Aber sie war es nicht – die Unbekannte vom Lauerzersee. Sie war bei der Zeugenbefragung dabei gewesen. Fabia hatte sie befragt.

Was stimmte nicht?

Valérie holte sich einen frischen Kaffee, nachdem der vorherige erkaltet war. Sie sah auf den Fluss Alp, der sich friedlich durch die Landschaft schlängelte. Überall spross das erste zarte Grün in den Bäumen, um sich bald explosionsartig zu entfalten. Valérie seufzte. Teneriffa. Eine Fahrt in die Berge zum Fuss des Teide, der in dieser Jahreszeit noch Schnee trug. Die atemberaubende Landschaft auf der Regenseite der Insel, die meterhohen Wellen in der Nähe des Puerto de la Cruz, die einsamen Buchten. Loro Parque, der Tierpark mit den eindrücklichen Shows von Delphinen und Orca-Walen.

Wenn sie die Augen schloss, hörte Valérie das Meer rauschen. Sie setzte sich wieder auf den Boden, inmitten einer Flut aus Papier, Klarsichtmappen und Ordnern.

Der Säugling. Wessen Kind ist er? Wem nützt er? Wo befindet er sich? Oder darf er nicht leben? Hat man ihn getötet, versenkt oder wegtransportiert?

Und wer wusste, dass die unbekannte Frau auf der Intensivstation des Spitals Schwyz gelegen hatte? Valérie erinnerte sich, dass sie es einzig dieser Sonja erzählt hatte. Was war bloss in sie gefahren, dass sie Polizeiinterna nach aussen trug? Das hätte nicht passieren dürfen. Hatte der Mörder es von Sonja erfahren? Oder hatte er es aus der Zeitung?

Valérie griff nach Schulers Bericht. Bei dem Boot, das man in der Nähe der Festlandstation gefunden hatte, handelte es sich um das Boot von der Insel, das für den Lauerzersee immatrikuliert war und, was die Wirtin Andrea Tomasi erwähnt hatte, als Notboot diente. Auf ihm wurde menschliches Blut sichergestellt. Der DNA-Abgleich mit der unbekannten Toten war noch nicht eingetroffen.

Was, wenn das Blut von der Unbekannten stammte? Wie war sie vom Festland auf die Insel gekommen? Hatte sie möglicherweise das Kind auf dem Boot zur Welt gebracht, war zur Anlegestelle gepaddelt, ausgestiegen und vor Erschöpfung liegen geblieben? Hatte sie wie Moses' Mutter ihr Kind, zwar nicht in einen Korb, so doch ins Boot gelegt, in der Hoffnung, dass man es finden würde?

Valérie machte einen Denkfehler. Das Boot hatte mit ziemlicher Wahrscheinlichkeit bei der Anlegestelle auf der Insel gelegen. Entweder hatte jemand die unbekannte Frau vom Festland abgeholt und war mit ihr zur Insel gefahren, oder sie war mit einem anderen Boot dorthin gelangt. Valérie kam zum Schluss, dass sie zusammen mit dem grossen Unbekannten auf die Insel gefahren war. Oder mit den Mitgliedern des Formica-Ordens.

Geraldine Marxer arbeitet mit derselben Fotografin zusammen wie Amelie Schleiss vor deren Verschwinden. Ihr Name ist Laura Santoro. Besteht hier die gesuchte Verbindung?

Je mehr sich Valérie darüber den Kopf zerbrach, umso unkonzentrierter wurde sie. Sie nahm sich vor, Laura Santoro einen Besuch abzustatten.

Nichts war logisch.

Oder doch?

Da waren die geheimnisvollen Besucher bei der Ruine. Valérie musste die Option, dass diese etwas mit der Frau und dem vermissten Säugling zu tun hatten, offenlassen. Trotzdem wollte sie den Gedanken nicht weiterspinnen, dass das Kind eventuell als Opfergabe einer sektiererischen Gemeinschaft dienen musste.

Die verwischte Ameise bezeugte vielleicht den verzweifelten Versuch, dem Formica-Orden zu entkommen. Hatte das Oberhaupt, dieser Atta – in der Zwischenzeit ging Valérie davon aus, dass es sich bei Atta um einen Mann handelte –, Anspruch auf das Kind angemeldet? Hatte er es entführt? So abwegig war das nicht.

Gab es zwischen der noch immer vermissten Amelie Schleiss und der unbekannten Frau Gemeinsamkeiten?

Ja, die Ameise auf dem linken Schulterblatt.

Offenbar hatte es der Formica-Orden auf Geraldine Marxer abgesehen. Brauchte Atta Nachschub, nachdem die Frau mit dem Kind gestorben war? Hatte er sie umbringen lassen, nachdem sie aus dem Orden hatte austreten wollen?

Valérie hatte zwar Grundkenntnisse, wie Sekten funktionierten. Aber diese waren laienhaft. Erschöpft aufgrund ihrer Arbeit, erhob sie sich, setzte sich ans Pult und startete den Computer. Sie erinnerte sich entfernt an einen Verhaltenswissenschaftler und Spezialisten für Sekten und religiöse Sondergruppen, dessen Name ihr entglitten war. Via Suchmaschine fand sie ihn: Anton Wullschläger.

ELF

Als Valérie am nächsten Morgen auf den Parkplatz vor dem SSB fuhr, entdeckte sie Louis, der an seinem Combi lehnte und rauchte. Um diese Zeit – es war halb acht – hatte sie ihn noch nie paffen sehen. Valérie parkte ihren Audi TT, stieg aus und wusste nicht, ob sie Louis stören durfte. Er schien so sehr in seine Gedanken vertieft, dass er sie erst bemerkte, als sie auf seiner Höhe angekommen war.

«Geht's dir gut?» Valérie sah ihn mit geneigtem Kopf an, um in seine Augen blicken zu können.

«Auch einen guten Morgen.» Louis' Lächeln, wenn er sie jeweils sah, blieb diesmal aus.

«Mit dem falschen Bein aufgestanden?»

«Mit beiden Beinen falsch.» Er grapschte in seine Jackettasche, beförderte einen gefalzten Brief hervor und faltete ihn auseinander. «Der Laborbericht ist da.» Er wedelte diesen vor Valéries Gesicht herum.

«Welcher Laborbericht?» Valérie versuchte, sich daran zu erinnern, ob es eine Pendenz gegeben hatte.

«Der Vaterschaftstest.»

«Und?» Sie blieb ruhig, vermochte nicht abzuwägen, ob dieser Test positiv oder negativ ausgefallen war. Louis' Benehmen liess keinen klaren Schluss zu. Rührte seine schlechte Laune daher, weil er Charlottes Vater war – oder weil er es *nicht* war?

Lieber Gott! Jetzt war es eh zu spät, um ein Stossgebet zum Himmel zu senden. Die Würfel waren gefallen.

«Rate mal.» Nur Louis vermochte, aus der beklemmenden Situation einen Scherz zu machen.

«Ich hoffe, dass es für alle Beteiligten erträglich herausgekommen ist.»

«Es gibt immer zwei Seiten.»

«Die eine würde dich an deiner Potenz zweifeln lassen.»

Valérie streckte ihre rechte Hand aus, versuchte, den Brief zu fassen. «Und wenn ich in dein Gesicht sehe, muss der Test negativ ausgefallen sein.»

«Was springt für mich heraus, wenn ich Charlottes Vater bin?»

«Und was, wenn nicht?»

«Spielverderberin.»

«Los, sag schon.»

Louis wandte sich ab. «Du hast recht. Ich bin *nicht* Charlottes Vater.»

«Jetzt wird sich dein Leben wieder einrenken, nicht wahr? Du hast eine tolle Freundin. Was willst du mehr? Vater kannst du noch immer werden, auf jeden Fall stressfreier.»

«Trotzdem stimmt es mich traurig.» Louis war untröstlich. «Ich meine, da lässt mich Fabia neun Monate und ein ganzes Jahr zappeln, obwohl sie wusste, dass Michael der Vater ist.»

«Das wäre nicht fair. Allenfalls beruhigt es dich, wenn ich dir verrate, dass sie auch nicht sicher war. Vielleicht zeigst du ihr den Test.»

Sie überquerten den Parkplatz. Der Morgen war kühl, trotz des schönen Wetters.

Valérie zog ihre Jacke enger. «Heute erwarten wir Bürglers Ex-Freundin. Willst *du* mit ihr sprechen?»

«Ich?» Louis schien sich gerade vor dieser Aufgabe drücken zu wollen.

Valérie sah die Gebäudefassade hoch, glaubte, an einem der Fenster Caminada zu sehen. «Ich habe heute Besuch von Anton Wullschläger. Er ist Spezialist für religiöse Sondergruppen.»

Louis öffnete die Eingangstür. «Okay, Boss, ich habe verstanden. Gibt's noch etwas, das ich wissen müsste?»

«Ich habe dir gestern ein paar Notizen per Mail gesendet.»

«So, wie ich dich kenne, hast du den Feiertag im Büro verbracht.»

«Ich sehe, du kennst mich gut.»

«Wann befolgst du endlich meinen Rat, etwas kürzerzutreten?»

«Diese Zeit wird früher kommen, als man denkt.» Valérie stand vor dem Lift und drückte den Knopf. «Wie geht es eigentlich Carla? Ich habe schon lange nichts mehr von ihr gehört.» Louis wand sich. «Sie arbeitet auch zu viel. Wenn ich abends nach Hause komme, befindet sie sich gewiss an einer Feld-, Wald- und Wiesenveranstaltung. An Wochenenden und Feiertagen ist sie immer gut gebucht. Als ledige Frau ohne Kind ist sie stets Lückenbüsserin, wenn ihre Familienväterkollegen eigentlich zum Einsatz müssten. Carla kann nicht Nein sagen, das ist ihr Problem.»

«Dann weisst du, was du zu tun hast.»

***

Valérie hatte Anton Wullschläger anders in Erinnerung. Das letzte Mal hatte sie ihn an einer Veranstaltung in Zürich getroffen, wo er über die Scientologen referiert hatte. Der Vortrag hatte damals zum Pflichtenheft der Zürcher Kantonspolizei gehört und war Bestandteil einer Grossrazzia in einem von Sektenanhängern besetzten Gebäude in der Nähe des Alterszentrums «Sydefädeli» gewesen. Wullschläger hatte viele Jahre als Geschichts- und Religionslehrer in Frankreich verbracht, war 1998 in die Schweiz zurückgekehrt, wo er sich seither intensiv mit neureligiösen Bewegungen, Sekten, Esoterik und Okkultismus befasste.

Seine einst silbergrauen Locken waren schlohweissen Haaren gewichen. Er war sichtbar älter geworden. Als er Valérie die Hand zum Gruss reichte, spürte sie dennoch eine brennende Leidenschaft, die manch jüngeren Leuten fehlte. Sein Händedruck war fest und warm. Er freute sich offensichtlich, sie zu sehen. Damit, dass er sich an sie erinnerte, hatte Valérie nicht gerechnet.

«Als ich Ihren Namen hörte», schmeichelte er ihr, «sah ich sofort die junge wissbegierige Polizistin vor mir. Und siehe da, Sie sind es. Sie haben mich schon damals stark beeindruckt.»

«Es müssen etwa achtzehn Jahre her sein.»

«Sie haben sich kaum verändert, ausser …» Er betrachtete sie sorgenvoll.

Valérie griff sich instinktiv ins Gesicht. «Die Narbe, ich weiss, die hatte ich damals noch nicht.» Sie hielt es Wullschläger zugute, dass er nicht erfahren wollte, woher diese stammte.

«Die Jahre gehen dahin, und ehe man sich versieht, ist man achtzig.»

«Kompliment.» Valérie führte ihn zum Tisch im Sitzungsraum, den sie für den Vormittag reserviert hatte. «Was hält Sie so jugendlich frisch?»

«Dankbarkeit, Wissensdurst und jeden Abend ein Glas Rotwein.» Wullschläger setzte sich schmunzelnd. «Sie haben mich vororientiert, weshalb Sie meine Hilfe brauchen. Es geht um den Formica-Orden.»

«Wir kommen einfach nicht an ihn ran.» Valérie bediente sich des Wassers, das bereitstand, füllte zwei Gläser und reichte Wullschläger eines davon über den Tisch. «Unser IT-Spezialist konnte zumindest einen Teil der Website knacken. Doch jede Seite ist von Neuem verschlüsselt und muss mittels Codewort geöffnet werden. Es sieht nach einem geheimen Verbund aus.»

«Und die suchen sich ihre Anhänger selbst aus. Heutzutage ist es einfach, potenzielle Opfer zu ködern. Das Internet ist ein gefundenes Fressen, ein Pool, wo sie beliebig nach willigen Fischen angeln können. Wie manipulierbar einige Zeitgenossen sind, erfahren wir täglich. Es muss nur etwas lange genug eingeimpft werden, von den richtigen Leuten notabene … oft auch von Prominenten, und einer Massenhysterie steht nichts mehr im Weg. Der Kleingeist hat dann endlich etwas, worüber er diskutieren und sich wichtigmachen kann. Dabei rennt er bloss einer Masse hinterher, die selbst nicht weiss, wohin ihr Weg führt. Doch mit dem Glauben an seine eigene Wichtigkeit vergisst er, wie beeinflussbar er ist. Der Mensch ist ein Herdentier. Ich vergleiche ihn mit den Schafen. Büxt ein Leithammel aus, folgen ihm die andern vorbehaltlos. Im schlimmsten Fall auch über den Abhang.»

Wullschläger griff nach dem Wasserglas. «Wir leben in einer

Zeit des Umbruchs. Alles verändert sich. Nur geht es heute schneller als früher. Noch vor vierzig Jahren sprach man vom Megatrend, dass sich alle zehn Jahre etwas grundlegend verändert. Heute verändern sich die Dinge in Sekundenschnelle. Was erst noch als Gradmesser gegolten hat, ist einen Atemzug später passé. In all diesen Veränderungen soll sich der Mensch zurechtfinden.» Wullschläger trank das Wasserglas halb leer. Valérie hing schweigend an seinen Lippen. «Wie kann er dem entgegensteuern? Er sucht Halt, einen sicheren Ort, jemanden, an den er sich anlehnen kann. Was wäre nicht prädestinierter als eine Religion? Wenn man denn die Kirche als gottgegebenen Kraftort wahrnehmen würde. Darauf bauen religiöse Sondergruppen auf. Nur machen sie es radikal und mit dem ewigen Versprechen, dass alles besser wird. Sie konstruieren ihr Geschäft», Wullschläger deutete Gänsefüsschen an, «mit einer nahenden Katastrophe. 2012 war es der Maya-Kalender, heute ist es das Klima, morgen wird es der Kometeneinschlag sein. Wer möchte nicht gerettet werden? Um sein Gewissen zu bereinigen, wird viel Geld bezahlt, in Opferstöcke, an Hilfsorganisationen, an Bettelgemeinschaften. Mit Geld, glaubt man, kann man sich die Weste weisswaschen.»

Er zögerte, trank den Rest des Wassers aus. «Sekten sind meistens sexuell motiviert. Auch der Formica-Orden läuft auf dieser Schiene. Ich habe mich bereits vor zwanzig Jahren mit ihm befasst. Damals hiess er noch ‹Orden der Erlösung›. Er wurde 1999 in Anlehnung an das Millennium von drei Männern gegründet. Schnell folgte ihnen eine Armada von Frauen. Nachdem am 1. Januar 2000 der Globus sich weitergedreht hat, haben sich zwei von den drei Gründern verabschiedet. Marius Badertscher blieb. Lange hörte man kaum mehr etwas von ihm, bis 2013 erstmals der Komet ‹2013 TV 135› am Gestirn auftauchte. Laut Berechnungen soll er am 26. August 2032 der Erde gefährlich nahe kommen.»

Wullschläger rang sich ein Lächeln ab. «Marius Badertscher fiel bereits als Jugendlicher hinsichtlich seiner eigenwilligen Aktionen auf. Mit fünfzehn predigte er für eine bessere Welt, forderte die Jugendlichen dazu auf, die Wälder von Schmutz zu reinigen. Selbst legte er nie Hand an. Er war schon damals wortgewandt, hatte Charisma und den Dreh raus, wie man die grosse Masse mit Worten ködert. Es hätte mich nicht gewundert, hätte er den Weg in die Politik eingeschlagen. Er war und ist ein Besessener. Aber ich zweifle, dass es ihm um das Wohl der Menschheit geht.»

Wullschläger seufzte. «Ich habe ihn seit einiger Zeit aus den Augen verloren.»

«Wie, glauben Sie, finanziert er sich?»

«Über seine Anhänger. Mitglied des Ordens zu sein, ist nicht billig. Per Zufall lernte ich vor Jahren einen Familienvater kennen, der dem damaligen Orden der Erlösung angehörte. Er bezahlte jährlich siebzig Prozent seines Einkommens an Badertscher. Ihm gelang es, der Sekte zu entkommen. Leider hatte er sich derart verschuldet, dass er sich das Leben nahm. Seine Familie ist heute von der Sozialhilfe abhängig.»

«Nennen Sie mir den Namen?»

«Tut mir leid, aber das fällt unter meine Schweigepflicht. Ich musste den Hinterbliebenen das Versprechen geben, dass ich ihren Namen nicht preisgebe.»

Valérie hatte damit rechnen müssen, dass sie nicht ohne Hürden an wichtige Informationen kommen würde. «Wie alt schätzen Sie Badertscher?»

«Schätzen? Er kam 1965 in einer Berner Anwaltsfamilie zur Welt und genoss damals die so gerühmte antiautoritäre Erziehung.»

«Er ist heute fünfundfünfzig Jahre alt», sinnierte Valérie. «Kennen Sie seine Adresse?»

«Er ging 2011 in die Staaten, kehrte 2013 zurück, tauchte aber ab. Gemäss Wohnortsbescheinigung lebt er bei seinen betagten Eltern. Dort ist er aber nicht. Ich kann Ihnen aber gern die Adresse der Eltern geben.»

Wullschläger beförderte einen Zettel aus seiner mitgebrachten Mappe zutage und schob ihn über den Tisch. «Vorsorglich habe ich sie notiert.»

«Wir werden nicht darum herumkommen, sie zu besuchen.» Valérie nahm die Notiz entgegen. «Da wir nach wie vor nicht auf all seine Webseiten kommen, möchte ich gern erfahren, wie die ... Sekte funktioniert. Gibt es Anhaltspunkte?» Wullschläger griff in seine Mappe, holte ein Klarsichtmäppchen daraus hervor und entnahm diesem einen Bund A4-Blätter, die er vor sich ausbreitete. «Diese Informationen stammen aus der Zeit vor 2013. Die alten Webseiten waren nicht verschlüsselt, eine Ameise als Erkennungszeichen existierte nicht. Aber, jetzt halten Sie sich fest: Badertscher sprach schon damals von den Ameisen und dass der Mensch, falls er die Apokalypse überleben wollte, es ihnen gleichmachen soll.»

«Wie interpretieren Sie das?»

«Ich gehe davon aus, dass er anhand dieser Überzeugung eine Art Höhle für seine Anhänger gefunden hat, in der er seine Séancen abhält.»

«Höhle? Oder eine stillgelegte Fabrik?» Valérie spürte, wie Adrenalin in ihre Blutbahnen schoss. «Sorry, ich habe Sie unterbrochen.» Sie sah auf die A4-Blätter, auf denen die einzelnen Webseiten der Sekte abgebildet waren. Es gab eine Seite mit den Mitgliedern in Rückenansicht. Es schien, als zelebrierten sie eine Messe. Badertscher, als Guru im violetten Gewand, hob einen Kelch über einen Altar. Auf einem andern Blatt gab es eine Liste verschiedener Veranstaltungen, die unter anderem der Weihung neuer Mitglieder galt. Gemäss Statuten wurden Frauen unter der Einhaltung strengerer Kriterien in die Glaubensgemeinschaft aufgenommen als Männer. Sie mussten rein sein – Jungfrauen. «Wie Sie sagten, die Gruppe ist sexuell motiviert.» Valérie zeigte auf die Zeilen, die sie soeben gelesen hatte.

«Hier steht», sagte Wullschläger, «dass bei Vollmond die Frauen und bei Neumond die Männer geehrt würden.»

«Was vielleicht heute noch der Fall ist.» Valérie erzählte von der Insel Schwanau und der Feuerstelle. «Könnten Sie sich vorstellen, dass der Formica-Orden, wie er heute heisst, sich heimlich auf der Insel traf?»

«Möglicherweise nicht zum ersten Mal.»

«Trotzdem ist es niemandem aufgefallen.»

«In der Geheimhaltung steckt die Kraft solcher Religionen.»

***

«Sein Name ist Marius Badertscher», verkündete Valérie nach dem Mittag im Sitzungszimmer. Zanetti, Caminada, Louis, Fabia und das ganze Team, das sich mit dem Fall befasste, hatten sich zum täglichen Rapport eingefunden.

Valérie stand am Kopfende des Tisches neben der Pinnwand und heftete ein Foto an. «Das ist Atta Sexdens, dessen Namen wir von der Internetseite des Formica-Ordens kennen. Auf diesem Bild ist er bedeutend jünger. Heute könnte er wesentlich anders aussehen. Aber ich bezweifle, dass man ihn überhaupt zu sehen bekommt. Ich komme gerade von einem längeren Gespräch mit dem Sektenkenner Anton Wullschläger.» Sie hatten die Sitzung vom SSB ins nahe Restaurant Post verlegt, wo sie über einer Pizza weitergebrütet hatten. «Er glaubt, dass wir es mit einem gefährlichen Mann zu tun haben. Was ich anfänglich als Farce angesehen habe, ist nach neusten Erkenntnissen Ernst. Atta Sexdens alias Marius Badertscher sieht in der Ameise respektive in deren Verhalten ein Vorbild für seine Anhänger. Fleiss, Teamwork, einer für alle, alle für einen – hier für den König.»

«Die Ameisen haben eine Königin», wandte Fabia ein. Ihre Stimme krächzte, sie musste husten. Sie hielt die Hände vor den Mund, als Valérie sie anstarrte. «Sorry, ich habe mich erkältet … Ich gehe von einem übertragenen Sinn aus.»

«Mein gestriges Gespräch mit dem Sekundarlehrer Filippo Darnuzer», fuhr Valérie fort und zwinkerte Fabia kurz zu – sie musste nicht fragen, woher ihre Erkältung stammte, «erhärtet den Verdacht, dass die verschwundene Amelie Schleiss in die Fänge des Formica-Ordens geraten ist. Darnuzer sprach von einer Veränderung des Mädchens und seiner krankhaften Besessenheit in Bezug auf Ameisen. Hier gibt es unbestritten Verbindungen zu der unbekannten Toten.»

«Das Ameisen-Tattoo», sagte jemand.

«Richtig, Darnuzer erinnert sich, dass Amelie Schleiss ein solches Tattoo hatte stechen lassen. Ein Hinweis also auf diesen Orden.»

«Und wo finden wir diesen Orden?» Fabia wirkte ungeduldig. Davon, ob Louis ihr das Resultat des Vaterschaftstests ausgehändigt hatte, wusste Valérie nichts. Vielleicht war es zu früh. Louis würde sich zuerst beruhigen müssen, bevor er mit dieser Botschaft herausrückte. «Im Berner Oberland etwa oder doch eher im Wallis?» Fabia führte sich gerade unmöglich auf.

«Ich gehe davon aus, dass er sich in der Zentralschweiz befindet. Es zeichnet sich immer mehr ab, dass seine Anhänger vor einer Woche eine Feier auf der Insel Schwanau abgehalten haben, eine Verehrung der Jungfrau in der Vollmondnacht.» Valérie ahnte, dass sie sich mit dieser Aussage auf dünnem Eis bewegte.

«Das ist reine Spekulation», insistierte prompt jemand. «Zwischen der unbekannten Frau und der Verehrung einer Jungfrau besteht wohl keine Übereinkunft. Die Frau war alles andere als eine Jungfrau. Oder gibt es Beweise, die deine Vermutungen stützen?»

«Nein», sagte Valérie, «selbst die Indizien sind schwach.» Sie war froh, sprach sie niemand auf ihr Bauchgefühl an. Sie warf einen Blick zu Caminada, dann zu Zanetti. Beide waren vertieft ins Schreiben. «Es klingt nach Science-Fiction, aber ich glaube, wir müssen diesen Orden entweder in einer Höhle, in einer stillgelegten Fabrik oder … in einem Bunker suchen.»

Valérie erntete ein verhaltenes Raunen. Sie hatte wieder die volle Aufmerksamkeit.

«Vielleicht in einem Ameisenbau.» Fabia sah in die Runde. Ihre Bemerkung dagegen wurde von niemandem goutiert.

«Valéries Idee ist nicht abwegig», kam Louis Valérie zu Hilfe. «Unsere Berge haben Löcher wie Emmentaler Käse. In der Zeit des Kalten Krieges wurden viele militärische Bunker erstellt. Nach ihrer Ausmusterung wurden einige von ihnen an die Kantone oder Privatpersonen verkauft. Ich verweise auf die beiden

Artilleriewerke auf der Alp Halsegg in der Nähe des Wildspitz. Der vordere Bunker ist komplett für Übernachtungen von fünfundzwanzig Personen konzipiert. In der Schweiz existieren rund zwanzigtausend Bunker, vom einfachen Infanteriewerk bis hin zur grossen Führungsanlage für die Landesregierung. Auch die ehemalige Festung unterhalb von Fürigen in Stansstad ist begehbar und dient heute als Museum. Es hat Betten drin, Büros, ein Miniaturkrankenhaus ... Wenn man will, kann man aus solchen Stollen eine kuschelige Oase schaffen.»

«Und bei einem Meteoriteneinschlag wäre man wahrscheinlich geschützt», bemerkte Valérie zynisch mit Verweis auf Badertschers Philosophie.

«Auf jeden Fall glauben es seine Anhänger», räumte Caminada ein, «sonst würden sie diesem Sektenführer nicht folgen.»

Er hatte also doch zugehört. Valérie lächelte vor sich hin.

«Okay, ich glaube, für die nächsten Stunden und Tage sind wir ausgelastet.» Sie schickte sich an, die Arbeitseinsätze zu verteilen. «Kontaktaufnahme mit dem Korpskommandanten und Chef der Schweizer Armee. Wer meldet sich freiwillig? Du, Baschi?» Sie notierte den Namen. «Des Weiteren brauchen wir Informationsmaterial über militärhistorische Anlagen in der Zentralschweiz und darüber hinaus. Wann, wo und an wen solche Anlagen veräussert wurden. Dave, übernimmst du das?» Valérie schrieb auch diesen Namen auf. «Louis, du koordinierst die Rückmeldungen. Bis allerspätestens Freitagabend möchte ich sämtliche Infos auf meinem Pult sehen.» Sie streckte ihren Rücken durch. Allmählich kroch die Müdigkeit in ihre Glieder. Sie wandte sich erneut an Louis. «Du hattest heute eine Befragung mit Lars Bürglers Ex-Freundin. Könntest du darüber berichten?»

Louis wuselte in seinen Unterlagen. «Es war eine äusserst interessante Befragung», sagte er sachlich. «Es zeichnet sich ab, dass nicht Bürgler Dreck am Stecken hat, sondern seine Frau Ursi.»

***

«Carla, kannst du mal kommen? Der Boss sucht dich.» Im Durchgang zwischen zwei Regalen stand ihr Arbeitskollege Leo und gestikulierte mit der einen Hand, während er mit der anderen einen Kaffeebecher hielt.

Carla Benizio sah auf ihre Armbanduhr. Bald vier. «Ich habe Feierabend, wenigstens für heute.»

«Da bin ich mir nicht so sicher. Und Forster ist da sowieso anderer Meinung. Kommst du endlich?»

«Warum kann er mir das nicht selbst sagen?» Carla fuhr ihren Computer herunter. Dass ihr Boss sie zu sich zitierte, war längst fällig. Ihre Arbeit liess wohl zu wünschen übrig.

«Er erwartet dich in seinem Büro», sagte Leo, dem sie die Ungeduld ansah. Möglicherweise war es Schadenfreude, die in seinen Augen mitschimmerte.

Carla drehte ihren Kopf Richtung Glasscheibe, die den Gemeinschaftsraum von Frank Forsters Büro abtrennte. Als sie im Januar vor einem Jahr hier angefangen hatte, sah sie es als Privileg an, ihren Arbeitsplatz gleich neben dem ihres Chefs zu haben. Bald hatte sich jedoch herausgestellt, dass das eher ein Fluch als ein Segen war. Sie war Forster auf Gedeih und Verderb ausgeliefert. Er sah, wann sie am Morgen eintraf und wann sie ihren Arbeitsplatz verliess, zählte ihre Anrufe und wann sie Pausen einlegte. Er beobachtete sie, wann immer er sich in seinem Glaspalast aufhielt. Heute allerdings schien er mit etwas beschäftigt, was seine ganze Aufmerksamkeit forderte.

Carla legte nur widerwillig ihre Handtasche auf das Pult. Sie hatte ihren Schrank bereits abgeschlossen und den Schlüssel verräumt. Missmutig drängte sie an Leo vorbei. Der Eingang zu Forsters Büro befand sich auf dem Korridor.

«Was, glaubst du, will er mit dir besprechen?» Leo folgte ihr bis vor die Tür.

«Vielleicht geht es um meine Gehaltserhöhung», frotzelte Carla.

Leo wandte sich beleidigt ab. Dieses Thema schien ihn zu überfordern, zumal er, wie Carla wusste, seit Wochen darum bettelte.

Carla klopfte an. Es dauerte eine Weile, bis Forster sie ins Büro bat.

«Hey …» Carla betrat den Raum, der die chaotische Art ihres Chefs widerspiegelte, und bahnte sich vorsichtig einen Weg über am Boden liegende Papierschnipsel und Fotos. Nichts hatte hier ein System. In den Regalen, auf den zwei Tischen, selbst auf dem Fenstersims herrschte ein Durcheinander an Schreibpapier und Notizblöcken, alten Zeitungen und neuen Meldungen der Konkurrenz, dass es ihr graute.

«Setz dich», sagte Forster.

Carla blieb stehen. Der Stuhl, auf den Forster wies, war mit einem Stapel Ordner belegt.

«Worauf wartest du?»

Carla deutete auf den Stuhl, als Forster endlich aufsah.

«Dann bleib stehen.» Er musterte sie mit einer Miene, die etwas zwischen Sympathie und Zynismus ausdrückte. Forster war ein undurchschaubarer Mensch. Er wies auf seinen Schreibtisch, auf dem die letzten drei Ausgaben seiner Zeitung ausgebreitet waren. «Der Einstieg am letzten Donnerstag ist dir gelungen, das will ich hier noch einmal betonen. Nach der Pressekonferenz der Polizei nahm die Geschichte eine passable Eigendynamik an.» Er legte eine Pause ein, die auf Carla wie eine Faust in den Magen wirkte. «Wo, liebe Carla, findet die Fortsetzung statt, die wir alle, die hier arbeiten, von dir erwartet haben?» Pause. «Mensch, niemand von uns sitzt an einer so guten Quelle wie du. Und was bietest du?» Forster schlug mit der flachen Hand auf den ausgedruckten Text, den Carla ihm per Mail übermittelt hatte. «Nichts Weiteres als Spekulationen. Die reichen nicht mal für die letzte Seite. Und was soll das: ‹Die Polizei tappt im Dunkeln›? Das ist so was von abgedroschen. Wie kommst du darauf, einen solchen Titel zu wählen. Ich dachte, wir hätten das bei unserer letzten Sitzung durchdiskutiert. Den Text hier», und er zeigte wieder auf den Ausdruck, «können wir so nicht bringen.»

Carla zuckte zusammen. Jetzt bloss nicht die Nerven verlieren. Keine Schwäche zeigen. Sie hatte nicht die Schweizer

Journalistenschule in Luzern besucht und mit dem Diplom in «Journalismus» abgeschlossen, um heute als Versagerin dazustehen. Sie hatte es sich antrainiert, ethisch vertretbare Berichte zu schreiben. Bei Forster hatte sie dazugelernt, dass derjenige den Markt beherrschte, der den andern einen Schritt voraus war. Sie hatte viel riskiert, als sie am letzten Mittwoch auf Louis' Computerdaten zugriff. Sie hatte das Foto der unbekannten Frau vom Lauerzersee zwar mit Photoshop leicht verändert. Trotzdem hatte sie das Gefühl, Louis wusste genau, woher das Bild stammte. Sie hatte ihren Freund angelogen, um die eigene Haut zu retten.

«Du warst von Anfang an für die Front vorgesehen. Bis anhin war ich sehr zufrieden mit dir, du bist schnell, präzise und hartnäckig. Aber *das* da geht nicht. Verstehst du? Ich brauche eine Fortsetzung, welche die Leserschaft in ihren Bann zieht. Ich glaube nicht, dass die Polizei im Dunkeln tappt. Und wir haben das Gesicht der Frau sowie dieses Ameisen-Tattoo. Die Verbindung zu einer Sekte dürfte nicht aus der Luft gegriffen sein. Warum verfolgst du diesen Strang nicht?»

Carla würgte den Kloss in ihrem Hals hinunter. «Das wäre zu offensichtlich. Louis würde es merken, wenn ich darüber schriebe ...»

«Papperlapapp! Dann recherchiere selbst. Das ist schliesslich unsere Arbeit. Finde heraus, wo sich die Sekte niedergelassen hat.»

«Das ist nicht so einfach. Es ist ein geheimes Bündnis. Ich komme nicht einmal über die Startseite des Formica-Ordens hinweg. Der Rest ist verschlüsselt.»

«Dann lass dir etwas einfallen, Carla. Beweise, was wirklich in dir steckt.»

Als hätte sie es nicht bereits bewiesen.

Forster machte eine Scheibenwischerbewegung. «Du kannst gehen.»

«Nach Hause?» Carla, ansonsten schlagfertig, zögerte. Sie vermochte Forsters Aufforderung nicht zu deuten.

«Ich denke, du hast mit der Änderung des Textes genug um

die Ohren. Ob du diese Arbeit zu Hause oder hier machst, ist deine Sache. Um sechs ist Redaktionsschluss. Aber das muss ich nicht extra betonen.»

So verärgert ihr gegenüber hatte Carla ihn noch nie erlebt. Sie fand nicht heraus, ob es nur ihretwegen war oder ob der Haussegen schief hing. Forster war seit zwanzig Jahren mit einer Deutschen verheiratet. Man munkelte, nur auf dem Papier. Denn seine Ehe führte er mit dem Verlagshaus. Wenn Carla am Morgen zur Arbeit kam, um welch frühe Zeit auch immer, befand sich Forster bereits in seinem Heiligtum. Nach ihrem Feierabend war er stets noch da, falls er keine externen Besprechungen hatte. In seinem Büro stand ein Jugendstilsofa, das er sicher nicht bloss zum Betrachten gekauft hatte. Manchmal war darauf eine zerknüllte Wolldecke ausgebreitet, und beim Waschbecken, das zum Raum gehörte, lagen nicht selten Zahnbürste und Zahnpasta.

«Ist noch etwas?» Forster blickte sie grimmig an.

Carla überlegte. Sie durfte diese Anschuldigungen nicht im Raum stehen lassen. Viele ihrer Mitarbeiter kuschten vor dem Chef, wenn er sich von seiner negativen Seite zeigte. Er war siebenundfünfzig, weit über dem Durchschnittsalter seiner Belegschaft. Das war in Carlas Augen kein Grund, vor ihm auf die Knie zu gehen. «Ja, es gibt da noch etwas.»

Forster sah sie wider Erwarten an. «Soso.»

«Ich reisse mir den –»

«Nein, nicht dieses Wort», unterbrach Forster sie. «Das passt nicht zu dir … und ja, ich verlange viel von dir. Aber wenn du weiterkommen möchtest, musst du etwas dafür tun.»

Carla wusste gerade nicht, ob ihr die Karriere bei der Boulevardzeitung noch immer so wichtig war wie zu Beginn ihrer Anstellung. Mit vielem, was hier passierte, ging sie nicht einig. Dazu gehörte auch die besessene Effekthascherei. Immer mussten die Titel einschlagen wie ein Blitz. Oft wurde mit den Berichterstattungen gemogelt oder dazugedichtet, Hauptsache, der Leser kam auf seine Kosten. Es war schon vorgekommen, dass Forster Anklagen am Hals hatte, weil er zu weit gegangen war und das Persönlichkeitsrecht verletzt hatte. Über solche «Kavaliersdelikte», wie er seine Verfehlungen nannte, sah er meist grosszügig hinweg. Das gehöre zu seinem Beruf, sagte er dann. Ein Restrisiko bleibe immer. Für Carla waren dies eher Kollateralschäden, die seine Anwälte ausbügeln mussten. Carla sah davon ab, heute mit ihrem Chef anzuecken. Wie sie den Text in den nächsten zwei Stunden korrigieren würde, damit er Forster genehm war, wusste sie in dem Augenblick, in dem sie das Büro verliess, nicht.

***

Valérie hatte darauf bestanden, zusammen mit Fabia nach Brunnen zu fahren. Die vorletzte Ex-Freundin von Lars Bürgler hatte dessen Frau schwer belastet. Was bereits Bürgler angedeutet hatte, war mit der Aussage der Ex-Freundin bestätigt worden: Ursi Bürgler sah rot, wenn die Eifersucht sie beherrschte.

Es war später Nachmittag, als Valérie von der Bahnhofstrasse auf die Gersauerstrasse einmündete. Bei der Schiffstation hatte ein Raddampfer angelegt. Seit Ostersonntag hatte die Schifffahrtsgesellschaft des Vierwaldstättersees den Sommerbetrieb wieder aufgenommen. Fast ein wenig sehnsüchtig erhaschte Valérie einen Blick von den roten mächtigen Schaufeln, die rückwärtsdrehten und eine Gischt von Wasser gegen die Brücke pressten. Ein kleiner Regenbogen spannte sich zwischen See und Himmel.

«Willst du nicht weiterfahren?», fragte Fabia ungeduldig neben ihr. «Bürglers Wohnung befindet sich dort, schon vergessen?» Sie lehnte sich nach vorn, zeigte in Richtung Rigi und folgte Valéries Blick. «Ach so.» Sie lächelte. «Gehörst du etwa zu den Dampfschiff-Romantikern?»

«Es ist ein majestätischer Anblick, so ein Schiff.» Valérie drückte auf das Gaspedal, was Fabia unsanft in den Sitz zurückkatapultierte.

«Ich habe nicht gesagt, dass du eine Rakete starten sollst.»

Sie lachten beide. Auch wenn Fabia zu den komplizierten

Frauen gehörte, mochte Valérie sie. Sie war längst nicht mehr das Küken in der Abteilung, hatte ihre Ecken und Kanten, ungeschliffen, was Valérie sympathisch fand. Valérie galt für Fabia noch immer als grosses Vorbild. Doch Fabia war aus ihrem Schatten getreten und folgte ihrem eigenen Weg. Dass sie es einstweilen nicht einfach mit ihrer Familienkonstellation hatte, wussten die meisten, nur Valérie hatte Verständnis für sie. Deswegen liess sie ihrer Kollegin auch vieles durchgehen, was sie bei Louis absolut nicht goutierte.

«Wir sind da», sagte Fabia. «Erinnerst du dich an das Bienenhaus?»

«Ja klar, die Wohnungen mit den farbigen Türen.» Valérie fuhr auf den letzten leeren Parkplatz. Sie stellte den Motor ab. Die Fassade lag im Schatten.

«Hast du uns bei ihr angemeldet?», fragte Fabia, kaum hatte sie den TT verlassen.

Valérie sah über das Autodach. «Nein, das wird eine Überraschung.»

Sie schritten auf das Haus zu, betraten es. Bei Familie Bürgler läuteten sie.

Die Tür ging auf. Unter dem Rahmen baute sich Ursi Bürgler auf. Sie hatte die Hände in die Seite gestemmt. «Sie schon wieder. Mein Mann ist nicht da.»

«Wir wollen zu Ihnen», sagte Valérie.

«Haben Sie einen Wohnungsdurchsuchungsbefehl?», fragte Ursi Bürgler.

«Das heisst Durchsuchungsbeschluss», korrigierte Fabia und genoss es offensichtlich, Ursi Bürgler zur Schnecke zu machen.

«Wir müssen Ihnen noch ein paar Fragen stellen», sagte Valérie. «Wir werden Ihre Wohnung *nicht* durchsuchen.»

«Wenn's sein muss. Tretet ein, die Herrschaften.» Ursi Bürgler nahm einen milderen Ton an. «Durch den Korridor, dann links. Ach, den Weg kennen Sie bereits.»

Im Wohnzimmer herrschte ein Durcheinander an Kleiderständern, Kartons auf Tischen, Hosen, Jacken, Hemden, Mänteln und Röcken, alles, was bei ihrem letzten Besuch nicht da gewesen war.

«Ich arbeite für einen chinesischen Internetversandhandel», sagte Ursi Bürgler ungefragt und schuf zwei Sitzgelegenheiten, indem sie einen Bund Socken und Unterhemden von den Stühlen räumte. «Ich bekomme die Bestellungen vom Hauptgeschäft plus die Adressen und muss die Ware von hier aus senden, inklusive Rechnung. Die drucke ich aus. Bitte nehmen Sie Platz.»

Valérie und Fabia blieben stehen.

«Wo waren Sie in der Nacht vom Dienstag letzter Woche auf den Mittwoch?», fragte Valérie und warf einen Blick auf die Preisetikette eines Mantels. Nicht einmal achtzig Franken. Sie fragte sich, wer hier noch verdiente.

Ursi Bürgler liess sich auf einen der freien Stühle fallen. «In meiner Wohnung, wo denn sonst?»

Fabia schlug ein mitgebrachtes Mäppchen auf. «Wir haben die Aussage einer Freundin Ihres Mannes –»

«Was soll das?», herrschte Ursi Bürgler sie an. «Eine Freundin meines Mannes. Mein Mann hatte keine Freundinnen.»

«Letzthin hat es anders getönt», sagte Valérie.

Ursi Bürgler enervierte sich von Neuem. Dass sie ihr cholerisches Temperament dennoch zurückhielt, war offensichtlich. «Wie würden Sie reagieren, wenn Ihr Mann sich wöchentlich mit jungen Frauen abgäbe?», fragte sie gemässigt. «Wenn Ihnen täglich bewusst gemacht wird, wie hässlich Sie geworden sind und dass Sie die Attraktivität für Ihren Mann verloren haben? Ich habe die ganzen Ehejahre geschuftet, um Lars, unsere gemeinsame Tochter und mich einigermassen über die Runden zu bringen und dass wir uns ab und zu auch Ferien leisten können. Ich kaufe in Billiglebensmittelläden ein, achte auf jeden Rappen. Meine Tochter geht ins Gymnasium. Das kostet. Mein Mann arbeitet seit Jahren als Spediteur in der gleichen Getränkefirma. Dafür bekommt er keinen Allerweltslohn. Aber er leistet sich Extravaganzen wie … eine Geliebte, eine junge Geliebte und tischt ihnen wahrscheinlich weiss Gott was für Lügengeschichten auf.»

171

Valérie erinnerte sich an Sonjas Aussage, von der Villa in Brunnen, dem Bootshaus und dem Boot und empfand plötzlich Mitgefühl für Ursi Bürgler. Sie war aber nicht hier, um Gefühle zu zeigen. Sie nannte den Namen von Bürglers Ex-Geliebten. «Diese Frau sagte aus, dass Sie sie tätlich angegriffen hätten.»

«Was hat das mit dem Fall vom Lauerzersee zu tun?» Ursi Bürgler schluckte leer.

Es waren bloss Indizien, dessen war sich Valérie bewusst. Trotzdem mussten sie jedem Verdachtsmoment nachgehen.

«Okay.» Ursi Bürgler atmete hörbar aus. «Mir rutschte die Hand aus. Ich kam einmal früher, als Lars erwartet hatte, von einem Wochenmarkt zurück. Da stehe ich mir jeweils die Beine in den Bauch. An diesem Tag ging es mir nicht sehr gut. Als ich zu Hause eintraf, fand ich Lars mit einer Fremden im Wohnzimmer knutschend vor. Da brannte bei mir die Sicherung durch. Das Fräulein hätte mich anzeigen können, hat es aber nicht getan.» Ursi Bürgler sah zuerst Valérie, dann Fabia an. «Denken Sie nicht, dass ich mich scheiden lassen könnte. Dazu reicht das Geld nicht. Meine Tochter besucht … ach, ich wiederhole mich.»

Valérie blieb ernst. «Am Dienstag vor einer Woche wurden Sie gesehen, als Sie nachts um halb elf die Wohnung verlassen haben.»

«Sicher haben Sie das von meinem Nachbarn.» Ursi Bürgler griff nach einem Kleidungsstück und strich Falten glatt, die nicht existierten.

Valérie wollte den Zeugen nicht preisgeben. Der Nachbar war es nicht gewesen.

«Eine betagte Frau, die sich im Notfall an mich wenden darf, rief mich an, weil sie aus dem Bett gefallen war und allein nicht aufstehen konnte. Sie wohnt in der Eisengasse. Ich habe einen Schlüssel zu ihrer Wohnung. Ich kann Ihnen den gern zeigen, auch die Bescheinigung der Gemeinde, dass ich diese Hilfe ohne Entgelt leiste.»

«Wir werden das überprüfen», sagte Fabia und machte Notizen.

«Wie lange waren Sie bei der Frau?», fragte Valérie.

«Bis kurz vor halb zwölf.»

«Kann das jemand bezeugen?»

«Was? Nein! Doch, der Nachbar vielleicht. Der steht zu den unmöglichsten Zeiten am Fenster.»

«Wann kamen Sie nach Hause?»

«Keine Ahnung ... um halb zwölf ... wäre logisch, oder?»

«Sie fuhren also direkt von der Eisengasse hierher.»

«Mit meinem Velo, ja. Lars war mit unserem Auto unterwegs ... mit diesem Mädchen, Sie wissen schon.»

«Sie waren also nicht auf der Insel Schwanau.» Valérie spürte, dass sie hier nicht weiterkam. Der Zeuge, der Ursi Bürgler belastete, hatte ausgesagt, dass er die Frau gesehen habe, wie sie ihre Wohnung verliess. Ob und wann sie zurückgekehrt war, hatte er nicht bemerkt.

Ursi Bürgler schüttelte den Kopf. «Ich schwöre bei Gott und allem, was mir lieb und heilig ist, ich war vor einer Woche *nicht* auf der Insel.»

***

Louis betrat seine Wohnung mit einem Strauss roter Rosen. Er hatte Carla schon länger keine Blumen mehr mitgebracht. Heute, fand er, musste er sich für die Zänkerei der letzten Tage entschuldigen. Er ertrug es nicht, wenn er mit seiner Freundin auf Kriegsfuss stand. Ein süsser Duft von Zimt und heissen Äpfeln wehte ihm entgegen. Er wickelte die Rosen aus dem Zellophanpapier, wollte in die Küche treten, als Carla im Türrahmen erschien.

«Hast du gekocht?», fragte Louis.

«Einen Apfelkuchen.» Carla strich über die Jeans. Rückstände von Mehl zeichneten sich auf der Oberfläche ab. «Und du bringst mir Rosen. Wie schön.» Sie griff nach dem Strauss und schnupperte an den Blüten. «Und wie die riechen. Haben wir etwas zu feiern?»

«Das könnte ich dich fragen.» Backen war nicht Carlas

Hobby, und wenn sie es trotzdem tat, durfte Louis es als echten Liebesbeweis betrachten. Oder was hatte sie vor? «Warum bist du schon zu Hause?»

Carla verschwand mit den Rosen im Wohnzimmer. «Ich hole eine Vase.»

Louis ging ihr nach. «Komm, sag schon, warum backst du an einem normalen Dienstag einen Apfelkuchen?»

«Geschoben ... warum bekomme ich Rosen?»

«Weil ich dich liebe.» Weil Charlotte nicht meine Tochter ist und ich entspannt in die Zukunft blicken kann. Aber das sagte er nicht laut. «Und jetzt du.»

«Weil ich *dich* liebe.» Carla brachte die Vase mitsamt den Rosen in die Küche. Sie füllte die Vase mit Wasser. «Und weil ich dir einen Vorschlag unterbreiten möchte.» Sie stellte die Vase auf den Küchentisch, der für zwei Personen gedeckt war.

Louis schwang sich auf seinen Stuhl. «Falls du an eine Reise denkst, muss ich dich enttäuschen. Ich kann nicht weg.» Wenn Carla von einem Vorschlag sprach, betraf das meistens eine Liste von Feriendestinationen, zu denen sie unbedingt fliegen wollte. Im letzten Jahr hatten sie es nie geschafft, nur eines ihrer fernen Ziele zu realisieren.

Carla holte den Kuchen aus dem Ofen, nahm ihn vom Blech und schob ihn auf eine Tortenplatte.

«Der sieht lecker aus», sagte Louis.

Dazu gab es Vanilleglacé und Schlagrahm. Carla setzte sich endlich, nachdem sie alles zum Tisch gebracht hatte. «Lass es dir schmecken.» Sie griff nach Messer und Gabel.

Irgendetwas stimmte nicht mit Carla. Sie gab sich bemüht locker, doch hinter ihrer gekrausten Stirn vermutete Louis etwas Unausgesprochenes.

«Was schaust du mich so an?» Carla legte das Besteck nieder.

«Was bedrückt dich?»

Carla druckste herum. «Ich hatte heute mit meinem Chef Meinungsverschiedenheiten.»

«So, wie du ihn mir beschrieben hast, ist das wohl normal.»

«Er kritisierte meine Arbeit.»

«Inwiefern?» Louis schob eine Gabel voll Apfelkuchen in den Mund.

«Es geht um den Fall vom Lauerzersee. Meinen Einstieg ins Thema fand er supergut. Leider konnte ich nicht nachliefern. Ich kann nicht über etwas schreiben, das ich nicht mit Bestimmtheit weiss.»

«Dann bist du bei der falschen Zeitung.»

«Das hat er mich auch wissen lassen. Bis sechs Uhr müsste ich meinen Text für morgen überarbeiten.»

«Und? Hast du?»

«Nein, ich habe den gleichen Text, den er heute Nachmittag bemängelt hat, ins Attachement gelegt. Ein Klick, und die E-Mail geht punkt sechs zu Forster.»

«Das ist mutig», sagte Louis mit vollem Mund. «Sorry, aber der Kuchen ist *zu* gut.» Falls Carla wegen Auflehnung gegen ihren Chef den Job verlor, würde er sich keine Sorgen machen. Carla bekäme sicher sofort eine Anstellung bei einer anderen Zeitung oder bei einer grossen Firma als Pressebeauftragte.

«Hängt dein Vorschlag mit deinem Job zusammen?» Gewiss würde sie ihm heute zwischen zwei Bissen Apfelkuchen mitteilen, dass sie vorhabe zu kündigen.

Carla hatte den Kuchen noch nicht angerührt. «Du hast doch mal von dieser Sekte etwas durchblicken lassen …»

«Habe ich?» Louis erinnerte sich nicht daran. Bluffte sie? War sie heimlich an seinen Computerdaten gewesen? Aber was hätte sie dort lesen können? Die heiklen Daten bei der Polizei, auf die er von zu Hause aus zugreifen konnte, waren verschlüsselt. Carla hatte keinen Zugriff auf diese. Doch dann erinnerte er sich an das Foto von der Fremden, und es schoss ihm eiskalt über den Rücken. Hatte sie seine Daten gehackt? Es war vielleicht kein so schwieriges Unterfangen gewesen. Er war ein verliebter Trottel und hatte sein Passwort entsprechend gewählt. Erstes Semester im Kampf gegen die Cyber-Kriminalität: Benutze für das Log-in Gross- und Kleinbuchstaben sowie Zahlen und Zeichen.

«Ich gehe davon aus», sagte Carla, «dass ihr wenig bis gar nichts über die Sekte mit der Ameise wisst.»

«Du hast also auch recherchiert.»

«Ich wäre eine schlechte Journalistin, hätte ich es nicht getan.»

«Und was ist dein Vorschlag?»

«Endlich kapierst du.» Carla schenkte ihm ein Lächeln.

«Diese Frau ... Geraldine Marxer ...»

Louis blieb ein Bissen im Hals stecken. Er musste husten.

«Woher hast du ...?»

«Sie hat sich heute am späten Nachmittag an unsere Zeitung gewandt. Ich wollte gerade mein Büro verlassen, läutete mein Telefon.»

Louis wusste nicht, ob er Carla trauen durfte. «Ich wäre schwer enttäuscht von dir, wenn du auf meinem Computer schnüffeln würdest.»

«Es ist auch *mein* Computer.»

Louis stiess Luft aus. Er wollte sich den Abend, der so gut begonnen hatte, nicht vermiesen. «Ich bin ganz Ohr.» Was vergab er sich, wenn er Carlas Vorschlag anhörte?

«Ich werde mich morgen mit ihr treffen.»

«Mit Geraldine Marxer?» Louis erinnerte sich an die zierliche Blondine, die sie in der Kirche Sankt Martin in Schwyz abgeholt hatten. Geraldine hatte mit Müllers Hilfe das Profil eines mutmasslichen Mitglieds des Formica-Ordens angefertigt. Das Profil würde demnächst mit entsprechendem Zeugenaufruf in den Medien erscheinen.

«Und was hat das jetzt mit deinem Vorschlag zu tun?»

«Ich möchte mich undercover in die Sekte einschleusen.»

«Dazu müsstest du erst wissen, wo sie zu finden ist.»

«Alles, was ich an Informationen brauche, wird mir Geraldine liefern. Sie hat schliesslich mit einem von ihnen gechattet.»

«Das steht nicht fest.» Louis war der Unterschied zwischen Carlas und seiner Arbeitsweise nie heftiger aufgefallen als in diesem Moment. Carla war eine Macherin, eine Getriebene, die nicht eher aufhörte, bis sie ihr Ziel erreicht hatte.

«Du könntest mir dabei helfen.» Sie bezirzte ihn mit ihren grauen Augen.

«Kommt nicht in Frage.»

«Das sagst du immer. Du könntest mich verkabeln, und ich berichte dir live aus dem Ameisenbau.»

«Weiss Forster von deinen Plänen?»

«Ich werde ihn morgen damit konfrontieren, falls er vorhat, mich auf die Strasse zu stellen.»

«Du bist ein Luder.»

«Aber ein nettes, gell?»

ZWÖLF

Colin und Angela waren am Abend zuvor abgereist, bevor Valérie nach Hause kam. Den mit gelben Primeln gefüllten Topf, der neben der Kaffeemaschine stand, entdeckte sie erst am Morgen, als sie die Küche betrat. Eine von Hand geschriebene Karte steckte zwischen den grünen Blättern. Darauf bedankte sich Colin für die tollen Ostertage. Angela hatte auch unterschrieben. So toll war Ostern nicht gewesen. Valérie schämte sich, dass sie sich dermassen scheusslich benommen hatte. Das hatten weder Colin noch diese Angela verdient. Sie nahm den Blumentopf und stellte ihn auf den Fenstersims. Dabei fiel ihr Blick zum Pilatus, dessen Gipfel noch weiss vom letzten Schnee war. Er glitzerte in der Sonne, die den Weg über die Rigi noch nicht gefunden hatte. Ihr Haus stand im Schatten, und die Kälte des Morgens drückte herein, nachdem Valérie das Fenster geöffnet hatte.

Manchmal bereute sie, dass sie von Schwyz weggezogen war. Sie hatte Sehnsucht nach den Mythen, deren imposante Felsformationen sie stets von Neuem faszinierten. Hier in Küssnacht kam sie sich fremd vor. Das hatte sich seit dem Umzug vor fast zwei Jahren nicht geändert. Sie hatte kaum Kontakt zu den Nachbarn, den Quartierfesten blieb sie fern, aus Angst, man würde zu viele Fragen stellen. Oft ertappte sie sich dabei, wie ihr Frau Annen fehlte, das kratzborstige Plappermaul der Rubiswilstrasse.

Nach der Morgentoilette und zwei Tassen Kaffee machte sich Valérie auf den Weg nach Rüschlikon, wo sie um halb zehn eine Verabredung mit den Eltern von Marius Badertscher hatte. Zanetti hatte das Haus bereits früh verlassen. Eine Sitzung mit Auf der Maur, hatte er durchblicken lassen. Der Regierungsrat mache mächtig Druck.

Auf der Fahrt an den Zürichsee ging Valérie noch einmal alle

Eventualitäten durch. Sie kam immer wieder auf das gleiche Ergebnis: Die unbekannte Frau war Mitglied des Formica-Ordens gewesen, hatte austreten wollen, was ihr zum Verhängnis wurde. Der Säugling war vom Oberhaupt Atta entführt worden ... weil er der Vater war?

Herr und Frau Badertscher wohnten in einem der Riegelhäuser, die typisch waren für diese Gegend am linken Zürichseeufer und von einer Zeit erzählten, in der die Dörfer noch nicht so überbaut waren wie heute. Valérie fuhr durch ein Tor auf einen kieselbelegten Platz und hielt vor einer ausladenden Aussentreppe an. Das Anwesen sah gepflegt aus. Narzissen, Primeln und Ranunkeln zierten eine Rabatte, in einem Topf wuchsen Anemonen.

Kaum hatte Valérie den Motor abgestellt und war ausgestiegen, tauchte auf der Treppe ein Rentnerpaar auf, der Mann am Stock, die Frau mit Rollator.

Valérie ging über die Stufen und stellte sich mit Namen vor. «Wir haben miteinander telefoniert.»

Herr Badertscher hob den Stock. «Es gehe um Marius. Das, was wir dazu zu sagen haben, kann ich Ihnen mit einem Wort mitteilen: nichts. Sie hätten sich Ihren Weg sparen können.»

Valérie blieb auf der zweitobersten Treppenstufe stehen. Sie hatte nicht vor, sich abservieren zu lassen. «Am Telefon hat es anders getönt.»

«Wir haben es uns überlegt», sagte Herr Badertscher.

«Nun lass sie doch eintreten.» Frau Badertscher stiess den Rollator gegen das Schienbein ihres Mannes. «Wir sollten sie anhören.»

«Ja, Marieli, wenn du meinst.» Herr Badertscher machte rechtsumkehrt. «Kommen Sie. Von der Polizei also sind Sie», sagte er, als hätte Valérie es ihm nicht schon x-mal erklärt.

Durch ein düsteres Entrée, an dessen Wänden Stiche hingen, führte der Weg an zwei geschlossenen Türen vorbei in ein Wohnzimmer, das so aufgeräumt und sauber wirkte, als würde man hier nicht leben, sondern eine Antikmöbelausstellung präsentieren. Valérie entdeckte nebst Sofa und Sesseln aus der Barockzeit einen Schrank mit geschnitzten Figuren. Alles wirkte schwer. Auf Geheiss setzte sie sich in einen Ohrensessel, aus dem das Odeur einer längst verblassten Zeit strömte.

Frau Badertscher brachte Tee in einer verschnörkelten Silberkanne und stellte sie zusammen mit versilberten Tassen auf einem Tablett auf den Tisch. Den Rollator hatte sie an der Wand geparkt, wo eine Pendule neben einem massiven Büchergestell hing. Die Brockhaus Enzyklopädie nahm zwei Drittel der Regale ein. Der Rest bestand aus den Nachschlagwerken über Rechtswissenschaften. Valérie erkannte sie am Einband.

«Marius haben wir seit Weihnachten nicht mehr gesehen.» Frau Badertscher goss Tee in die Tassen.

«Ihr Sohn ist an Ihrer Adresse angemeldet.» Valérie rührte Zucker in den Tee. «Seit wann?»

«Seit wir uns dieses Haus gekauft haben», sagte Herr Badertscher. «Seit unserer Pensionierung vor dreiundzwanzig Jahren.»

«Marius ist ein Weltenbummler, ist mal da, mal dort.» Frau Badertscher hatte sich endlich auch gesetzt. «Wir bekommen ihn selten zu sehen.»

«Was kein Schaden ist», sagte Herr Badertscher im Ton der Überzeugung. «Wir hätten ihn schon längst vor die Tür stellen sollen. Er taucht hier nur auf, wenn er etwas von uns will.»

«Was konkret?», fragte Valérie.

Darauf hatte Badertscher keine Antwort.

«Wissen Sie, ob und was Marius arbeitet?»

«Arbeiten?», krächzte Herr Badertscher. «Er würde noch heute studieren, hätten wir ihm den Riegel vor fünfundzwanzig Jahren nicht geschoben. Er ist unverbesserlich.»

«Aber eine Idee müssten Sie haben, womit er sich die Zeit vertreibt.» Valérie griff nach der Teetasse.

«Marius hatte immer Ideen, einstweilen auch etwas weltentrückte», sagte Herr Badertscher. Er warf seiner Frau einen Seitenblick zu, den Valérie nicht zu deuten vermochte. «Oder glaubst du, ich hätte von dieser apokalyptischen Furzanschauung nichts vernommen? Marius versucht immer, wenn er hier aufkreuzt, uns zu bekehren. Von einer Arche spricht er, die er mit seinem Volk baue. Der Bub hat sie doch nicht mehr alle.»

«Hat er einmal durchblicken lassen, wo er wohnt, wenn er nicht bei Ihnen ist?»

«Bei Freunden», sagte Frau Badertscher, als wäre es die selbstverständlichste Sache der Welt.

«Kennen Sie diese Freunde?», fragte Valérie.

«Nein.» Herr Badertschers Antwort liess keine weiteren Fragen dieser Art zu. Entweder hatten Marius' Eltern tatsächlich keine Ahnung von seinem Umgang, oder sie wollten nicht darüber sprechen.

Fürs Erste wollte es Valérie dabei bewenden lassen. «Könnte ich, falls er hier ein Zimmer hat, mal einen Blick hineinwerfen?»

«Warum interessiert unser Sohn Sie dermassen?», fragte Frau Badertscher. «Hat er etwas angestellt?»

«Logisch», fuhr ihr Mann ihr ins Wort. «Sonst wäre die Polizei nicht hier. Auch wenn wir pensioniert sind, sind wir noch immer Anwälte. Unsere Beine lassen nach, aber das heisst nicht, dass wir», er tippte an seine Stirn, «hier oben plemplem sind.» Er zögerte. «Entschuldigen Sie meine Ausdrucksweise. Sie möchten also Marius' Zimmer sehen. Ich muss Ihnen wohl nicht sagen, dass Sie hierfür einen Durchsuchungsbeschluss haben müssen.»

Valérie erwiderte nichts darauf. Sie hatte damit rechnen müssen, dass dieser Mann, der auf die neunzig zuging, sie mit seiner Weisheit belehren wollte. Wie oft hatte sie dies schon erlebt.

Frau Badertscher erhob sich. «Kommen Sie. Ich werde Ihnen das Zimmer zeigen.» Und an ihren Mann gewandt: «Freiwillig.»

Von da an schwieg Herr Badertscher.

Frau Badertscher griff nach dem Rollator, ging damit zurück ins Entrée, öffnete eine Tür und betrat ein Zimmer, das im Dunkeln lag. Der Geruch nach Moder streifte Valéries Nase, als sie den Fuss in den Raum setzte. Sie schritt zu den Fenstern, welche die vordere Seite einnahmen. «Darf ich?» Sie schlug die Vorhänge zurück, drehte sich wieder um. Als hätte sie es erwartet, erstaunte sie kaum, was sie zu sehen bekam. Die Blattschneiderameise zierte die Wand hinter dem Bett, grossformatig aufgemalt. «Seit wann existiert dieses Bild?»

«Seit wir hier eingezogen sind. Marius hat es selbst gemalt. Ja, er hat durchwegs Talent. Schade, dass er nie etwas daraus gemacht hat. Mein Mann wollte, dass er Rechtswissenschaften studiert. Aber daraus wurde nichts. Marius ist eher musisch begabt.»

«Trotzdem hat er bis vor fünfundzwanzig Jahren studiert?»

«Das war der Wunsch meines Mannes, obwohl er heute nichts mehr davon wissen will.»

«Haben Sie eine Ahnung, was die Ameise bedeutet?»

«Ich denke, das ist reine Provokation. Marius liebt es, auch mit fünfundfünfzig Jahren anzuecken.»

«Darf ich mal einen Blick in den Schrank werfen?»

«Selbstverständlich. Aber da werden Sie nichts finden.»

Valérie öffnete den Schrank. «Da hängt ein violetter Umhang drin», bemerkte sie und nahm ihn mitsamt Kleiderbügel heraus. Auf der Rückseite erkannte sie wiederum die Blattschneiderameise und unterhalb des Insekts waren die Wörter «Atta» und «Sexdens» aufgestickt. «Was bedeutet das?»

«Keine Ahnung.»

«Lesen Sie keine Zeitung?»

«Warum sollte ich mir das antun? Die Welt ist schlecht geworden. Das spüre ich. Dazu brauche ich keine Medien. Mein Mann ist da anderer Meinung. Er liest sie täglich. Aber ich habe ihm verboten, mit mir darüber zu diskutieren.»

«Ihr Sohn», sagte Valérie, nachdem sie abgewogen hatte, ob sie mit der Wahrheit herausrücken wollte oder nicht, «wird verdächtigt, Oberhaupt einer Sekte, die sich Formica-Orden nennt, zu sein.»

«So etwas habe ich mir gedacht.» Frau Badertscher schien nicht sonderlich überrascht zu sein. «Öffnen Sie die Schublade der Kommode dort. Sie finden darin Flyer, die auf diesen Orden hinweisen.»

Valérie überzeugte sich selbst. «Was wissen Sie darüber?»

«Nichts ... nur, dass er ein phantasievoller Mensch ist. Aber wegen meines Mannes durfte er es nie ausleben.»

«Er hat in den achtziger Jahren in Zürich an einer Hausbesetzung teilgenommen.»

«Mein Mann wollte ihn deswegen enterben.»

«Und trotzdem geben Sie ihm Wohnsitz?»

«Er mag ein verlorener Sohn sein ... er ist unser Kind, das einzige. Vielleicht tragen wir Schuld an seiner Art.» Sie machte eine Pause, in der sie augenscheinlich nach Worten suchte. «Ich vertraue Ihnen etwas an. Aber sagen Sie es um Gottes willen nicht meinem Mann, dass ich es Ihnen verraten habe.»

Valérie legte die Flyer zurück in die Schublade, hängte den violetten Umhang in den Schrank und wandte sich Frau Badertscher zu. «Sie haben mein Wort.»

«Marius wird mich auf seine Arche bringen, wenn es so weit ist.»

Valérie hatte plötzlich das Bedürfnis verspürt, das Haus in Rüschlikon so schnell als möglich zu verlassen. Trotz Badertschers Intervention hatte sie den violetten Umhang noch einmal aus dem Schrank geholt und ihn mitgenommen. Sie hatte dazu das Einverständnis von Frau Badertscher gehabt. Der KTD würde ihn auf Spuren untersuchen müssen. Valérie machte sich keine allzu grossen Hoffnungen, darauf etwas Verdächtiges zu finden, zumal sie nach dem Gespräch mit Frau Badertscher davon ausging, dass Marius das Kleidungsstück für seine Mutter zurückgelassen hatte. Für sie, die ebenso eine Auserwählte war.

Was für ein Irrsinn: Mochte der alte Badertscher noch so agil in seinem Kopf sein, seine Frau war es mit Sicherheit nicht mehr.

Die nächste Adresse, an der Valérie eine Verabredung hatte, lag in der Herrengasse in Schwyz. Valérie fand sie unweit des Anwesens von Jole von Reding. Ob die ehemalige Staatsanwältin dort noch wohnte, wusste sie nicht mit Sicherheit. Das einstige Theater im Untergeschoss existierte längst nicht mehr. Eine Immobilienfirma aus Zürich hatte ihre Zelte dort aufgeschlagen. Ein sonderbares Gefühl beschlich Valérie, als sie an dem Haus vorbeifuhr. Die Erinnerungen an diese Zeit vor vier Jahren waren mit schrecklichen Dingen belastet, die sie als Neuling bei der Schwyzer Kantonspolizei hatte erfahren müssen. Ihr erster Fall in Schwyz hatte ihr alles abverlangt, aber auch viel Goodwill entgegengebracht. Seit dieser Zeit standen Louis und Fabia hinter ihr, auch die vielen Kolleginnen und Kollegen, mit denen sie sporadisch zu tun hatte.

Das Fotoatelier von Laura Santoro erkannte man auf den zweiten Blick. Etwas zurückversetzt wiesen zwei Schaufenster auf das Innere. Valérie trat ein. Laura Santoro erwartete sie bereits. Damit hatte Valérie nicht gerechnet. Die Fotografen, die sie kannte, waren immer sehr beschäftigt und überzeugt davon, dass sich ohne sie die Welt nicht drehen würde. Aber Schwyz war nicht Zürich. Und Laura Santoro stammte aus Como.

Das Alter der Frau war schwer zu schätzen. Etwas zwischen dreissig und vierzig. Sie war spindeldürr, aber ihre Ausstrahlung widersprach jeglichem Klischee. Ihre gelockte Mähne hatte sie mit einem Haargummi gebändigt, auf der Nase sass frech eine pinkfarbene runde Brille, und ihr Körper steckte in einem schwarzen Overall.

Der vordere Teil des Ateliers war eingerichtet mit einem dunkelgrauen Korpus, kleinen weissen Tischen und schwarzen Sandsäcken. Dass Laura Santoro Nichtfarben bunten Dingen vorzog, fiel Valérie als Erstes auf. Hinter einer alten Kasse hing ein Schwarz-Weiss-Akt.

«Sie kommen wegen Geraldine?» Laura Santoro liess sich auf einen Sandsack fallen und streckte die Beine von sich.

«Ich habe es am Telefon bereits angetönt.» Valérie setzte sich auf einen zweiten Sandsack und wunderte sich, dass sie nicht tiefer darin einsank. Sie sah sich um. Das waren also die Models, von denen Geraldine gesprochen hatte. Junge, zum Teil knabenhafte Mädchen, die Laura Santoro ins beste Licht rückte. Die Wände waren voll davon. Im hinteren Teil des Studios war eine Leinwand aufgespannt, ein heller Wandteppich reichte weit über den Boden. Daneben standen Alu-Leuchten,

Carbon-Stative und Reflexionsschirme. In der Grösse und Art verschiedene Kameras lagen auf dem Boden. «Eine vielseitige Ausrüstung», bemerkte Valérie.

«Da läpperte sich etwas zusammen mit den Jahren, in denen ich als Fotografin tätig bin.»

«Üben Sie den Beruf schon lange aus?»

«Im August werden es zwanzig Jahre sein. Vor fünfzehn Jahren habe ich mich selbstständig gemacht. Seit zwölf Jahren gehört mir dieses Studio. Ich konnte es für wenig Geld erwerben. Heute würde es das Dreifache kosten. Und bevor Sie sich fragen, wie ich mir als gewöhnliche Fotografin das hier leisten kann: Ich habe gute Connections zu Modehäusern. Ich bin ständig ausgebucht.»

Valérie legte das Bild von Amelie Schleiss auf den kleinen runden Tisch, der die beiden Sandsäcke voneinander trennte. «Kennen Sie dieses Mädchen?»

Laura Santoro beugte sich nach vorn. «Selbstverständlich. Das ist Amelie, ein Ausnahmetalent. Gross, wohlproportioniert und beweglich. Sie tat, was ich verlangte. Sie machte es gut, war sympathisch und klug. Eines Tages tauchte sie einfach nicht mehr auf. Die Polizei kam vorbei und stellte mir Fragen. Amelie galt als vermisst, aber das erfuhr ich viel später.»

«Erinnern Sie sich, ob sich Amelie verändert hatte, bevor sie verschwand?»

«*Per amor del cielo ...* das ist lange her.»

«Sechs Jahre.»

«*Sì, è possibile.* Es ist möglich. Ich glaube, sie lernte einen Kerl kennen, der ihr Gehirn vernebelte. Das ist normal, dachte ich zuerst. In diesem Alter, sie war knapp neunzehn, himmeln die Girls schon mal schräge Typen an.»

«Mögen Sie sich an diesen Mann erinnern?»

«Ich habe ihn nie gesehen.»

«Ist Ihnen sonst noch etwas aufgefallen?»

«Dieses Tattoo ... eine *formica* auf ihrer linken Schulter. Ich war nicht sehr glücklich darüber, das können Sie mir glauben. Eine *parassita* ... nicht schön.»

«Ameisen sind kein Ungeziefer.» Valérie lächelte.

Laura Santoro sah sie skeptisch an. «Amelie hat es verunstaltet. Ich mochte dieses Mädchen. Ich weiss wirklich nicht, was in Amelie gefahren war. Aber das gab ich vor ... sechs Jahren bereits zu Protokoll.» Das Porträt eines stark geschminkten Mädchens fiel Valérie ins Auge. «Wer ist das?» Sie erhob sich, schritt zur Wand, betrachtete das Bild näher. «Geraldine Marxer?» Mit dem Make-up und den dramatisch bemalten Augen sah sie anders aus als in natura.

«Erraten. Ein kompliziertes Geschöpf. Das pure Gegenteil von Amelies Charakter. Wenn sie nicht die gängigen Modelmasse hätte, wäre ich nie darauf eingegangen, mit ihr einen Vertrag zu machen. Aber die Modehäuser wollen solche jungen Frauen.»

«Seit wann arbeitet sie bei Ihnen?»

«Seit sie ins Gymnasium geht. Sie wollte sich zu ihrem bescheidenen Taschengeld etwas dazuverdienen.»

Valérie überlegte, dass es möglicherweise kein Zufall war, dass beide Mädchen von der gleichen Sekte angeheuert worden waren. Hatte Laura Santoro etwas damit zu tun? Sie reichte der Fotografin das Bild der unbekannten Toten. Es war in der Klinik aufgenommen worden. «Leider habe ich keine bessere Aufnahme. Schauen Sie es gut an. Kennen Sie diese Frau?»

«Das Bild aus den Medien ... *di cattiva qualità* ... von schlechter Qualität. Nein, ich kenne sie nicht.»

«Ich muss Sie bitten, mir alle Namen der Mädchen, die für Sie arbeiten, auszuhändigen. Dazu die Adressen und die Altersangaben.»

«Und wenn nicht», sagte Laura Santoro, «werden Sie uniformierte Polizisten auf mich ansetzen?» Sie verzog ihr Gesicht zu einer Grimasse.

«Mir wäre auch lieber, wir könnten das ohne grossen Aufwand regeln.»

«War's das?» Laura Santoro erhob sich. «In fünf Minuten habe ich eine Kundin. Ich porträtiere auch. Wenn Sie möchten, mache ich ein Porträt von *Ihnen. Adoro le donne con cicatrici.*»

Valérie befühlte ihre Narbe. «Das wäre dann wohl die Rückseite der Medaille. Das Gegenteil von Ihren», sie zeigte an die Wand mit den Fotos, «perfekten Models.»

«Solche Bilder sind langweilig. Und wer ist der Gradmesser für Perfektion? Sagen Sie es mir.»

Valérie hatte darauf keine Antwort.

***

Carla Benizios Gefühle waren gespalten. Wie vermutet, hatte Frank Forster sie am Morgen in sein Büro beordert und ihr unmissverständlich erklärt, welch ein Desaster es sei, wenn sie sich nicht an seine Richtlinien hielt. Einer ihrer Kollegen hatte einspringen und in der Schnelle einen passablen Bericht über den Formica-Orden schreiben müssen. Carla hatte ihn bereits gelesen, bevor sie ihre Audienz bei Forster antrat. Ein paar Trümpfe hatte sie deswegen in der Hand. Der Text war grottenschlecht, nicht nur erlogen, sondern auch stilistisch unter jeglicher Würde. Er gebe ihr noch eine Chance, hatte Forster gesagt, worauf Carla ihm häppchenweise auftischte, was sie vorhatte. Forster hatte sich beruhigt. Es ginge um eine länger dauernde Recherche, was die Sekte betraf.

Sie hatten sich im Mythen-Center verabredet. Carla war schon da, im «Valentino» sass sie an einem der hohen Tische auf einem ebenso hohen Stuhl, wo man die Füsse ins Leere baumeln lassen konnte. Genauso fühlte sie sich: in einer Luftleere zwischen Euphorie und Angst. Falls etwas an der Sekte dran war, würde ihr Vorhaben nicht ungefährlich sein. Louis war dagegen gewesen. Carla ahnte jedoch, dass er sie nicht würde hängen lassen, wenn es darauf ankam.

Geraldine Marxer hatte sich eine Viertelstunde verspätet. Carla hatte nicht mehr mit ihr gerechnet. Geraldine schlenderte aus dem Manor und sah sich um. Carla winkte ihr zu. Du meine Güte! Sie war noch ein Kind.

«Hallo, ich bin Geraldine.»

«Carla. Danke, dass du gekommen bist.»

«Keine Ursache. Ich habe noch Ferien.» Geraldine schwang sich auf den zweiten Stuhl.

Ferien! Ja, klar, da brauchte man nicht pünktlich zu sein. «Verschlafen?»

«Nein, ich musste mit unserem Hund raus. Ist mein Job während der schulfreien Zeit.»

«Wolltest du ihn nicht mitbringen?»

«Unmöglich, er ist eine Klette, springt andauernd an einem hoch. Und Blondinen mag er besonders gern.»

Carla hatte Notizblock und Schreibstift bereitgelegt. Sie nahm den Stift zur Hand. «Erzähle mir, wie du an diesen Kerl ... an Jonathan rangekommen bist.»

«Über eine Chatseite.»

«Hat die einen Namen?»

Geraldine entriss Carla den Notizblock und notierte den Namen.

«Ach, du liebes bisschen.» Carla stiess Luft aus. «Du weisst schon, dass die erst ab achtzehn freigegeben ist.»

«Du siehst, mit etwas Grips kommt man da auch als Minderjährige rein. Ich habe mich älter gemacht, bin nie aufgeflogen deswegen.»

«Kein Kunststück ... diese Chatrooms sind anonymisiert.» Carla bezweifelte, dass die User so streng kontrolliert wurden, wie es in den allgemeinen Geschäftsbedingungen stand. «Du hast dich also mit diesem Jonathan angefreundet.»

«Er schickte mir ein Foto. Er gefiel mir auf Anhieb.»

Carla wunderte sich über Geraldines Gutgläubigkeit. Sie schätzte sie als intelligentes Mädchen ein. «Er hätte dir irgendein Foto schicken können.»

«Was er auch getan hat.» Geraldine griff nach dem künstlichen Blumengesteck auf der Tischmitte. «Es war dumm von mir, das ist mir heute bewusst. Aber als ich mich mit ihm verabredete, dachte ich nichts Böses dabei.»

«Du dachtest überhaupt nichts.» Carla machte Notizen. Der IT-Spezialist Müller hatte längst die Aufgabe bekommen, den Provider des Chats ausfindig zu machen, hatte Louis ihr verraten, um über diesen an die E-Mail-Adresse des Nicknamens «Jonathan» zu gelangen.

Carla musste schneller sein als Müller. Denn wenn «Jonathan» aufgespürt wurde, konnte sie ihren Plan vergessen. Von der Schnelligkeit hing alles ab, auch ihr Job bei Forster. «Ihr habt euch also in der Mything-Bar verabredet.»

«Nicht Jonathan, wie ich ihn auf dem Foto kannte, kam, sondern ein alter Sack. Er übergab mir diesen Flyer hier. Es ist zwar nur eine Kopie, aber es handelt sich um die Werbung für den Formica-Orden.»

Carla nahm den Flyer an sich. «Okay, erkläre mir, wie ich am besten an diesen Jonathan herankomme.»

«Du willst ihn treffen?» Geraldine zupfte eine Polyesterblüte aus dem Gesteck.

Carla sah ihr an, wie nervös sie war. «Erzähle mir, worauf Jonathan abfährt.»

«Auf Blondinen. Du hast also eine reelle Chance, ihn zu beeindrucken. Stell ein Foto von dir rein, möglichst ein Ganzkörperfoto im Bikini. Du wirst sehen, wie schnell er anbeisst. Aber du musst ihn zuerst anstupsen.»

«Du hast dich im Bikini präsentiert?» Carla merkte, wie ihr die Kinnlade nach unten sackte. «Das ist voll naiv.»

Geraldine presste die Lippen aufeinander. Sie schwieg.

Carla konnte sich nicht vorstellen, sich halb nackt zu präsentieren auf einer Plattform, auf der sich mehr kranke als normale User tummelten. «Ich könnte ein Fake-Bild einstellen.»

«Dein Gesicht sollte echt sein, sonst wird er dich nicht erkennen, wenn du dich mit ihm triffst.»

Carla würde sich etwas einfallen lassen. Mit Photoshop auf dem Computer, der ihr bereits beim manipulierten Bild der unbekannten Frau seinen Dienst erwiesen hatte. «Habe ich eine Macke?»

«Was?» Geraldine steckte die Blüte zurück.

«Solche Kerle stehen doch auf Macken.»

«Du kannst mit ihm über Sinnsuche diskutieren, über Ängste, Probleme mit den Eltern. Darauf steht er. Wenn ich

mich zurückerinnere, entwickelte er einen richtigen Beschützerinstinkt. Das war wahrscheinlich der Grund, weshalb er mich in diesen Orden holen wollte. Solche Sekten suchen nach den Schwächsten in der Gesellschaft.»
«Oder nach solchen mit viel Geld. Hat er das gesagt? Er wolle dich in die Sekte holen?»
«Nein, aber dieser Flyer sagt doch alles.»
«Und du warst sein Beuteschema.»
«Das wirst du auch sein.»
«Dieses Gespräch bleibt unter uns, versprochen?»
«Versprochen.»

Carla fuhr nach Hause, weil sie sicher war, niemand würde ihr dort in die Quere kommen. Louis hatte sich für das gemeinsame Abendessen abgemeldet. Es würde sicher Mitternacht sein, bis er zurückkehre, hatte er gesagt. Von Carlas Plänen wusste er nichts, nachdem er ihr das Vorhaben ausgeredet hatte. Sie würde ihn erst einweihen, wenn sie sich mit Jonathan traf.

Im Kühlschrank fand sie kalte Tagliatelle. Sie schöpfte sie auf einen Teller und ging damit ins Büro. Kurz nach halb sieben erstellte sie ein eigenes Profil, nannte sich «Honey», achtzehn Jahre alt, stellte ein Porträt dazu, das sie von einer zerbrechlichen Seite zeigte und loggte sich mit einem Passwort im Chatroom ein. Wie erwartet, waren einige User aktiv. Carla wollte keine Zeit verlieren und suchte nach Jonathan.

Sie fand ihn nicht auf Anhieb. So viel Glück wäre Zufall gewesen. Jemand klickte sie an. Sie, mit ihrer lange blonden Mähne, die sie vor drei Jahren mal getragen hatte, dem unschuldigen Blick und den geöffneten Lippen sprach den ersten User offensichtlich an. Wie selbstverständlich zielte seine Anmache auf Sex ab. Carla hatte kein Verlangen, auf seine obszönen Aufforderungen einzugehen. Vielleicht müsste sie diesen Typen anzeigen, denn der Chatroom verkaufte sich als seriöse Internet-Börse für gesellschaftsrelevanten Austausch, was aber ein Deckmäntelchen war. Carla hatte dies bereits früher in Erfahrung gebracht. Hatte sie mit dem Bild ein falsches Zeichen gesetzt? War dies auch Geraldines Fehler gewesen? Egal, Carla hatte sich dazu entschlossen, heute mit Jonathan anzubandeln.

Nach einem weiteren Lüstling und drei normalen, eher langweiligen Typen, die sie entweder nach ihren Hobbys oder ihrer Meinung zu den politischen Parteien befragten, gedachte sie, sich auszuloggen. Da leuchtete die Fahne von Jonathan auf. Carla, die gerade eine Gabel voll kalter Tagliatelle in den Mund schieben wollte, liess sie fallen. Dieser Mann, der etwas über dreissig sein musste, sah aus wie Brad Pitt in seinen besten Jahren. Vielleicht war es ein Bild von ihm, leicht verändert und verfälscht. Heute war alles möglich. Jetzt erst vermochte Carla, Geraldines Verliebtheit nachzuvollziehen. Carla ertappte sich gerade dabei, wie sie ohne zu zögern ein Gespräch angefangen hätte.

Jonathan begann, indem er ihr den Schmus brachte, wie schön sie sei und wie toll er ihre Haare finde. Das war aber auch alles, was ihr Äusseres betraf. Er war unaufdringlich, und beinahe zärtlich wählte er seine Worte.

Kein Wunder, war Geraldine dahingeschmolzen. Und als Jonathan über literarische Meister sprach, war es auch um Carla geschehen. Dieser Typ hatte echt was drauf.

So begann ein Spiel. Jonathan rezitierte schreibend. *Wer reitet so spät durch Nacht und Wind ...*

Carla antwortete: *Es war der Vater mit seinem Kind.*

Jonathan: *Er hat den Knaben wohl in dem Arm.*

Carla: *Er fasst ihn sicher, er hält ihn warm.*

Jonathan: *Mein Sohn, was birgst du so bang dein Gesicht?*

Carla: *Siehst, Vater, du den Erlkönig nicht?*

Und so ging es weiter, bis Carla die letzte Zeile des achten Verses von Johann Wolfgang von Goethe schrieb. *In seinen Armen das Kind war tot.*

Eine Weile meldete sich Jonathan nicht mehr. Carla befürchtete, dass er sich zurückgezogen hatte oder sich jemand anderem widmete.

Denkst du oft an den Tod? Da war er wieder.

Jetzt bloss keine falsche Antwort geben. *Ja, ich fürchte mich* davor. *Ich habe auch Angst vor den Menschen, wie sie heute sind.* Hatte sie schon zu viel geschrieben? *Die Welt ist kalt geworden.*

Gott wird bald für eine ausgleichende Gerechtigkeit sorgen, schrieb Jonathan.

Carla wunderte sich. Geraldine hatte nichts davon verlauten lassen, dass Jonathan sich bereits im Chat über Abstruses äusserte. *Du meinst, er wird Schreckliches über uns bringen?*

Die Apokalypse ist nahe. Keine dreizehn Jahre wird es dauern, bis die Erde sich häuten und alles Schlechte und Böse abwerfen wird. Ein Komet ist unterwegs zu uns. Er wird uns treffen wie ein Geschoss.

Ich bin sprachlos. Verdammt, das war nicht gut. Jonathan würde sie als das entlarven, was sie war, eine kleine Journalistin, die es sich zur Aufgabe gemacht hatte, ihn zur Strecke zu bringen. Sie wäre sicher nicht die Erste, die sich darauf einliess. *Ich finde keine Worte ... Ich lebe mein Leben in wachsenden Ringen ...*

Es dauerte ein paar Sekunden, ehe sich Jonathan meldete: *... die sich über die Dinge ziehn.*

Ich werde den letzten vielleicht nicht vollbringen ...

... aber versuchen will ich ihn. Rainer Maria Rilke.

Wann würde er sie endlich fragen, ob sie sich sehen können? Er war so ganz anders, als Geraldine ihn beschrieben hatte.

Ich sehe, wir verstehen uns, schrieb er. *Wir sind seelenverwandt.*

Carla wählte die nächsten Worte mit Bedacht. *Was nützt es mir? Meine Angst vermagst du nicht zu beseitigen.* So ein Bullshit! Was tat sie hier? Sie wollte Jonathan treffen, aber nicht unter allen Umständen. Vielleicht war es doch keine so gute Idee gewesen, sich auf das Abenteuer einzulassen. *Ich muss noch Hausaufgaben machen,* schrieb sie, derweil sie resignierte.

Jonathan hatte sich bereits ausgeloggt.

***

Valérie war früher als beabsichtigt nach Hause gegangen. Als sie den Computer hochfuhr, bemerkte sie auf ihrem iPhone eine SMS von Res Stieffel. Er bat sie, ihn zurückzurufen. Valérie liess in der Küche einen Kaffee durch den Kolben. Sie setzte sich damit an ihr Pult. Sie rief Stieffel an und liess es zigmal läuten, bis er sich meldete. Valérie hatte es ihm verziehen, dass er sich letzthin nicht von seiner kommunikativen Seite gezeigt hatte. Ihr war es wichtig, einen weiterhin guten Draht zu ihm zu haben.

«Danke für den Rückruf. Ich habe den Abschlussbericht der inneren Leichenschau. Ich gehe davon aus, dass du deswegen nicht extra nach Zürich fahren möchtest.»

«Welchen Abschlussbericht? Ich dachte, den hätten wir längst.» Valérie öffnete das Outlook und vergewisserte sich, ob sie relevante Nachrichten erhalten hatte. Louis hatte ihr geschrieben.

«Das war der Bericht des Toxikologischen Instituts, mit dem wir eng zusammenarbeiten, und betraf nur den Mageninhalt und die darin enthaltenen Gifte. Tut mir leid, dass es so lange gedauert hat, bis meine Resultate kamen.»

«Okay, dann schiess mal los.» Valérie überflog Louis' Bericht. Er hatte die Suche nach den legalen Tattoo-Studios erfolglos abgeschlossen.

«Im Mastdarm der Toten», sagte Stieffel, «habe ich unverdaute Reste von Rindfleisch, Pilzen und Peperoni identifiziert. Zudem Rückstände von Reis.»

«Pilze?» Valérie konzentrierte sich nun ganz auf Stieffel. «Konntest du sie näher bestimmen?»

«Champignons.»

«Was bedeutet das konkret?»

«Dass die Frau drei bis fünf Tage vor ihrem Tod feste Nahrung zu sich genommen hat.»

Valérie rechnete zurück. Am 9. April um die Mittagszeit war sie gestorben, nachdem man sie intravenös mit Nahrung versorgt hatte. In der Nacht vom 7. auf den 8. April war sie gefunden worden. Also hatte sie zwischen dem 4. und 6. April zum letzten Mal richtig gegessen. «Kannst du mir den Bericht im Attachement mailen?»

«Mache ich gern. Wann gehen wir zusammen essen?»

Valérie hatte geahnt, dass er dieses Thema wieder einmal zur Sprache bringen musste. Es lag ihm wohl viel daran, sie zu sehen und mit ihr zu plaudern. «Nach deinem Befund fällt es mir gerade etwas schwer, an Essen zu denken.»

DREIZEHN

Valéries Team hatte sich an diesem Donnerstag bereits um halb acht zur Sitzung eingefunden. Ihm angeschlossen hatte sich auch Henry Vischer, der Polizeipsychologe.

«Okay, alle mal herhören. Der pathologische Abschlussbericht des Gerichtsmediziners ist da. Gemäss seinen Untersuchungen muss die Frau von der Insel drei bis fünf Tage vor ihrem Tod Rindfleisch, Peperoni, Reis und Champignons gegessen haben.» Sie liess Kopien von Stieffels Ausführungen austeilen. «Die Speisereste konnten im Mastdarm festgestellt werden.»

«In der Rechtsmedizin könnte ich niemals arbeiten», sagte der Ermittler neben Fabia, nachdem er die von Valérie angestrichenen Sätze gelesen hatte. «Was für ein Scheiss-Job.»

«Könntest du dich wieder beruhigen?» Valérie mochte es nicht, wenn ernste Dinge ins Lächerliche gezogen wurden. «Hat jemand eine Idee?»

«Stroganoff.»

Valérie musste Louis ungläubig angesehen haben, er zog die Stirn hoch. «Stroganoff?»

«Meine Leibspeise», sagte Louis. «Bereitet man mit Rindsfiletstücken, Champignons und Peperoni zu. Dazu serviert man Reis. Leider gibt es kaum ein Restaurant in der nahen Umgebung, das diese Speise anbietet.»

«Puh ... darauf wäre ich nicht gekommen.»

«Kein Wunder, bei deinen bescheidenen Kochkenntnissen», feixte Louis.

Valérie fragte sich, wer ihm das erzählt haben konnte. Sie liess es dabei bewenden und Louis die kurze Freude, ihr eines ausgewischt zu haben. «Ich hoffe, Louis hat recht. Wir sollten demnach alle Restaurants in der Zentralschweiz heraussuchen, die zwischen dem 4. und 6. April ‹Stroganoff› auf dem Speiseplan hatten. Falls diese Eingrenzung nicht fruchtet, werden wir die Suche ausdehnen müssen.»

«Und wenn das Stroganoff privat zubereitet wurde», fragte Fabia, «und die Frau es selbst gekocht hatte oder dazu eingeladen war?»

«Dann haben wir Pech gehabt.» Valérie musste auch mit dieser Option rechnen. Plötzlich auftretender Schwindel liess sie kurz schwanken. Sie beauftragte Louis damit, sie zu vertreten. Sie liess ihr Team zurück, flüchtete auf den Korridor und lehnte sich an die kühle Fensterscheibe.

Neun Tage seit dem Verschwinden des Säuglings waren vergangen. Caminada hatte nebst den Polizeidetektiven auch eine Security-Firma damit beauftragt, nach dem vermissten Neugeborenen zu suchen. In einem Dreissigkilometerradius der Insel Schwanau wurden sporadisch Häuser und Wohnungen inspiziert, Fragen gestellt und verdächtige Personen vorgeladen. Die äussere Reichweite betraf Orte wie Küssnacht am Rigi, Unterägeri, Einsiedeln, Oberiberg, Flüelen und Weggis. Valérie sah darin eine geringe Chance auf Erfolg, zumal nach der Nadel im Heuhaufen gesucht wurde. Caminada hatte ihr erst noch anvertraut, wie er deswegen mit Auf der Maur ins Gehege gekommen sei. Der Regierungsrat sah bloss die unverhältnismässig teure Finanzierung für diese eher fragwürdige Aktion. Für Valérie war es unverständlich. Einerseits übte er Druck aus, damit alles getan wurde, um den Fall zu klären, andererseits setzte er nicht nachvollziehbare Prioritäten.

Es ging um ein Menschenleben.

Valérie riss das Fenster auf, schnappte nach Luft. Unter ihr floss der Verkehr über die Schwyzerstrasse, ein Zug fuhr von Schindellegi herkommend in den Bahnhof ein. Hinter ihr hörte sie die Lifttür aufgehen. Sie drehte sich um und sah IT-Müller aus der Kabine treten. Er trug seinen Laptop und ein Mäppchen mit sich.

«Zu dir wollte ich gerade», sagte er. Sein ansonsten helles Gesicht war rot vor Aufregung.

«Wir haben Teamsitzung.» Valérie schloss das Fenster. Es ging ihr nur unwesentlich besser.

«Pause?»

«Hast du mehr über die Sekte herausgefunden?»
Müller nickte.
«Dann kannst du es vor der ganzen Belegschaft vortragen.»
Valérie geleitete ihn zurück ins Sitzungszimmer.
Auch ihr Team hatte einen Arbeitsunterbruch eingelegt. Vom
Mineralwasser auf den Tischen wurde rege Gebrauch gemacht.
Die Gipfeli im Brotkorb hatten sich in der Menge verringert.
«Müller hat uns etwas zu sagen.» Valérie setzte sich. «Bitte.»
Müller schien gerade etwas überfordert zu sein. Mit Valéries
Spontanaufforderung hatte er wohl nicht gerechnet. Er stellte
sich ans Kopfende eines Tisches und legte seine Dokumente
sowie den Laptop nieder. «Es ist mir endlich gelungen, die letz-
ten doppelt gesicherten Seiten des Formica-Ordens zu öffnen.
Leute …» Er sah in die Runde. «So etwas habe ich noch nie
zuvor gesehen.»

**

Ob er die Polizeimeldung vor der Tagesschau gesehen hatte?
Carla befürchtete es, derweil seit gestern Abend Funkstille
herrschte. Jonathan hatte sich nicht mehr bemerkbar gemacht.
Sie war, seit Louis die gemeinsame Wohnung verlassen hatte,
wieder online. Der Chatroom war geöffnet, die vielen Klicks auf
ihre Seite liess sie unkommentiert, in der Hoffnung, Jonathan
würde sich einloggen. Ihre ganze Aufmerksamkeit galt dem
Phantombild, das vor den Halb-acht-Nachrichten erschienen
war. Jonathan, das pure Gegenteil von Brad Pitt in jungen Jah-
ren, fast doppelt so alt und um einiges hässlicher. Falls sie ihn,
wie sie das vorhatte, treffen wollte, brauchte es Überwindung.
Um halb zehn erschien seine Fahne.
Hi, Honey!
Hi, schrieb Carla. Sie spürte ihren Herzschlag bis zum Hals.
Hat der alte Hexenmeister …
Verflixt! Das war der erste Vers aus Goethes Zauberlehrling.
Es war lange her, seit Carla das gesamte Gedicht auswendig
aufsagen konnte. Walle! Walle manche Strecke … Aber das war

bereits die zweite Strophe. *Ich geb's auf,* schrieb sie. *Du hast gewonnen.*

Wo wohnst du?, fragte er.

Volltreffer! Carla überlegte. Sie durfte dennoch nichts überstürzen, sonst würde er sich sofort ausloggen. In Schwyz. Sie löschte es wieder. Das wäre zu offensichtlich gewesen. *In Brunnen*, war genug nahe, um ein Date in der Mything-Bar zu vereinbaren. Andererseits würde er sich kaum mit ihr in derselben Bar verabreden wie mit Geraldine.

Können wir uns sehen? Er hatte angebissen.

Carla: *Ist es nicht zu früh?*

Jonathan: *Magst du mich nicht?*

Carla: *Ich kenne dich kaum.*

Jonathan: *Das wird sich ändern.*

Carla erhob sich. Sie hielt es auf dem Bürostuhl nicht mehr aus. Offenbar hatte Jonathan Nachholbedarf, nachdem Geraldine ihn versetzt hatte. Sie liess sich wieder auf den Stuhl fallen. *Wo möchtest du mich treffen?*, schrieb sie.

Wie wäre es mit der Schiffstation?

Du meinst draussen? Carla war nicht geheuer. *Wann?*

Heute Nachmittag um fünf?

Über Carla brachen gerade ein paar Wellen zusammen. Sie merkte, wie sie zu zittern begann. Aus Angst? Aus Nervosität? Woran erkenne ich dich? Nein, das war die falsche Frage. Er sah aus wie Brad Pitt. Jonathan wusste nicht, dass sie seine Lüge kannte. *Werde ich dich erkennen?*

Es reicht, wenn ich dich kenne.

Ich werde dort sein. Carla zögerte, bis sie auf «senden» drückte.

***

Müller setzte den Beamer in Betrieb, öffnete auf seinem mitgebrachten Laptop die PowerPoint-Präsentation und startete mit seinen Ausführungen.

Valérie sah sich mit einem Text konfrontiert, den sie zweimal lesen musste, um zu begreifen, was dort tatsächlich stand. Nicht nur ihr setzte er zu. Fabia stiess einen Laut der Entrüstung aus, und Louis schnellte vom Stuhl hoch, während es auf den Stühlen ringsherum zunehmend unruhiger wurde. «Ist das menschenmöglich?» In Valéries Mund sammelte sich verdächtig zäher Speichel an. Der Schwindel machte sich stärker als zuvor bemerkbar.

«Das hat weniger mit Menschen zu tun», sagte Fabia nach Fassung ringend, «als mit einer kranken Spezies, die unsere Erde bevölkert.»

«Wenn man bedenkt, dass sich diese Irren in unserer Nähe aufhalten, wird es mir schlecht.» Selbst Louis vermochte nicht, seinen Ekel zu verbergen.

Valérie räusperte den Kloss in ihrem Hals weg. «Dieser Atta Sexdens ist überzeugt, dass im August 2032 die Welt, wie wir sie kennen, untergehen wird. Bis eine neue Welt ... *seine* Welt entsteht, fordert er ...», wieder musste sie sich räuspern, «... dass es den Eltern bis dahin erlaubt sei, ihre Neugeborenen zu töten, denn Kinder seien schlecht für das Karma.» Valérie rang um Fassung. «In seinem Leittext bezeichnet er die ... Kindstötung vor dem ersten Lebensjahr als legitim. Er sieht es als eine Art Abtreibung ausserhalb des Körpers an, setzt die Babys sogar mit den Föten gleich.» Valérie schluckte. Sie würde bestimmt bald aus diesem Alptraum aufwachen. So etwas war real nicht möglich. «Kinder bis zwölf Monate seien keine richtigen Menschen, schreibt er, sie hätten kein moralisches Recht auf Leben.»

Ein Raunen breitete sich im Raum aus.

Vischer meldete sich zu Wort. «Das erinnert an die Weisungen von Mitgliedern satanischer Sekten. Ich hatte Kontakt mit Anton Wullschläger, nachdem du ihn mir empfohlen hattest. Er berichtete mir über die Praktiken und Rituale von Satanisten und Anhängern von Todeskult-Sekten und dass diese nicht nur Säuglinge opfern, sondern sie sogar essen. Weltweit werden Kinder entführt und wird mit Kindern gehandelt. Vielleicht sollte man sich auch damit befassen.»

«Das ginge zu weit», intervenierte Louis sichtbar wütend.
Valérie musste ihm recht geben. Das war eine andere Liga der
Ermittlungen. Sollte Marius Badertscher jedoch seine Ordens-
leitsätze umsetzen oder bereits umgesetzt haben, standen sie
einem gefährlichen Gegner gegenüber. Valérie musste sich entscheiden. «Wir müssen eine europaweite Fahndung nach Atta
Sexdens alias Marius Badertscher herausgeben.» Sie befürchtete,
dass für das Neugeborene vom Lauerzersee wahrscheinlich jede
Hilfe zu spät kam. Sie gab Louis ein Zeichen, erhob sich und
eilte zur Tür. Sie spurtete Richtung Damentoilette, stiess die
Kabinentür auf. Alles hatte seine Grenzen. Valérie beugte sich
über die Schüssel und erbrach sich.

Sie wusch sich das Gesicht, als Vischer plötzlich neben ihr
stand. «Ich brauche dich wohl nicht zu fragen, ob es dir gut
geht.»

Valérie richtete sich auf. «Besser.» Sie trocknete Gesicht und
Hände ab, strich über ihre Haare. «Es war zu viel.»

«Ich habe mir erlaubt, Zanetti anzurufen.» Vischer führte
sie aus der Toilette, ging ein paar Schritte mit ihr. «Er und Caminada haben eine Sitzung abgebrochen. Sie werden bald hier
sein. Louis springt für dich ein. Du solltest jetzt nach Hause
fahren.»

«Ich darf mich nicht vor der Wahrheit verschliessen und
mich nicht vor meinem Auftrag drücken. Du bist mir zuvor-
gekommen. Danke, dass du Zanetti angerufen hast. Wir müssen
handeln – jetzt.» Valérie streckte ihren Rücken durch, atmete
dreimal tief ein und aus. «Meine Leute erwarten, dass ich ihre
Einsätze koordiniere. Dieser irre Orden nimmt zwar unser ganzes Denken ein, aber es gibt noch andere Stränge, die wir nicht
auf Eis legen dürfen.»

Beim Sitzungszimmer angekommen, öffnete sie die Tür und
betrat den Raum, als wäre nichts geschehen. «Okay, ich werde
die Situation mit Caminada und Zanetti besprechen, sobald sie
von ihrer Sitzung mit dem Regierungsrat zurück sind.» Auf der
Maur hatte innerhalb zweier Tage nicht nur den Staatsanwalt,
sondern auch den Polizeichef für ein Gespräch aufgeboten.

Valérie sandte Müller einen Blick zu. «Danke für deine Arbeit. Der Richter wird entscheiden, wie es weitergeht. Ich denke, er wird den Webauftritt des Formica-Ordens aus dem Verkehr ziehen.»

«Wie der Entscheid auch ausfallen mag», sagte Müller, «die Website zu löschen, ist ein Ding der Unmöglichkeit. Sollte es trotzdem gelingen, sie zu löschen, wird sie auf einem anderen Provider wieder auferstehen.»

«Das werden wir an die Spezialisten auf Bundesebene abgeben müssen», sagte Valérie. «Ich zweifle keine Sekunde an deiner Kompetenz, Müller. Aber an das hier», und sie zeigte auf die Leinwand, auf der der letzte Text eingefroren war, «müssen andere ran.» Sie wandte sich an alle. «Die Tattoo-Studios vermochten uns leider nicht weiterzuhelfen. Niemand von den befragten ‹Tattooanern›, oder wie sie sich nennen, hat sich an die Blattschneiderameise erinnert. Möglicherweise wurde sie im Orden selbst gestochen. Ich habe hier aber eine Liste von Mädchen, die bei der Fotografin Laura Santoro im Studio an der Herrengasse modeln. Wissentlich gerieten zwei Mädchen in die Fänge der Sekte, das eine, mittlerweile eine fünfundzwanzigjährige Frau, könnte noch immer bei ihr sein, das andere, Geraldine Marxer, ist mit einem blauen Auge davongekommen. Leider verweigert sie uns jegliche Antworten, nachdem ich zuerst einen guten Draht zu ihr gehabt zu haben glaubte. Es bräuchte zwingend eine richterliche Genehmigung, dass wir sie vorladen können. Aber der Richter will noch nichts unternehmen. Zanetti wird sich darum kümmern.» Valérie schlug ihren Ordner auf, suchte nach den Protokollen mit dem Kürzel «WGSZ» und entnahm den Bericht über Lino Styger. «Wir müssen die Mitglieder der Werbegilde noch einmal befragen. Es gibt Abweichungen in den Aussagen. Leider ist es mir nicht schon früher aufgefallen –»

«Was normal sein dürfte bei deinem Stress», unterbrach Fabia sie.

«Wir dürfen uns keine Fehler erlauben», sagte Valérie bestimmt. Sie sah ihre Leute der Reihe nach an, bis sie wieder ihre volle Aufmerksamkeit hatte. «Das heisst, nochmals Befragungen jedes Mitglieds, das beim Dinner auf der Insel war. Wenn das nichts bringt, müssen wir alle miteinander vorladen und eine Aufstellung machen. Ich will wissen, wer auf der Rückfahrt gefehlt hat.»

«Ich übergebe Cyrill Hildebrand gern jemand anderem», warf Louis ein. «In diese Grosskotzvilla in Altendorf bringen mich keine zehn Pferde mehr.»

«Wir werden die Befragungen anders zuteilen», beruhigte ihn Valérie. «Aus taktischen Gründen.» Sie machte eine Pause, sah sich die Protokolle der vier Frauen an. «Mit den Frauen Amber Styger und Cinzia Fallegger möchte ich persönlich sprechen.»

«Kann nicht *ich* das tun?», fragte Louis. «Ich würde diese Aufgabe gern übernehmen.»

«Für dich bleiben Edith Moser und Wiktoria Stepanowa.» Sie schenkte ihm ein Lächeln und fühlte sich gerade ein wenig erleichtert. Louis hatte die besondere Gabe, mit seinem unverkennbaren Humor ihre angeschlagene Laune zu heben.

***

Die Wellen tanzten im gleissenden Sonnenlicht, das sich wie ein Teppich eingewobener Kristalle über den Urnersee ausbreitete. Kaum ein Luftzug wehte. Und dort, wo sonst der Föhn über die Alpen brach, tummelten sich Schönwetterwolken am Himmel, einer Herde flockiger Lämmer gleich.

Carla war pünktlich an der Schiffstation eingetroffen. Der Steg war überbevölkert. Die Leute, vorwiegend Asiaten, warteten auf das Kursschiff, das sie nach Flüelen brachte. Richtung Treib war es bereits zu sehen, backbordseitig geneigt, vielleicht eine optische Täuschung.

Carla ging zum Billetschalter, wo man Schlange stand, hielt von da aus Ausschau auf einen Mann, dessen Phantombild sie vom Fernsehen kannte. Jonathan, oder wer immer er war, würde nicht so dumm sein, sich zu erkennen zu geben. Warum wollte er sie an der Schiffstation treffen? Er hatte doch mit einem enormen Andrang rechnen müssen. Auch an einem Donnerstag wie diesem. Machte er es absichtlich? Oder beobachtete er sie bereits? Carla tat so, als schaute sie beim Restaurant Kombüse ins Fenster, wo die Menükarte hing. Der Waldstätterquai spiegelte sich in der Scheibe. Carla vermochte das, was hinter ihr passierte, genau zu registrieren. Eine Familie mit Kinderwagen, ein betagtes Paar, von dem der Mann im Rollstuhl fuhr. Eine Gruppe von Kindern, die einem Strassenkünstler über die Schultern blickte. Niemand beachtete sie.

Carla hatte vorsorglich zwei Handys eingepackt. Eines in ihrer Handtasche, wo auch der Pfefferspray lag, das andere hatte sie in ihre Stiefel geschoben. Sie wollte gerüstet sein, denn ihr Unterfangen war nicht ungefährlich. Dies wurde ihr in diesem Moment einmal mehr bewusst. Doch ein Zurück gab es nicht.

Das Kursschiff fuhr an die Anlegestelle. Mächtig erhob es sich am Pier. Im Wasser flüchteten Enten vor der schäumenden Gischt der Bremsung. Die Menschen rannten jetzt über die Strasse. Alle wollten sie nach Flüelen, über den Urnersee, der in dieser Jahreszeit die Farbe des Karibischen Meeres trug, unterhalb der steil abfallenden Wände des Niederbauens.

Carla schritt gegen den Menschenstrom, versuchte, der Völkerwanderung zu entkommen. Sie nahm sich vor, beim Café Elite auf Jonathan zu warten. Bis Viertel nach fünf wollte sie ihm noch Zeit lassen, ansonsten würde sie die Aktion abblasen.

Sie war zu wenig gut vorbereitet, alles überstürzt angegangen – zweimal chatten würden nicht ausreichen, um sich ein Bild zu machen von einem Gegenüber, das sie physisch nicht zu fassen vermochte. Sie war kein Profi, was solche Unterfangen bedingten. Selbst die Polizei zögerte, was Louis hatte durchblicken lassen. Und ausgerechnet Carla wollte in die Höhle des Löwen hinuntersteigen, vielleicht ins Fegefeuer, denn noch wusste sie nicht, was sie erwartete. Sie war nicht dazu ausgebildet, sich einem Gegner zu stellen, vom dem sie bloss etwas schwindend Kleines kannte – eine Tätowierung in Form einer Ameise.

Der Biss einer Ameise war nicht harmlos.

Jemand rempelte sie an. Zur fast gleichen Zeit hielt neben ihr ein weisser Transporter, kaum hatte sie die Strasse überquert. Zwei Motorräder preschten aufheulend an ihr vorbei. Eine Schiebetür ging auf, Carla spürte kräftige Arme, ein sackähnliches Gebilde, das ihr über den Kopf gestülpt wurde. Man zerrte sie in den Wagen, der innerhalb Sekunden wieder weiterfuhr.

Carla vermochte nicht zu schreien, geschweige denn sich zur Wehr zu setzen. Sie harrte in Schockstarre.

**

Amber Styger hatte sich bereit erklärt, noch an diesem Abend nach Biberbrugg zu fahren. Sie wohnte in Einsiedeln, wo auch der Standort der Werbeagentur lag, die sie zusammen mit ihrem Mann aufgebaut hatte.

Valérie erwartete sie im Sitzungszimmer, eine zierliche Frau mit kurzen schwarzen Haaren und ebenso dunklen Augen, in denen die Glut der Leidenschaft schwelte. Auch die Sehnsucht. Valérie kannte es. Im Alter von vierzig Jahren war sie an einem ähnlichen Punkt gewesen, wenn auch mit einer anderen Ausgangslage. Amber war verliebt, das musste sie nicht sagen. Ihre ganze Körperhaltung sprach Bände und auch ihre Ausstrahlung.

«In der Dienstagnacht vergangener Woche fuhren Sie mit der ersten Fähre zum Festland. Ihr Mann kehrte mit der zweiten zurück. Warum gingen Sie nicht zusammen?»

«Wir haben uns nicht mehr viel zu sagen.»

«Und trotzdem nahmen Sie an dem Anlass teil?»

«Gute Miene zum bösen Spiel, Sie kennen das sicher.»

«Ihr Mann hält noch immer grosse Stücke auf Sie.» Valérie erinnerte sich an Stygers Aussage. Er hatte nicht erwähnt, dass seine Ehe am Boden war.

«Wenn ich gehe, verliert er alles.» Amber Styger lächelte sanft. «Dort, wo ich herkomme, hat die Ehe einen hohen Stellenwert. Eine Lebensgemeinschaft wirft man nicht einfach weg. Zudem haben wir einen Sohn.»

Valérie sah auf das Protokoll. «Das höre ich zum ersten Mal. Weder Sie noch Ihr Mann haben uns dies mitgeteilt.»

«Er lebt nicht mehr ... aber in unserer Erinnerung ist er noch immer da. Er wäre im März zehn Jahre alt geworden. Er starb an einer bakteriellen Meningitis infolge eines septischen Schocks. Der Tod unseres Kindes war auch der Todesstoss für unsere Ehe. Wir flüchteten beide in die Arbeit.»

Offensichtlich hatte Amber Styger ein Bedürfnis, über ihren Verlust zu reden, der, wie Valérie erfuhr, sieben Jahre zurücklag.

«Sie fuhren also mit dem ersten Kurs zurück. Sie sagten aus, dass zehn Leute auf dem Schiff waren.»

«Ja, die Schiffsführerin hat gezählt.»

«Hätte sie sich nicht irren können?»

«Ich habe nicht darauf geachtet. Wir waren ziemlich betrunken in dieser Nacht.»

«Die Falleggers waren mit Ihnen auf dem Schiff.»

«An Jeronimo erinnere ich mich, aber nicht an Cinzia. Jeronimo sass neben mir.»

«Wie steht es um die Ehe der Falleggers?»

«Das sind sonderbare Fragen, die Sie mir stellen.»

Valérie strich eine Strähne aus ihrem Gesicht. Sie ahnte, dass sie mit der nächsten Frage anecken würde. Trotzdem stellte sie sie. «Haben Sie mit Jeronimo Fallegger eine Affäre?»

«Nein!» Ihr Ausruf war fast panisch. «Wie kommen Sie darauf?»

Valérie blätterte Falleggers Protokoll durch. «Hier steht, dass seine Frau während des Essens *nicht* neben ihm sass.»

«Was ist denn dabei? Sitzen Sie immer neben Ihrem Mann, wenn Sie mit Freunden auswärts essen gehen?»

Valérie kommentierte es nicht. Ja, dachte sie. «Sie, Frau Styger, hätten sich während des Essens mehrmals unmissverständlich an Falleggers Brust geworfen.»

«Wer sagt das?» Amber Styger schüttelte den Kopf. «Ich

kann es mir etwa denken. Edith wird es gewesen sein. *Sie* hatte mal etwas mit Jeronimo. Und glauben Sie mir, an diesem Abend, je fortgeschrittener er war, hing jeder mal am Hals des andern.»

✻✻✻

«Habe keine Angst», sagte jemand dicht an ihrem Ohr. Sie roch eine strenge Ausdünstung. «Aber ich hatte keine andere Wahl.» Jemand entriss ihr die Tasche.

Carla sass auf dem Boden eines Kleintransporters. Sitze fehlten gänzlich. Sie griff sich an den Kopf. Durch den Jutestoff konnte sie die Umrisse ihres Peinigers sehen. «Was tust du da?»

«Routinekontrolle», sagte der Fremde. Er öffnete hörbar die Tasche. «Ein Smartphone, eine Taschenlampe ... wozu brauchst du eine Taschenlampe?»

«Das geht dich nichts an.» Carla versuchte, den Jutesack von ihrem Kopf zu reissen. Doch der war um den Hals festgezurrt.

«Taschentücher, Lippenstift ... ah, was haben wir denn da? Einen Pfefferspray. Braves Mädchen. Die Welt ist böse.»

Das Auto fuhr mit übersetzter Geschwindigkeit über die Strasse. Carla vermutete, dass sie sich auf der Autobahn befanden, nachdem sie eine Weile gemässigt gefahren waren, möglicherweise aus Brunnen hinaus Richtung Schwyz. Trotzdem wollte sie sich nicht auf ihren Orientierungssinn verlassen.

Ruhe bewahren, schalt sie sich. Du hast dir diesen Mist selbst eingebrockt.

«Einen Schlüsselbund, eine Nagelfeile, Zahnseide», zählte der Fremde auf.

«Bist du Jonathan?» Carla erinnerte sich an sein Bild im Chat und vermochte nicht, es mit dem verschwitzten Typen in Verbindung zu bringen, eher mit dem Phantombild. Die Stimme klang älter.

«Jonathan oder Marco oder Hans ... das spielt hier keine Rolle. Aber nenne mich, wenn du möchtest, Jonathan.»

«Wohin bringt ihr mich?»

Er geizte mit einer Antwort.

Carla rechnete damit, dass mindestens zwei weitere Personen im Auto waren. Eine, die fuhr, und eine, die die Tür geschlossen hatte. «Könntest du mir bitte diesen Sack vom Kopf nehmen?» «Bald, meine Liebe, wenn wir angekommen sind.» «Das ist Freiheitsberaubung.» Carla hatte Angst, aber sie gab sich Mühe, sich diese nicht anmerken zu lassen. Sie hatte sich schon oft in heiklen Situationen befunden, das letzte Mal in der Justizvollzugsanstalt Lenzburg, als sie dort Gefangene interviewen musste. Forster hatte sie damit beauftragt, den Lesern den Gefängnisalltag näherzubringen. Einer der Häftlinge war ausfällig geworden. Ihm war es gelungen, sie zu packen und auf den Boden zu drücken. Carla hatte sich gewehrt und ihm mit den Füssen zwischen die Beine geschlagen.

Das hier war eine andere Ausgangslage. Sie befand sich in der Opferrolle. «Was habt ihr mit mir vor?»

«Du bist eine Auserwählte. Dir wird nichts geschehen.»

Gott, gütiger! Sie hatte sich die Konfrontation mit der Sekte anders vorgestellt. Aber jetzt war sie sich sicher, dass der Kerl ein Abgesandter des Formica-Ordens war, vielleicht die rechte Hand des Gurus, dieses … wie hiess er?

Carla hatte mit Louis über ihn gesprochen. Mit dem Namen hatte er nicht herausrücken wollen. Aber allgemein sprach man von Atta Sexdens. Was für ein kurioser Name!

Sie fuhren langsamer. Es gab Kurven, dann einen Stopp.

«Sind wir da?», fragte Carla.

Sie bekam keine Antwort. Der Kerl sass aber noch neben ihr. Sie fühlte seine Präsenz stark. Sie musste ihn aus der Reserve locken. «Verstehst du, was die Bäume säuseln», rezitierte Carla Rilkes Reimgedicht.

Jonathan biss an. «Dort droben in der Wipfel Höh.»

Er war es. Mit ihm hatte sie gechattet. «Verstehst du, wenn die Wellen kräuseln.»

«Was dir verkündet wild der See.»

Carla rutschte in eine bequemere Sitzposition. «Wer bist du?

«Jemand, der in die Zukunft sieht. Dort wird es schöner und besser sein. Und ich spüre, dass du es auch willst.»

War das der Beginn vom Ende? Ein Schaudern lief über Carlas Rücken. Jonathan hatte ihr die Tasche weggenommen, das Handy wahrscheinlich aus dem Auto geschmissen, denn einmal hatte ein Schwall Kaltluft sie gestreift. Ob man das Handy noch orten konnte? Sie dachte an Louis und betete, dass er die richtigen Schlüsse zog, wenn sie am Abend nicht nach Hause kam. Louis, den sie manchmal belächelte, weil er so korrekt war. Das pure Gegenteil von ihr. Sie handelte zuerst, bevor sie ihren Denkapparat aktivierte. Was für ein Fehler.

Der Chauffeur fuhr wieder schneller. Sie befanden sich wahrscheinlich auf einer Geraden. Ausser dem Dröhnen des Motors, der auf einen Dieselmotor schliessen liess, waren kaum Geräusche zu vernehmen. Ab und zu schlug etwas an die Reifen, was sich wie ein Randstein anhörte.

Jonathan sprach nicht mehr. Carla gab sich ihrem Schicksal hin. Wenn sie sich wehrte, würde es nur schlimmer werden. Sie wollte nichts provozieren, bloss abwarten. Sie war eine Auserwählte. Ob dies Tod bedeutete? Oder Leben? Nichts denken. Carla musste sich gegen aufsteigende Tränen wehren.

Sie waren sicher eine Stunde unterwegs, als der Wagen abbremste. Eine Weile blieb er stehen, bevor er langsam wieder anfuhr, um nach ein paar Metern ganz zu stoppen.

Jonathan rührte sich. «Wir sind da.»

«Kannst du den Jutesack entfernen? Er juckt.»

«Bald.» Jonathan griff nach ihrer rechten Hand, stieg aus und zog sie aus dem Wagen.

«Wo sind wir?» Carla zitterte wie Espenlaub, und obwohl sie sich zusammenriss, gelang es ihr nicht, ihr heftiges inneres Beben zu verbergen. Sie hatte Angst, fürchterliche Angst.

«Du fragst zu viel, meine Liebe.»

Carla vernahm in ihrer Nähe ein Geräusch, welches sie an ein Garagentor erinnerte, das auf einer Schiene lief. Etwas klickte ein, vielleicht ein Schloss. Jonathan führte sie an der Hand ein paar Schritte weiter. Der Boden unter ihren Füssen war uneben. Manchmal stiess sie an etwas Hartes.

Auf einmal hielt Jonathan sie zurück. Er lockerte das Band, welches den Jutesack zusammenhielt, hob den Sack an, zog ihn von Carlas Kopf. Sie regte sich gerade auf, dass ihre Frisur nun durcheinander war, und erstarrte. Sie sah auf die digitale Uhr an einer Betonwand. Die Sekundenziffern zählten rasch zurück, während die anderen Zahlen stehen blieben.

Zwölf Jahre, hundertzweiunddreissig Tage, eine Stunde, neun Minuten, zwanzig Sekunden – neunzehn Sekunden – achtzehn – siebzehn ...

**

Valérie war unterwegs nach Hause, als ihr iPhone über die Freisprechanlage klingelte. Louis meldete sich, ausser Atem, völlig von der Rolle. «Carla ist nicht da.»

Valérie fuhr einem Bummler hinterher. Silbergrauer Combi, tiefe Nummer. «Hast du nicht gesagt, sie sei zu den unmöglichsten Zeiten unterwegs?»

«Dann hätte sie es mich wissen lassen. Sie teilt es mir ausnahmslos über WhatsApp mit, wenn sie nicht zum Nachtessen kommt. Ich habe gekocht.»

«Apropos kochen: Hast du wegen des Stroganoffs etwas erfahren?»

«Du hörst mir nicht zu.» Louis' Stimme war laut geworden. «Carlas Handy ist aus. Das ist nicht ihre Art. Sie stellt es einstweilen auf leise, wenn sie nicht gestört werden möchte. Aber auch dann kann ich ihr eine Nachricht hinterlassen. Und wenn sie sie sieht, ruft sie mich zurück.»

«Jetzt beruhige dich.» Valérie schaltete einen Gang runter, tippte den Blinker an und setzte zum Überholen an. Mit Blick nach rechts vergewisserte sie sich, wer im silbergrauen Combi sass. Ein junger Typ, augenscheinlich ziemlich zugedröhnt. An seiner Lippe hing ein Joint. Selbst durch die geschlossenen Fenster donnerte der Bass der eingebauten Stereoanlage. Valérie wandte sich an Louis. «Ich rufe dich gleich zurück.» Sie klickte ihn weg, verlangsamte und fuhr hinter dem Auto wieder auf die rechte Spur. Sie wählte die Nummer der Verkehrspolizei. «Hier Valérie Lehmann von ‹Leib und Leben›. Habt ihr Leute in der Nähe von Rothenthurm auf der Pirsch?» «Hallo, Valérie, lange nicht mehr gehört.» Sie vernahm das Geräusch einer Tastatur. «Yep … zufällig vor Sattel, talseitig.» «Die sollen den mal anhalten: einen Skoda Octavia, silbergrau.» Valérie nannte das Kennzeichen. «Wenn er es schafft, unfallfrei bis Sattel zu fahren, nehmt ihn in Empfang.» «So schlimm?» «Ich würde sagen, er ist auf einem heftigen Trip. Ich werde hinter ihm herfahren und hoffe, dass ich nicht eingreifen muss. Ich wäre froh, wenn ihr das macht, Jungs.» Valérie rief Louis zurück. «Sorry, hatte gerade einen Notfall.» «Den habe ich auch.» Louis war untröstlich. «Sie nimmt nicht ab.»

«Hast du versucht, sie in der Redaktion zu erreichen?» Valérie pendelte zwischen fünfunddreissig und fünfundvierzig Stundenkilometern Richtung Sattel. Der Wagen vor ihr scherte mal rechts über den Velostreifen, mal links über den Mittelstreifen aus. Valérie überlegte, ob sie das Blaulicht auf der Spezialvorrichtung ihres Cabriodachs montieren sollte, was sie ungern tat.

«Klar, aber dort weiss auch niemand etwas über ihren Verbleib.»

«Das ist in der Tat sonderbar. Ihre Einsätze müssten doch in der Agenda vermerkt sein.»

«Was soll ich bloss tun?»

«Verschweigst du mir etwas?» Auf der Höhe des Restaurants Bären tauchten ihre Kollegen vom Verkehrsdienst auf. Valérie hielt an, nachdem diese den Fahrer vor ihr zum Halten gezwungen hatten. Sie parkte hinter dem Wagen und liess die Scheiben runter.

Einer der Polizisten kam auf sie zu. «Valérie Lehmann?»

«Exakt.» Sie deutete auf den Combi vor ihr. «Ich hätte ihn

angehalten, wenn ich nicht erfahren hätte, wie nahe ihr seid, bin aber froh, wenn ihr das erledigt.»

«Alles klar.»

Der Polizist salutierte, was Valérie mit einem Schmunzeln quittierte. Sie fuhr wieder auf die Schlagstrasse. «Sorry, ich hatte einen kleinen Zwischenfall.» Sie wiederholte die Frage von vorhin.

Louis wollte nicht damit herausrücken. «Wir müssen ihr Handy orten», sagte er nur.

VIERZEHN

Valérie hatte Zanetti angerufen und ihm mitgeteilt, dass er nicht auf sie warten müsse. Seit Mitternacht sass sie mit Louis zusammen in dessen Wohnung in Rickenbach und ass erkaltete Brüggli-Forellen mit Mandelsplittern und Salzkartoffeln, was Louis für sich und Carla zubereitet hatte. Trotz der angespannten Situation hatte er eine Flasche Chardonnay geöffnet, was Louis die Zunge löste.

«Seit wir zusammenleben», sagte er, «teilen wir uns die Sorgen, die wir vorher nicht hatten.»

Valérie lächelte ob Louis' trockenem Humor. «Das geht allen gleich, die in einer Beziehung leben.»

«Immer muss man Kompromisse eingehen.»

«Das nennt man Partnerschaft.» Valérie hob das Glas. «Hattet ihr Streit?»

«Wir streiten oft. Heute Morgen jedoch war alles normal ...»

«Aber?» Valérie ahnte, dass da noch etwas kam.

«Carla wollte sich unbedingt undercover in diesen Formica-Orden einschleusen.»

Valérie stellte das Weinglas abrupt auf den Tisch. «Das ist nicht wahr.»

«Ich habe es ihr verboten.»

«Was sie allem Anschein nach in den Wind geschlagen haben könnte. Wie kommt sie darauf? Sie hat keine Anhaltspunkte ... oder doch?» Valérie griff über den Tisch und nach Louis' Hand. «Was hast du ihr erzählt?»

Er wich ihr mit seinem Blick nicht aus. «Nichts. Sie muss sich über einen Chatraum an jemanden von der Sekte rangemacht haben. Als ich nach Hause kam, fand ich das hier.» Louis holte Carlas Laptop aus dem Büro. «Sie hat ihn vergessen. Diese Seite war offen. Ich nehme an, dass sie nicht nach einem neuen Lover Ausschau gehalten hat.»

Valérie sah auf die schrille Webseite einer Kontaktbörse.

«Wer, ausser dir, hat ihr von der Sekte erzählt?»

«Ich habe ihr nichts erzählt», versicherte Louis. «Sie muss es von jemand anderem haben.»

Valérie dachte nach. «Na gut, sie ist Journalistin. Sie weiss, wie und wo sie Nachforschungen anstellen kann. Carla lebt ja nicht hinter dem Mond. Sie scheint mir clever zu sein. Ich hoffe nur, dass sie keinen Blödsinn gemacht hat.»

«Was meinst du damit?»

«Dass sie sich mit diesen Irren eingelassen hat.»

«Genau deswegen mache ich mir grosse Sorgen. Carla kennt nichts, wenn sie einen Erfolg sieht. Sie beklagte sich, dass ihr Chef nicht zufrieden sei mit ihr und dass sie Angst davor habe, dass er sie rausschmeisst. Das will sie sich nicht gefallen lassen. Ich befürchte, dass sie blindwütig auf etwas eingeht, was ihr gefährlich werden könnte. Sie ist blond, entspricht dem Typ, nach dem die Sekte Ausschau hält. Sie ist manchmal naiv ...»

«Blond, das ist es.» Valérie sprang auf. «Hatte Carla Kontakt zu Geraldine Marxer?»

Louis rutschte unruhig auf dem Stuhl hin und her. «Sie wollten sich treffen.»

«Gut, dann weisst du, was du gleich nach dem Aufstehen zu tun hast.» Valérie erhob sich. «Jetzt haben wir einen Grund, Geraldine Marxer ohne richterliche Bescheinigung vorzuladen.»

«Glaubst du, ich kann jetzt schlafen gehen?»

«Versuch es. Ich brauche dich, wenn du fit bist.» Valérie zog sich die Jacke über. «Morgen um halb acht in Biberbrugg.» Ohne ein weiteres Wort verliess sie Louis.

Draussen war es klirrend kalt und wolkenlos. Schemenhaft ragten der Grosse und der Kleine Mythen über die Landschaft, die in der Dunkelheit ruhte. Halb drei Uhr morgens und alles wie ausgestorben. In den Häusern ringsherum waren die Lichter längst erloschen. Strassenlaternen leuchteten schwach und warfen geheimnisvolle Schatten.

Valérie stieg in ihren Wagen, startete den Motor und fuhr von Rickenbach Richtung Schwyz. Auch im Kantonshauptort war niemand unterwegs. Gespenstisch still lagen Hauptplatz und die Bahnhofstrasse, der Valérie entlangfuhr. Nach dem Ortsteil Seewen zweigte sie nicht auf die Autobahn ab, sondern schlug den Weg nach Lauerz ein. Das Radio beschallte sie mit klassischer Musik. Ein Oratorium von Joseph Haydn. Es passte nur bedingt zur Stimmung, die sich über dem Lauerzersee ausbreitete. Der schwindende Mond warf ein fahles Licht. Nebelschwaden zogen über das Wasser wie zerrissene Spinnenweben. Aufgrund eines unerklärlichen Instinkts fuhr Valérie auf den Parkplatz bei der Schiffanlegestelle. Die Insel Schwanau erhob sich schwarz gegen das Dunkelgrau des Himmels, der Turm im Irrlicht des noch nicht beginnenden Tages.

Welches Geheimnis verbarg das Eiland, was hielt Gemma, das Gespenst, zurück? Lag des Rätsels Lösung in der gefangenen Seele des Mädchens? Oder auf der dritten Treppenstufe zum Gästezimmer?

Valérie verliess den TT. Totenstille auch hier, ab und zu durchbrochen vom Gluckern der Wellen, dem Flügelschlag einer Ente. Der weisse Aufsatz der Fähre schimmerte schwach. Valérie löste die Kette, die den Zugang vom Steg zum Schiff versperrte. Sie betrat die Planken, setzte sich auf die rechte Holzbank, liess ihren Blick von hier aus über den See schweifen, hinüber zur Insel. Nichts regte sich. In dieser frühen Morgenstunde schliefen sogar die Geister.

Was war in der Karwoche tatsächlich geschehen, in der Nacht mit dem Vollmond? Hatte dieser Mond nicht bloss Pate gestanden für die Weihung irgendwelcher Jungfrauen? War er Zeuge eines schrecklichen Verbrechens gewesen? Valérie durfte sich das Szenario nicht ausmalen und suchte den Himmel ab. Sie entdeckte das letzte beschienene Fragment des abnehmenden Mondes.

Sie wollte zum Auto zurückkehren, als sie beim Bergfried ein Licht wahrnahm, das unregelmässig über die Fassaden glitt.

**

Caminada sass im Sitzungszimmer, als Valérie um halb acht eintraf.

«Wo warst du?», fragte er, kaum hatte sie ihre Akten auf den Tisch gelegt. «Zanetti sucht dich. Er sagte, dass du in der vergangenen Nacht nicht zu Hause warst.»

«Ich bin im Auto eingeschlafen.»

«Im Auto?»

«War nicht sehr bequem.»

«Du hättest Zanetti wenigstens anrufen können.»

«Du hast recht. Ich habe es vergessen.» Valérie erzählte von letzter Nacht und dass sie nach den rätselhaften Erscheinungen auf der Insel den Tag habe abwarten wollen. Dabei habe die Müdigkeit sie übermannt. «Ich konnte kurz mit Leni sprechen, die ich auf neun Uhr hierher eingeladen habe.»

«Leni?»

«Die Schiffsführerin vom Lauerzersee.» Valérie goss Mineralwasser in ein bereitgestelltes Glas. Für einen Kaffee hatte es nicht gereicht. Die Zeit hatte sie für ein schnelles Zurechtmachen in der Toilette gebraucht. «Habt ihr hinsichtlich des Formica-Ordens schon etwas in die Wege leiten können?»

«Die Fahndung läuft bereits europaweit. Geraldine Marxer wurde heute Morgen früh an ihrem Wohnort abgeholt. Sie wartet in Zimmer 4. Ich bin der Meinung, dass du sie vernehmen sollst.» Caminada reckte seinen Oberkörper. «Louis war bei mir wegen Carla. Müller versucht seit sieben Uhr, ihr Handy zu orten.» Er sandte Valérie einen Blick zu, der ihr nicht gefiel. «Was läuft da zwischen Louis und Carla? Benutzt sie ihn für Informationen? Louis wollte nicht herausrücken damit. Er sagte, dass Carla sich auf eigene Gefahr mit einem Mitglied des Formica-Ordens in Kontakt gesetzt habe. Jetzt vermutet er eine Entführung. *Tuppa chaura!*» Caminada hielt sein bündnerisches Temperament nicht mehr im Zaum. Er fegte mit der rechten Hand über den Tisch und nahm es offenbar in Kauf, dass seine Dokumente auf dem Boden landeten. «Dass wir jetzt auch noch nach einer entführten Journalistin suchen müssen, hat uns gerade noch gefehlt. Wie kommt sie überhaupt dazu, eigenmächtig zu recherchieren?»

«Sie hätte es bestimmt auch getan, wenn sie Louis nicht kennen würde», beschwichtigte Valérie. «Für Louis lege ich meine Hand ins Feuer.»

«An Arbeit mangelt es uns nicht.» Caminada hatte sich beruhigt. Er sah auf seine Taschenuhr. «*Ich* werde heute die Teamsitzung leiten.»

«Ohne mich, nehme ich an.»

«Die Unterlagen dazu habe ich, die Rapporte auch. Es geht in erster Linie darum, ob alle Hausaufgaben gemacht wurden. Ich werde dich danach kurz briefen.»

***

Geraldine Marxer war nicht allein. An ihrer Seite sassen ihre Eltern, was Valérie beim Eintreten vermutete. Kaum hatte sie die Tür hinter sich zugezogen und dem Wachmann bedeutet, dass er gehen könne, donnerte der Mann los.

«Was fällt Ihnen ein, uns am Morgen um halb sieben aus dem Bett zu läuten?»

«Beruhigen Sie sich.» Valérie setzte sich an den Tisch und stellte sich vor. «Und Sie sind?»

«Meine Tochter kennen Sie bereits», sagte der Mann, noch immer aufgebracht. «Ich bin ihr Vater, Thomas Marxer, das ist ihre Mutter.» Er deutete mit dem Kopf auf die Frau, die eingeschüchtert neben Geraldine sass.

«Wie ist Ihr Name?» Valérie wandte sich an die Frau.

«Annamarie», sagte Marxer an ihrer Stelle. «Und nun erklären Sie mir, was das alles soll.»

Valérie setzte das Aufnahmegerät in Betrieb und handelte sich wiederum ein paar Gehässigkeiten ein. «Da Sie», sie sah Geraldine an, «noch nicht volljährig sind, ist es völlig in Ordnung, wenn Ihre Eltern anwesend sind. Wenn Sie es jedoch nicht möchten, dann würde ich sie auffordern zu gehen.»

«Wir bleiben.» Marxer hatte entschieden. Daran gab es nichts mehr zu ändern.

Valérie holte Geraldines Einverständnis ein und wandte sich

an die Eltern. «Ich muss Sie aber bitten, das Wort Ihrer Tochter zu überlassen.»

«Wir kennen ihre Geschichte», sagte Marxer. «Ich werde mich wohl auch dazu äussern dürfen.»

Valérie vermutete, dass dieses Verhör schwierig sein würde. Sie sprach Geraldine an. «Nach unserer ersten Besprechung haben Sie weitere Aussagen verweigert, sich aber mit der Journalistin Carla Benizio getroffen. Worum ging es da?»

«Sie wissen davon?» Geraldine warf einen scheuen Blick zu ihrem Vater, der Anlauf für einen neuen Angriff nahm.

Valérie brachte ihn zur Raison, indem sie ihm mit dem Rausschmiss drohte. «Wir ermitteln, da bleibt nichts geheim.»

Weder Geraldine noch ihre Eltern konnten damit etwas anfangen. Selbst Marxer blieb der Mund offen.

«Es ist wichtig, dass ich erfahre, welche Pläne Sie und Carla geschmiedet haben», sagte Valérie an Geraldine gewandt.

«Sie … sie wollte wissen, mit wem ich mich im Chat unterhalten und wie ich es angestellt habe, ihn zu treffen. Carla hatte vor, ihn zu daten.»

«Hat sie auch gesagt, weshalb sie es tun wollte?»

«Wegen der Sekte.»

Valérie vermochte nicht, es nachzuvollziehen. Geraldine war einer möglichen Entführung entkommen und schickte nun eine Journalistin ins Verderben. «Welcher Teufel hat Sie geritten, dass Sie sich an Carla und nicht an uns gerichtet haben, nach all dem, was Ihnen widerfahren war?»

«Das kommt davon, wenn die Polizei nicht vorwärtsmacht.» Marxer brauste auf. «Ich verbitte mir, mit meiner Tochter so unzimperlich umzugehen.»

Valérie merkte, dass sie sich im Ton vergriffen hatte, bat aber nicht um Entschuldigung.

«Lass gut sein, Papa», sagte Geraldine, und an Valérie gewandt: «Sie können mich duzen.»

«Was soll daran gut sein?» Marxer empörte sich.

«Ich habe Carla eingeweiht, weil sie mir zweihundert Franken gegeben hat.»

Marxer fehlten die Worte. Er schnappte nach Luft. «Bedeutet das, dass ich dir zu wenig Taschengeld gebe?»

Valérie bat zum wiederholten Mal, er solle sich zurückhalten. «Geraldine, hatte dich Carla noch einmal kontaktiert, bevor sie ihren Plan umsetzte?»

«Sie schrieb mir eine SMS, dass Jonathan angebissen habe und sie sich mit ihm in Brunnen treffen würde.»

«Hat sie geschrieben, wo genau?»

«An der Schiffstation, um fünf Uhr ... gestern Nachmittag.» Zur Bestätigung ihrer Aussage holte Geraldine ihr iPhone aus der Tasche, legte es auf den Tisch und wischte über den Touchscreen.

Valérie überzeugte sich, wann die Nachricht eingegangen war. Gestern um zehn vor fünf. «Danke, Geraldine, sollte Carla dich anrufen oder eine SMS schicken, musst du mir das sofort mitteilen.»

«Meinen Sie, ihr ist etwas passiert?»

Valérie sah Marxers der Reihe nach an. «Carla Benizio wird seit gestern Abend vermisst.»

***

Kein Anruf, keine Nachricht, kein Lebenszeichen. Nichts. Obwohl Müller versucht hatte, Carlas iPhone zu orten, war es ihm nicht gelungen. «Entweder hat sie es ganz ausgeschaltet», hatte er gesagt, «oder das Gerät ist kaputt.»

Valérie hatte auf der Suche nach Louis kurz in Müllers Büro geschaut und war bereits wieder zurück auf ihrer Etage, wo Leni auf sie wartete.

«Hier also arbeiten Sie, Frau Kommissarin.» Über Lenis Gesicht breitete sich Fröhlichkeit aus. «Man hat mich soeben hierhergebracht, ein netter Kollege von Ihnen. Nie im Leben hätte ich mir vorstellen können, dass ich eines Tages auf dem Sicherheitsstützpunkt sein würde. Heisst doch so ... SSB.»

«Das ist korrekt.» Valérie reichte ihr die Hand zum Gruss. «Wir gehen in mein Büro, da alle anderen Räume belegt sind.» Sie öffnete die Tür und bat Leni, sie möge eintreten.

«So ein schönes Büro.» Leni schritt bis zum Fenster. «Und der Blick auf den Fluss und die Gestade ist traumhaft. Schade, dass Sie sich täglich mit so schrecklichen Dingen abmühen müssen.»

«Bitte nehmen Sie Platz.» Valérie bot ihr nichts an. Sie setzte den Aufnahmemodus auf ihrem iPhone in Betrieb. «Ich werde unser Gespräch aufnehmen.»

«Das ist in Ordnung.» Leni schenkte ihr ein Lächeln. «Nur ist mir nicht klar, weshalb Sie mich noch einmal sprechen wollen. Ich habe Herrn Camenzind alles gesagt, was ich weiss.»

Valérie klärte sie über die unterschiedlichen Aussagen in Bezug auf die Personenanzahl auf der Hinfahrt und den Rückfahrten des Schiffes auf.

«Und jetzt glauben Sie, ich habe mich getäuscht?»

«Ihre Aussage deckt sich mit achtzig Prozent der Gäste», sagte Valérie. «Ich wünschte, ich hätte eine hundertprozentige Übereinstimmung. Aber die gibt es nicht. Darum muss ich nach dem Grund forschen.»

«Das ist wirklich sonderbar. Aber ich kann Ihnen da nicht helfen. Ein Restrisiko bleibt immer, dass man sich getäuscht hat, oder?»

Valérie pflichtete ihr bei. «Als Sie die Gäste am Dienstagabend vor Ostern auf die Insel fuhren, befanden sich der Koch und die Serviceangestellte bereits vor Ort.»

«Das ist so. Claudio und Paula fuhren bereits am Montag zur Insel.»

«Mit einem eigenen Boot?»

«Nein. *Ich* fuhr sie hin.» Leni strich sich mit der Hand über den Mund. «Es war noch jemand dabei.»

«Wie bitte?» Valérie spürte einen Stich unterhalb des Brustbeins. «Und das sagen Sie mir erst jetzt?»

«Ja, also … das ist mir etwas peinlich. Ich dachte, sie sei eine Freundin von Paula und würde im Restaurant aushelfen. Sie sah zwar etwas sonderbar aus, trug einen weiten Umhang mit Kapuze. Aber über die heutige Mode mache ich mir längst keine Gedanken mehr.»

«Sie haben nie etwas von dieser Frau erwähnt.» Valérie war verärgert.

«Nein, ich hatte sie vergessen, ehrlich.»

«Sie hätten sich, spätestens als man die Schwerverletzte von der Insel abholte, an sie erinnern müssen.»

Leni verzog ihren Mund zu einer Schnute. «Sie können mir nichts vorwerfen, Frau Kommissarin. Als man die Frau von der Insel holte, war ich unterwegs nach Lugano, und wiedererkannt habe ich sie nicht, als das Bild in der Zeitung erschien.»

Und wahrscheinlich konnte Leni eins und eins nicht zusammenzählen.

«Haben Sie die Frau zurückgefahren?»

«Nein. Das wüsste ich.»

«Welche Farbe hatte der Umhang?»

«Schwarz, soweit ich mich erinnere.»

«Sind Sie sicher? Nicht violett?»

«Nein.»

«Gut, Sie können gehen, aber halten Sie sich zu unserer Verfügung.»

Leni erhob sich. «Tut mir leid, dass ich Ihnen nicht helfen konnte.»

Doch, das hatte sie. Grosser Gott, das hatte sie.

Valérie orderte zwei Kollegen von der Sicherheitspolizei. Sie wollte nicht warten, bis Caminada mit der Sitzung fertig war, sondern jetzt gleich zur Insel fahren.

Auf dem Weg nach Seewen forderte sie das Seerettungsboot an. Als sie mit Dave und Baschi am Seemattliweg ankam, stand es bereit.

«Das ist der ‹Pioner Multi 3›», erklärte stolz ein junger Typ. «Er hat einen achtzig PS starken Aussenbordmotor und dient unter anderem der Feuerwehr zum Transport einer Motorspritze. Soll ich Sie zur Insel hinüberfahren?»

Obwohl Valérie einen Ausweis und die Berechtigung zum Lenken eines Boots hatte, war sie froh, nicht selbst fahren zu müssen.

Die Insel lag wie ein filigran begrünter Buckel im See. Nichts von deren nächtlichen Geheimnissen war zu spüren. Valérie sass vorn im Boot und linste über das Wasser, während der Fahrtwind ihr ins Gesicht blies. Lenis Schiff dümpelte am linken Ufer. Valérie machte darauf eine Person aus, augenscheinlich Lenis Aushilfe. Eine Gruppe von Gästen schickte sich an, auf das Schiff zu gehen, ein erneuter Ansturm von Katastrophentouristen, vermutete Valérie und knöpfte ihre Jacke bis zum Hals zu. Sie legten auf der Rückseite der Insel an, dort, wo sich der Lift für die Gehbeeinträchtigten befand. Valérie verliess das Boot, betrat den Eisensteg und stieg die Treppe hoch. Am Fundort der unbekannten Frau hatte jemand Blumen in einer Vase hingestellt, zwei Grablichter als Sinnbild des Todes. Valérie holte ihr iPhone aus der Jackentasche und machte ein paar Fotos.

Wider Erwarten wurde die Insel von weniger Leuten bevölkert als angenommen. Zwei Tische waren im Garten belegt. Linksseitig, auf dem Weg zum Turm und zu den Ruinen, tummelten sich dagegen Neugierige, mit Kameras und Smartphones ausgerüstet. Jemand hatte eine Drohne losgeschickt. Valérie war nicht erpicht darauf, diese um ihren Kopf herumfliegen zu lassen. Sie wandte sich an ihre Begleiter: «Könntest du, Baschi, die Hummel vom Himmel holen? Und du, Dave, kommst mit mir.» Sie betrat das Gasthaus und ging gleich über die Treppe nach oben, von wo sie Stimmen vernommen hatte.

Paula deckte zusammen mit einer Mitarbeiterin die Tische in der Goethe-Stube ein. Sie verwendete dazu erlesenes Porzellan, Silberbesteck und Stoffservietten. «Endlich können wir uns die lang ersehnten Ferien auf Mauritius leisten», sagte sie wie nebenbei. «Nach den Sommerferien werden wir drei Wochen weg sein.»

«Ein Sechser im Lotto?», fragte ihre Kollegin.

«Ein bisschen Glück, auch mal für uns kleine Leute.» Paula wandte sich zu der Tür um, als hätte sie gespürt, dass dort jemand stand. «Jesses Maria und Josef, haben Sie mich erschreckt.» Paula liess eine Gabel fallen, derweil ihre Kollegin sie schnell aufhob.

«Ich habe noch ein paar Fragen an Sie.» Valérie erinnerte sich an die Nacht auf der Insel, in der Paula und Claudio ihr und Fabia unter Alkoholeinfluss das Du hatten anbieten wollen. Sie war nicht darauf eingegangen und nun froh darüber. Es gab ihr die Distanz, die sie als Ermittlerin brauchte. «Können wir uns in Ruhe unterhalten?»

«Ich rufe Claudio.» Paula verliess die Stube.

Valérie folgte ihr. «Vorerst möchte ich mit Ihnen allein sprechen.» Sie spürte Paulas Nervosität. «Wo sind wir ungestört?»

«Im Gästezimmer.» Paula ging nach oben.

Valérie betrat die Treppe, darauf bedacht, sorgsam über die drittunterste Stufe zu gehen. Ihre beiden Stolperstürze hatten Spuren hinterlassen.

Das Zimmer lag in diesigem Licht. Paula setzte sich auf das Sofa und starrte vor sich hin, als hätte sie etwas ausgefressen. Ihre Körperhaltung sprach Bände.

«Warum haben Sie nie erwähnt, dass Sie und Ihr Freund am Montag in der Karwoche zusammen mit einer Frau zur Insel fuhren?»

«Eine Frau … ja, ich erinnere mich. Sie wollte unbedingt zur Kapelle, wegen einer Studie oder so.»

«Sie haben meine Frage nicht beantwortet.» Valérie blieb hartnäckig.

«Ich … ich habe es vergessen.» Paula senkte ihren Blick.

«Fuhr sie am gleichen Tag zurück?»

«Ich gehe davon aus.» Paula schabte mit dem rechten Daumen an ihren Fingernägeln. «Auf jeden Fall schenkte ich ihr keine Beachtung mehr. Wir hatten in der Küche viel zu tun mit dem Mise en place. Zudem musste ich den Pavillon für die Werbegilde auftischen und dekorieren, die Weinflaschen aus dem Lager holen und, und, und …»

«Verschweigen Sie mir etwas?» Valérie liess Paula nicht aus den Augen, blieb dabei bedrohlich ruhig.

«Warum sollte ich?»

«Seit Tagen kursiert das Bild der Frau vom Lauerzersee in den Medien. Sie wollen mir nicht weismachen, dass Sie das kaltlässt. War das die Frau, die mit Ihnen am Montag auf der Fähre war?»

«Paula!» Die Tür schlug polternd an die Wand. Claudio stand im Zimmer, in der rechten Hand hielt er ein Fleischermesser. Unmittelbar hinter ihm tauchte Dave mit erhobener Waffe auf. Er musste über die Treppe gerannt sein, er war ausser Atem.

«Lassen Sie sofort das Messer fallen!» Valérie fand diese Aktion etwas übertrieben. Claudio erschrak, warf das Messer auf den Boden und hielt instinktiv die Hände in die Höhe.

Dave steckte seine Pistole ins Holster zurück. Er riss Claudios Arme nach hinten und sicherte mit Handschellen. Paula, kreideweiss wegen des Zwischenfalls, war aufgesprungen und in Claudios Nähe geflüchtet.

«Bitte setzen Sie sich.» Valérie zitierte die beiden zum Sofa. Dave blieb in angemessenem Abstand stehen. Er hatte das Küchenmesser mit dem Fuss in die Nähe des Sekretärs gestossen.

«Muss ich die Aktion vorhin als Drohung ansehen?» Valérie richtete sich an Claudio, der offensichtlich nicht wusste, wie ihm geschah.

«Befreien Sie mich von den Fesseln, dann werde ich es Ihnen sagen.»

«Die Hände bleiben, wo sie sind.»

«Das ist lächerlich. Ich war gerade daran, eine Rinderkeule zu zerteilen, als mir meine Mitarbeiterin sagte, Paula sei mit Ihnen nach oben gegangen. In der Hitze des Gefechtes habe ich vergessen, das Messer in der Küche zu lassen. Das müssen Sie mir glauben.» Claudio warf einen vorwurfsvollen Blick Dave zu. «Wer gibt Ihnen das Recht, mich wie einen Schwerverbrecher zu behandeln?»

Dave schwieg, und Valérie wollte es nicht kommentieren. Sie kannte diese jungen Wilden wie Dave, die darauf aus waren, ihre Einsatz- und Kampfbereitschaft unter Beweis zu stellen. Sie hatten gelernt, sich in brenzligen Situationen zurückzuhalten und nur zu agieren, wenn es nicht zu umgehen war. Sie spürten

Adrenalin, standen unter Druck, innerhalb weniger Sekunden den richtigen Entscheid fällen zu müssen, sollte der schlimmste Fall eintreten und jemand eine Bedrohung darstellen. Eine gefährliche Person ausser Gefecht zu setzen, war wie ein Ventil, die Minderung eines Drucks, der permanent vorhanden war. Valérie würde dieses Ereignis protokollieren und die Frage, ob die Aktion gerechtfertigt war, beantworten müssen.

Sie wandte sich an Claudio, der sich beruhigt hatte. Er beugte seinen Körper demonstrativ nach vorn.

«Erklären Sie mir, warum Sie die Frau verschwiegen, die am Montag vor einer Woche mit Ihnen auf die Insel kam?» Valérie entging nicht, wie Claudio und Paula einen kurzen intensiven Blick tauschten.

«Es war zu dem Zeitpunkt, als wir von der verletzten Frau erfuhren, nicht relevant», sagte Claudio. «Zudem trug die Verletzte keinen Umhang, und die Frau, die mit uns zur Insel gefahren war, wähnten wir nicht mehr hier. Wir dachten, dass sie mit Leni am selben Tag zurückgefahren wäre.»

Valérie wünschte sich, das Paar hätte nur einen Bruchteil der Neugier, welche die Besucher der Insel hatten, die sich wie eine Meute Zombies darauf ausbreiteten. «Könnten Sie die Frau beschreiben?»

Wieder sahen sich Claudio und Paula an, als hätten sie ein stilles Übereinkommen.

«Nein», sagte Claudio. «Tut mir leid, ich erinnere mich nicht, nur an die Kapuze, die sie ins Gesicht gezogen hatte.»

Eine Bootsladung Neugieriger wälzte sich von der Schiffanlegestelle nach oben. Als Valérie nach der Befragung wieder ins Freie trat, belagerten sie die Gäste an den Tischen. Nachdem die Nachricht um den verschwundenen Säugling die Runde auch in den Medien gemacht hatte, waren die Spekulationen in der Bevölkerung wieder gewachsen.

Claudio war von den Handschellen befreit worden. Er ging in die Küche, wo er mit seiner Arbeit fortfuhr. Paula stellte sich neben Valérie. «Sind wir jetzt durch? Wenn das so weitergeht,

könnte es uns beiden den Job kosten. Andrea ist zum Glück noch nicht da. Sie hätte einen Riesenwirbel veranstaltet.»
«Ich danke Ihnen, dass Sie mit uns kooperieren.» Valérie sah die Arbeit hier vorläufig als beendet.

Auf der Rückfahrt mit dem «Pioner Multi 3» rief sie Caminada an und bat ihn, eine richterliche Anordnung für den Zugriff auf Claudios und Paulas Bankdaten einzuholen.
«Und was ist die Begründung?»
«Sie lügen.»
«Kannst du es beweisen?»
«Nein.»
«Das wird nicht ausreichen.»
«Wir müssen es trotzdem versuchen.»
«Ich gebe dir keine Garantie, das Argument ist zu schwach.»
«Ich weiss, aber ich habe da so ein Ziehen im Bauch.»

✻✻✻

«Wo sind wir hier?» Carla schmerzte der Rücken vom langen Sitzen. Nachdem man sie hierhergebracht hatte, musste sie eingeschlafen sein. Die sonderbare Uhr an der Betonwand zeigte ein paar Stunden weniger an.

Ausser Jonathan befand sich niemand bei ihr. Die beiden anderen Typen waren verschwunden. Mit Jonathan würde sie es allein aufnehmen können. Er war nett, hatte sogar eine Flasche Wasser und ein mit Ei und einer undefinierbaren Masse belegtes Brot gebracht. Carla hatte es, ohne mit der Wimper zu zucken, gegessen. Ihr Hunger hatte den Ekel übertüncht.

«Wenn du keinen Aufstand machst», sagte Jonathan, «werde ich dir Atta Sexdens' Reich zeigen.»

«Reich.» Das klang übertrieben, nach dem, was Carla bereits gesehen hatte. Die Wände sahen aus wie mit Beton überspritzte Felsen. Das Tor, durch das sie den geheimnisvollen Ort erreicht hatten, war aus Eisen mit einer Breite von schätzungsweise fünf und einer Höhe von drei Metern. Es gab ein weiteres Tor, das etwas kleiner ausfiel. In dessen Nähe sass Carla auf einem von drei dunkelbraunen Fauteuils, welche die besten Zeiten hinter sich hatten. «Reich», wiederholte sie. «Wie muss ich das verstehen?» Sie legte den Kopf in den Nacken, sah nach oben auf ein Gewölbe, dessen Ausmass der schwachen Beleuchtung wegen sie nicht auszumachen vermochte.

«Du fragst zu viel.»

«Vielleicht verrätst du mir, wer *du* bist.»

«Ein Auserwählter.» Jonathan griff nach seinem Hemd, das er trotz der kühlen Luft hier drin auf der blossen Haut trug, knöpfte es auf und schob den linken Teil über die Schulter. Das Tattoo einer Ameise kam zum Vorschein.

«Was bedeutet das?» Carla gab sich naiv. Sie würde alles, was hier geschah und sie zu hören bekam, im Kopf behalten müssen. Ihr iPhone lag wahrscheinlich geborsten irgendwo auf der Strasse zwischen Brunnen und hier. Das zweite Handy steckte noch immer im linken Stiefel. Es war zu riskant, es hervorzuholen.

«Atta», Jonathan zeigte auf die Ameise, «steht für Fleiss und Ausdauer. Ihre Lebensgewohnheiten sind Vorbild für den Formica-Orden.»

Sie war also im Ameisenbau gelandet. Und wenn sie an die Wände sah, musste das hier ein Stollen sein. Unterirdisch, schwer zugänglich. Vielleicht von aussen kaum zu sehen. Carla erinnerte sich vage. Auf dem letzten Abschnitt der Hinfahrt waren sie über unebenes Gelände gefahren.

«Du bist eine Auserwählte. Es ist eine grosse Ehre für dich, den Meister persönlich kennenzulernen. Atta Sexdens, unser Oberhaupt und Vordenker unserer Zukunft.»

«Den König der Ameisen.» Carla hatte ihre Angst nicht im Griff. Manchmal half Reden. Ihre eigene Stimme zu hören, beruhigte sie ein wenig.

Bis jetzt war alles relativ harmlos gewesen, vorausgesetzt, sie vergass ihre Entführung. Man hatte sie ihrer Freiheit beraubt. Man hielt sie gefangen, vielleicht im Keller einer stillgelegten Fabrik, in dem eine sonderbare Uhr auf ein Finale hindeutete, aber bis jetzt war nichts geschehen. War das die Ruhe vor dem Sturm?

Das Schlimme am Ganzen war das Warten. Das Harren der Dinge, die möglicherweise über sie hereinbrechen würden. Carla hatte kein Zeitgefühl. Sie hatte zwar bemerkt, dass seit ihrer Ankunft hier ein Tag vergangen war, vielleicht auch ein halber. So genau wusste sie es nicht. War es Abend? Oder Nacht? Und wann würde Atta Sexdens kommen, der grosse Unbekannte?

Carlas Phantasie spielte verrückt. Vor ihrem geistigen Auge sah sie eine überdimensionierte Ameise, wie man sie in den Gruselschockern der siebziger Jahre des letzten Jahrhunderts in den Kinos gezeigt hatte. Heute konnte man sie auf YouTube bestaunen, und Carla sah sie sich zum Zeitvertreib gern an. Atta Sexdens würde über sie herfallen, sie mit langen Fühlern betasten. Deshalb war sie hier. Er würde sie mit seinen sechs Beinen zertrampeln und mit dem Panzerkörper zerdrücken, bis sie keine Luft mehr bekam. Den Anführer einer Sekte konnte sie unmöglich mit einem harmlosen Mann in Verbindung bringen. Atta Sexdens war ein Monster.

Und welcher Raum verbarg sich hinter der Tür, dessen Zutritt ihr bis anhin verweigert worden war? Carla konzentrierte sich, versuchte, einen Laut auszumachen, irgendeine Stimme, die durch das geschlossene Tor drang. Aber da war nichts.

«Ich muss aufs Klo», sagte sie.

«Dann beeil dich», sagte Jonathan. «In einer halben Stunde kommt Atta Sexdens hierher.»

«Durch das Tor dort?»

«Selbstverständlich.»

«Wo befinden wir uns?»

«Das wirst du früh genug erfahren. Zuerst musst du ein Gelübde ablegen.»

«Echt?» Carla fror. Sie zog die Beine an, steckte ihre Arme zwischen Ober- und Unterschenkel. Es dünkte sie, als wäre ihr gerade alles egal. Die Angst beherrschte sie noch immer, aber auch Gleichgültigkeit. Seit sie bei der Boulevardzeitung angestellt war, hatte sie mehrere heikle Einsätze gehabt, die ihr nebst starken Nerven, Durchhaltevermögen auch eine gewisse

Kaltschnäuzigkeit abverlangt hatten. Diese Erfahrung war neu. Aber die hatte sie sich selbst zuschulden kommen lassen.

«Gehen wir?» Jonathan sah sie an, mit einem veränderten Gesichtsausdruck, etwas zwischen passiv und aggressiv. «Ich werde dir zeigen, wo sich die Toilette befindet.» Carla bemühte sich, dem Sessel zu entfliehen. Sie folgte Jonathan durch einen schmalen Stollen, der, kaum zu sehen, sich neben dem kleinen Tor befand.

«Etwa zehn Meter, dann rechts.»

«Ich will aber allein dorthin.» Carla graute der Gedanke, Jonathan könnte sie begleiten.

«Ich warte hier.»

Carla schritt voran durch einen schwach beleuchteten Tunnel, an dessen Ende rechts eine Tür lag. Immer mehr entfernte sie sich vom Gedanken, dass der Bau, in dem sie sich befand, eine Fabrik war. Sie öffnete die Tür. Dahinter betrat sie einen weiteren tunnelähnlichen Raum, an dessen Ende tatsächlich eine Toilette stand. Wider Erwarten fand Carla sie sauber vor. Sie holte das Handy aus dem Stiefelschaft. Der Akku war voll, das Netz dagegen inaktiv.

«Shit!» Sie hätte es sich denken können. Enttäuscht und wütend steckte Carla es zurück in den Stiefel, als sie von draussen ein Dröhnen vernahm und bald darauf der wummernde Ton eines psychedelischen Musikstücks beinahe die Felswände erzittern liess.

Atta Sexdens musste eingetroffen sein.

✻✻✻

Cinzia Fallegger traf am Nachmittag mit einer halben Stunde Verspätung auf dem SSB ein. Valérie nahm sie in Empfang, wollte sie rügen, weil sie sich deswegen nicht gemeldet hatte, liess es dann bleiben. Die Frau sah kränklich aus.

«Ist Ihnen nicht gut?» Valérie führte sie ins Vernehmungszimmer und musterte sie diskret. Sie hatte Augenringe, ihre Haare machten den Eindruck, als hätte sie sie tagelang nicht gewaschen. Sie trug dunkle Hosen und eine helle Bluse, die verschwitzt aussah und vorn Flecken aufwies. Sie sich neben dem äusserst gepflegten Fallegger vorzustellen, fiel Valérie schwer. «Es geht. Ich bin etwas müde, da ich in letzter Zeit schlecht schlafe.» Cinzia Fallegger liess sich unaufgefordert nieder. «Gibt es einen Grund?» Valérie setzte sich ihr gegenüber auf ihren Bürostuhl.

«Wie bitte?» Cinzia Fallegger stellte ihre Tasche auf die Knie und verschränkte die Arme darüber. «Ich bräuchte wieder einmal Ferien. Die letzten liegen bereits drei Monate zurück.» Sie lächelte schwach. «Warum bin ich schon wieder hier?»

«Es geht um Ihre Anwesenheit auf der Rückfahrt von der Insel Schwanau in der Nacht vom Dienstag auf den Mittwoch letzte Woche.» Valérie zog das Protokoll aus einem Plastikmäppchen. «Sie sagten aus, dass Sie mit dem ersten Kurs fuhren.»

«Habe ich das gesagt?» Eine erste Unsicherheit. «Ist das wichtig? Ich kann mich gar nicht richtig daran erinnern. Möglicherweise fuhr ich mit dem zweiten zurück.»

«Zusammen mit Ihrem Mann?»

«Selbstverständlich.»

«Ich habe hier eine Aussage, dass man Sie *nicht* zusammen mit Ihrem Mann gesehen habe.»

«Wir waren betrunken, wenn Sie verstehen, was ich meine. Es war stockdunkel auf dem Schiff.»

«Es existieren keine Halogenleuchten», sagte Valérie, «aber das Schiff ist nachts angemessen beleuchtet. Was verschweigen Sie mir?»

Cinzia Fallegger zerknautschte ihre Tasche. «Was sollte ich Ihnen verschweigen?»

«Sagen Sie es mir.»

«Finden Sie nicht, dass Sie mit dieser Frage zu weit gehen? Mein Mann war auch bereits das zweite Mal hier, und er kann sich auch keinen Reim darauf machen. Wir haben auf der Insel gefeiert, ohne böse Absichten. Nun sind wir plötzlich in etwas involviert, nur weil wir in der gleichen Nacht auf der Insel waren wie diese Frau … Es ist traurig, was ihr passiert ist. Aber bitte, suchen Sie den Sündenbock nicht bei der Werbegilde. Ich habe gelesen, dass eine Sekte ihr Unwesen auf der Insel getrieben hat. Dort müssen Sie vielleicht ansetzen. Solche Gemeinschaften sind gefährlich. Wer weiss, ob nicht sie das Kind geopfert haben.»

Valérie schwieg. Es gab Leute, die, wenn sie das Wort Sekte nur hörten, ihrer Phantasie keine Grenzen mehr setzten. Andererseits war der Formica-Orden Fakt und dessen Oberhaupt ein fanatischer Mensch, der seine Anhänger manipulierte. In der Vergangenheit hatte man immer wieder von religiösen Sondergruppen gelesen oder gehört, welche absonderliche Praktiken anwandten und solche Schlüsse in der Gegenwart zuliessen. Kein Wunder, kam man auf Ideen, wie Cinzia Fallegger sie hatte.

Valérie war nicht zufrieden. «Ich muss Sie das noch einmal fragen: Waren Sie während des Aufenthalts auf der Insel bei der Burgruine?»

«Nein, niemand von uns war dort.»

«Sie sagten aus, dass jeder von Ihnen viel Alkohol getrunken hatte. Das vernebelt die Sinne.»

«Was wollen Sie damit sagen?»

«Dass vielleicht doch jemand oben war und man ihn wegen des Deliriums nicht beachtete.»

«So schlimm war es nicht.» Cinzia Fallegger lag wohl viel daran, dies zu korrigieren. «Das heisst nicht, dass wir uns bis zur Bewusstlosigkeit betrunken haben. Aber wer wann wo war, war zu dem Zeitpunkt nicht relevant.»

«Haben Sie in den letzten zwei Wochen einmal ein Stroganoff gegessen?» Valérie sah Cinzia Fallegger eindringlich an.

«Nein.»

«Kennen Sie ein Lokal in der Innerschweiz, das Stroganoff auf der Speisekarte hat?»

Cinzia Fallegger lachte zum ersten Mal. «Sorry, aber ich verstehe Ihre Frage nicht.»

Valérie hatte keine weiteren Fragen.

***

Nachdem Carla die Toilette verlassen hatte, erwartete Jonathan sie unter dem Durchgang zum vorderen Gewölbe. Er hatte sich einen Umhang angezogen von gleicher Farbe wie der, den er auf dem Arm trug. «Dieses Gewand musst du anziehen», sagte er und reichte es Carla.

«Warum violett?»

«Violett ist die Farbe des Formica-Ordens. Seine Komplementärfarbe ist Gelb, was Licht und Sonne bedeutet. Beides steht für unsere Zukunft.»

«Aha.» Carla vermochte nicht, viel damit anzufangen. Sie wusste nur eines: Atta Sexdens war eingetroffen. Schon bald würde sie ihm begegnen. Die psychedelische Musik, die sie an etwas Synthetisches erinnerte, wummerte noch immer aus einer unsichtbaren Box. Aus dem Dunkel der Ecken tauchten Menschen auf. In violetten Gewändern zelebrierten sie ein Ritual, das unbestritten seinen Anfang genommen hatte. Etwa hundert Männer und Frauen pilgerten in die Nähe der digitalen Uhr und legten Matten auf den Boden. Alles geschah schweigsam.

What the fucking hell!

Carla glaubte, im falschen Film zu sein. Sie beobachtete aus dem Hinterhalt. Das konnte sie am besten. Die Menschen dort knieten nieder, setzten sich auf die Fersen. Ihre Köpfe waren gesenkt, die Hände auf den Oberschenkeln. Carla erinnerte es im weitesten Sinne an eine japanische Teezeremonie, mit dem Unterschied, dass die Leute hier nicht freundlich blickten, sondern vergeistigt ins Leere starrten. Wo die alle lebten? Gingen sie, wenn sie ihrem Guru nicht gerade huldigten, einer normalen Arbeit nach? Carla hatte über Sekten gelesen, deren Mitglieder Bankangestellte waren, Geschäftsführer namhafter Firmen, Gärtner und Arztgehilfinnen, ein Gemisch von Frauen und Männern, die sich etwas Abstrusem und Teurem verschrieben hatten. Denn davon, dass sie für diese Mitgliedschaft eine horrende Summe hinblätterten, ging Carla aus. Sie fragte sich, ob man einen einmaligen Beitrag bezahlte oder jedes Jahr von Neuem. Bis jetzt hatte Jonathan sie nicht darauf angesprochen.

Wo steckte er bloss? Er schien sie vergessen zu haben. Carla zog sich den violetten Umhang über. Sie wollte nicht aus der Reihe tanzen. Wenn sie von den Mitgliedern etwas in Erfahrung bringen wollte, musste sie ihre Sprache sprechen, zumindest bei diesem Zirkus mitmachen.

Die Musik verebbte. An ihrer Stelle erhoben sich die Stimmen. «Sexdens – Atta Sexdens – Atta Sexdens, Sexdens Atta – Atta Sexdens – Mari Sexdens – Mari Mari – Mari Sexdens – Sexdens.» Carla schauderte. Diesen monotonen Singsang aus den Mündern zu hören, flösste ihr wieder Unbehagen ein. Die Leute wiederholten die Rezitationen mit kurzem Unterbruch. Immer dieselbe Eintönigkeit. Auf Carla wirkte es einschläfernd.

Plötzlich stand Jonathan neben ihr. Sie hatte ihn weder gesehen noch gehört. «Kommst du?»

«Wohin?», flüsterte sie.

«Zur Weihung.»

«Welche Weihung?»

«Atta Sexdens erwartet dich.»

Carla hatte ihn bis anhin nicht gesehen. Doch jetzt bemerkte sie die Menschentraube vorn bei der digitalen Uhr. Violette Gewänder bewegten sich wie Wellen in einem aufgewühlten Ozean. Hände gingen in die Höhe, und eine einzelne Stimme wurde laut, begleitet von den Klängen einer Gitarre. «Aad Guray Nameh. Jugaad Guray Nameh. Sat Guray Nameh. Siri Guru Devay Nameh.»

«Was bedeutet das?» Carla stand jetzt hinter den Leuten, die sich erhoben hatten.

«Das ist ein Mantra.» Jonathans Augen glänzten, als er dies sagte. «Ich verbeuge mich vor der ursprünglichen Schöpfungskraft, vor der Weisheit durch alle Zeiten, vor der Wahrheit, die mich von der Dunkelheit ins Licht führt. Ich nenne sie beim Namen ... Nameh ... Komm.» Er nahm Carla bei der Hand. Vor ihr teilte sich die Meute. Das Ganze vermittelte etwas Biblisches. Die Wellen gingen auseinander, und durch sie hindurch öffnete sich eine Strasse.

Carla liess sich treiben. Neben ihr ging Jonathan wie ein Windhauch. Sie leistete keine Gegenwehr.

Dann stand sie vor ihm. Nicht vor der Monsterameise, die sie sich in den schlimmsten Alpträumen ausgemalt hatte. Atta Sexdens war ein Mann von kleiner Gestalt, kaum eins sechzig gross. Carla wusste nicht, warum sie in diesem Moment an Napoleon denken musste. Charismatische Männer waren meistens klein, hatte sie die Erfahrung gemacht. Auch Atta Sexdens gehörte zu denen. Es schien ihn eine Aura zu umgeben, die Carla Respekt einflösste. Und wie er sie ansah. Mit diesem dunklen Blick, etwas zwischen Begierde und Zärtlichkeit. «Ich berufe mich auf die ursprüngliche Schöpfungskraft», sagte er mit einer Stimme, die hypnotisch auf sie wirkte, «eine weibliche Schöpfungskraft, auf die Weisheit, die bei den Frauen präsent ist ... vor der Wahrheit, die mich von der Dunkelheit ins Licht führt.»

«Sexdens – Atta Sexdens – Atta Sexdens, Sexdens Atta – Atta Sexdens – Mari Sexdens – Mari Mari – Mari Sexdens – Sexdens», murmelten die Leute im Chor.

Carla spürte noch geringen Widerstand gegen das Geschehen. Doch sie merkte auch, dass sie in den Mittelpunkt gerückt war. Das Ritual drehte sich um sie. Frauen und Männer chanteten ihretwegen. Als sie es sich bewusst wurde, ergriff sie Eiseskälte. Aber da war es bereits zu spät.

FÜNFZEHN

Auch dieses freie Wochenende musste sich Valérie abschminken. Seit rund zehn Tagen hatte sie ohne freien Tag durchgearbeitet, manchmal sogar nachts. Bereits um sieben Uhr hatte Caminada zur Sitzung geladen, was nicht nur ihr in den falschen Hals geraten war. Fabias Laune war am Boden. Sie habe kurzfristig ihre Mädchen ins Bisistal fahren müssen, hatte sie vor der Tür gejammert. Wenn sie Olivia und Charlotte aufwecken und aus ihren Bettchen nehmen müsse, breche es ihr jeweils fast das Herz. Louis sah übernächtigt aus, hatte wohl kaum geschlafen. «Noch nichts gehört?» Valérie berührte seinen Arm. «Es macht mich wahnsinnig.» «So, wie ich Carla kenne, wird sie sich zu wehren wissen.» «Es zu hoffen, reicht mir nicht.» Louis betrat den Sitzungsraum, wo Caminada bereits auf sie wartete. Er sah Valérie zerknirscht an. Sie vermutete, dass er in der letzten Nacht auch nicht lange geschlafen hatte.

Nacheinander trafen die restlichen Ermittler ein und setzten sich um den Tisch, wo Fabia einen Kuchen vom Vortag hingestellt hatte. Trotz ihres Stresses zeigte sie jeweils eine mütterliche Seite. Kaffeetassen wurden herumgereicht, Gipfeli verteilt.

«Seit gestern Abend haben wir die Gewissheit, welche Gastronomiebetriebe in der Innerschweiz Stroganoff auf der Speisekarte haben», begann Caminada. «Danke, Fabia, für die Liste.»

Valérie sandte Louis einen Blick zu, den dieser mit verkniffenem Mund erwiderte. Er verdrehte die Augen, was sicher so viel hiess wie, dass er sich mit anderem beschäftigt hatte, als nach Stroganoff zu suchen.

«Tatsächlich wird Stroganoff an wenigen Orten angeboten, unter anderem im Golfhotel Meggen. Dieses konnten wir bereits ausgrenzen, weil an den in Frage kommenden Tagen und Abenden geschlossene Gesellschaften dinierten.» Caminada wandte sich an Fabia. «Ich gebe an dich weiter. Kannst du uns schildern, was du mit den Kollegen herausgefunden hast?»

«Das ist richtig. In Meggen war niemand, der Stroganoff gegessen hatte. Unsere Leute wurden im Restaurant Bahnhöfli in Wollerau fündig.» Fabia schob ihre Dokumente Valérie zu, die sie dankbar entgegennahm. «Die Wirtin erinnert sich, dass am Sonntagabend, dem 5. April, ein Paar im Restaurant Filet Stroganoff gegessen habe. Die Frau sei hochschwanger gewesen.»

«Das ist ein grosser Schritt vorwärts.» Valérie überflog den Rapport. «Womit haben sie bezahlt?»

«Leider nicht mit der Kreditkarte», bedauerte Fabia, «sondern bar.»

«Gibt's denn heute so etwas noch?», rief Valérie aus.

«Vielleicht bewusst, um Spuren zu verwischen», sagte Louis beiläufig.

«Hier steht, dass sich das Paar auf den Namen Tatjana Boroschenko angemeldet habe.» Valérie glaubte, dass sie langsam, aber sicher der Identität der Frau vom Lauerzersee näher kamen. «Wer ist sie?»

«Es existiert eine einzige Familie in Muotathal, die den Namen Boroschenko trägt», sagte Fabia und verlautbarte das, was Valérie gerade las. «In der ganzen Schweiz gibt es diesen Namen nur einmal. Ich fuhr gestern spät an ihre Adresse. Es war aber nur eine Haushälterin zugegen. Sie sagte, dass die Herrschaften erst heute im Verlaufe des Vormittags aus dem Ausland zurückkehren würden.»

«Ob diese Tatjana zur Familie gehört, hast du hoffentlich gefragt?» Valérie erwartete Fabias Antwort.

«Selbstverständlich», sagte Fabia leicht entrüstet. «Aber die Frau konnte mir keine Auskunft geben, da sie erst seit einem halben Jahr bei den Boroschenkos arbeitet. Ihre Arbeitgeber seien pensioniert, sagte sie. Wäre also möglich, dass sie die Eltern unserer gesuchten Frau sind.»

Valérie hatte den Namen Boroschenko schon irgendwo gehört, wusste aber nicht, in welchem Zusammenhang. «Gab es Anzeichen im Haus, dass dort ein Säugling sein könnte?»

«Sorry, aber ich war nicht *im* Haus.» Fabia reagierte wieder pikiert. «Und warum sollte dort ein Säugling sein?»

«Weil er noch immer vermisst wird und wir keine Gelegenheit auslassen dürfen, nach ihm zu suchen. Falls diese Tatjana die Tochter der Boroschenkos aus Muotathal ist, sind sie die Grosseltern des Kindes und hätten vielleicht einen Grund, ihren Enkel bei sich zu verstecken.» Valérie verschränkte die Arme. Sie war sich bewusst, dass ihre Gedanken gerade mit der Realität kollidierten. Es blieb die Frage, wie sie den Säugling dann von der Insel geholt hätten. «Ich werde heute nach Muotathal fahren.» Die Spur war zu heiss, um ihr nicht selbst zu folgen.

«Soll ich mitkommen?» Dass Fabia die Ermittlungen dieses Strangs nicht aus der Hand geben wollte, war offensichtlich.

Valérie sah Caminada an, der die Stirn runzelte. «Was meint der Chef?»

«Würde eine Vorladung des Ehepaars nicht ausreichen?» Valérie war sich da nicht sicher. «Ich möchte die Gelegenheit nutzen und deren Haus inspizieren.»

«Wir haben keine richterliche Genehmigung.»

«Ich ziehe ein Gespräch einer Zwangsmassnahme vor.»

***

In diesem Frühling glich das Muotatal einer kargen Landschaft, durch die die Muota wie ein Rinnsal plätscherte. In den Höhen lag noch viel Schnee, der erst mit dessen Schmelze tosende Wasser brachte. Dass hier hinten alles ein bisschen langsamer vorwärtsging, entdeckte Valérie an den kahlen Bäumen und braunen Feldern, die den letzten Bodenfrost längst nicht ausgestanden hatten. Waren in Schwyz und Küssnacht die milden Temperaturen unter der Sonneneinstrahlung angekommen, hielten sie sich hier hinten zurück. Ein kühler Wind wehte aus dem Bisistal.

Die Ortseinfahrt wirkte verschlafen. Gleich am Anfang von Muotathal zweigte Valérie links in Richtung eines Quartiers ab, in dem Einfamilienhäuser standen. Zum Teil neu errichtete hübsche «Heimetli» mit Giebeldächern und properen Fassaden, vom Winterdreck geräumte Gärten und Fahnenstangen, an denen bald schon die Schweizer Flaggen flattern würden.

Valérie parkte vor Boroschenkos Haus, einem rosafarbenen Landhäuschen mit weissen Sprossenfenstern und gewobenen Vorhängen. Fabia und sie stiegen gleichzeitig aus. Während Fabia auf den Eingang zuschritt, checkte Valérie den silbergrauen Mercedes. Die Motorhaube war warm, trotz der tiefen Temperatur. «Die müssen eben erst angekommen sein.» Fabia läutete. Eine mollige kleine Frau öffnete. «Guten Tag, wir haben uns bereits kennengelernt.» Fabia wandte sich zu Valérie um. «Das ist Oberleutnant Valérie Lehmann.»

«Von der Armee sind Sie?» Die kleine Frau sah Valérie an, als käme sie von einem fremden Planeten.

«Von der Schwyzer Kriminalpolizei», sagte Valérie. «Sind Herr und Frau Boroschenko zu sprechen?»

«Treten Sie ein.» Die Frau hielt die Tür weit auf.

Valérie betrat hinter Fabia ein von Möbeln und Nippes überladenes Entrée.

«Gehen Sie voraus, erste Tür rechts», sagte die Frau.

Im Wohnzimmer hatte es weiteren Schnickschnack. Eine helle Vitrine dominierte den Raum. Darin glänzten Silber- und Porzellankrüge, verschnörkelte Teetassen und Unterteller aus einem anderen Jahrhundert.

Von einem weinroten Sofa, das nebst den weissen Möbeln wie die Faust aufs Auge wirkte, erhob sich ein opulenter Mann, der auf die siebzig zuging. «Herr Boroschenko, nehme ich an.» Valérie reichte ihm die Hand. «Entschuldigen Sie bitte die Störung. Wir haben ein paar Fragen an Sie. Ist Ihre Frau auch da?»

«Ich bin da.»

Valérie drehte sich nach der Stimme um. Sie sah direkt in ein Gesicht, das sie stark an das Bild der Frau vom Lauerzersee erinnerte. Frau Boroschenko war trotz ihrer schätzungsweise fünfundsechzig Jahre von aussergewöhnlicher Schönheit. Ihre Ausstrahlung berührte Valérie dermassen, dass sie vergass, sich vorzustellen.

Fabia tat es für sie.

Da war diese Ähnlichkeit, die keine Zweifel mehr offenliess, dass die Frau hier die Mutter der Verstorbenen war. Die hohen Wangenknochen, das volle Haar und die schräg gestellten Augen. In deren blauer, intensiver Farbe schien sich die Weite Russlands zu spiegeln. Bald schon würden sie sich mit Tränen füllen, wenn Valérie mit der traurigen Nachricht herausrücken musste.

«Wann haben Sie Ihre Tochter Tatjana zum letzten Mal gesehen?», fragte sie.

«Sie sind wegen Tatjana hier?» Boroschenko räusperte sich. «Wir haben unsere Tochter seit Jahren nicht mehr gesehen. Sie verliess uns, da war sie kaum zwanzig.»

«Es sind bald fünfzehn Jahre her», sagte Frau Boroschenko. Auf ihrem Gesicht zeichnete sich Wehmut ab, als erinnerte sie sich an den Tag, als ihre Tochter wegging. «Wir konnten sie nicht zurückhalten. Es war ihr Wunsch.»

«Was war ihr Wunsch?» Valérie blieb stehen, obwohl Boroschenko sie zum Sitzen eingeladen hatte. Wider ihre Vermutung, sie könnten von dem Ehepaar abgewiesen werden, zeigten sie sich von einer freundlichen Seite.

«Sie wollte Germanistik studieren», fuhr Frau Boroschenko fort. «Aber nicht in der Schweiz. Sie war überzeugt davon, dass ihr Platz in Frankfurt war. Sie hatte sich an der Goethe-Universität eingeschrieben, kam dann während der Sommerferien noch einmal zurück, um in einem Modehaus zu arbeiten.»

Valérie unterbrach sie und nahm den Notizblock zur Hand. «In welchem Modehaus?»

«Bei … warten Sie mal … ich erinnere mich gleich wieder.» Frau Boroschenko griff sich an die Stirn. «Melliger, genau, im Modehaus Melliger in Schwyz. Sie müsse Geld verdienen, um sich nicht von uns abhängig zu machen, liess uns Tatjana wissen.» Frau Boroschenko schluckte schwer. «Dann lernte sie einen Mann kennen.»

«Kennen Sie den Namen dieses Mannes?», fragte Fabia.

«Nein, den wollte sie uns nicht verraten. Sie tat sehr geheimnisvoll, wenn wir sie nach ihrer Zukunft fragten. Das Studium war plötzlich kein Thema mehr.»

«Das Schlimme daran war», mischte sich Boroschenko ins Gespräch, «dass Tatjana uns nicht mehr besuchte. Sie schrieb uns jeweils Handynachrichten, die mit der Zeit rarer wurden und dann ganz ausblieben.»

Valérie konnte es nicht nachvollziehen. «Sie wollten nie wissen, wie es Ihrer Tochter geht?»

«Wir dachten, sie sei gut versorgt.» Frau Boroschenko senkte den Blick.

Valérie sah ihr an, dass es ihr nicht recht war und sie mit sich selbst rang, weil sie ihre Tochter hatte hängen lassen. «Wann erreichte Sie die letzte Nachricht von ihr?»

«Das war eine Bildnachricht, auf dem sie uns ein Tattoo präsentierte.»

«Ein Ameisen-Tattoo?», fragte Fabia.

«Ja, genau», sagte Boroschenko. «Das war vor sieben Jahren. Sie schrieb dazu, dass sie ihre Bestimmung gefunden habe.»

Valérie liess sich ihre Bestürzung nicht anmerken. «Sie haben nicht nach ihr gesucht?»

«Wenn Kinder gehen wollen, soll man sie loslassen», sagte Frau Boroschenko.

Valérie nahm es ihr nicht ab, dass es sie kaltliess, was mit ihrer Tochter geschehen war. «Hat sie sich einmal dahingehend geäussert, dass sie sich von diesem … Mann getrennt hatte?»

«Warum fragen Sie?»

«Wir gehen davon aus, dass Ihre Tochter in die Fänge einer Sekte geraten war und später versucht hat, von ihr loszukommen.»

«Sie sprechen in Rätseln. Wir haben unsere Tochter christlich erzogen, obwohl wir christlich-orthodox sind. Sie soll sich einer Sekte angeschlossen haben?»

Valérie holte das Bild der Frau vom Lauerzersee aus der mitgebrachten Mappe. Sie legte das Bild so auf den Tisch, dass Herr und Frau Boroschenko daraufblicken konnten. «Dieses Foto erschien in den letzten Tagen in allen Medien.»

Boroschenko zuckte mit den Achseln. «Wir lesen nur russische Nachrichten, und dies seit Langem im Internet. Wer ist das?»

«Noch wissen wir es nicht genau», wich Valérie aus. «Trotzdem müssen wir davon ausgehen, dass sie Tatjana Boroschenko ist – Ihre Tochter. Um zu hundert Prozent sicherzugehen, müssten wir Ihre DNA haben.»

«Das heisst, dass wir Ihnen Haare von uns mitgeben müssen?» Frau Boroschenko wechselte Blicke mit ihrem Mann.

«Wir bitten Sie, mit uns nach Biberbrugg zu kommen, wo man Ihnen Speichel oder Blut abnimmt.»

«Ist sie tot?» Frau Boroschenko nahm das Bild in ihre Hände. «Da sieht sie so fremd aus ... und so viel älter.»

«Was ist mit der Frau?», fragte Boroschenko gefasst.

«Man hat sie auf der Insel Schwanau gefunden. Sie wurde verletzt ins Spital gebracht, wo sie einen Tag später verstarb.»

«Das ist nicht unsere Tochter.» Boroschenko linste zu seiner Frau. «Das muss ein Irrtum sein.» Er erhob sich, schritt aus dem Wohnzimmer und kehrte nach einer Weile zurück. «Hier, das sind die Haarbürste meiner Frau und mein Kamm. Damit nichts unversucht bleibt.»

Valérie holte kommentarlos zwei Asservatenbeutel aus ihrer Mappe, nahm Bürste und Kamm entgegen und steckte sie ein. Sie wusste, wann es angebracht war zu schweigen.

Eine geraume Zeit sagte niemand etwas. Ausser das laute Ticken einer Stubenuhr vernahm man nichts.

Valérie überlegte sich, wie sie es schaffen würde, sich im Haus umzusehen. «Darf ich mal Ihre Toilette benützen?» Ein alter Trick, ein durchschaubarer. Valérie befürchtete, Boroschenko könnte ihr auf die Schliche kommen. Doch er schwieg weiter, nachdem seine Frau ihr Einverständnis gegeben und erklärt hatte, wo die Gästetoilette lag.

Valérie ging ins Entrée und sah zurück. Die Boroschenkos kehrten ihr den Rücken zu. Valérie schlich an der Tür der Gästetoilette vorbei und über die Wendeltreppe ein Stockwerk höher. Von einer kleinen Galerie gingen drei Türen weg. Valérie öffnete jede einzelne leise und sah in die Räume. Im ersten Zimmer befand sich das Elternschlafzimmer, im zweiten ein Gästezimmer, und im dritten fand sie einen Flügel vor, das einzige Möbelstück zusammen mit dem Klavierstuhl. Erst jetzt wurde ihr bewusst, wer Frau Boroschenko war – die berühmte Pianistin Ludmilla Boroschenko, die auch im KKL in Luzern ihre grossen Auftritte gefeiert hatte.

Die vermuteten Babyutensilien suchte Valérie vergebens. Mit dem ambivalenten Gefühl zwischen Enttäuschung und Erleichterung kehrte sie ins Parterre zurück, betätigte in der Toilette den Spülkasten und zog die Tür unsanft ins Schloss.

«Haben Sie gefunden, was Sie suchten?» Boroschenko musterte sie mit Argusaugen.

«Sie hat sich wohl verlaufen.» Fabia lächelte in die Runde.

«Sind Sie im Besitz der Geburtsurkunde Ihrer Tochter?», fragte Valérie.

«Die befindet sich im Familienbüchlein.» Frau Boroschenko erhob sich, schritt zum Buffet, das sich neben dem Durchgang zur Küche befand. Sie öffnete die mittlere Schranktür, dahinter die oberste Schublade von dreien und holte ein rotes Büchlein daraus hervor. «Tatjana ist unsere einzige Tochter.» Sie schlug das Büchlein auf. «Hier sehen Sie, geboren wurde sie 1985. Am 11. November wird sie fünfunddreissig Jahre alt.»

Offenbar ging Frau Boroschenko, wie ihr Mann, davon aus, dass ihre Tochter lebte.

«Gibt es von Tatjana ein Foto neueren Datums?»

Frau Boroschenko ging zurück zum Buffet und holte aus der gleichen Schublade ein Bild hervor. «Das ist ein Foto, das sie vor fünfzehn Jahren zeigt. Es ist das letzte Bild von ihr.»

Tatjana sah bereits mit zwanzig aus wie eine Göttin. Lange blonde Haare umrahmten ein Gesicht mit blauen schräg gestellten Augen. Ihr Mund hatte die Form eines Herzens. Die Ähnlichkeit mit der Mutter war frappant, wäre da nicht die Haarfarbe gewesen. Die Frau, um die sich alles drehte, hatte schwarze Haare gehabt. Valérie zeigte auf die wallende Mähne. «Ist das ihre Naturfarbe?»

«Es war eine von ihren Launen», sagte Ludmilla Boroschenko, «ihr Haar zu bleichen. Ihr Haar ist von Natur aus schwarz.»

«Dürfen wir das Bild mitnehmen?» Valérie gab es nicht mehr aus der Hand.

«Ungern», sagte Boroschenko.

«Sie bekommen es wieder.»

«Was wollen Sie mit dem Bild?», fragte Ludmilla Boroschenko.

Sie würden es einscannen und in die Personenfahndung und gleichzeitig an die Medien geben. Vielleicht erinnerte sich jemand an die damals junge Frau und welches Schicksal ihr vor fünfzehn Jahren widerfahren war. «Für einen Abgleich», wich Valérie aus. Lange sah sie ins Gesicht der Pianistin. «Haben Sie Kenntnis davon, dass Ihre Tochter möglicherweise vor Ostern in der Innerschweiz gewesen ist?»

«Nein», sagte Boroschenko anstelle seiner Frau.

«Hätte sie Sie besucht, wenn Sie hier gewesen wäre?»

«Nein», sagte wieder Boroschenko.

«Gibt es einen Grund, weshalb Ihre Tochter Sie nicht besuchte?»

Boroschenko beugte sich nach vorn. Valérie sah ihm an, dass ihm die Situation unangenehm war. «Wir sind rechtschaffene Leute», sagte er. «Trotz unseres russischen Namens sind wir Schweizer Staatsbürger.»

Valérie hatte nicht die geringste Ahnung, weshalb er ihr das erzählte.

«Ich hatte nebst Musik Geschichte studiert», sagte Ludmilla Boroschenko und setzte damit ein Zeichen, dass sie in diesem Haus durchwegs auch etwas zu sagen hatte. «Meine Karriere als Musikerin war mitunter ein Grund, weshalb wir vor fünfundvierzig Jahren hier sesshaft wurden.»

Ob das wegen der Einbürgerung überhaupt möglich war, fragte Valérie nicht. «Ihre Tochter ging hier zur Schule?»

Boroschenko bejahte. «Das Gymnasium absolvierte sie im Theresianum Ingenbohl.»

«Erzählen Sie uns etwas über Ihre Tochter», bat Fabia.

«Sie war ein wunderbares Mädchen.» Ludmilla Boroschenkos Augen strahlten, als sie dies sagte. «Nur leider hatten wir wenig Zeit für sie. Sie schloss die Matura dennoch mit Bravour ab und meldete sich daraufhin in Frankfurt zum Studium an. Sie war sehr ehrgeizig.»

«Darüber haben wir bereits gesprochen», fuhr Boroschenko ihr ins Wort. «Und dass sie danach verschwand ...» Er erhob sich schwerfällig. «Wir müssen Sie jetzt bitten, das Haus zu verlassen», sagte er, während er seine Frau ansah. «Ludmilla muss sich vorbereiten. Sie gibt heute Abend ein Konzert in der Pfarrkirche Muotathal.»

Fabia wechselte Blicke mit Valérie.

«Sie ist eine bekannte Pianistin», sagte Valérie ehrfürchtig und an Ludmilla Boroschenko gewandt: «Schade, habe ich Dienst, sonst hätte ich mir das Konzert nicht entgehen lassen.»

«Sie hat nur noch wenige Auftritte», sagte an ihrer Stelle ihr Mann. «Die Zeiten, in denen sie wöchentlich mehrmals gebucht wurde, sind vorbei. Aber bitte, gehen Sie jetzt.»

Valérie zögerte. Sie konnte das, was sie umtrieb, nicht im Raum stehen lassen. «Die Frau, die wir auf der Insel Schwanau gefunden haben, hatte kurz zuvor entbunden. Ihr Baby ist verschwunden. aber wir geben die Hoffnung nicht auf, dass es noch lebt.»

Ludmilla Boroschenko, die sich erhoben hatte, setzte sich wieder, kreideweiss im Gesicht. «Dann, dann ...» Ihr fehlten die Worte.

«Tut mir leid», sagte Valérie. «Ich denke, das sollten Sie wissen.»

«Das sind komische Leute», sagte Fabia später, als sie wieder im Auto sassen. «Hast du nicht das Gefühl, dass die Boroschenkos uns etwas verschweigen?»

«Andere Menschen, andere Anschauungen.» Valérie startete den Motor, fuhr an und beschleunigte auf der Hauptstrasse, die aus Muotathal hinausführte. «Wir haben die DNA. Ob sie für einen Abgleich reicht, wird sich zeigen.» Valérie war nicht zufrieden. Sie hätte dabei sein müssen, als Boroschenko die Bürste und den Kamm aus dem Badezimmer holte. Immerhin hatten sie einen Anhaltspunkt, auf dem sie den weiteren Verlauf der Ermittlungen fortsetzen konnte. Tatjana Boroschenko – die Frau vom Lauerzersee – nahm Gestalt an, wenngleich eine diffuse.

✳✳✳

«Es geht vorwärts», sagte Caminada am Nachmittag, nachdem er Valérie und ihr Team ins Sitzungszimmer zu einer ausserordentlichen Besprechung eingeladen hatte. «Uns liegen die ersten Berichte über die Artilleriewerke in der Zentralschweiz vor, die vom Eidgenössischen Departement für Verteidigung und Bevölkerungsschutz abgestossen und im Baurecht an Private und Firmen übergeben wurden oder leer stehen. Hier ist die Liste.» Caminada überreichte Fabia einen Stapel A4-Blätter. «Könntest du sie weiterreichen?»

Valérie wartete geduldig, bis die Blätter ihren Platz erreicht hatten. Neben ihr nuschelte Louis etwas vor sich hin. Er war nicht bei der Sache. Valérie suchte den Blickkontakt mit ihm. «Noch immer keine Nachricht von Carla?»

Louis sah zu Caminada hinüber, als wollte er sich vergewissern, dass dieser ihn nicht beobachtete. «Kein Lebenszeichen, nichts», flüsterte er. «Die Handyortung ist leider noch immer negativ.»

Es ärgerte nicht bloss Caminada, dass sich die Abteilung «Leib und Leben» nebst dem verzwickten Fall nun auch noch mit Carlas Verschwinden beschäftigen musste. Auch Valérie regte sich auf. «Wir werden heute nach Brunnen fahren und Carlas Schritte rekonstruieren, bevor sie verschwand, gestützt auf Geraldine Marxers Aussage.»

«Ich habe sie gelesen.» Louis strich sich über die Stoppelhaare. «Ich war heute Morgen bereits vor Ort und fragte mich durch. Niemand will vorgestern Abend etwas Sonderbares bemerkt haben.»

«Wir werden nachher darauf zurückkommen», sagte Caminada, als hätte er gelauscht.

Valérie widmete sich der Liste. Nebst den Artilleriewerken der Schweiz waren auf einem zweiten Blatt auch stillgelegte Fabriken aufgeführt. Bereits waren ein paar von ihnen als kontrolliert vermerkt. Die Kollegen hatten bis spät in die Nacht hinein gearbeitet und die verwaisten Firmengelände abgesucht.

«Im Engelbergertal», sagte Caminada, «respektive auf der Wissiflue, einen halben Kilometer westlich von Wolfenschiessen, befindet sich ein Artilleriewerk in extrem steilem Gelände, das mit hundertfünfundsiebzig Liegestellen versehen ist. Das Werk wurde im Jahr 2002 stillgelegt. Wir sind mit der Nidwaldner Kantonspolizei in Kontakt. Sie werden den Stollen inspizieren. Falls die Mitglieder des Formica-Ordens sich diesen angeeignet haben, bietet er genug Platz für geheime Sitzungen. Früher existierte dort eine oberirdische Standseilbahn mit einer Länge von sechshundertfünfzig und einer Höhendifferenz von dreihundertfünfzehn Metern. Die Talstation ist das einzige Relikt, das von dieser Bahn übrig geblieben ist. Von der Infrastruktur her wäre es aber möglich, bis zu zweihundert Menschen Platz zu bieten.»

«Du gehst also davon aus, dass sich der Orden in einem solchen Bau versteckt hält?», fragte Fabia. «Sie müssen nicht zwangsläufig ein Versteck haben. Viele, die in Sekten verkehren, gehen im Alltag einer gewöhnlichen Arbeit nach, leben in Familien, haben Kinder, Hobbys ... Treffen kann man sich auch nach Feierabend in einem Übungslokal der Feuerwehr, zum Beispiel.»

Valérie vermochte nicht immer, Fabias Gedankensprünge nachzuvollziehen. Ein unterirdischer Bau, ein ausgemusterter Bunker – das war eine Option, an der sie sich festhalten konnten. Sie sah auf die Liste. «Hier steht auch etwas von einem Felsenwerk unterhalb der Hochflue, in der Nähe des Eichwaldes. Wo befindet sich die ‹Brünischart›?»

«Am Vierwaldstättersee zwischen Gersau und Brunnen», sagte Louis. «Als Kind spielte ich mit meinen Freunden in der

Nähe Räuber und Poli. Von aussen gesehen, ist es eine steil abfallende Wand. Dem, der sich in der Gegend auskennt, fällt auf, dass es dort ein Eisentor gibt, das in den Felsen integriert ist. Aber diese Festung dient, soviel ich weiss, noch heute als militärische Einrichtung, wenn nicht, möglicherweise als Museum. Ich erinnere mich an einen ausgemusterten Panzerwagen der Marke Vickers-Armstrongs aus dem Jahr 1934. Ob er heute dort noch steht, entzieht sich meiner Kenntnis.»

«Könnte eine Tarnung sein», sagte Fabia. «Man stellt einen Panzerwagen auf, damit niemand auf die Idee kommt, hinter die Kulisse zu blicken.»

«Was in Anbetracht eines Eisentores ein schwieriges Unterfangen sein dürfte», sagte Louis.

«Trotzdem sollten wir dorthin.» Valérie las den Bericht zu Ende. «2014 wurde das Werk von einem Anwalt aus Wollerau erworben, steht da … von wegen militärischer Einrichtung. In Berücksichtigung deines Alters», sie warf Louis einen Blick zu, «dürfte deine Kindheit einige Jahre zurückliegen. Als das Werk verkauft wurde, warst du bereits über dreissig.»

«Es ist durchwegs möglich, dass der Panzerwagen noch immer dort steht», sagte er. «Die Bäume in der Umgebung sind gewachsen, die Sträucher dichter geworden. Man sieht ihn nicht mit blossem Auge.»

«Fahren wir hin, dann wissen wir es», schlug Fabia vor.

«Das könnt ihr auf dem Nachhauseweg erledigen», sagte Caminada. «Keine unnötigen Fahrten.»

Offenbar war das Sparprogramm bei der letzten Sitzung mit Auf der Maur auch ein Thema gewesen. Valérie verkniff sich eine Bemerkung. «Ich werde heute dem Vierwaldstättersee entlang nach Küssnacht fahren und mir die Gegend näher ansehen. Hat man den Anwalt überprüft?»

«Ja, das ist bereits geschehen», sagte Caminada. «Sein Name ist Björn Kleeb. Er ist siebenundfünfzig Jahre alt und hat sich auf das allgemeine Gesellschaft- und Handelsrecht spezialisiert. Das Werk im Rigimassiv ist sein Steckenpferd, wahrscheinlich ein Bubentraum, denn im Militär hat er es bis zum

Oberstleutnant geschafft. Er ist bekennender Fan der Schweizer Armee.»

«Scheint ziemlich transparent zu sein», meinte Louis.

«Transparenz ist oft die beste Tarnung», insistierte Fabia. «Ich kann mir jedoch nicht vorstellen, warum sich jemand für militärische Bunker begeistern kann, überhaupt für militärischen Kram. Es soll sogar Börsen geben, wo solcher Schrott verkauft, gekauft und getauscht wird.»

Ein Raunen breitete sich im Raum aus.

Caminada sah in die Runde. «Valérie, du fährst zusammen mit Louis nach Brunnen. Damit möchte ich ein Zeichen setzen, dass wir Carla Benizio nicht vergessen haben.» Er ergriff ein Klarsichtmäppchen, holte daraus einen Rapport. «Den Abgleich mit der DNA von Herrn und Frau Boroschenko werden wir voraussichtlich nächste Woche bekommen. Noch gilt es, den Mörder … möglicherweise von ihrer Tochter Tatjana zu finden und weiterhin nach dem Säugling zu suchen. Das Kind hat erste Priorität. Leider haben wir bislang nicht die geringste Spur.»

✳✳✳

Um fünf Uhr standen Valérie und Louis bei der Schiffsstation in Brunnen. Das Motorschiff Weggis hatte gerade am Pier angelegt. Reisende verliessen das Schiff, die Wartenden strömten hinein, als gäbe es etwas gratis. Nebst Asiaten waren Inder in Massen anwesend. Fähnchenschwenkende Guides zeigten ihnen den Weg. Die Touristen folgten ihnen in wildem Durcheinander. Valérie versuchte, die Situation achtundvierzig Stunden zurückzuprojizieren. Carla hatte Geraldine Marxer zehn Minuten vor fünf eine SMS geschickt. Ab da war Funkstille. Mit dem Typen, der sich Jonathan nannte, hatte sie sich um fünf verabredet. War sie auf das Schiff gegangen? Hatten sie sich dort getroffen?

Valérie ging zu Louis, der sich beim Billetschalter umsah. «Ich gehe davon aus, dass Carla *nicht* aufs Schiff ging. Das Gedränge musste vorgestern genauso krass gewesen sein wie heute. Sollte man sie entführt haben, sehe ich die Strasse als realistischer an. Wo überall hast du dich nach möglichen Zeugen erkundigt?»

«Ehrlich gesagt», gestand Louis, «habe ich nicht viel unternommen. Ich habe im Kiosk dort drüben und in den beiden Gartenrestaurants direkt an der Strasse nachgefragt. Aber es sassen andere Leute dort als vorgestern Abend, und die Serviceangestellten konnten mir keine Auskunft geben. Sie alle waren überfordert wegen des Andrangs.»

«Gesetzt den Fall», sagte Valérie, «Carla wurde in einem Auto entführt, war sie vielleicht freiwillig eingestiegen.»

«Das glaube ich nicht.» Louis zog sein Zigarettenpäckchen aus der Kitteltasche. «So dumm ist Carla nicht, dass sie einfach so in ein Auto steigt.»

«Sie hat bereits abenteuerlichere Sachen gemacht. Du beschreibst sie mir als Frau, die nichts kennt, wenn es um ihren Erfolg geht. Möglicherweise hat sie sich von ihrem Tunnelblick leiten lassen.»

Louis griff nach einer Zigarette, steckte sie zwischen die Lippen und das Päckchen zurück und holte das Feuerzeug hervor. «Trotzdem ist sie vorsichtig. Zudem trägt sie auf mein Anraten hin einen Pfefferspray mit sich.»

«Der nicht viel nützt, wenn sie bei einem Überraschungsmoment überwältigt wird.»

«Du willst mir den Abend noch mehr vermiesen.» Louis zündete die Zigarette an und inhalierte heftig.

«Ich bin realistisch.» Valérie packte ihn am Arm. «Komm, dort vorn sitzt ein Maler. Könnte sein, dass er vorgestern schon hier war.»

«Heute Morgen war er nicht da. Wenn er ein wandernder Strassenkünstler ist, wird unsere Frage für die Füchse sein.»

Valérie zog Louis über den Stationsplatz zum Quai, auf die Höhe der Sitzbänke. Die spriessenden Kastanienbäume warfen kaum Schatten. Der Maler sass auf einem Schemel und skizzierte. Auf verschiedenen Staffeleien waren die vollendeten Werke aufgereiht. Valérie blickte auf einen Raddampfer, der den Pier Richtung Rütli verliess. Auf einem anderen Bild hatte der

Künstler eine Szene vor den Restaurants eingefangen: schwatzende Leute beim Kaffeetrinken. Auf einem dritten Gemälde dominierten zwei Schwäne.

«Gefallen Ihnen die Bilder?», fragte der Mann, kaum hatte er bemerkt, dass sich jemand für seine Kunst interessierte. Valérie zückte ihren Ausweis. «Wir sind aus einem anderen Grund hier.»

Der Mann legte den Kohlestift verdattert aus der Hand. «Ich habe eine Bewilligung.»

«Davon gehen wir aus. Wer so schöne Bilder malt wie Sie, ist für Brunnen eine Bereicherung.» Valérie hatte nicht die Absicht, den Künstler zu verunsichern. «Waren Sie vorgestern auch da?»

«Vom Mittag bis abends um sieben.»

«Immer an der gleichen Stelle?» Louis schmiss die halb abgebrannte Zigarette auf den Boden.

«Immer an diesem Platz.» Der Künstler erhob sich, schritt die Staffeleien ab, klappte bei jeder die vorderen Gemälde nach vorn und suchte augenscheinlich dahinter nach einem speziellen Bild. «Hier, dieses Werk entstand vor zwei Tagen exakt um dieselbe Zeit. Ich male mit Acrylfarben. Die trocknen besser.» Er hielt das Bild auf Augenhöhe. «Solche Szenen lassen das Herz höherschlagen. Ich fühlte mich, als das hier entstand, wie im Film. Dann heisst es, Stift in die Hand und im Eilzugtempo skizzieren. Alles andere brennt sich dir in den Kopf ein. Wenn die Skizze steht, kann man sich mit dem Malen Zeit lassen.»

«Ein weisser Lieferwagen.» Louis starrte auf das Gemälde. «Man hat sie in einem weissen Lieferwagen entführt. Warum», er wandte sich aufgewühlt an den Künstler, «haben Sie es der Polizei nicht gemeldet?»

Valérie befürchtete, dass Louis seine Objektivität verlor, und stiess ihn leicht am Arm. Louis nickte ihr zu. Anscheinend hatte er sich wieder unter Kontrolle.

«Was?» Der Künstler machte erschrocken einen Schritt rückwärts.

«Sie haben eine Entführung auf der Leinwand festgehalten und behalten es für sich?»

«Was für eine Entführung?»

Louis zeigte auf das Bild. «Das da ... das ist eine Frau, und der Kerl, von dem man bloss zwei Arme sieht, reisst sie in den Wagen.»

«Ich weiss nicht, ob er sie in den Wagen gerissen hat. Das Auto war dann plötzlich weg ... die Frau auch. Und neben dem Auto preschten zwei Motorräder vorbei. Ich kann nicht sagen, ob sie vor dem Wagen da waren oder nicht. Aber die Szene, Mensch ... die Szene ist reif für eine Ausstellung.»

«Wir müssen das Bild konfiszieren», sagte Valérie. «Und Sie müssen wir bitten, uns auf den Polizeistützpunkt zu begleiten. Sie sind ein wichtiger Zeuge.»

«Wovon ein Zeuge?» Der Künstler war sichtbar perplex.

Valérie wiederholte sich genervt: «Möglicherweise von einer Entführung.»

SECHZEHN

«Sie ist es nicht wert! Sie ist es nicht wert!»
Die Frau – sie mochte Mitte zwanzig sein – gebärdete sich wie eine Furie. Sie hatte sich längst aus der violetten Welle gelöst und rannte kreischend in Richtung Atta Sexdens, wo Jonathan Carla hingeführt hatte. Jonathan liess Carla los, versuchte, die hysterische Frau von ihr abzuwenden. Denn dass nicht der Guru Ziel ihres Angriffs war, sondern Carla, wurde ihr in dem Moment bewusst, als die Frau mit ihrer rechten Hand zum Schlag ausholte. Bevor ihre Hand Carlas Gesicht getroffen hatte, konnte Jonathan sie abfangen. «Beruhige dich», sagte er sanft.

«Was hat sie hier zu suchen?» Auf dem ebenmässigen Gesicht der jungen Frau erschien Zornesröte.

Als Jonathan die Frau wegführte, registrierte Carla Atta Sexdens' Rückzug. Offenbar gehörte dieser Zwischenfall nicht in sein Programm. Er machte eine Hundertachtzig-Grad-Kehrtwendung und verschwand hinter einer Tür. Die übrigen Ordensmitglieder wurden unruhig. Einige unter ihnen murmelten erneut das seltsame Mantra, andere strömten in verschiedene Richtungen auseinander. Es machte den Anschein, als hätte das Intermezzo sie aus einem Automatismus gerissen. Carla musste an einen Stock denken, mit dem jemand im Ameisenhaufen stocherte, woraufhin die Ameisen auseinanderstoben. Sie stand jetzt ganz allein. Hätte sie gewusst, wo sich der Ausgang befand, sie hätte nicht gezögert und die Flucht ergriffen. Sie sah sich um. Jonathan war mit der Frau hinter dem Durchgang verschwunden, wo die Toilette lag. Carla vergewisserte sich, dass niemand sie beobachtete, und schlug den Weg dorthin ein.

Der schmale Durchgang war schwach beleuchtet. Carla passierte den Seitenstollen, der zur Toilette führte. Sie hatte vorhin nicht bemerkt, dass es geradeaus weiterging durch einen Tunnel, dessen Wände rauer wurden. Hier fehlte eine Beleuchtung gänzlich. Carla tastete sich die linke Wand entlang weiter. Der Singsang des Mantras wurde schwächer. Der Stollen verschlang die Laute. Aber ein anderer Laut drang an ihr Ohr. Sie hörte Stimmen aus der Dunkelheit.

Vorsichtig setzte sie einen Fuss vor den anderen. Darauf bedacht, nicht zu stolpern, leicht nach vorn gebeugt, um die Balance zu halten. Plötzlich stiess sie mit der Stirn an ein glattes Hindernis. Sie streckte die Hände aus. Da musste eine Tür sein. Carla tastete das Türblatt ab, berührte einen Griff. Sie drückte diesen langsam hinunter und öffnete. Gleissendes Licht schlug ihr entgegen. Sie blinzelte geblendet. Ihre Augen mussten sich an die Helligkeit gewöhnen, an den Raum, der sie an ein schlichtes Wohnzimmer erinnerte. Ein Sofa, zwei Fauteuils, ein rechteckiger Salontisch auf einem Teppich. Hinter dem Sofa stand ein Sideboard, und darüber hing ein Gemälde, das ein Fenster mit Vorhängen darstellte. Im Hintergrund erhob sich das Matterhorn im Morgenrot.

Carla betrat den Raum. Hinter einem Vorhang entdeckte sie ein Notstromaggregat.

«Was tust du da?»

Carla fuhr herum. Hinter ihr stand Jonathan, sichtlich verärgert.

«Ich habe dich gesucht», log sie. In Wahrheit wollte sie die fremde Frau sprechen. Trotz ihrer Aggression glaubte Carla, einen weichen Kern in ihr entdeckt zu haben.

«Du darfst da nicht einfach rein», empörte sich Jonathan.

«Hättest du mich nicht grundlos verlassen, wäre ich dir nicht gefolgt.»

«Wer ist sie?» Wie aus dem Nichts war nun auch die Frau aufgetaucht.

«Ich tue dir nichts», sagte Carla ruhig, obwohl sie vor Aufregung ihren Herzschlag bis zum Hals spürte. «Ich nehme dir nichts weg.» Und an Jonathan gewandt: «Lass mich mit ihr allein.»

«Das entscheidet unser Meister.»

Carla packte wieder das nackte Grauen. Jonathan glaubte, was er sagte, und er sagte es im Ton der Überzeugung. «Nichts gegen deinen Meister. Aber manchmal gibt es Dinge, über die kann man nur von Frau zu Frau sprechen.» Carla liess Jonathan nicht aus den Augen.

«Das geht nicht. Das verstösst gegen die Regeln.» Welche Regeln, verdammt! Die Frau wurde, wie alle die anderen armseligen Figuren, hier festgehalten. Gegen ihren Willen oder nicht. Aber man hatte sie sicher längst einer Gehirnwäsche unterzogen. Kein normal denkender Mensch würde so etwas Bescheuertes mitmachen und sich freiwillig in den violetten Sack werfen. Möglicherweise waren Drogen im Spiel. Carla entsann sich der Situation vorhin. Sie resümierte, dass eine Manipulation ohne Hilfe von Drogen möglich war. Atta Sexdens verfügte über Kräfte, die jenseits von Gut und Böse standen.

«Lass mich mit ihr reden», bettelte Carla. Sie witterte eine Story, bevor sie sich der gefährlichen Konsequenz bewusst wurde.

Jonathan wandte seinen Blick ab. «Also gut, ich vertraue dir. Ich werde vorn nach dem Rechten schauen. Und das bleibt unter uns, verstanden? Zehn Minuten und nicht mehr.» Er verliess rückwärts den Raum.

Kaum hatte sich die Tür hinter ihm geschlossen, sprang die Frau auf Carla los.

«Stopp!» Carla hob abwehrend die Hände. «Ich tue dir nichts. Wann begreifst du es endlich? Ich bin in guter Absicht hier.» Hatte sie überhaupt eine Absicht? «Nennst du mir deinen Namen?»

«Bist du die Neue?» Die Frau setzte sich resigniert auf das Sofa unter dem Matterhorn.

Achtung! Jetzt nichts Falsches sagen. Da war etwas im Gange, das nicht transparent genug war, um darauf zu kommen, was es war. Galt Carla eventuell als Ersatz für die Frau? Hatte man ihr mitgeteilt, dass sie, falls sie Atta Sexdens' Muse war, den Platz würde räumen müssen? Carla atmete dreimal tief durch. Das hier war ein Witz, ein unglaubliches Theater, das die Anhänger des Ordens als den Ernst ihres Lebens betrachteten.

«Mein Name ist Carla. Ich bin hier, weil ich dem Orden beitreten werde, sozusagen ein ‹Schnupperlehrling›.»

«Du bist nicht Marilyn?»

Marilyn! Die Alarmlichter begannen zu leuchten. Man hatte Geraldine erwartet. Geraldine alias Marilyn. «Wer ist Marilyn?», fragte Carla.

«Die Neue.»

Carla spürte, dass sie so nicht weiterkam. Zudem tickten die zehn Minuten wie eine Zeitbombe. «Nenne mir deinen Namen.»

Die Frau fasste endlich Zutrauen. «Ich bin Amelie.»

**

Über dem Vierwaldstättersee lag jener rötliche Schimmer, wie er sich nach einem wolkigen Sonnenuntergang ausbreitete. Ein Teppich voller Rubine und glitzernder Kristalle. Den Himmel hatte die Dämmerung längst erfasst. Wie Scherenschnitte zeichneten sich die Bergkämme scharf vor dem dunkel werdenden Firmament ab.

Valérie hatte Louis zusammen mit dem Strassenkünstler nach Biberbrugg geschickt. Sie selbst fuhr über die Gersauerstrasse den Bootshafen entlang in Richtung Fallenbach. Nicht schnell genug. Bereits zweimal hatte man sie überholt, begleitet mit Gehupe. Valérie rang sich bloss ein Grinsen ab. Dass sie als Bummlerin mit dem Audi TT provozierte, war ihr egal. Sie suchte das Ufer zur Linken ab, hielt Ausschau auf der Bergseite, ob sie nicht etwas Verdächtiges sehen würde. Den ausgemusterten Panzerwagen zum Beispiel, von dem Louis erzählt hatte.

Auf der Geraden nach der grossen Kurve verlangsamte sie das Tempo. Die geschliffen wirkenden Felswände über der Tunneleinfahrt kamen ihr verdächtig vor. Wie Schieferwände, die nicht zum Rigimassiv passen wollten. Denn dieses bestand vorwiegend aus verschiedenen Materialien zusammengepressten

Gesteins. Es galt als nicht sehr fest, was bei tagelangem Regen oft zu starker Bodenerosion führte. Valérie fuhr an den Strassenrand. Sie würde von hier aus zu Fuss weitergehen müssen, wollte sie zu der mächtigen Felswand gelangen. Sie stieg aus. Die Dämmerung war bereits weit fortgeschritten. Über den Himmel ergossen sich letzte rote Schlieren, bevor sie im Westen ganz verschwanden. Valérie betrat den Ausläufer des Eichwaldes zwischen dem Tunnel und der alten Verbindungsstrasse. Sie hatte die Taschenlampe eingesteckt. Vorerst würde sie im Dunklen gehen. Mit Einbruch der Nacht begann im Wald das Konzert der Tiere. Sie vernahm den Gesang der Maulwurfsgrille, früh in diesem Jahr.

Valérie bahnte sich einen Weg durch das filigrane Niederholz. Nebst den aufbrechenden Blättern und Knospen verhinderte ein Gewirk von Ästen ein schnelles Vorwärtskommen. Von der Strasse vernahm sie Motorenlärm von Autos und Motorrädern. Obwohl die Verkehrslinie in der Nähe lag, wähnte sich Valérie in der Einsamkeit. Weiter oben umschlang der Wald sie gnadenlos. Hier musste sie ihre Taschenlampe einschalten. Der Lichtstrahl traf auf die steile Felswand. Im hellen Kegel wurden Mauern sichtbar, ein Schotterweg, der an einem Eisentor endete. Und dort, fast nicht ersichtlich, schien die Front des Panzerwagens durch. Valérie folgte Reifenspuren, die nicht von ihm stammten. Sie endeten beim Tor. Leise, als könnte jemand sie hören, schlich sie bis zum Panzerwagen, der unter dichten, von verdorrtem Laub überdeckten Gebüschen fast komplett verschwand. Die letzten Winterstürme hatten nicht ausgereicht, um die alten Blätter wegzuzerren. Valérie kramte ihr iPhone aus der Jackentasche. Sie wählte Caminadas Nummer.

«Valérie? Wo steckst du?» Caminada hatte sich nach dem ersten Klingelton gemeldet. «Louis traf ohne dich hier ein.»

«Ich befinde mich in der Nähe der ‹Brünischart›. Ist der Strassenkünstler nicht bei ihm?»

«Doch. Trotz fortgeschrittener Stunde wird er gerade von Louis befragt. Ich habe das Bild gesehen. Ich bin mir nicht sicher, ob wir es verwenden können. Fotos wären mir lieber gewesen.» Caminada machte eine Pause. «‹Brünischart› sagtest du?»

Valérie bejahte. «Vor der mächtigen Felswand. Den Panzerwagen gibt es tatsächlich. Aber so, wie er aussieht, wurde er seit Jahren nicht vom Fleck bewegt. Er scheint mit der Natur zusammengewachsen zu sein.»

«Rührt sich etwas?»

«Bislang nicht. Doch ich habe Reifenspuren entdeckt, die frisch sind.»

«Wie schätzt du die Situation ein?»

«Schwer zu sagen. Zudem habe ich nicht die geringste Ahnung, was hinter dem Eisentor ist oder sich abspielt. Hier herrscht fast Totenstille. Was schlägst du vor?»

«Wir können es uns nicht erlauben zuzuwarten», sagte Caminada nach einem kurzen Zögern.

«Ich bin ganz deiner Meinung. Sollte hier der Treffpunkt des Ordens sein, werden wir vielleicht auch das vermisste Baby finden.»

«Ich hoffe, wir stossen nicht auf schockierende Bilder. Ich habe den Leitgedanken des Ordens wiederholt gelesen. Was immer sich hinter dem Tor befindet, es wird die Hölle sein.»

Ein knarrendes Geräusch liess Valérie zusammenfahren. Sie hatte die Taschenlampe längst ausgeschaltet. «Es geht los», flüsterte sie, brach die Verbindung zu Caminada ab und hoffte, dass er die richtige Entscheidung traf.

Hatte man sie entdeckt? Valérie duckte sich, versuchte, einen Punkt in der Finsternis auszumachen, irgendetwas, an dem sie sich orientieren konnte. Sie scheute jede ihrer Bewegungen. Ihre rechte Hand glitt langsam Richtung Holster, wo sie den Sicherheitshaken geräuschlos zu öffnen versuchte. Ebenso langsam zog sie die Glock hervor. Das Schiesseisen lag bedrohlich in ihrer Hand.

Sie war völlig ruhig.

Nichts rührte sich. Hatte sie sich getäuscht? Nachts, wenn die Schatten nicht bloss schwarz, sondern sich mit geheimnisvollen Stimmen füllten, waren auch die Sinne wacher. Valérie versuchte, jedes Geräusch einem Ursprung zuzuordnen. Die Grillen waren weitergezogen, oder sie hatten sich im Boden vergraben. Der schwache Verkehr auf der nahen Strasse liess ein unregelmässiges Rauschen zurück. In der Ferne bellte ein Hund.

Valérie getraute sich trotzdem nicht, sich von der Stelle zu rühren. Vielleicht hatte man ihren Wagen entdeckt, der dort im Normalfall nicht hingehörte. Sie hätte ihn weiter weg parken sollen. Nun war es zu spät für solche Überlegungen.

Sie konnte nicht stehen bleiben. Sie musste von diesem Platz hier weg. Wenn sie in den Lichtkegel einer Lampe geriet, würde sie sich als Zielscheibe geradezu anbieten. Vorwärtsgehen war keine Option, also ging sie rückwärts. Wie in Zeitlupe versuchte sie, jegliches Geräusch zu vermeiden. Jeder Schritt hörte sich laut an. Und bedrohlich.

Was, wenn sie sich alle täuschten und die Anhänger des Formica-Ordens an einem anderen Ort ihre Séancen abhielten? Valérie hatte im Verlaufe ihrer Tätigkeit oft Einblicke in Bunker erhalten. Im Rahmen einer Ausbildung hatte sie die Führungsanlage K20 der Schweizer Regierung bei Kandersteg besichtigen können. Der Bunker war kurz vor der Jahrtausendwende fertiggestellt worden und bot Schutz für fast tausend Menschen. Im Fall eines atomaren Gaus oder chemischen Angriffs würde dieser Bunker in erster Linie der Landesregierung zur Verfügung stehen. Er war mit der gesamten Infrastruktur ausgerüstet, die es zum Überleben brauchte und welche für die Regierung oder die Armee von strategischer Wichtigkeit war.

Dass sich hinter dem Eisentor und der Felswand eine ebensolche Kaverne befand, daran zweifelte Valérie noch. Nicht in dem Ausmass. Andererseits hatte im Sonnenbergtunnel, der Kriens mit Luzern verband, eine Zivilschutzanlage für den Katastrophenfall existiert, mit einem Spital und Schlafstellen für zwanzigtausend Menschen. Nach dem Kalten Krieg war die Anlage kontinuierlich zurückgebaut worden. Seit zwölf Jahren diente die Kaverne geführten Rundgängen und bot Einblick in eine der faszinierendsten Bunkerwelten der Schweiz. Die

Möglichkeit, dass sich Atta Sexdens in einem dieser Stollen niedergelassen hatte, schien nach Valéries Ermessen dennoch schier unmöglich.

Trotzdem befielen sie wieder Zweifel. Der Formica-Orden lebte nach der Ordnung der Blattschneiderameise. Hielten sie sich deswegen in einem Bau auf? Mit Pforten, Gängen und Fluchtstollen?

Valérie spürte ein Kribbeln in den Fingern. Sie musste dort rein und sich vergewissern. Eine gefühlte Ewigkeit verharrte sie ruhig. Als sich nichts rührte, schaltete sie die Taschenlampe wieder ein. Den Weg zum Tor beschritt sie zügig, wenngleich sie sich wie eine Raubkatze vorkam, die vor sich die Beute wittert.

Unmittelbar vor dem Tor realisierte sie erst dessen Grösse. Einen Knauf gab es nicht. Dafür entdeckte sie eine Art Schiene, auf welcher man das Tor augenscheinlich zur Seite schieben und öffnen konnte. Valérie suchte vergeblich nach einem sichtbaren Hebel. Sie bückte sich und ging langsam der Schiene entlang, in der Hoffnung, doch noch auf eine entsprechende Vorrichtung zu stossen, als sie neben sich einen zischenden Laut vernahm.

Reflexartig drehte sie sich in eine aufrechte Haltung um, griff in Sekundenschnelle an ihre Glock, hob die Taschenlampe und richtete beides gegen einen unsichtbaren Feind. «Hände hoch, Polizei!»

Der Angriff kam aus einer anderen Seite. Valérie ging instinktiv in die Hocke. Der Angreifer fiel über sie, derweil sie blitzschnell zu Boden ging und zur Seite rollte. Taschenlampe und Pistole richtete sie nach oben, traf mit dem Lichtstrahl ein Gesicht. Es gehörte einem Mann, der sich überrumpelt aufrappelte. Valéries Verteidigung hatte ihn offensichtlich überrascht.

Sie erhob sich, ausser Atem, aufgebracht vor Wut. «Hände hoch, oder ich schiesse Ihre Kniescheibe weg.»

Der Mann – zwischen fünfzig und sechzig mochte er sein – verhielt sich still mit erhobenen Armen. «Ist ja gut. Beruhigen Sie sich wieder.»

«Wer sind Sie?»

Die Antwort kam zögernd. «Björn Kleeb. Mir gehört das Gelände hier.»

Der Schein der Taschenlampe traf erneut sein Gesicht. Valérie wusste plötzlich, wo sie es schon einmal gesehen hatte.

***

Caminada hatte nach Rücksprache mit Zanetti die Elitepolizisten der Sondereinheit «Luchs» mobilisiert. Innerhalb einer Viertelstunde waren Schilligers Männer bereit für den Einsatz an der Gersauerstrasse. Auf dem Weg dorthin sprach Caminada noch einmal mit dem Staatsanwalt, der sich kurz davor mit dem Richter abgesprochen hatte. Diesmal hatte allein die Vermutung ausgereicht, es könnte sich bei dem Einsatz um das Aufspüren des Formica-Ordens handeln, um für die Aktion grünes Licht zu bekommen.

«Ist Valérie allein dort?», fragte Zanetti über die Freisprechanlage.

Caminada wusste, wie heikel die Antwort war, damit er Zanetti nicht verärgerte. «Sie fuhr für eine Vorsondierung zur ‹Brünischart›. Sie schilderte mir die Lage vor Ort. Wie befürchtet, befindet sich dort ein Eisentor, das in die Felswand eingelassen ist.» Caminada vermied zu sagen, dass Valérie das Telefongespräch abgebrochen hatte. Seit dem Anruf hatte sie sich nicht mehr gemeldet. Mit ihr erneut Kontakt aufzunehmen, war nicht möglich gewesen. Sie musste ihr iPhone auf lautlos gestellt haben.

«Sie wird doch keine Dummheiten machen.» Zanetti war hörbar besorgt.

«Sie ist ein Profi. Aber das muss ich Ihnen nicht sagen.»

«Sie kennen sie mittlerweile auch gut.» Zanetti liess ein Stöhnen vom Stapel.

Verliebter Kerl, dachte Caminada und konzentrierte sich auf die Strasse vor ihm. Neben ihm sass ein Kollege von der Sicherheitspolizei und lenkte den Wagen mit hundert Stundenkilometern und Blaulicht über die Schwyzerstrasse Richtung Brunnen.

Louis hatte sich auf dem Rücksitz niedergelassen und koordinierte die Sicherheitspolizei über Funk. Er erteilte den Befehl, die Gersauerstrasse zwischen Fallenbach und dem Strandbad Kindli für jeglichen Personenverkehr zu sperren. Louis tippte an Caminadas Schulter.

Caminada drehte sich zu ihm um.

«Danke, Chef.»

«Wofür?»

«Vielleicht werde ich heute Carla wiedersehen.»

Caminada erwiderte nichts darauf. Testosterongesteuerte Männer waren ihm seit jeher ein Gräuel gewesen. Wie sich Louis in den letzten zwei Tagen benommen hatte, ging ihm nicht in den Kopf. Dass seine Freundin bei der Presse arbeitete, hatte er bereits vor einem Jahr als gefährlich eingestuft. Er schätzte Carla als durchtrieben ein, die auf dem Weg zum Erfolgserlebnis über Leichen ging. Er würde mit Louis sprechen müssen, wenn der Fall gelöst und abgeschlossen war. Es durfte nicht sein, dass eine kleine Journalistin die Polizeiarbeit gefährdete. Er wusste, wohin das führte. Etwas Ähnliches hatte ihn beinahe den Job bei der Bündner Kantonspolizei gekostet. Nur hatte es damals sogar einen Toten gegeben, der auf seine Kappe ging. Dass er die Stelle kurzerhand gekündigt hatte, war dem Umstand eines freien Postens in Schwyz zu verdanken. Für seine Frau Menga war es ein nicht nachvollziehbarer Entscheid gewesen. Sie hatten keine zwei Nächte darüber diskutiert, was sie ihm heute noch übel nahm.

Caminada schaute wieder auf die Strasse, auf der sich die Scheinwerfer einen Weg bahnten. Sie hatten den Bahnhof in Brunnen passiert, fuhren jetzt auf der Umfahrungsstrasse Richtung Talstation Urmiberg. Auf der Höhe Fallenbach mussten sie abbremsen, weil die Sicherheitspolizei daran war, eine Nagelsperre auszulegen. Caminada wollte sich auf der sicheren Seite wähnen. Sollte der gesuchte weisse Camion bei der «Brünischart» sein, würde man ihm bei einem Fluchtversuch der Entführer den Weg abschneiden. Heute wollte er einen ersten Erfolg verzeichnen können. Lange hatte er wegen des Einsatzes gehadert. Dass Carlas Leben auf dem Spiel stehen könnte, nahm er mit durchmischten Gefühlen in Kauf. Doch er hatte keine andere Wahl. Er musste den Ameisenbau ausräuchern.

«Dort vorn steht Valéries TT», sagte Louis hinter ihm. Der Fahrer liess den Combi ausrollen, fuhr rechts an den Randstein. Vor der Tunneleinfahrt parkten Schilligers Einsatzwagen, drei insgesamt. Die Männer der Sondereinheit hatten sich bereits positioniert, was Caminada über Funk erfahren hatte. Er stieg aus, traf auf einen der Polizisten, der ihm den Weg zur Felswand wies. Caminada hatte sich die Schutzweste angezogen. Weder er noch Louis wussten, was sie erwartete.

Die «Luchse» befanden sich in Stellung. Wie dunkle Schemen bewegten sie sich zwischen den Bäumen und Büschen. Caminada schlich an einem der Männer vorbei, im Schatten des vor ihm stehenden Mannes. Er erreichte die Felswand und entdeckte im selben Augenblick Valérie im Schein einer Halogenleuchte. Caminada atmete erleichtert auf. Neben ihr erkannte er Schilliger. Die dritte Person war ihm fremd.

«Gian-Luca.» Valérie klang erleichtert.

«Erklärst du mir, was vorgefallen ist?»

«Das ist Björn Kleeb. Ihm gehört die Festung hier.»

Warum tat sie so gestelzt?

Kleeb bewegte seine rechte Schulter nach vorn. Die Hände lagen in Handschellen. Caminada versuchte, die Lage zu beurteilen. Nach einer grossen Gefahr sah es hier nicht aus.

«Tut mir leid, ich habe Ihrer Lady einen ziemlichen Schrecken eingejagt. Können Sie mich wieder befreien?»

Valérie zog Caminada zur Seite. «Ich musste ihn festnehmen», flüsterte sie.

«Hat er dich angegriffen?»

«Er ist das gesuchte Phantom.»

«Jonathan?»

«Exakt.»

«Warum ist er noch hier?»

«Ich wollte ihn nicht abführen lassen. Wir brauchen ihn, um

hinter die Felswand zu kommen. Er behauptet, das Tor sei nur von innen zu öffnen. Wo sich ein zweiter Eingang befindet, wollte er mir nicht verraten.»

«Nun, Verstärkung ist hier.» Caminada ging zurück, wo Schilliger Kleeb in Schach hielt. «Björn Kleeb, ich muss Sie bitten, uns Ihren Bunker zu zeigen.»

«Ich wüsste nicht, weshalb. Er ist mein Privatbesitz. Und ohne Durchsuchungsbeschluss geht gar nichts.»

«Den habe ich selbstverständlich.» Caminada holte diesen aus der Innentasche seines Sakkos, während er in ein sich rötendes Gesicht sah. «Voilà. Und jetzt führen Sie uns zum zweiten Eingang.»

«Tut mir leid, ich komme dort nicht rein. Ich habe den Schlüssel vergessen.»

Caminada warf Schilliger einen Blick zu. «Wir sollten uns davon überzeugen, nicht wahr?»

Schilliger griff nach Kleebs Jacke, durchsuchte die Aussen- und die Innentaschen und widmete sich nach erfolgloser Suche den Jeans. Er holte den Schlüssel aus der rechten Gesässtasche. «Und was ist das?»

«Und jetzt zum Eingang, los!» Caminada riss allmählich der Geduldsfaden. Möglicherweise sass er gerade einer ausgeklügelten Hinhaltetaktik auf.

Kleeb lotste die Ermittler in seinem Schlepptau links die Felswand entlang zu einer mannshohen Mauer. Valérie leuchtete sie ab. «Dort befindet sich der Zugang.» Sie ging voraus. Caminada folgte ihr bis zu einer schmalen Eisentür, die sich hinter einer Tarnung aus Ästen versteckte. Er führte den Schlüssel ins Schloss, drehte ihn um und öffnete.

Schilligers Leute hatten sich vor der Tür formiert, bereit zum Einmarsch.

«Gibt es einen Lichtschalter?», fragte Caminada.

Kleeb lachte. «Ich bin noch nicht so weit. Der Strom ist nicht angeschlossen.»

Caminada betrat den dunklen Tunnel und tastete die Wände ab. Valérie spendete Licht mit der Taschenlampe. Nach Komfort sah es hier nicht aus. «Und wo befindet sich die Vorrichtung zum Öffnen des Tores?»

«Wie gesagt, ich arbeite noch daran.»

«Sie haben den Bunker 2014 erworben», sagte Caminada. «Was haben Sie damit vor?»

«Ich werde ein Militärmuseum daraus machen, ein grösseres als auf der Halsegg. Zudem wird es einen bequemeren Zugang geben. Ich verhandle noch immer mit dem Kanton.»

Caminada hatte es bereits gecheckt. Es gab keine Verhandlungen. Er sprach Schilliger an. «Zugriff?»

«Zugriff!»

Schilligers Männer stürmten los.

Caminada wandte sich an Kleeb. «Wir nehmen Sie vorläufig fest wegen des Verdachts, Carla Benizio in Ihrer Gewalt zu haben. Alles, was Sie von nun an sagen, kann gegen Sie verwendet werden. Sie haben das Recht zu schweigen.»

«Sie müssen mich nicht belehren», sagte Kleeb und setzte ein teuflisches Grinsen auf. «Ich bin Anwalt.»

SIEBZEHN

Valérie liess es sich nicht nehmen, hinter den «Luchsen» den Bunker zu betreten, der bis anhin bloss aus einem langen schmalen Stollen bestanden hatte. Von den nackten Wänden sickerte Wasser. Es roch nach Moder und einer Mischung aus Wärme und abgestandener Luft. Sie hatte keine Anzeichen dafür gefunden, dass die Hohlräume im Felsen bewohnt waren. Damit hatte sie auch nicht gerechnet. Trotzdem war sie enttäuscht, nicht auf einen geheimen Raum zu stossen, in dem der Formica-Orden seinen abartigen Glauben praktizierte. Lag sie mit ihren Vermutungen komplett falsch?

Hatte überhaupt etwas darauf hingewiesen, dass hier der gesuchte Sektentempel lag? War es nicht bloss ein Hirngespinst, die verzweifelte Suche nach einer Lösung, der Hunger nach Erfolg?

«Fund!», echote es plötzlich aus den Tiefen des Berges.

Valérie schrak aus ihren Gedanken.

«Das kam von dort», sagte Louis, der hinter ihr ging.

Sie hatte ihn ausgeblendet. «Was es wohl sein mag?» Trotz der Enge des Tunnels beeilte sich Valérie. Sie stakste über unebenes Gestein. Sie stützte sich an der rauen Wand ab, schürfte dabei die Hand auf. Hinter sich hörte sie Louis fluchen.

Am Ende des Tunnels öffnete sich eine Kaverne vor ihr, von mattem Licht beleuchtet. Valérie blieb stehen und verfolgte das Tun der Sondereinheit, die jeden Winkel absuchte. Auf dem Boden lagen Matten, gegen die hundert mussten es sein. Es sah aus, als hätte hier jemand das Gewölbe fluchtartig verlassen. Valérie und Louis warteten im Schatten des Tunnels, bis sie die Gewissheit hatten, dass alles gesichert war.

«Siehst du das?» Louis zeigte auf eine Betonwand. «Eine Uhr. Sie zählt rückwärts. Zwölf Jahre, hundertdreissig Tage, eine Stunde ...»

«Dieselbe Uhr, die auf der Website des Formica-Ordens erscheint», sagte Valérie, «von wegen kein Stromanschluss. Ich behaupte, die sind hier mit der neuesten Technik ausgestattet.» Sie seufzte. «Könnte ich diesen Moment einfrieren, ich würde es tun. Wir haben Badertschers Basislager gefunden.»

«Niemand da», informierte einer der «Luchse».

«Wetten, die sind abgehauen», sagte Louis. «Oder haben sich tiefer im Berg versteckt. Ich mache mich auf die Suche. Ich muss Carla finden.»

«Mach dich nicht verrückt. Die Sondereinheit wird den Bunker auseinandernehmen. Wir haben hier nichts mehr verloren, aber den Beweis, dass Atta Sexdens hier wirkt, wenn auch sporadisch. Der Orden trifft sich hier, das steht fest. Nebst den Treffen geht jedes Mitglied seinen eigenen Weg. Das macht die Sekte undurchschaubar. Ich werde Kleeb verhören.»

«Kann nicht *ich* das tun? Er hat Carla entführt.»

«Das wissen wir nicht mit Sicherheit. Zudem bist du befangen. Caminada würde dir die Vernehmung nicht erlauben.»

Schilliger kam mit einem Stoss violetter Gewänder zurück. «Die hingen in einem Stahlschrank», sagte er. «Weiter hinten liegt eine Art Wohnzimmer. Wir haben eine Brille gefunden.» Er reichte Valérie einen Asservatenbeutel.

Louis sprang wie von der Tarantel gestochen nach vorn. «Das ist Carlas Korrekturbrille.»

＊＊＊

Valérie hielt sich mit Kaffee wach, doch sie fühlte sich so miserabel, als litte sie unter einem Jetlag.

Im Vernehmungsraum wartete Kleeb auf sie, nachdem er nach einer Gegenüberstellung im «Spiegelsaal» dorthin geführt worden war.

«Wir können die Vernehmung vertagen», schlug Caminada vor. Es schien, als sähe er ihr das Schlafmanko an.

«Und deswegen holen wir Geraldine Marxer an einem frühen Sonntagmorgen aus dem Bett?» Valérie schüttelte den Kopf. «Fabia sagte mir, dass Marxer mit dem Anwalt gedroht habe.

Ich bin froh, hat sich Geraldine ihrem Vater widersetzt. Sie ist freiwillig mitgekommen. Ich möchte vorwärtsmachen. Jede weitere Stunde verringert die Chance, dass wir den Säugling lebend finden. Und Carla gilt noch immer als vermisst.»

«Glaubst du tatsächlich, dass das Kind noch am Leben ist?»

«Das ist es doch, was uns in unserem Beruf antreibt. Wenn die geringste Hoffnung besteht, dass wir Leben retten können, dann tun wir es ohne Wenn und Aber. Ich glaube fest daran, dass wir das Baby lebend finden.»

«Dein Bauchgefühl?»

«Wer spricht da von Bauchgefühl? Es geht mir nicht in den Kopf, dass jemand einem unschuldigen Menschenkind gewollt etwas Böses antun kann.»

«Und der Leitgedanke des Ordens?»

«Den habe ich nicht vergessen. Ich kann mir jedoch nicht vorstellen, dass Badertscher Kannibalismus betreibt.»

«Ich hoffe, dass du recht hast.» Caminada sah auf die Uhr. «Heute Abend um sechs werden wir eine Aufstellung mit der Werbegilde machen.»

«Ich habe davon gehört und kann es nur begrüssen.» Valérie trank den Kaffee fertig. «Falls etwas ist, findest du mich im Vernehmungszimmer drei.» Sie griff nach dem Dossier. «Bis später.»

«Bis später.»

Björn Kleeb machte sicher eine bessere Falle, wenn er ausgeschlafen war. Seit Mitternacht befand er sich auf dem SSB. Valérie hatte ihn wecken müssen, bevor man ihn zur frühen Morgenstunde zum «Spiegelsaal» brachte. Er war im Sitzungszimmer unter der strengen Aufsicht eines Wächters eingeschlafen. Viel genützt hatte es ihm offensichtlich nicht.

Valérie legte ihre Dokumente auf den Tisch. Der Protokollführer sass vor seinem Laptop, startklar und gut aufgelegt. Er schien eine entspannte Nacht verbracht zu haben.

«Heute ist Sonntag, der 19. April.» Valérie sprach auf Band. «Es ist acht Uhr fünfundzwanzig. Zugegen sind der Zeuge

Björn Kleeb sowie der Protokollführer.» Sie nannte seinen Namen. «Und Oberleutnant Valérie Lehmann.»

«Sollte ich als Zeuge hier sein, wie Sie das nennen, hätten Sie mich nicht festnehmen dürfen. Das ist Ihnen doch klar.»

«Würden Sie bitte nur reden, wenn Sie gefragt werden?», sagte Valérie ruhig. «Es hat alles seine Richtigkeit. Ob Sie als Angeklagter hier sitzen, wird der Richter in absehbarer Zeit entscheiden.»

«Sie können mir nichts vorwerfen.» Kleeb grinste.

«Wie gesagt, der Entscheid wird demnächst eintreffen. Wir haben eine Zeugin, die Sie wiedererkannt hat.»

«Die Gegenüberstellung? Ha, dass ich nicht lache. Hätte der Kerl neben mir seine Haare nach hinten gekämmt, er wäre glatt als mein Zwilling durchgegangen.» Kleeb machte eine Sprechpause. «Als was wiedererkannt?», fragte er dann doch nach.

Valérie nahm ein A4-Blatt aus dem Ringheft. Sie schob es über den Tisch und tippte mit einem Schreibstift auf ein gelb markiertes Wort. «Sagt Ihnen der Name dieser Kontaktbörse etwas?»

Kleeb sah flüchtig hin. «Nein.»

«Nein? Weshalb taucht dann Ihr Name unter dem Pseudonym Jonathan auf? Das Bild allerdings, das Sie dazu hineingestellt haben, entspricht ganz und gar nicht Ihrem und Ihrem Alter. Es gab einige junge Frauen, die in diese Falle tappten.»

«Bringen Sie es auf den Punkt.»

«Wir haben Sie seit geraumer Zeit im Auge», bluffte Valérie. «Seit Ihnen Marilyn entkommen ist», sie entnahm dem Ringheft den Flyer des Formica-Ordens, «wissen wir, dass Sie über den Chatraum für diese Sekte Neumitglieder akquirieren.» Valérie deutete auf den Flyer.

«So etwas Hirnverbranntes habe ich noch nie gehört.» Kleeb rutschte auf dem Stuhl nach vorn.

Valérie sah ihm an, wie er schwitzte. Sie blieb weiterhin sachlich und ruhig. «Herr Kleeb. Wir ermitteln gegen Marius Badertscher. Wir wissen, dass Sie ihn kennen.» Valérie zog ein neues Dokument hervor. «Vor sieben Jahren haben Sie ihn im Streit um einen Erbvorbezug gegen seinen Vater vertreten.»

«Ich bin Anwalt. Da sind solche Mandate an der Tagesordnung.»

«Sind Sie nicht auf das allgemeine Gesellschaft- und Handelsrecht spezialisiert?»

Kleeb kratzte sich am Kinn. «Ich habe dem nichts entgegenzusetzen, da alles purer Zufall ist.»

«Ein Jahr später», fuhr Valérie fort, «gründeten Sie, zusammen mit Marius Badertscher, die Firma ‹Books GmbH›. Im Handelsregister sind Sie unter dem Vermerk ...» Valérie zitierte: «‹Führung eines Verlages, Handel mit Büchern und verwandten Produkten sowie Erbringung von Dienstleistungen, welche mit dem Verlags- und Handelswesen zusammenhängen; bezweckt ebenso die Schulung zur Förderung der deutschen Literatur; kann Darlehen gewähren, sich an anderen Unternehmungen beteiligen oder sich mit diesen zusammenschliessen; kann Grundstücke erwerben, halten und veräussern.›» Valérie sah auf. «Eine perfekte Tarnung für ein schmutziges Geschäft. Sie gelten in der GmbH als Mitarbeiter. Es hat einiges gebraucht, bis meine Leute darauf gekommen sind.»

«Und was wollen Sie damit andeuten?»

«Ich mache Ihnen einen Vorschlag.» Valérie lehnte sich zurück und warf dem Protokollführer einen Blick zu. Dieser sah sie stirnrunzelnd an.

Kleeb rutschte auf dem Stuhl in eine andere Position. «Ich höre.»

«Sie sagen mir, wo sich Carla Benizio aufhält. Sie haben Sie vor drei Tagen in einem weissen Camion entführt. Es gibt Zeugen, welche die Aktion beobachtet haben. Und kommen Sie mir nicht damit, Sie wüssten von nichts. Wir haben es schwarz auf weiss, dass Sie mit ihr gechattet haben.»

«Und weiter?»

Arroganter Arsch, dachte Valérie und musste sich zusammenreissen, um nicht laut zu werden. Sie spürte, dass ihre Konzentration nachliess. «Sie erzählen mir von Amelie Schleiss und Tatjana Boroschenko. Darüber hinaus verraten Sie mir, wo ich Marius Badertscher finde.»

«Das sind ganz viele Dinge auf einmal.» Kleeb verschränkte die Arme. «Ich soll also einen Deal mit der Polizei eingehen? Was schaut dabei für mich heraus?»

Valérie atmete innerlich auf. Möglicherweise hatte sie den Anwalt an der Angel. «Ich bin noch nicht fertig. Ich möchte eine ehrliche Antwort.»

«Auf welche Frage?»

«Waren Sie vom Dienstag, 7., auf den Mittwoch, 8. April, auf der Insel Schwanau?»

Kleeb verzog den Mund zu einer Schnute. «Hmm.»

«Überlegen Sie genau, was Sie sagen. In dieser Nacht war Vollmond.»

«Ist das eine hypothetische Frage?»

Valérie sah ihm an, dass er haderte.

«Wenn es Beweise gäbe», sagte er nach langem Zögern, «hätten Sie die Frage anders gestellt.»

«Ich kann die Frage anders stellen: Hat Atta Sexdens alias Marius Badertscher in besagter Nacht in Ihrer Anwesenheit einen Säugling entführt?» Sie vermied es, das Wort «geopfert» in den Mund zu nehmen.

Darauf, dass Kleeb vom Stuhl hochsprang und mit seiner rechten Hand ausholte, war Valérie nicht gefasst gewesen. Der Protokollschreiber erhob sich geistesgegenwärtig und packte Kleeb von hinten, da ging bereits die Tür auf, und zwei Wächter stürmten herein.

Valérie erholte sich rasch von ihrem Schrecken. «Beruhigen Sie sich», sagte sie und meinte sich. «Setzen Sie sich wieder.»

«Das ist eine infame Unterstellung», fuhr Kleeb sie an, bevor er zum Stuhl zurückkehrte.

«Es war bloss eine Frage.» Valérie bedeutete den Wächtern, das Zimmer zu verlassen. Sie beobachtete Kleeb, der die Lippen verbissen aufeinanderpresste.

«Waren Sie auf der Insel?»

«Ja, wir waren da, eine kleine Gruppe von sieben Leuten. Sieben ist eine heilige Zahl.»

Valérie schob ihm einen Schreibblock zu. «Notieren Sie die

Namen von den Mitgliedern, die dabei waren. Wann sind Sie dort angekommen?»

«Um halb zehn. Es war schon dunkel.» Kleeb ergriff einen Schreibstift und notierte die Namen.

«Mit dem Kursschiff?»

«Was haben Sie mich gefragt?»

«Ob sie mit dem Kursschiff auf die Insel fuhren.»

Kleeb legte den Schreibstift nieder und schob den Block zurück. «Nein, wir haben ein eigenes Boot. Wir fuhren an die Ostseite und stiegen über den steilen Weg nach oben.»

«Wo Sie ein Feuer entfachten?»

«Ja. Wir versanken im stillen Gebet.»

«Gebet?» Valérie blickte auf. Wie liess sich die teuflische Sekte mit einem Gebet vereinbaren? «Wann gingen Sie zurück zum Festland?»

«Nicht später als elf Uhr.»

«Ist Ihnen niemand aufgefallen?»

«Wir hörten bloss Gejohle von unten und gingen davon aus, dass es aus dem Restaurant kam.» Kleeb strich sich immer wieder nervös über das Kinn. «Gilt der Deal noch?»

«Ja.»

«Ich weiss zwar nicht, worauf ich mich einlasse. Aber ich werde kein Wort mehr sagen, bis Sie mir ein Angebot gemacht haben.»

✳✳✳

Louis erwachte nach einem unruhigen Schlaf, in dem er sich hin und her gewälzt hatte. Am Morgen lag eines der Kopfkissen auf dem Boden, das andere war zerknautscht. Nur mühsam kam er auf die Beine. Als die Hausglocke ertönte, wusste er, was ihn vorhin aufgeweckt hatte. Er sah auf sein iPhone. Halb neun. Den Wecker hatte er nämlich für später gestellt. Auf dem Weg zum Flur warf er einen flüchtigen Blick in den Garderobenspiegel, strich sich schnell über die Haare, obwohl es da kaum etwas zu richten gab, und drehte den Schlüssel im Türschloss um.

«Hey, lässt du den Schlüssel immer stecken?»

«Carla!» Wäre Louis auf einer Wolke gesessen, er wäre kopfüber auf die Erde gefallen. «Verdammt, Carla!» Mehr brachte er im Moment nicht heraus. In seinem Innern tobte ein Sturm. Louis wusste nicht, ob er sich zum Hurrikan entwickeln oder sich in ein Lüftchen zurückverwandeln würde.

«Freust du dich nicht?» Carla zog jemanden hinter dem Türpfosten hervor. «Das ist Amelie.»

«Amelie? Amelie Schleiss?» Louis war hellwach. Er sah auf eine Frau Mitte zwanzig mit langen Haaren, in denen sich das Sonnenlicht bündelte. Trotz der Schönheit fehlte es ihr an Ausstrahlung. Ihr Blick war stumpf, die Spannkraft des Körpers fehlte. «Du hast Amelie gefunden?» Es war das Einzige, das Louis klar denken liess. Doch dann überwältigten ihn die Emotionen. Er riss Carla an sich und drückte sie so fest, dass sie laut nach Atem rang. Er liess sie überwältigt los. «Kommt rein.»

Amelie zögerte. Carla zog sie in die Wohnung. «Ich bin hier zu Hause», sagte sie. «Louis ist mein Freund, und er ist Polizist. Du brauchst dich nicht zu fürchten. Alles wird gut.»

Abscheuliches musste der Frau widerfahren sein. Sie kam Louis völlig paralysiert vor. Er nahm Carla zur Seite. «Wissen es ihre Eltern schon?»

Carla sah ihn fassungslos an. «Na, hör mal, wir kommen gerade von einer gefährlichen Odyssee zurück. Wir sind den Fängen des Formica-Ordens entflohen. Es war nicht einfach, zumal Amelie die Marionette des Sektenführers ist. Es brauchte sehr viel Überzeugungskraft, um sie aus dem Bunker zu führen.»

«Sie hat in einem Bunker gelebt?»

«Nein, das nicht. Sie lebte bei Atta Sexdens. Aber wenn er sie von seinem Wohnort zum Bunker und zurückfuhr, wurden ihr immer die Augen verbunden. Sie hatte keine Chance, ihrem Elend zu entkommen.»

«Und dann kommst du und befreist sie?»

«Als hätte der Kerl es gemerkt, dass mit meiner Ankunft in seinem Heiligtum sein Treiben ein Ende finden würde. Er brach

271

sein Ritual ab und verschwand so schnell, wie er eingetroffen war. Und glaube mir, ich hatte Blut geschwitzt, bis es so weit war. Ich war zehn Minuten allein mit Amelie. Diese zehn Minuten mussten reichen, um auszubrechen. Wir haben uns den Notausgang zunutze gemacht, der Richtung Seeschlössli liegt. Vorher wusste ich nicht, wo ich mich befinde. Ich konnte mir keinen Reim darauf machen, da man mir bei der Entführung einen Jutesack über den Kopf gestülpt hatte. Als wir endlich draussen waren, suchten wir Unterschlupf in einer leer stehenden Hütte, wo wir den Morgen abwarteten. Später nahmen wir den Bus.»

«Tapferes Mädchen.» Louis umschlang sie erneut und küsste sie.

«Ist das alles, was du dazu zu sagen hast?»

«Ich lief deinetwegen fast Amok.» Louis konnte sich das Jammern nicht verkneifen. Dass Carla auch von seinen Kollegen gesucht worden war, sagte er nicht. Er war überglücklich, sie wieder in seine Arme schliessen zu können. «Ich muss es den Kollegen melden. Du und Amelie, ihr seid jetzt wertvolle Zeuginnen.»

«Lass uns vorher duschen.»

Louis liess sie los. «Danach erzählst du mir detailgetreu der Reihe nach, wie sich alles zugetragen hat.»

∗∗∗

«Ist das wahr?» Valérie fehlten vorerst die Worte. Soeben hatte Louis sie angerufen und sie über Carlas Wiederauftauchen informiert. Jetzt würde es eng werden für Kleeb. Einer wichtigen Zeugin war die Flucht aus den Klauen von Atta Sexdens gelungen, zusammen mit Carla. Valérie hatte sich doch nicht in ihr getäuscht. Carla war eine taffe Frau. «Wie geht es Amelie?»

«Den Umständen entsprechend. Sie ist ein wenig ballaballa. Sie hat geduscht, Carla hat ihr ein paar Klamotten von sich zum Anziehen gegeben. Aber sie spricht fast nichts.»

«Kein Kunststück bei ihrer Geschichte.» Valérie überlegte.

Sie würde den Polizeipsychologen zuziehen müssen. «Wir werden sie mit dem Streifenwagen abholen.»

«Ich könnte sie hinfahren.»

«Ich möchte kein Risiko eingehen. Es muss sie nur jemand beobachtet haben.»

«Okay. Aber sie sind beide sehr müde.»

«Davon gehe ich aus, nach dem, was du mir erzählt hast. Trotzdem brauchen wir sie so schnell wie möglich für eine Zeugenaussage. Seid ihr in einer halben Stunde bereit? Ich werde euren Transport nach Biberbrugg organisieren.»

Valérie verabschiedete sich von Louis. Dann rief sie Caminada an. «Carla ist zurück.» Sie hörte, wie Caminada aufatmete. «Amelie Schleiss ist bei ihr. Wir sollten die Eltern herholen.»

«Ich werde es veranlassen. Wann sehen wir uns?»

«Wenn der zweite Teil der Vernehmung von Kleeb vorüber ist. Er wird zwitschern, um seinen Allerwertesten zu retten. So schätze ich ihn zumindest ein.»

Wenig später betrat Valérie erneut das Vernehmungszimmer. Kleeb sass noch genauso auf dem Stuhl, wie sie ihn vor einer halben Stunde verlassen hatte. Auf dem Tisch standen eine Kaffeetasse und ein Wasserglas. Beides hatte er nicht angerührt.

«Soll ich hier Wurzeln schlagen?» Kleeb sah sie mit einem Bernhardinerblick an, der nach Mitleid heischte.

Valérie setzte sich ihm gegenüber. «Die Ausgangslage hat sich verändert.»

«Was heisst das?»

«Eine weitere Zeugin ist aufgetaucht.»

«Halten Sie mich zum Narren?»

«Das überlasse ich Ihnen.»

«Sie haben mir versprochen, dass Sie mir entgegenkommen, wenn ich rede.»

«Im Rahmen meiner Möglichkeiten. Ich möchte Sie nur darauf hinweisen, dass Lügen nichts bringt.»

Kleeb verwarf die Hände. «Gut, gut. Ich werde Ihnen alles erzählen, was Sie hören wollen.»

«Die Wahrheit.» Valérie setzte erneut das Aufnahmegerät in Betrieb und sprach die obligate Einführung auf Band. «Welche Funktion haben Sie in diesem Orden?»

«Ich bin Attas rechte Hand.»

«Bleiben wir bei seinem richtigen Namen.»

«Ich vertrete Marius Badertscher in rechtlichen Belangen, was in erster Linie die ‹Books GmbH› betrifft.»

«Seit ihrer Gründung vor sechs Jahren haben Sie ein einziges Buch produziert, das man nur über die Website des Formica-Ordens beziehen kann. Es beschreibt nebst dem Leitgedanken das Desaster, das nach Badertschers Meinung im Jahr 2032 über die Welt hereinbrechen wird.»

«Sie haben das Buch erworben?» Kleeb griff endlich nach dem Wasserglas, liess es aber vor seinem Mund schweben.

«Wir haben Zugriff zu den Daten. Das Buch muss man nicht kaufen. Der Text steht eins zu eins im Netz.»

Kleeb runzelte die Stirn und stellte das Glas ab, ohne getrunken zu haben. «Ach, eins zu eins. Sie veralbern mich erneut.»

Valérie breitete ihr Dossier auf dem Tisch aus. Sie zitierte: «Die Eltern sind ermächtigt, ihre Neugeborenen zu töten.» Sie sah auf, fixierte Kleebs Gesicht. «Welche Eltern sind da gemeint?»

«Das … das ist nur so dahingeschrieben.»

«Dahingeschrieben? Und dann macht man sogar ein Buch daraus?» Sie las weiter vor: «Die Kindstötung vor dem ersten Lebensjahr ist erlaubt … Kinder bis zwölf Monate sind keine richtigen Menschen, sie hätten kein moralisches Recht auf Leben. Wie erklären Sie sich das?»

«Ich habe ihm davon abgeraten.» Kleeb knetete seine Fingerknöchel weiss. «Er hat es nie praktiziert, es sollte nur ein abschreckendes Beispiel sein, da wir keine Kinder in die Welt setzen wollen, bis die Errettung hinter uns ist.»

Valérie las: «Neugeborene und Kinder dürfen unter der Aufsicht von Atta Sexdens ihm zu Ehren geopfert oder getötet und verscharrt werden. Auch die Feuerbestattung ist erlaubt … Das hat Badertscher wirklich nie praktiziert?»

«Nein, Sie müssen mir glauben.»

«Warum nimmt er es dann in seinen Leitgedanken auf?»

«Weil ...»

Valérie sah ihm an, dass er haderte.

«Weil ... Atta Sexdens so seine Schäfchen ganz klein halten wollte. Er vertritt die Meinung, dass wir in der heutigen Zeit keine Kinder mehr haben sollten. Für ihn ist es ein minimaler Schritt gegen die Überbevölkerung der Erde. Er verkündet seinen Anhängern, dass der Formica-Orden der einzige Orden sei, der die Katastrophe überleben werde.»

«Sie glauben also auch an den Weltuntergang im August 2032?»

Kleeb blieb eine Antwort schuldig.

«Trotz aller Verbote wurde eine Frau Ihres Ordens schwanger.» Valérie hatte Mühe, den Satz auszusprechen. Dieser Badertscher war hochgradig krank. Er war wie ein Geschwür, das seine Anhänger befallen hatte. Ob und wie weit Kleeb an das glaubte, was sein Chef vertrat, hatte sie noch nicht herausgefunden.

«Von dem weiss ich nichts.»

«Tatjana Boroschenko. Sagt Ihnen der Name etwas?»

Kleeb überlegte. «Tatjana ... an sie erinnere ich mich. Aber sie verliess den Orden ... bereits vor sechs oder sieben Jahren.»

«War sie Badertschers Geliebte?»

«Eine kurze Zeit, bis er sich für eine andere entschied.»

«Heisst die andere zufällig Amelie?»

Kleeb schluckte.

«Hat Amelie ausgedient?», provozierte Valérie. «Schickte Badertscher Sie aus, um ihm eine neue Frau zu bringen?»

Als keine Antwort kam, fuhr Valérie fort: «Sie waren unter dem Pseudonym Jonathan im Chat der Kontaktbörse unterwegs ... auf Brautschau für den Meister? Marilyn alias Geraldine Marxer sollte das nächste Opfer sein. Wo hat Badertscher die Frauen versteckt?»

«Er hat sie nicht versteckt. Sie waren jeweils in gegenseitigem Einvernehmen bei ihm. Er hat für seine jeweilige Geliebte alles getan. Den Frauen mangelte es an nichts.»

Valérie spürte Wut, versuchte, sie zu unterdrücken. Glaubte

Kleeb wirklich, was er sagte? Sie schob ihm erneut den Schreibblock zu. «Notieren Sie die Adresse, wo wir Badertscher finden können.»

«Sie bringen mich in Teufels Küche.»

«Ich glaube, Sie sind ihm bereits verfallen – dem Teufel. Schreiben Sie! Und sagen Sie die Adresse laut.»

«Er wohnt in …» Kleeb schluckte wieder. Sein Adamsapfel glitt auf und ab. «Er wohnt in Küssnacht. Oberhalb der Grepperstrasse hat er eine Villa.» Er nannte den Strassennamen und die Nummer und schrieb beides gleichzeitig auf den Notizblock, bevor er ihn Valérie über den Tisch zuschob.

Es war Valérie, die einen Moment lang den Faden verlor. Ungläubig starrte sie auf die Adresse. Die Villa am Ende ihrer Strasse, das verwunschene Herrenhaus, dicht bewachsen, halb versteckt hinter ungeschnittener Thuja. Auch im Winter hatte man kaum Einblick auf das Grundstück. «Auf welchen Namen lautet das Anwesen?»

«Es gehört Badertschers Eltern. Noch haben sie es dem Sohn nicht überschrieben.»

Valérie hatte Mühe, es nachzuvollziehen. Seit zwei Jahren wohnten sie und Zanetti neben einem Mann, der mutmasslich eine Frau bei sich gefangen hielt. Und niemand wollte etwas davon in Erfahrung gebracht haben. Ihr war schlecht. Sie schaffte es kaum, mit der Situation fertig zu werden. Das hatte sie nun davon, wenn sie sich vor dem Quartierleben verschloss. Andererseits gehörte Badertscher auch zu den Leuten, die sich vor der Masse abschotteten, allerdings mit einem nachvollziehbareren Grund – er war ein Krimineller. «Wir beenden hier die Vernehmung.»

«Sind wir durch? Kann ich nach Hause?» Kleeb sah sie erwartungsvoll an.

«Vorläufig bleiben Sie in Untersuchungshaft.»

«Sie haben mir versprochen –»

«Ich habe gar nichts.»

✳✳✳

Sie fühlte sich neben der Spur, als sie den Korridor zu Caminadas Büro durchschritt. Vorab hatte sie ihm die aktuelle Lage am Telefon geschildert. Er hatte sie gebeten, nach dem Mittag vorbeizukommen. Früher ging nicht, da er mit Menga, seiner Frau, beim Essen war.

Valérie klopfte an und öffnete die Tür, bevor sie eine Antwort bekam. Caminada sass am Pult. Er hatte soeben den Telefonhörer auf die Station zurückgelegt.

«Die Spezialeinheit ist unterwegs nach Küssnacht», sagte er. «Ich habe Louis die Order erteilt, beim Einsatz dabei zu sein. Carla Benizio und Amelie Schleiss sind bereits auf dem SSB eingetroffen. Herr und Frau Schleiss werden in einer Stunde hier sein.» Er bot Valérie den Besucherstuhl an. «Ich habe deren Befragung an einen Kollegen delegiert.»

Valérie setzte sich, legte ein Mäppchen voller Berichte auf das Pult, fühlte sich am Anschlag. Seit sechsunddreissig Stunden hatte sie nicht geschlafen. Ihr Inneres vibrierte. Sie stand unter Stress. «Wie beurteilst du die Situation?»

«Ich gebe die Frage an dich weiter.»

«Wir haben einiges gegen Badertscher in der Hand und noch immer zu wenig. Wenn ich seinem Mitarbeiter glauben soll, hat er den verschwundenen Säugling nicht. Der Leitfaden sei reiner Bluff, hat er mich wissen lassen. Ein makabrer Bluff, wenn du mich fragst. Solange seine Website als verschlüsselt gilt, können wir ihn nicht dafür belangen. Unser Gesetz verbietet es nicht, satanische Texte zu veröffentlichen. Sofern es bei den Texten bleibt, haben wir nichts in der Hand.»

«Und die Gefangenhaltung der Frauen?»

«Das wird sich zeigen, wie sich Amelie dazu äussert. Wenn Badertscher ihr lange genug eingeimpft hatte, dass sie freiwillig bei ihm ist, wird das eine harte Nuss.» Valérie gähnte. «Sorry.»

«Heute Abend um sechs werden die Mitglieder der Werbegilde zum Lauerzersee kommen.»

«Das habe ich nicht vergessen.»

«Kann dir jemand die Arbeit abnehmen?» Caminada sah sie sorgenvoll an.

«Ich möchte dabei sein.» Valérie zögerte. «Haben wir das Okay vom Richter zur Überprüfung der Bankdaten von Claudio und Paula?»

«Bislang nicht. Ich werde morgen Montag Druck ausüben, sollte es dann noch relevant sein. Aber die letzten Ergebnisse aus dem Labor sind da.»

«Ist mir etwas entgangen?»

«Beim Bergfried hatte man Flüssigkeit sichergestellt. Du erinnerst dich. Zuerst ging man davon aus, dass jemand etwas verschüttet hatte.»

«Ich erinnere mich.»

«Es handelte sich um Fruchtwasser.»

«Was?» Valérie fuhr so heftig vom Stuhl auf, dass er beinahe gekippt wäre.

«Die DNA ist praktisch identisch mit derjenigen von Tatjana Boroschenko.»

«Dann muss sie oben bei der Ruine gewesen sein, bevor sie hinunter zum Bootssteg ging. Die Fruchtblase platzte, die Wehen hatten spätestens jetzt eingesetzt. Unter Schmerzen muss sie dorthin gelangt sein, wo sie eine Sturzgeburt und eine Placenta accreta erlitt.» Was hatte die Frau erdulden müssen? Valérie entsann sich Kleebs Aussage, dass Badertschers Gruppe spätestens um elf zurückgefahren war. Hatte er gelogen? War Tatjana bei den Anhängern des Formica-Ordens gewesen? Dagegen sprach ihr Umhang. Gemäss Lenis Aussage war der nicht violett, sondern schwarz gewesen. Ob es relevant war? Und wo befand sich der Umhang jetzt? Der KTD hatte keinen sichergestellt. Valérie hatte dem keine grosse Bedeutung zugemessen. Er war erst mit Lenis verspäteter Aussage ein Thema geworden.

«Woran denkst du?» Caminada knabberte an seinem rechten Daumen, schien ebenso über etwas zu grübeln.

«Ich stolpere über die unterschiedlichen Uhrzeiten, in denen die Personen auf der Insel waren.» Valérie entnahm ihrem Mäppchen das zweithinterste Dokument. «Als die Gruppe der Werbegilde um achtzehn Uhr dort eintraf, befanden sich Claudio und Paula bereits vor Ort. Nach meinem Ermessen auch die

Fremde. Leni hatte sie nicht wieder zurückgefahren. Mit dem heutigen Wissensstand war die Fremde Tatjana Boroschenko. Weder Claudio noch Paula wissen, wohin die Frau gegangen ist. Möglicherweise hat sie sich versteckt. Noch während der Anwesenheit der Werber traf Badertscher mit einem Gefolge von sechs Anhängern auf der Insel ein. Laut Kleebs Aussage kollidierten sie jedoch nicht mit der Gruppe, da sie über den östlichen Teil der Insel gekommen waren. Um spätestens elf verliessen sie die Insel. Zu der Zeit befanden sich die zwei Personen vom Restaurant sowie die Gruppe vor Ort. Um halb eins war dann auch die Gruppe weg. Als Lars Bürgler und Sonja Schelbert dort eintrafen, muss es nach halb eins gewesen sein, sonst hätten sie die Leute sicher angetroffen oder zumindest gesehen. Bürgler sagte aus, dass sie mit dem Boot zur Insel fuhren, welches führerlos neben dem Kursschiff lag.»

Caminada pflichtete ihr bei. «Es ist dasselbe Boot, das als Notboot dient und in der Regel bei der Anlegestelle auf der Insel liegt.»

«Machen wir einen Überlegungsfehler?», dachte Valérie laut nach. «Oder wer hat das Boot entwendet und ist auf das Festland gefahren? Tatjana Boroschenko kann es unmöglich gewesen sein, denn dann hätte man sie nicht bei der hinteren Station gefunden. Nachdem Leni sie zusammen mit Claudio und Paula hingefahren hatte, muss Tatjana auf der Insel geblieben sein.»

«Die Antwort darauf lässt sich vielleicht bei den Werbern finden», sagte Caminada.

«Auf dieses Fazit komme ich auch. Die Antwort liegt möglicherweise bei den unterschiedlichen Aussagen betreffend Personenanzahl auf den beiden Rückfahrten.»

In die relative Stille des Raums drang der Klang des Telefons wie eine Sirene. Caminada liess es dreimal läuten, bevor er nach dem Hörer griff.

Valérie erhob sich und verräumte das Dokument im Mäppchen. Von Caminadas Gespräch mit dem Anrufer hörte sie nur die eine Seite. Doch den Worten nach zu urteilen, handelte es sich um Louis. Sie wartete, bis Caminada den Anruf beendet hatte, schritt indes zum Fenster, dessen Sicht auf die gleiche Seite fiel wie vom Fenster ihres Büros aus, das eine Etage tiefer lag. Der Fluss Alp brachte mehr Wasser als zuvor. Die Temperaturen waren auch in den höheren Lagen gestiegen. Es würde ein schöner Frühling werden, wollte man den Meteorologen glauben. Trotzdem sehnte sich Valérie gerade jetzt nach Teneriffa.

Caminada verabschiedete sich und legte den Hörer auf die Festnetzstation zurück. «Das war Louis», bestätigte er Valéries Vermutungen. «Sie haben ihn.»

«Endlich.» Valérie ging zurück. Sie setzte sich wieder. «Und?»

«Er liess sich ohne Widerstand abführen. Er kommt in U-Haft. Morgen werden wir ihn vernehmen.» Caminada liess offen, wen er von ihrem Team dafür vorgesehen hatte. Er zog seine Taschenuhr aus dem Hosensack und vergewisserte sich, wie spät es war. «Bis sechs bleibt uns etwas Zeit, um uns zu verpflegen. Bist du dabei?»

«Es ist erst halb drei», stellte Valérie mit Blick auf ihr iPhone fest.

«Genau. Ich schlage dir vor, dass du dich für den Rest des Nachmittags zurückziehst.»

Valérie hatte dem diesmal nichts entgegenzusetzen. In ihrem Büro stand ein Stuhl, dessen Lehne sich bequem nach hinten verstellen liess.

✳✳✳

Trotz des sonnigen Tages hatten sich über dem Rossberg Wolken gebildet. Ein paar Schlieren erstreckten sich über Schwanau, als müssten sie das Geheimnis der Insel überdecken, ein Zeichen des Himmels, so kam es ihr vor. Valérie fuhr mit ihrem TT den Lauerzersee entlang. Caminada sass an ihrer Seite. Nach einem Powernap hatte sie mit ihm im Restaurant Alpina auf dem Weg hierher gegessen.

Bei der Schiffstation warteten die Leute der Werbegilde. Auch Leni war da, bereit, um die Gesellschaft auf die Insel zu fahren. Es hatte einiges an Geduld und Aufwand gebraucht, um die Leute, die in besagter Nacht auf der Insel gewesen waren, hierher zu beordern. Trotzdem dünkte es Valérie, dass jemand fehlte. Cyrill Hildebrand und Jeronimo Fallegger waren die Einzigen gewesen, die mit ihren Anwälten gedroht hatten, sollte man sie nicht bald in Ruhe lassen.

Valérie erkannte Cinzia Fallegger wieder sowie Amber und Lino Styger. Alle diese Alphatiere hier auf einem Haufen zu sehen, vermittelte etwas Ulkiges. Allein ihre Bekleidung, vorwiegend in Schwarz, bezeugte deren Ansicht, etwas Besonderes zu sein. Schwarz sei die Farbe der Werber, hatte Valérie sich einmal sagen lassen. Heute hatte sie die Bestätigung.

Hildebrand war der Erste auf dem Schiff. Valérie orderte ihn zurück. Sie erklärte, dass jeder und jede die Fähre in der Reihenfolge betreten müsse wie bei ihrer letzten Hinfahrt. Ein wenig Zynismus musste sein. «Und bitte setzen Sie sich dann genauso hin wie am Dienstag, den 7. April. Überlegen Sie, neben wem Sie gesessen oder gestanden haben.»

«Soll das ein Witz sein?» Hildebrand verliess das Schiff. Die Pickel glänzten auf seinem Gesicht. «Weiss ich, neben wem ich sass? Und übrigens, zwei unserer Mitglieder sind verhindert zu kommen. War alles zu kurzfristig.» Er nannte die Namen.

Valérie strich sie kommentarlos von der Liste. Sie hatte es geahnt und damit rechnen müssen.

«Du hast neben mir gesessen», sagte Edith Moser. «Wir fachsimpelten doch über Serono, schon vergessen?»

«Sie hat ein Gedächtnis wie ein Fotoapparat», frotzelte Hildebrand. «Und wer sass an meiner anderen Seite?»

«Amber.»

«Zwischen meinen beiden Musen.» Hildebrand zog die Frauen erfreut mit sich. «Also, das wäre dann schon mal klar.»

Valérie drehte sich nach Leni um. «Sie kreuzen die Namen in Ihrem …», sie zögerte, «Logbuch an, wie Sie das letzthin getan haben.»

Als Leni das Kommando übernahm, ging es auf einmal wie von allein vorwärts. Valérie bedankte sich. «Wir sehen uns auf der Insel wieder.»

«Sie kommen nicht mit?», fragte Leni enttäuscht.

«Mit dem nächsten Kurs. Bis dahin», sie wandte sich an alle, «haben Sie sich auf der Insel so aufgestellt oder hingesetzt wie letzte Woche. Die Wirtin Andrea Tomasi wird Sie in Empfang nehmen. Sie und ihre Mitarbeiter wissen Bescheid.»

«Was für ein Zirkus», enervierte sich Hildebrand erneut.

Valérie atmete aus, als sich die Fähre in Bewegung setzte und Schwanau ansteuerte. Sie konnte sich nicht vorstellen, die nächsten sechs Stunden mit den Werbern zu verbringen.

«Was versprichst du dir davon?», fragte Caminada, als zweifelte er plötzlich an der Aktion.

«Wir müssen den Abend und die Nacht rekonstruieren. Ich verspreche mir viel von den Erinnerungen.» Sicher war sie sich nicht. «Andrea Tomasi hat zugesagt, dasselbe Menü aufzutischen wie am vorletzten Dienstag.»

«Und wer bezahlt die Zeche?»

«Die Werbegilde. Die Leute müssten auch essen, wenn sie nicht hier wären.»

«Das hast du auch bereits eingefädelt?»

Valérie schenkte ihrem Chef ein Lächeln. «Selbstverständlich.»

Das Notboot lag am Ufer. Die Leute vom KTD hatten es nach der beendeten Inspektion hierher zurückgebracht. Valérie verliess das Schiff. Sie ging über den Steg bis zum Ende an der rechten Seite. An dieser Stelle war Fabia letzthin ins Wasser gefallen, nachdem sie das Seil zum Befestigen des Bootes hatte darausziehen wollen. Valérie hatte sie pudelnass vorgefunden. Fabia hatte sich allein ans Ufer gerettet, aufgebracht war sie gewesen, und geweint hatte sie, wahrscheinlich aus Wut auf sich selbst. Die Pistole hatte sie nicht verloren, weil sie im Holster gesteckt hatte, aber ihr iPhone war dahin, lag jetzt auf dem Grund des Lauerzersees.

Vor genau zwölf Tagen hatte das Boot hier im Wasser geschaukelt, bevor jemand es losband und damit wegruderte. Der Abschlussbericht lag bei Zanetti. Morgen würde er bei der Sitzung zur Sprache kommen. Valérie ging zurück zum Platz, wo der Aufstieg zum Gasthaus begann.

Caminada hatte auf sie gewartet. Er liess sie vor. Die Treppe machte einen Neunziggradwinkel. Rechter Hand waren Teelichter aufgestellt. Die Kerzen brannten nicht.

Sie erreichten den Eingang auf dem Aussenplatz zwischen der Kapelle und dem Seminargebäude. Styger hatte es «Ritterhöckli» genannt. Die Leute der Werbegilde standen auf der Terrasse herum, einige unter ihnen rauchten. Paula brachte Prosecco, den gleichen Apéro, den man damals getrunken hatte. Dazu wurden Oliven und Chips serviert. Die Abendsonne zauberte einen Goldton auf Bänke und Tische.

Valérie schlug nach Absprache mit Caminada den Weg Richtung Burgtor ein, der links neben dem Bergfried lag. Jetzt, da sie wusste, dass Tatjana Boroschenko hier oben gewesen war, versuchte sie vor Ort, sich in die junge Frau einzufühlen. Valérie tastete sich die Turmmauer entlang, versetzte sich in Tatjanas Lage. Hier hatte sie den Blasensprung gehabt. Wie hatte sie reagiert? War sie in Panik geraten?

Die Frage, weshalb sie hochschwanger hierhergekommen war, umtrieb Valérie von Neuem. So, wie ihre Eltern sie beschrieben, war Tatjana eine intelligente Frau gewesen. Auf die bevorstehende Geburt musste sie sich vorbereitet haben.

Aus irgendeinem Grund war sie auf der Insel gestrandet.

Valérie musste es herausfinden. Sie würde sonst nicht zur Ruhe kommen. Sie gab sich Mühe, Tatjanas Irrweg nachzuvollziehen. Sie ging zurück bis zum Burgtor und von dort hinunter auf die Holzterrasse, wo die Bergstation des Schräglifts lag. Valérie war sich sicher, Tatjana war zu Fuss über die Treppe nach unten gegangen. Den Lift hatte sie nicht allein in Betrieb setzen können. Das wäre sonst aufgefallen. Valérie folgte den Tritten bis zur Talstation. Sie betrat den Platz, auf dem Tatjana gelegen hatte. Die Blumen waren verwelkt, die Grablichter umgefallen.

Hatte sie ihr Kind auf diesem Platz geboren? Die Spurensicherung hatte hinsichtlich dieses Umstandes nichts Konkretes ergeben. Wer den Säugling weggebracht hatte, musste gründlich aufgeräumt haben. Aber selbst dann hätte man Spuren gefunden. Valérie setzte sich neben die Grablichter. Sie sah zurück. Die Insel erhob sich in einem dramatischen Licht. Letzte Sonnenstrahlen fluteten über ihren Buckel.

Valérie blieb eine Weile sitzen. Sie überlegte. Doch je länger sie über das verschwundene Baby nachdachte, umso verworrener kam ihr alles vor. Hatte der Säugling gelebt, als er verschwand? Valérie hätte es fast geglaubt, wenn man Tatjana nicht umgebracht hätte. Für den Mörder oder die Mörderin muss sie eine grosse Gefahr dargestellt haben.

Unbefriedigt erhob sich Valérie, ging über die Treppe nach oben und dort in den Pavillon. Die Leute hatten sich endlich in den Pavillon begeben und gesetzt. Paula reichte Weiss- und Rotwein. Sie servierte allein wie am Dienstagabend. Valérie blieb in Türnähe stehen und beobachtete die Gesellschaft. Amber Styger sass neben Jeronimo Fallegger wie das im Protokoll vermerkt war. Cinzia Fallegger hatte gegenüber Hildebrand Platz genommen. Auch die anderen Gäste sassen an ihren erwähnten Plätzen mit Ausnahme der beiden Männer, die sich abgemeldet hatten. Valérie verglich die Sitzordnung mit derjenigen vom 7. April. Es gab keine Abweichungen. Allem Anschein nach machten sich die Werber selbst einen Spass daraus.

Paula brachte die Vorspeise. Bevor sie alle Teller verteilt hatte, erhob sich Hildebrand. «Ich muss mal.»

«Kannst du nicht warten?», empörte sich Wiktoria Stepanowa. «Du warst erst nach der Vorspeise draussen, während Cinzia durch die Scheibe den Vollmond bewunderte.»

«Du weisst das so genau?» Hildebrand setzte sich wieder. «Tss, tss, Frauen … die haben Augen und Ohren überall.»

«Bis zum Hauptgang hatte ich den vollen Durchblick.» Wiktoria Stepanowa kicherte. Wie zur Bestätigung, dass sie an besagtem Abend viel getrunken hatte, griff sie nach dem Weissweinglas und trank es ex aus.

Nach dem Hauptgang gingen die meisten nach draussen, um den Mond zu bewundern.

«Der ist weg», stellte Edith Moser fest und schloss sich den anderen drei Frauen auf dem Weg zu den Toiletten an.

Valérie fühlte sich erschöpft. Womöglich hatte sie sich verkalkuliert. Sie würde den 7. April niemals so wiederherstellen können, wie er gewesen war. Die Anhänger des Formica-Ordens fehlten.

Sie legte eine Pause ein, setzte sich in die Goethe-Stube und versuchte, in ihr gedankliches Chaos Ruhe zu bringen. Ihr war aufgefallen, dass Edith Moser und Cinzia Fallegger keinen Alkohol tranken, obwohl beide Frauen ausgesagt hatten, wie betrunken sie alle gewesen seien. Amber Styger dagegen war bereits vor dem Dessert so berauscht vom Wein, dass sie sich kaum mehr gerade auf dem Stuhl halten konnte. Doch wider den Bericht im Protokoll gab sie sich gegenüber Fallegger zurückhaltend.

Valérie kehrte in den Pavillon zurück und bezog erneut Stellung neben der Tür. Paula trug die Nachspeise auf. Die Lautstärke hatte sich vermindert. Das Klappern von Löffeln herrschte vor. Zwischenzeitlich war es halb zehn geworden. Nichts geschah, das einer näheren Betrachtung bedurfte. Später wurde wieder getrunken und gelacht. Caminada sass neben der grossen Fensterfront und machte Notizen. Ab und zu warf er Valérie einen Blick zu, den sie nicht zu deuten vermochte. Sie bedauerte, dass sie Henry Vischer nicht dazugezogen hatte. Sie litt unter ihrer Müdigkeit, traf falsche Entscheidungen.

Der Geräuschpegel stieg wieder an. Mittlerweile war es elf Uhr geworden. Die meisten der Anwesenden hatten ihre Plätze verlassen. «Wie am Dienstag», verkündete Hildebrand, während er an Valérie vorbeischwankte. Sie wollte ihn zurückhalten, als es zwischen Edith Moser und Lino Styger fast zu einem Handgemenge kam.

«Du hast dich noch nicht geändert», fauchte Edith Moser. «Behauptest immer Dinge, die so nicht geschehen sind. Ich weiss, dass Cinzia eine ganze Weile weg war. Keine Ahnung, weshalb du sie in Schutz nimmst.»

«Wie kannst du es bemerkt haben», empörte sich Styger,

«wenn du so zugedröhnt warst, dass du den Schiffssteg beinahe verfehlt hättest?»

«Ich habe nicht getrunken, untersteh dich!»

«Heimlich. Ich kenne dein Problem.»

«Ich bin trocken seit einem halben Jahr.»

Valérie stellte sich zwischen die beiden. «Beruhigen Sie sich.»

«Beruhigen?» Edith Moser funkelte sie an. «Hier lügen doch alle. Aber das muss ich Ihnen nicht erklären. In der Werbebranche lernt man es, das Lügen.»

«Geschoben.» Styger grinste sie an.

Valérie roch seine Alkoholfahne. «Okay, wie war das mit Cinzia Fallegger?» Sie suchte nach ihr, konnte sie jedoch nirgends entdecken.

«Sie ist zu den Toiletten gegangen», sage Fallegger, der plötzlich neben ihr stand. «Ihr ist nicht gut.»

«Wie in der besagten Nacht», stichelte Edith Moser, was Styger sofort dementierte.

«Was willst du damit andeuten?» Nun hatte Edith Moser auch Fallegger gegen sich.

«Ja», sagte sie, «ich erinnere mich. Du warst auch die ganze Zeit weg. Ist Cinzia dir auf die Schliche gekommen, dass du sie betrügst?»

«Halt die Klappe!» Fallegger hob die rechte Hand, als wollte er für eine Ohrfeige ausholen.

«Im Gegensatz zu dir, bin ich klar im Kopf.» Sie wandte sich an Styger. «Ich würde deine Frau mal ins Visier nehmen. Die hängt andauernd mit Jeronimo rum.»

«Jetzt ist aber Schluss!», rief Fallegger. «Willst du uns alle zum Affen machen?»

Valérie griff ein. Sie zog Edith Moser zur Seite. «Von dem haben Sie nichts zu Protokoll gegeben.»

«Es ist mir erst heute Abend in den Sinn gekommen. Und wenn ich es mir überlege, so war Cinzia nicht auf der Rückfahrt.»

ACHTZEHN

Caminada hatte die Sitzung auf acht Uhr einberufen. Valérie war mit ihm bis um Mitternacht auf der Insel geblieben, nachdem sie die Leute von der Werbegilde verlassen hatten. Was in einem transparenten Rahmen begonnen hatte, war, je später der Abend, undurchschaubarer geworden. Am Ende der Veranstaltung waren ausser Edith Moser und Cinzia Fallegger alle komatös betrunken gewesen. Paula hatte ausgesagt, dass sie sechzehn Flaschen mehr habe öffnen müssen als am 7. April. Auch Digestifs seien über den Durchschnitt bestellt worden. «Wir stehen wieder am Anfang.» Valérie hatte es nicht für möglich gehalten, was auf der Insel geschehen war. Sie und Caminada hatten entsprechend reagieren müssen. Fünf Vorladungen waren das Resultat. «Je tiefer wir in diesem Fall graben, auf umso Rätselhafteres stossen wir. Es tauchen plötzlich Ungereimtheiten aufseiten der Werber auf. Möglicherweise war es ein Fehler, ihnen anfänglich nicht mehr Aufmerksamkeit geschenkt zu haben.»

«Das heisst», insistierte Louis, «dass die Sekte fein raus ist?»

«Das habe ich nicht gesagt. Sollte Badertscher weder mit dem Tod von Tatjana Boroschenko noch etwas mit dem Verschwinden ihres Kindes zu tun haben, müssen wir ihn wegen der Gefangenhaltung von Amelie Schleiss zur Verantwortung ziehen. Er kommt so oder so nicht davon.» Caminada hatte sie gleich nach ihrer Ankunft auf dem SSB gebeten, die Vernehmung von Badertscher durchzuführen. Ihr lag sie schwer auf dem Magen. Sie hatte den Rest der Nacht gut geschlafen. Am Morgen war sie zwar nicht fit, so doch aufnahmefähiger als am Tag zuvor. Trotzdem glaubte sie, nicht auf dem geistigen Höhepunkt zu sein. Zanetti hatte sie in den letzten Tagen kaum gesehen, was daran lag, dass er noch weitere Verfahren bearbeitete.

Valérie verschob die Fotos von Amber und Lino Styger, Edith Moser sowie Cinzia und Jeronimo Fallegger auf der Pinnwand. «Diese fünf Personen müssen wir in den Fokus nehmen. Gestern sind Aussagen, möglicherweise auch Behauptungen aufgetaucht, die so nicht protokolliert wurden. Der Richter hat uns bereits die Genehmigung erteilt, den fünf Personen auf den Zahn zu fühlen. Wir können also zuschlagen. Befragungen in ihrem Umfeld, Checken der Lebensläufe, der Vorstrafenregister und Bankkonten. *Immédiatement.* Bitte sofort.» Valérie sah in die Runde, wandte sich in der Folge an Louis. «Wie verlief die Wiedervereinigung von Herrn und Frau Schleiss mit ihrer Tochter?»

«Wie erwartet, war es sehr emotional. Vischer war auch dabei. Er meint, dass Amelie psychologische Hilfe in Anspruch nehmen müsse. Er schätzt den Gesundheitszustand der jungen Frau als äusserst bedenklich ein. Er hat sich bereits mit einem Kollegen in Verbindung gesetzt, der sich Amelie annehmen wird.»

«Wie geht es Carla?»

«Sie ist zäh wie Leder. Ich hätte ihr diesen Feldzug niemals zugetraut.»

«Bevor sie das nächste Mal durchstartet», liess Caminada die Bemerkung fallen, «soll sie sich bitte an uns wenden. Solche eigenmächtigen Handlungen sind nicht nur gefährlich, sie bringen auch uns an die Grenzen. Ich bin froh, ist das Ganze zumindest für sie glimpflich abgelaufen.»

«Wann können wir in den Medien darüber lesen?», warf Fabia ein und grinste vor sich hin.

«Das müsstest du sie selbst fragen.»

Valérie sah Louis an, dass er sich um die korrekte Antwort drückte. Sie beendete ihre Ausführungen und gab das Wort an Caminada weiter. «Die nächsten zwei Stunden werde ich im Verhörraum sein.»

***

Der Kerl war kleiner als sie. Valérie hatte ihn sich nicht so vorgestellt. Vor ihr stand ein eins sechzig grosser Mann. Er hatte sich erhoben, als sie den Raum betrat. Ganz Gentleman, zuvorkommend, mit gesenkten Augenlidern. Ein Clown, dachte sie. Es hätte sie nicht gewundert, wenn er ihr die Hand geküsst hätte.

Marius Badertscher liess sich auf die Aufforderung des Wächters, der ihn akribisch im Visier zu haben schien, auf dem Stuhl nieder. Eine falsche Bewegung, und Badertscher wäre überwältigt gewesen. Valérie kannte den Mann, der in der Freizeit Kampfsport betrieb.

Sie setzte sich schweigend und nahm das Aufnahmegerät in Betrieb. Eine Protokollführerin sowie Henry Vischer, der Polizeipsychologe, befanden sich ebenfalls im Raum. Die Atmosphäre knisterte. Von Badertscher ging eine eigenartige Energie aus. Auf seinem Gesicht, auf dem sich nicht der geringste Schatten eines Bartes abzeichnete, lag ein seltsames Lächeln. Valérie sah erst jetzt in seine Augen und erschrak heftig. Sie wusste plötzlich, was Louis damit gemeint hatte. Nicht nur die Regenbogenhaut, auch die Lederhaut war schwarz, das komplette Weiss verschwunden. Valérie hatte es nicht für möglich gehalten, obwohl sie über die Szene gelesen hatte, von den Freaks, die sich den ganzen Körper tätowieren liessen. Nebst den Augen und der Ameise auf der linken Schulter hatte Badertscher offensichtlich keine weiteren Körperzeichnungen. Er hatte sich vor der Vernehmung für eine Körperkontrolle ausziehen müssen. «Du musst dir seine Augen ansehen», hatte Louis gesagt. «Es ist, als sei der Satan aus der Hölle gestiegen. Seine Augen …» Er hatte die Worte verloren.

Valérie fröstelte. Badertscher fixierte sie mit diesem Blick, bei dem sie nicht wusste, ob er sie tatsächlich ansah oder durch sie hindurch. Wie feine Schuppen zog sich das Schwarz über den Augapfel. Wie bei der Ameise. Er hatte Augen wie eine Ameise. Magensäure kroch ihre Speiseröhre hoch. Valérie musste sich zusammenreissen. Nicht zulassen, schalt sie sich. Atta Sexdens durfte nicht die Herrschaft über sie gewinnen. Sie atmete tief ein und langsam aus. Ob Vischer ihr die Beklemmung ansah?

In Gedanken hatte sie ihn unbewusst «Atta Sexdens» genannt, als wäre er daran, mit seiner gefährlichen Kraft an ihren

Synapsen anzudocken. Kurz glaubte sie, er hätte sie bereits emotional überwältigt. Dieser Mann strahlte eine unheimliche Aura aus.

Tief einatmen. Diese Augen. Ausatmen. Sie musste sie immerzu ansehen. Es war, als würde sie gerade jetzt ihre Grenzen überschreiten, um sicherzugehen, dass sie weit mehr ertragen würde als diese gebündelte Energie vor ihr. Die Augen, schwarzen Höhlen gleich, waren keine menschlichen Augen mehr. Einatmen. Ameisenaugen, Facettenaugen. Ausatmen.

Sie sah kurz Vischer an und kam allmählich zur Ruhe.

«Eine Frage vorab», begann Valérie und räusperte einen Kloss im Hals weg. «Haben Sie sich je einmal in Ihrem Leben an Kindern vergriffen?»

Badertscher setzte ein sanftes Lächeln auf. «Solche Fragen könnte Ihnen vielleicht die katholische Kirche beantworten.»

Es würde schwierig werden, das war sich Valérie bewusst. Caminada hatte auf dem Verhör bestanden, bevor Badertscher dem Richter vorgeführt wurde. Amelie Schleiss hatte ausgesagt, dass Atta Sexdens, unter dessen Namen sie ihn lediglich kannte, sie über Jahre in seinem Palast eingesperrt hatte. Ausser im Garten habe sie sich nie draussen aufgehalten. Seien sie zum Treffpunkt des Ordens gefahren, habe er ihr die Augen verbunden. Ansonsten habe sie vor jeder Nacht Schlaftabletten bekommen. Ob er sich an ihr vergangen hatte, stand zurzeit noch aus. Eine Gynäkologin war damit beauftragt worden, Amelie zu untersuchen.

Den Tatentschluss, Amelie Schleiss zu entführen, einzusperren und sich seiner gefügig zu machen, hatte Zanetti als gegeben angesehen.

Was aber hatte einen wie Badertscher umtrieben, Frauen in seine Gewalt zu nehmen? Auch Vischer war nicht sicher gewesen, nachdem er die Akte gelesen hatte. Die antiautoritäre Erziehung als Ursprung allen Übels zu betrachten, sah er als zu dünnes Argument an. Badertscher hatte auf einen Rechtsbeistand verzichtet.

Was hatte die Menschen an ihm fasziniert, dass sie ihn dermassen vergötterten? Dass sie ihr Leben quasi aufgaben, ihr ganzes Erspartes?

Vor Valérie sass ein Narzisst.

«Tatjana Boroschenko war Ihre Geliebte, bevor Amelie Schleiss in Ihr Leben trat.»

Auf Badertschers Gesicht breitete sich ein Lächeln aus, als erinnerte er sich an etwas Schönes, was er mit der Frau geteilt hatte. «Ja, sie war meine Geliebte, bis ich Amelie kennenlernte.»

«Verliess Tatjana daraufhin den Orden?»

«Ohne meine Erlaubnis kann niemand den Orden verlassen.» Badertschers Stimme hatte einen härteren Klang angeschlagen. «Sie ist abgehauen, aber das war, nachdem ich Amelie zu meiner Prinzessin auserkoren hatte. Eines Tages kam sie nicht mehr zu den Séancen.»

«Sie haben nicht nur Amelie Schleiss, auch alle andern jungen Frauen und Männer gefügig gemacht. Sie haben ihnen alles genommen, ihr Ansehen, ihre Eigenständigkeit, ihr Geld … vor allem ihr Geld. Wir haben Ihr Geschäftskonto überprüft. Ich muss gestehen, dieses ist sehr transparent. Die Einnahmen wurden über die ‹Books GmbH› verbucht. Aber das ist nur die Spitze des Eisbergs. Es existiert noch ein anderes Konto, das wir ebenfalls einsehen konnten. Über den Daumen gerechnet, nahmen Sie pro Jahr allein über Ihre rund dreihundert Anhänger achtzehn Millionen Schweizerfranken ein, im Durchschnitt von jedem den Lohn eines Angestellten in einem Mittelklassebetrieb. Das allein reicht, um Sie einzubuchten.»

«Die Zahlungen erfolgten auf freiwilliger Basis.»

«Wir kennen es anders», sagte Valérie. «Auf Ihrer Website sind die Preise für Eingeweihte ersichtlich. Das sieht nicht danach aus, als wären Ihre Anhänger umsonst in den Orden eingetreten.»

Badertschers Augen funkelten. «Es verlief alles legal. Um die Errettung zu gewährleisten, brauchen wir finanzielle Mittel –»

«Die Sie vorwiegend in die Villa gesteckt haben», unterbrach ihn Valérie. «Und in den Bunker.» Badertschers Taktik war clever durchdacht. Weder über die Villa noch über den Bunker wäre man auf seinen Namen gestossen. Kleeb war sein Mittelsmann gewesen, der Anwalt mit der weissen Weste. «Ihr Kartenhaus bricht zusammen, Herr Badertscher. Es ist an der Zeit, dass Sie uns die Wahrheit sagen.» Valérie liess die Worte nachwirken. «Nachdem Tatjana Boroschenko den Orden verlassen hatte, versuchte sie, das Ordenszeichen zu entfernen. Leider gelang es ihr nicht, die Ameise ganz zum Verschwinden zu bringen. Das war unsere Chance, auf Ihren Orden aufmerksam zu werden. Sie haben Tatjana aufgespürt oder sogar eingeladen, Ihrem Treffen auf der Insel Schwanau beizuwohnen. Keine Kinder während der Vorbereitungszeit vor dem Impact im August 2032. Das ist Ihr Leitgedanke, den wir schwarz auf weiss haben. Tatjana sollte deshalb bestraft werden. Wahrscheinlich haben Sie die Frau über die Insel gehetzt, bis es zur Geburt kam. Daraufhin haben Sie ihr das Kind weggenommen.»

Badertscher grinste wieder. Er schien die Ruhe selbst.

«Sie rechneten damit, dass Tatjana tot ist. Als Sie erfuhren, dass man sie ins Spital gebracht hatte, gingen Sie oder einer Ihrer Lakaien dorthin und brachten sie um. Wäre sie nämlich am Leben geblieben, wäre es zu riskant für Sie gewesen. Sie mussten die Zeugin beseitigen.»

«Sie haben eine blühende Phantasie, Frau Kommissarin. Ich bin ein Retter und kein Mörder. Auch wenn Sie glauben, meine ...», er malte Gänsefüsschen in die Luft, «... Verfehlungen zu kennen, können Sie mir keinen Mord nachweisen. Und Kindsmord?» Er lachte hämisch. «Meine Anhängerinnen nehmen mich ernst und befolgen meine Gesetze.»

Valérie warf Vischer einen Blick zu, den er achselzuckend erwiderte. Er war der stille Beobachter und machte bloss Notizen.

«Wohin haben Sie den Säugling gebracht?» Valérie gab nicht auf. Allein die Tatsache, dass er eine wie Amelie Schleiss über mehrere Jahre in seiner Gewalt hatte, brachte sie in Rage. Obwohl dieser kleine Mann sich über alles erhaben fühlte, musste er unterschwellig unter einem Minderwertigkeitskomplex leiden, den er mit seiner Selbstgefälligkeit zu vertuschen versuchte. Möglicherweise ist er impotent, ging ihr durch den Kopf.

«Ich habe weder mit dem Tod von Tatjana noch mit dem Verschwinden ihres Kindes etwas zu tun.» Badertscher beugte sich über den Tisch. «Aber Sie gefallen mir. Ich lade Sie ein, mit mir an der Zukunft zu arbeiten. Treten Sie meinem Orden bei, und ich werde Sie retten.»

Valérie blieb ruhig, obwohl ihr Inneres kochte. «Wenn Sie Glück haben», sagte sie beherrscht, «werden Sie just vor dem Weltuntergang wieder auf freiem Fuss sein.»

✳✳✳

Am Nachmittag standen weitere Befragungen an. Um zwei Uhr trafen Lino und Amber Styger auf dem SSB ein, nachdem Fabia bereits mit Edith Moser gesprochen hatte. Louis widmete sich Styger. Valérie nahm sich dessen Frau an. Sie führte sie in den einzigen Raum, der nicht anderweitig belegt war. «Geht es Ihnen gut?», fragte sie.

«Ich kann nicht klagen», sagte Amber Styger, derweil ihr Blick an dem langen Tisch haften blieb. «Soll ich mich dorthin setzen?» Sie zeigte auf den Stuhl am Ende des Tisches.

«Bitte.» Valérie nahm ihr gegenüber Platz. Sie hatte ihr iPhone auf «Aufnahme» eingestellt und breitete das mehrseitige Protokoll aus. «Tut mir leid, wenn wir Sie in der Angelegenheit ‹Lauerzersee› noch einmal belästigen. Wir müssen uns aber zu hundert Prozent sicher sein, dass die Aussagen richtig sind. Leider gibt es erneut Abweichungen, was die Personenaufstellung des gestrigen Abends bewiesen hat.» Valérie sagte nicht, dass die Aktion in keiner Weise zu dem Resultat geführt hatte, was sie und Caminada erwartet hatten.

«Sie sassen an besagtem Abend neben Jeronimo Fallegger.»

«Das stimmt. An meiner letzten Aussage hat sich nichts verändert.»

«Erzählen Sie mir, wann ungefähr Fallegger den Pavillon für längere Zeit verlassen hatte.»

«Die genaue Zeit habe ich nicht im Kopf. Aber ich erinnere mich, dass es nach dem Dessert war. Ich sah ihn mit Claudio sprechen.»

«Sass zu der Zeit Cinzia Fallegger am Tisch?»

«Ja, sie sass neben Cyrill, Cyrill Hildebrand. Sie regte sich darüber auf, dass ich mich neben Jeronimo gesetzt hatte.»

«Den Sie später dann abknutschten.»

Amber Styger lächelte maliziös. «Obwohl ich nicht getrunken hatte.»

«Warum haben Sie mir letzthin verschwiegen, dass Sie keinen Alkohol trinken?»

«Ich dachte, es sei nicht wichtig.»

«Wann kam Fallegger zurück?»

«Vielleicht eine halbe Stunde später.»

Ihre Aussage überraschte Valérie. «Sie erinnern sich plötzlich daran?»

«Man macht sich Gedanken darüber, wie es wirklich war. Die erste Befragung hat mich verunsichert. Aber jetzt sehe ich mehr oder weniger alles klar vor mir.»

«Was fiel Ihnen an Fallegger auf?»

«Er war nervös.»

«Was passierte dann?» Valérie nervte es, dass sie Amber Styger die Würmer aus der Nase ziehen musste.

«Fallegger zitierte Cinzia nach draussen. Ich sah sie eine Weile auf dem Platz bei der Kapelle stehen. Irgendwann waren sie weg.»

«Wann kehrten sie zurück in den Pavillon?»

«Ich glaube, nur Jeronimo kam zurück. Wo Cinzia blieb, weiss ich nicht. Ich fragte nicht danach.»

«Kam es Ihnen nicht sonderbar vor?»

«Ich dachte, sie hätten sich meinetwegen gestritten. Jeronimo machte mir an diesem Abend Avancen, und ich ging darauf ein.»

«Weshalb?»

«Ich wollte meinem Mann eins auswischen, weil er mir letzthin an den Kopf geworfen hatte, ich würde keinen Mann mehr finden. Jeronimo vergisst sich jeweils, wenn er getrunken hat.»

Valérie widmete sich der Protokollpassage, bei der Stygers

verstorbener Sohn erwähnt war. «Sie haben Ihr Kind verloren. Wünschen Sie sich manchmal, noch einmal ein Kind zu bekommen?»

«Was soll die Frage?» Amber Styger erblasste. «Zudem fühle ich mich zu alt dazu.»

«Kennen Sie Tatjana Boroschenko?»

«Nein, wer soll das sein?»

Valérie wandte ihren Blick nicht von Amber Stygers Gesicht ab.

Die Frau hielt ihrem Blick stand. «Ist das der Name der Frau, die auf der Insel gefunden wurde?»

«Ja. Wir vermissen noch immer ihr Baby.»

«Schrecklich, das alles. Ich kann Ihnen jedoch nicht weiterhelfen. War's das?»

Valérie unterdrückte ein heftiges Ausatmen. «Sie können gehen.»

✳✳✳

Valérie traf ihr Team im Sitzungsraum für ein kurzes Statement. Caminada hatte ihr die ersten Resultate in Bezug auf die eingeforderten Bankdaten der Werber sowie von Claudio und Paula übermittelt. Valérie sah sie sich an, während ihre Leute sich um den langen Tisch herum setzten. Ein einziger Kontoauszug liess sie stutzen. Claudio hatte am Freitag, den 10. April, fünfzehntausend Schweizerfranken auf eines seiner zwei Konten bar einbezahlt. Ohne Vermerk, woher das Geld kam.

«Ich befürchte, wir haben einen neuen Verdächtigen», teilte Valérie mit, als sie der Aufmerksamkeit aller Anwesenden gewiss war, und verwies auf das Foto des Kochs. «Entweder hat er im Auftrag einer Drittperson Mutter und Kind eliminiert, oder er hat Schweigegeld kassiert, wobei ich Ersteres ausschliesse.»

«Vielleicht dürfte Stygers Aussage gewichten», sagte Louis. «Er meint, gesehen zu haben, wie der Koch Fallegger gebeten hatte, nach draussen zu gehen. Er habe dem aber nicht weiter Beachtung geschenkt.»

«Gut zu wissen», sagte Valérie. «Ich werde um halb fünf mit Fallegger reden.»

«Eine Gynäkologin hat uns angerufen», fuhr Fabia dazwischen. Sie reichte eine Notiz mit deren Namen über den Tisch. «Tatjana Boroschenko sei bis Ende März ihre Patientin gewesen. Während der Schwangerschaft habe es keine Komplikationen gegeben. Auf der Krankenakte sei die Adresse ihrer Eltern in Muotathal vermerkt.»

Valérie wandte sich an Fabia. «Kläre doch bitte ab, ob der schriftliche Postverkehr an ihre Eltern gelangt ist. Wenn dem so ist, haben uns die Boroschenkos verschwiegen, dass sie Kontakt zu ihrer Tochter hatten.»

«Die Ärztin hatte Tatjana auf deren Wunsch hin bereits im Spital Lachen angemeldet», fuhr Fabia fort. «Ihr Geburtstermin war der 20. April.»

«Im Spital Lachen?» Valérie überlegte. «Dann müsste sie in der Nähe gewohnt haben.» Laut dachte sie: «Wenigstens war der Säugling kein Frühchen.» Wieder machte sie sich Gedanken. «Bei Tatjana Boroschenko hat man kein Handy gefunden. Bei den Telefonanbietern war keines auf ihren Namen registriert. Möglicherweise war sie im Besitz eines Prepaid-Handys. Aber selbst beim Kauf eines solchen Handys muss man Name und Adresse hinterlegen.» Sie seufzte ergriffen. In jener Nacht musste etwas Furchtbares auf der Insel geschehen sein.

«Vielleicht sind wir näher an der Auflösung, als uns bewusst ist.» Louis deutete auf ein Foto an der Pinnwand. «Das Gesicht dort wurde von einer Kellnerin des Restaurants Bahnhöfli in Wollerau wiedererkannt.»

Valérie nickte. «Bringt mir Claudio!»

***

Jeronimo Fallegger trumpfte in einem schwarzen Massanzug auf. Dazu trug er hellbraune Schuhe und einen Ledergurt in authentischer Farbe. Trotz seiner offensichtlich teuren Aufmachung liess sich Valérie nicht einschüchtern. Im Gegenteil:

Hinter einem geschniegelten Auftreten hatte sie schon manchen Gauner entlarvt.

«Herr Fallegger, warum haben Sie uns nicht gesagt, dass Sie in der Nacht vom 7. auf den 8. April den Pavillon für mindestens die Dauer einer halben Stunde verlassen haben?»

Wenn Fallegger jetzt verunsichert war, liess er es sich nicht anmerken. «Na ja, ich muss wohl das Essen oder den Wein nicht vertragen haben. Ich zog mich auf die Toilette zurück.»

«War das der Grund, weshalb der Koch Sie nach draussen gerufen hatte?»

«Ja ... nein ... warum?» Fallegger fasste sich. «Ich hatte mich vorher bei ihm beschwert.»

«Dass das Essen ungeniessbar ist?»

«Nein, mir war schlecht. Ich kann mich nicht an Details erinnern.»

«Aber dass es Ihrer Frau fast zur gleichen Zeit nicht gut ging, schon?»

«Wir sind uns anderes Essen gewohnt. Nouvelle Cuisine zum Beispiel, wenn Sie verstehen, was ich meine. Die hohe Kunst der Köche, den Eigengeschmack der Speisen nicht zu überdecken, sondern ihn durch richtiges Würzen zu verstärken.»

«Oder Filet Stroganoff?» Valérie amüsierte sich, ohne es zu zeigen.

Fallegger strich sich mit der linken Hand über das Kinn, schluckte leer. «Wie meinen Sie das?»

«Am Sonntagabend, dem 5. April, wurden Sie zusammen mit Tatjana Boroschenko im Restaurant Bahnhöfli in Wollerau gesehen.»

«Ich ... das kann nicht sein. Am Sonntag, sagten Sie?

«Am Palmsonntag.»

«Da war ich zu Hause bei meiner Frau.»

«Das wird sie sicher bezeugen können, wenn es stimmt. Sie wird gerade von meinem Kollegen Camenzind dazu befragt.» Valérie liess Fallegger Zeit zum Nachdenken. «Die Schlinge zieht sich enger um Ihren Hals. Was ist passiert?» Sie sah ihm an, dass es ihm nicht mehr wohl war in seiner Haut. Er begann zu schwitzen, griff immer wieder an seinen Hinterkopf. «Warum hat der Koch von der Insel Schwanau Sie nach draussen zitiert? Was war der Grund?»

«Das erklärte ich doch gerade.»

«Es gibt Beweise, dass Sie Tatjana Boroschenko gekannt haben.»

«Ich kenne keine Tatjana ... wie sagten Sie?»

«Boroschenko, Tochter russischer Einwanderer, Anwärterin für ein Germanistikstudium in Frankfurt, befand sich ein paar Jahre in den Fängen einer Sekte ... das hat Sie Ihnen sicher erzählt. Oder haben Sie nur mit ihr geschlafen? Haben Sie ihre Wünsche nicht ernst genommen? Was ging in Ihnen vor, als sie Ihnen mitteilte, dass sie schwanger ist und dass Sie der Vater sind?»

«Das ist die absolute Höhe.» Fallegger hatte sich augenscheinlich wieder im Griff. «Die Werbegilde feierte auf der Insel ihr neunjähriges Bestehen, ohne böse Absichten. Und plötzlich sollen ihre Mitglieder in etwas Kriminelles involviert sein? Dass ich nicht lache.»

Ihnen wird das Lachen vergehen, dachte Valérie und versuchte, die Zusammenhänge zu sehen. Ihr war durchwegs bewusst, dass sie spekulierte, und hoffte, dass Fallegger die Nerven verlor. «Tatjana Boroschenko war zur gleichen Zeit auf der Insel Schwanau wie Sie und Ihre Kollegen. Wusste sie, dass Sie an diesem Abend dort anzutreffen waren? Haben Sie sie abgewiesen, nachdem Sie Tatjana zum letzten Mal zum Essen gesehen hatten?»

Fallegger fuhr mit der flachen Hand auf den Tisch. «Sie wissen gar nichts ...»

In diesem Moment klopfte es an die Tür. Caminadas Sekretärin öffnete sie und betrat den Raum. «Sorry, die Störung.» Sie schritt auf Valérie zu. «Vom Chef.» Sie überreichte ihr ein Dokument. Valérie nahm es entgegen, las den gelb angestrichenen Text und wartete, bis die Sekretärin nach draussen gegangen war.

«So, wie es aussieht, stecken Sie ziemlich im Dilemma, Herr Fallegger.»

«Ohne meinen Anwalt werden Sie von mir nichts mehr erfahren.»

«Wie Sie wünschen.» Valérie blieb ruhig. «Wir werden Sie jedoch bei uns behalten müssen.»

«Auf welcher rechtlichen Grundlage?»

«Claudio, der Küchenchef, hat Sie schwer belastet.»

* * *

Valéries Team traf sich im Sitzungszimmer für eine weitere Besprechung an diesem Tag. Nach der erfolglosen Befragung von Fallegger hatte sie Zanetti angerufen, der unter Zeitnot zu leiden schien. Er war kurz angebunden gewesen und hatte sie an Caminada verwiesen.

Konsterniert stand sie bei der Pinnwand und betrachtete die Fotos von den Werbern.

«Wir haben neue Erkenntnisse.»

Valérie fuhr herum. «Mensch, Louis, hast du mich erschreckt!»

Louis hielt ihr einen Bund beschriebener Papierblätter hin. «Sorry, habe nicht bemerkt, wie sehr du in deine Gedanken vertieft bist. Sieh es dir an. Ich denke, das hat Priorität.»

«Ich komme darauf zurück.» Sie deutete auf Falleggers Porträt. «Der Typ hat Leichen im Keller. Jetzt will er einen Rechtsbeistand, was die ganze Sache verzögert. Ich hätte heute gern die Wahrheit aus ihm gekitzelt.»

«Um ihn geht es», sagte Louis, «respektive um seine Frau.»

«Du hast sie heute befragt.»

«Leider ist nichts Brauchbares zum Vorschein gekommen. Sie streitet ab, zusammen mit ihrem Mann länger abwesend gewesen zu sein. Sie sei auf der Toilette gewesen.»

«Die müssen das abgesprochen haben. Auch Fallegger machte dies zum Allerweltsthema, von wegen Lebensmittelunverträglichkeit.»

«Müller hat Nachforschungen angestellt», sagte Louis. «Cinzia Fallegger arbeitete, als sie ledig war, bei ihrem Vater in der Arztpraxis als Arztgehilfin. Erst mit der Heirat sattelte sie um ins Marketing. Die ‹Digitacomm-One GmbH› in Pfäffikon lautet auf ihren Namen. Sie hat das Geld in die Ehe gebracht.»

Valérie wandte sich von der Pinnwand ab. «Klingt interessant. Sollte die Ehe scheitern, stünde Fallegger auf der Strasse.»

«Ich schätze Cinzia Fallegger so ein, dass sie ihren Mann in dem Fall aus der Firma schmeissen würde.»

«Fallegger hat erfahren, dass er bald Vater wird. Aber das passt ihm nicht in den Kram. Er muss Geliebte und Kind loswerden.» Valérie überlegte. «Warum ist Tatjana ihm auf die Insel gefolgt? Hochschwanger!»

Das Team war komplett. Valérie wandte sich mit der Frage an alle. «Wurden die ein- und ausgehenden Anrufe von Falleggers Mobile schon gecheckt?»

«Yes.» Baschi ergriff das Wort. «Eine Nummer erscheint verdächtig oft auf der Liste, die wir vor einer Stunde vom Telefonanbieter erhalten haben. Der letzte Anruf traf am Dienstag, den 7. April, um fünfzehn Uhr sechsundvierzig ein. Angerufen wurde von einem Prepaid-Handy aus, das auf den Namen Tatjana Boroschenko registriert wurde. Sie hatte es im Februar dieses Jahres an einem Kiosk in Wollerau gekauft.»

«Warum haben wir ihr Handy nicht gefunden?», fragte sich Valérie.

«Möglicherweise hat sie es im See verloren oder versenkt, oder jemand nahm es ihr ab», spekulierte Louis.

«Wenigstens ein weiteres Indiz dafür», sagte Fabia, «dass Fallegger und Tatjana Boroschenko sich kannten.»

«Tatjana musste gewusst haben, dass Fallegger an besagtem Dienstagabend auf der Insel sein würde. Sie fährt mit Leni zur Insel, versteckt sich, wo auch immer, und wartet auf ihren grossen Auftritt, bis die Werbegilde vor Ort ist. Sie passte oben beim Turm –»

«Aber zu der Zeit», unterbrach Louis Valérie, «existieren keine Anrufe mehr zwischen Fallegger und Tatjana.»

«Da betritt eventuell Claudio die Bühne …»

«Das ist so.»

Valérie wandte sich in Richtung Tür, wo Caminada den Raum

betrat. «Der Koch hat soeben ein schriftliches Geständnis abgelegt.»

«Das ging aber schnell.» Valérie wunderte sich. «Wer hat ihn befragt?»

«Er hat das Schreiben vorbeigebracht.»

«Und was enthält es?»

Caminada setzte sich an einen freien Platz. «Dass er um ungefähr elf Uhr am Dienstagabend auf eine völlig verstörte Frau gestossen sei. Er habe sie wiedererkannt. Es sei die Frau gewesen, die am Tag vorher mit ihm und Paula zur Insel gefahren sei. Sie habe ihn gebeten, Jeronimo Fallegger zu rufen. Sie wollte beim Bergfried auf ihn warten. Er habe sich dann an Fallegger gewandt und ihn gebeten, zum Turm zu gehen.»

«Das stimmt zumindest mit den Aussagen von Lino und Amber Styger überein», bestätigte Valérie. «Sie wollen gesehen haben, wie Fallegger und Claudio sich unterhielten.»

«Er hat auch zugegeben, zwei Tage später von Fallegger fünfzehntausend Schweizerfranken kassiert zu haben, damit er den Mund hält.»

«Ganz schön viel Geld, um nur den Mund zu halten», bemerkte Louis.

Fabia gab ihm recht. «Vielleicht hat er etwas gesehen, das er nicht hätte sehen dürfen ... zum Beispiel, wie Fallegger das Kind umbringt.»

«Das traue ich ihm nicht zu», hielt Valérie dagegen. «Der macht sich die Hände nicht schmutzig damit. Sein eigenes Kind ... nein, das geht mir nicht in den Kopf.» Sie sprach Caminada an. «Hat er sonst noch etwas geschrieben?»

«Nein, das ist alles.»

«Das dürfte für eine Festnahme reichen.»

«Befindet sich Fallegger nicht bereits hier?», fragte Fabia.

«Er wartet auf seinen Anwalt.»

«Aber wir nicht», sagte Caminada. «Ich werde mich mit der Staatsanwaltschaft kurzschliessen. Sobald wir den Gerichtsbeschluss haben, steht uns nichts mehr im Weg, Fallegger festzunehmen.»

«Und wie lautet die Anklage?» Valérie war sich nicht sicher, ob die Indizien ausreichten. Noch hatte man keine Beweise, dass Fallegger tatsächlich unten am hinteren Steg gewesen war und ob er dort zusammen mit Tatjana hinuntergestiegen war, nachdem bei ihr die Fruchtblase geplatzt war. Sie stutzte plötzlich und wandte sich an Louis. «Kann ich noch einmal dein Protokoll lesen?»

«Habe ich abgespeichert.» Louis sah sie eindringlich an. «Was ist?»

«Apropos Anrufliste: Fallegger tätigte am Dienstagabend um dreiundzwanzig Uhr siebenundzwanzig einen Anruf von seinem Handy aus.»

«An wen?»

«An ein Taxiunternehmen.»

«Er hat bestimmt den Bus für die Rückfahrt organisiert.»

«Den hat Hildebrand erst eine halbe Stunde später bestellt.»

«Okay, dann finde heraus, was es mit diesem Anruf auf sich hat.»

✳✳✳

Sie hatten ausnahmslos beschlossen, für heute Feierabend zu machen.

Valérie befand sich auf dem Weg nach Küssnacht. Sie fuhr über Brunnen, den See entlang. Auf der Höhe «Brünischart» verlangsamte sie das Tempo. Die Untersuchungen im Bunker waren noch nicht restlos abgeschlossen. Valérie hatte lediglich einen Zwischenbericht gelesen. Darin stand, dass sich eine gut durchdachte Infrastruktur im Berginnern befinde, die in den letzten Jahren kontinuierlich installiert worden war. Valérie fragte sich, warum das niemandem aufgefallen war. Den weissen Camion hatte man sichergestellt. Er befand sich für die Spurensicherung in Schindellegi.

Diese Augen!

Sie erreichte Weggis, da legte sich bereits eine bleierne Dunkelheit über die Landschaft. Die scharfen Konturen des Pilatus vermittelten eine gespenstische Szenerie. Auf dem Bürgenstock gingen die Lichter der Hotels an. Einen Moment lang glaubte Valérie, an die unheimlichen Mauern eines Klosters im Mittelalter zu sehen. Genauso bedrückt fühlte sie sich.

Ameisenaugen!

In Küssnacht angekommen, zweigte sie in die Strasse ab, in der sie wohnte. Sie passierte ihr Haus, fuhr bis ans Ende, wo sich hinter dichten Thujahecken Badertschers Anwesen verbarg. Flatterbänder der Polizei bezeugten, dass die Villa für jeglichen Zugang gesperrt war. Valérie hielt an. Sie stieg aus und versuchte, von dem Haus einen Augenschein zu erhaschen. Alles lag im Dunkeln. Langsam näherte sie sich einem Tor, dessen filigrane Eisenkonstruktion sich schwach gegen die dahinterliegende Schwärze abhob. Valérie stiess das Tor auf, betrat den Kiesweg und landete schliesslich vor einer Treppe, die nach oben führte. Die Eingangstür war versiegelt. Valérie holte ihr Taschenmesser aus der Umhängetasche, klappte die Klinge auf und fuhr damit der Furche zwischen Tür und Rahmen entlang. Wider ihre Vermutung war die Tür nicht abgeschlossen. Sie betrat den dunklen Eingangsbereich und suchte dort nach einem Lichtschalter.

Facettenaugen!

Eine einzige Lampe flackerte auf, die einen ockergelben Kegel auf den Boden warf, auf dem ein altmodischer Teppich lag. Links und rechts hingen in Goldrahmen gefasste Spiegel. Valérie sah sich partiell in zigfacher Ausführung darin, von vorn und von hinten in einem Tunnel, der nicht enden wollte und eine unendliche Tiefe vortäuschte. Das Entrée dagegen war schmal und führte auf eine Treppe zu, die nach oben ging. Die beiden Türen links und rechts des untersten Treppenabsatzes waren verschlossen. Valérie stieg über acht Stufen und landete auf einem Zwischenstock, wo sich eine kleine Tür abzeichnete. Sie drückte die Türfalle. Diese gab nach. Valérie suchte nach einem weiteren Lichtschalter, wollte das Licht anknipsen, als sie von oben ein Geräusch vernahm.

Wie angewurzelt blieb sie stehen. Der Griff unter ihre Jacke war ein Griff ins Leere. Sie hatte die Glock im Handschuhfach deponiert, wie sie das immer tat, wenn sie nach Hause fuhr. Wie dumm von ihr. Es war keine gute Idee gewesen, allein hierherzukommen. Ihre Neugier hatte obsiegt. Sie hätte sich die Haare raufen können.

Dieses Charisma!

Badertscher konnte unmöglich dort oben sein. Er befand sich in U-Haft.

Er verfolgte sie, auch ausserhalb ihrer Träume.

Valérie betrat das Zwischenpodest und sah nach oben in diese alles durchdringende Finsternis. Langsam hob sie den linken Fuss, setzte ihn auf die erste Stufe. Unwillkürlich musste sie an Gemma denken, an die Jungfrau der Burg Schwanau. An die Treppenstufe, über die sie gestolpert war. Eine Mär, an die Andrea Tomasi glaubte. Ob es in diesem Haus genauso spukte?

Lächerlich. Valérie ging weiter. Das Geräusch war nicht wieder zurückgekehrt. Das Geräusch ihrer Bewegungen erschreckte sie nicht, der Laut nach knarrenden Hölzern.

Auf dem ersten Stock angekommen, tastete sie sich einer Wand entlang, an der Bilder hingen. Sie spürte sie unter ihren Händen. Sie hielt inne und lauschte. Da war es wieder. Es kam von der Ecke, die ganz hinten lag.

«Ist da jemand?» Wenn sie redete, würde der oder die Fremde sich vielleicht zu erkennen geben. «Ich bin …»

Noch bevor sie den Satz beendet hatte, spürte sie einen heftigen Schlag auf ihrem Kopf. Das Letzte, was sie realisierte, war der Fall nach vorn in Richtung Treppe.

Schwärze frass sich in ihr Bewusstsein. Es war der Moment, als sie an den Tod denken musste.

NEUNZEHN

«Was habe ich bloss getan?»

Valérie erwachte in einer unbequemen Position. Zuerst nahm sie das Treppenhaus wahr, den Korridor mit Bildern, die an eine Ahnengalerie erinnerten. Sie lag auf dem Boden, nicht auf der Treppe. Der Schmerz pochte gegen ihren Kopf. Instinktiv fuhr sie mit der Hand an die schmerzende Stelle, die sich klebrig anfühlte.

«Was habe ich bloss getan?» Die Stimme kam von ausserhalb.

Valérie versuchte, aufzusitzen. Schemenhaft nahm sie die Gestalt wahr, die auf dem Treppenabsatz zum zweiten Stock sass. «Carla?»

«Louis ist unterwegs, ich habe ihn angerufen.»

«Hast *du* mir eines über den Schädel gezogen?»

«Sorry, das wollte ich nicht.»

Valérie vergewisserte sich, wo sie war. Kurz dachte sie an das Kloster in den Bergen. Der Pilatus tauchte vor ihrem geistigen Auge auf. Lichter und Schatten auf der Heimfahrt den See entlang. «Warum Louis?»

«Ich wusste nicht, an wen ich mich wenden soll.» Carla war untröstlich. «Du blutest. Aber es ist nur eine Schramme.»

«Nur eine Schramme … in meinem eh schon havarierten Gesicht.»

«Ich habe noch nie eine Frau geschlagen, glaube mir. Es tut mir so leid.»

Valérie rappelte sich auf. «Was suchst du hier? Das ist Polizeisperrgebiet. Wer es durchdringt, wird angezeigt.»

«Ich hoffe, dass du es nicht tust. Ich bin –»

«Hör bloss auf!» Valérie war stinksauer. «Wo du hintrittst, hinterlässt du ein Chaos. Du mutest dir definitiv mehr zu, als du imstande bist zu tun. Ich dachte, mit deinem letzten Einsatz hättest du dein Lehrgeld bezahlt. Dem ist anscheinend nicht so. Du gefährdest nicht nur dich, auch alle anderen in deinem Umkreis. Autsch!»

«Tut's noch weh?» Carla reichte ihr ein Kleenex. «Ich muss recherchieren, über Atta Sexdens, und brauche Bilder von dem Ort, wo er Amelie gefangen hielt. Mein Chef macht mir sonst die Hölle heiss.»

Valérie drückte das Kleenex auf die Wunde. Die Blutung hatte nachgelassen. Offenbar hatte sie sich tatsächlich bloss eine Schramme geholt. Aber der Abend war dahin. «Wie spät ist es?», fragte sie, um sich von den Kopfschmerzen abzulenken.

«Nach Mitternacht.»

«Du hast mich bewusstlos hier liegen lassen?»

«Sorry, noch einmal. Ich dachte … Du hast so friedlich ausgesehen. Und übrigens, ich habe Louis nicht erreicht.»

«Dann hast du mich angelogen.»

∗∗∗

Valérie wusste nicht, wie sie nach Hause gekommen war. Nachdem sie die Villa zusammen mit Carla verlassen und ein neues Siegel an der Tür angebracht hatte, war sie vermutlich zu ihrem Haus getorkelt. Den Wagen hatte sie stehen lassen.

Leise, damit sie Zanetti nicht aufweckte, hatte sie sich neben ihn ins Bett gelegt. Am Morgen erwachte sie, da war er bereits weg.

In der Küche lag eine Notiz. *Bin in Biberbrugg*, stand da, *erwarte dich dort. Umarmung* … Drei Herzen bezeugten, wie sehr er sie liebte.

Valérie bereitete sich einen Kaffee zu. Sie öffnete die Schublade, wo allerlei Gerümpel lag. Batterien, Schnur, eine Schere, Hosenknöpfe, Büroklammern. Irgendwo hätten Schmerztabletten sein sollen. Sie fand eine halbe Packung Aspirin. Das Verfalldatum war überschritten.

Valérie konnte sich erstens nicht leisten, zu spät zur Arbeit zu erscheinen. Die Vernehmung von Fallegger stand an, und zweitens durfte sie ihre Kopfschmerzen nicht zulassen. Ihre

Konzentration sowie der ganze Tag hingen davon ab. Sie verfluchte Carla, die sie in diese Situation gebracht hatte. Zu einem späteren Zeitpunkt musste sie sie zur Rede stellen. Das ging so nicht.

Nach zwei Tassen Kaffee holte Valérie das Auto vor der Villa ab.

Es war seit Karsamstag der erste Tag, an dem dichte Wolken Biberbrugg umhüllten. Als Valérie auf den Parkplatz fuhr, öffnete der Himmel seine Schleusen. Noch bevor sie den Eingang beim SSB erreicht hatte, goss es wie aus Kübeln.

«Das erste Frühsommergewitter.» Caminada hielt ihr die Tür auf. «Bin auch gerade eingetroffen.»

Valérie strich eine feuchte Strähne aus ihrem Gesicht. «Hast du dich auch verspätet?»

«Ich hatte einen kleinen Disput mit Menga.»

Valérie überraschte seine Offenheit. «Schlimm?»

«Sie fühlt sich nicht wohl in Schwyz. Sie kommt fast um vor Heimweh. Sie ist in Bonaduz geboren und aufgewachsen. Als wir uns kennenlernten, suchten wir uns in Chur ein Haus, wo wir bis vor einem Jahr lebten. Menga ist eine waschechte Bündnerin. Heimat bedeutet ihr alles.»

«Aber man kann sich doch auch anderswo heimisch fühlen.» Valérie vermochte nicht, es nachzuvollziehen. Sie selbst war in ihrem Leben öfter umgezogen, hatte die Kantone gewechselt und sich angepasst. Vielleicht musste etwas dran sein am sturen Bündnerkopf.

Sie gingen über die Treppe nach oben. Caminada verlor kein Wort mehr über Privates. Als sie den Sitzungsraum betraten, waren alle anderen bereits anwesend und hatten sich mit Kaffee und Gipfeli eingedeckt.

Louis, kaum hatte er Valérie erblickt, kam schnurstracks auf sie zu. «Ich habe das Taxiunternehmen spätabends erreicht.»

Valérie musste sich zuerst sammeln. «Das Taxiunternehmen?»

«Welches Fallegger angerufen hatte.»

«Und?» Valérie grüsste in die Runde und setzte sich ans obere Tischende.

«Ich konnte bereits mit dem Fahrer sprechen, der an diesem Abend um zehn vor zwölf bei der Schiffanlegestelle eintraf.» Valérie wandte sich an ihr Team: «Alle mal herhören. Louis hat Neuigkeiten.» Sie gab das Wort an ihn weiter.

«Damir heisst der Chauffeur. Er arbeitet beim Mythen-Taxi. Ich habe ihn über die Taxizentrale ausfindig gemacht. Er erzählte mir, dass er in besagter Nacht die Order erhielt, jemanden bei der Bushaltestelle Schwanau abzuholen.»

«Warum haben wir das nicht bereits früher gecheckt?», fuhr Valérie dazwischen.

«Wir haben alle Taxiunternehmen geprüft», sagte Fabia. «Steht in einem der ersten Protokolle.»

Valérie schwieg, weil sie sich nicht daran erinnerte.

Louis fuhr fort. «Eine Frau sei in Damirs Taxi gestiegen.»

«Konnte er dir wenigstens eine Beschreibung der Frau liefern?» Valérie spürte, wie sich kalter Schweiss über ihren Rücken ausbreitete.

«Sie sei völlig durch den Wind gewesen, sagte der Chauffeur, habe geweint und ihn gebeten, sie auf dem kürzesten Weg nach Wollerau zu fahren. Aber beschreiben konnte er sie nicht.»

«Wer von der Werbegilde wohnt in Wollerau?», fragte Valérie, sinnlos, wie sie im Nachhinein überlegte. Wenn Fallegger das Taxi gerufen hatte, dann hatte er es für seine Frau getan. «Cinzia Fallegger muss die Insel vor allen anderen verlassen haben. Das entspräche den einzelnen Aussagen, dass auf den Rücktransporten jemand gefehlt hatte.»

«Was hatte Cinzia Fallegger in Wollerau zu suchen?», warf Fabia die Frage ein. «Sie wohnt mit ihrem Mann in Pfäffikon. Zwischen den beiden Orten liegen im Minimum sieben Kilometer.»

«Fragen wir sie doch», schlug Valérie vor.

«Wir konnten sie nicht hierbehalten», sagte Louis.

Valérie war nicht zufrieden. «Wir brauchen die genaue Adresse, an die Cinzia Fallegger gefahren wurde.»

«Die ist uns bis auf die Hausnummer bekannt», erwiderte Louis und nannte die Strasse.

«Dann nichts wie hin.»

«Falleggers Anwalt hat sich verspätet», sagte Caminada. «Die Vernehmung ist verschoben worden.»

«Das trifft sich gut.» Valérie schaffte es nicht, ruhig zu bleiben. «Ich muss nach Wollerau. Und ihr», sie wandte sich an Fabia und Louis, «werdet mich begleiten.»

***

Das Wohnquartier an der Wächlenstrasse umfasste acht Wohnblöcke, welche seeseitig zur Hauptstrasse lagen. Louis parkte seinen Wagen in der Nähe einer Apotheke.

«Wir sollten uns aufteilen», schlug Valérie vor, bevor sie ausstieg.

«Wonach suchen wir überhaupt?» Fabia hatte den Wagen bereits verlassen. Sie hielt Valérie die hintere rechte Autotür auf. «Oder besser: Was sagt dir dein Bauchgefühl?»

«Wir wissen, dass Tatjana Boroschenko im Spital Wollerau für die Geburt angemeldet war. Folglich muss sie in dessen Umgebung gewohnt haben. Ich gehe davon aus, das ist hier in einem der Blöcke.»

«Und warum fährt Cinzia Fallegger hierher?»

«Es ist das Einzige, was mir nicht in den Kopf gehen will», sagte Louis, der dem Gespräch der beiden Frauen offenbar gelauscht hatte. «Ich werde mal die Häuser auf der linken Seite checken. Die Namensschilder an den Sonnerien könnten Aufschluss geben, nach welchem Namen wir suchen.»

«Entweder nach Boroschenko oder Fallegger», sagte Fabia. «Oder was denkst du? Bis jetzt hast du nur geschwiegen.» Sie stiess an Valéries Arm.

Valérie schritt auf die Wohnblöcke rechter Hand zu. «Wir beginnen hier. Kommst du?»

Fabia holte sie ein. «Du hast doch etwas.»

«Ich versuche, die Situation zu begreifen.»

Sie hatten den Eingang des ersten Blocks erreicht. Fabia fuhr mit dem Finger über die Namensschilder. «Nada.» Sie wandte sich zu Valérie um. «Sag schon, du vermutest doch etwas. Ich kenne dich. In der Regel äusserst du deine Gedanken, auch wenn sie noch so dramatisch sind.» Ohne eine Antwort abzuwarten, ging Fabia weiter.

Valérie folgte ihr mit einem mulmigen Gefühl. Sie konnte es nicht benennen.

Auch im zweiten und dritten Haus fanden sie keine bekannten Namen.

«Vielleicht hat Cinzia Fallegger bloss diese Adresse mitgeteilt, ohne Bezug auf die Häuser.» Fabia sah sich etwas ratlos um. «Könnte sein, dass sie in eine andere Strasse ging.»

Valérie musste ihr recht geben. Vielleicht war sie zu euphorisch gewesen. Auf der Hinfahrt hatte sie erfolglos versucht, über das digitale Telefonbuch Fallegger in Wollerau herauszusuchen. Falls Tatjana Boroschenko in Wollerau gelebt hatte, war die Wohnung möglicherweise nicht auf ihren Namen gemietet. Auf Fallegger? Die Suche hatte auch da nichts ergeben.

Valéries iPhone summte. Louis rief sie an. «Ich habe einen Namen, der auf die Tote zutreffen muss. ‹Tatjana›, ohne Nachnamen. Klingt nach dem horizontalen Gewerbe, wenn du mich fragst.»

«Weil sie nur den Vornamen hinschreibt?» Valérie grinste vor sich hin.

«Na ja, in diesem Fall hat man wohl etwas zu verbergen.»

«Vor welchem Block stehst du?»

«Beim hintersten.»

«Wir sind gleich bei dir.» Valérie brach die Verbindung ab. «Es scheint, als kämen wir der Sache näher.» Wohl war ihr nicht bei dem Gedanken.

Die Wohnung lag im zweiten Stock. Auch auf der Sonnerie neben der Eingangstür stand nur der Name «Tatjana». Valérie läutete. Anstelle der Tür, vor der sie, Fabia und Louis sich positioniert hatten, ging die gegenüberliegende auf.

Eine ältliche Frau steckte ihren Kopf heraus. «Wen suchen Sie?» Ihre grauen Haare waren voller Lockenwickler.

Valérie wies sich aus. «Wir sind von der Polizei. Haben Sie eine Ahnung, wer hier wohnt?»

«Von der Polizei, sagten Sie. Wo ist Ihre Uniform? Da könnte ja jeder kommen.»

Louis trat an sie heran. «Man kann nie vorsichtig genug sein, Frau ...»

«Küng.»

«Frau Küng.» Er zeigte ihr seinen Ausweis.

Frau Küng studierte ihn eingehend. «Sie haben mich überzeugt, junger Mann», sagte sie und warf Valérie und Fabia einen missbilligenden Blick zu.

«Wer wohnt Ihnen gegenüber?», fragte nun Louis.

«Tatjana, steht ja da ... eine reizende Frau. Sie tut mir leid, ist oft allein. Nur manchmal hat sie Besuch.»

«Wann haben Sie sie zuletzt gesprochen?»

«Gesprochen? Ich spreche sie selten, aber ich sehe, wer bei ihr ein und aus geht.»

«Aber dann sind Sie ihr begegnet», sagte Fabia.

«Oh, ich schaue durch den Spion.»

«Wann hatte sie zum letzten Mal Besuch?», fragte Louis.

«Kurz vor Ostern. Da war eine Frau bei ihr. Vielleicht eine Hebamme. Tatjana ist ja schwanger ...»

Louis holte das Bild von Cinzia Fallegger hervor. «Erinnern Sie sich an diese Frau?»

«Das ist die Hebamme ... wahrscheinlich. Sie war da, ganz bestimmt.»

Valérie ergriff das Wort. «Wer könnte einen Schlüssel zu ihrer Wohnung haben?»

«Der Hauswart. Aber der ist zurzeit in den Ferien.»

Valérie drückte noch einmal auf die Türglocke. Nichts rührte sich. «Wir müssen da rein», sagte sie.

Louis sah sie mit gehobenen Brauen an. «Gefahr in Verzug?»

«Nach allem, was wir wissen ... *allons-y*.»

Louis bat Frau Küng, in ihre Wohnung zurückzukehren und

sich einzuschliessen. Er nahm Anlauf, rannte auf die Tür zu und versuchte, sie mit seinem Gewicht einzudrücken.

«Das geht so nicht», fand Fabia. «Die neuen Türen sind stabil.»

Louis wiederholte die Aktion. Erst beim dritten Versuch rückte die Tür etwas aus dem Rahmen. Beim vierten Anlauf krachte sie an die rechte Wand.

«Na, geht doch.»

«Lass mich vorausgehen.» Valérie löste ihre Glock vom Holster, zog sie hervor und ging mit erhobener Pistole durch den Korridor. Louis und Fabia folgten ihr.

Die Wohnung glänzte vor steriler Sauberkeit. Ein hübsch eingerichtetes Wohnzimmer mit weissen Möbeln lag rechts des Eingangs. Daneben war ein Esszimmer mit integrierter Küche. Louis besah sich die Schränke, öffnete Schubladen. Auch im gegenüberliegenden Schlafzimmer dominierten helle Farben. Valérie gelangte ins Badezimmer. Ihr Blick fiel auf die Badewanne. Auf deren Ablage in der Ecke standen zwei rosarote Plastikflaschen, die verdächtig nach Babybad aussahen. Valérie öffnete die dritte Tür. Sie hatte es erwartet, war trotzdem überrascht. Sie sah auf hellgelbe Kindermöbel, auf ein Bettchen mit Baldachin, eine Wickelkommode mit Produkten, die man für die Babypflege braucht. Ein Stapel Papierwindeln lag auf einer Ablage, daneben Strampler, ein Jäckchen, Fäustlinge und Schühchen. Valérie steckte die Pistole zurück ins Holster. Sie entdeckte eine Reisetasche neben dem Schrank. Kurzerhand zog Valérie den Zipper auf. «Das Notgepäck für den Ernstfall», stellte sie fest. «Tatjana Boroschenko hat damit gerechnet, dass sie bald ins Spital fahren muss.»

«Und weshalb fährt sie dann auf die Insel?» Fabia öffnete den Schrank. «Sieh dir das an! So viele Babysachen habe ich nicht einmal für zwei Kinder. Die muss im Geld geschwommen haben.»

«Oder hatte jemanden, der ihr unter die Arme griff.»

«Fallegger?»

«Das ist hier die Frage.»

Aus der Richtung, in der die Küche lag, ertönte ein fast unmenschlicher Laut.

Valérie griff erneut nach der Pistole, zückte sie und verliess das Kinderzimmer.

Louis stand beim Durchgang zur Küche, mit Valérie zugewandtem Gesicht. Die ganze Farbe war daraus gewichen.

«Was ist los?»

Louis streckte die Handflächen gegen sie aus. «Komm bitte nicht näher.»

«Was ist?» Hinter Valérie tauchte Fabia auf.

Louis' Stimme hatte den Ton verloren. «Das willst du dir nicht ansehen.»

Valérie stiess Luft aus. «Ich gehe dort jetzt rein», sagte sie, als müsste sie mit dieser Aussage ihren Mut beweisen.

«Bitte nicht.» Louis klammerte sich an den Türpfosten.

Valérie zwängte sich an ihm vorbei. Ihre Augen suchten die Küche ab. Auf der Ablage neben dem Kochherd stand eine Babyflasche mit Saugschnuller, eine Packung adaptiertes Milchpulver. Die Milchflasche war halb voll. Die Kühlschranktür stand offen, auf dem obersten Fach das Türchen zum Gefrierschrank.

Valérie unterdrückte einen Schrei des Entsetzens.

***

Valérie hatte Zanetti und Caminada informiert und den Kriminaltechnischen Dienst sowie Res Stieffel, den Gerichtsmediziner, aufgeboten, nach Wollerau zu fahren. Sie selbst hatte die Einsatzleitung am Tatort an Louis delegiert.

Das Bild wollte nicht mehr aus ihrem Kopf.

Fabia sass schweigend am Steuer von Louis' Wagen, Valérie neben ihr. Sie war aufgewühlt und erschüttert und hätte am liebsten laut geschrien. Noch wusste sie nicht, was genau passiert und ob Tatjanas Wohnung tatsächlich ein Tatort war. Die Fahndung nach Cinzia Fallegger lief im Umkreis von fünfzig Kilometern. Nachdem man sie zu Hause nicht gefunden hatte, wurden sämtliche zur Verfügung stehende Posten der Sicherheitspolizei aufgefordert, an den neuralgischen Verkehrsknotenpunkten Kontrollen aufzustellen.

«Das ist alles so krank.» Fabia hatte als Erste von ihnen die Worte gefunden. Ihre Stimme vibrierte, als sie sagte: «Wohin führt das?»

«Sag du es mir.» Valérie schloss die Augen. Das Bild blieb in ihrem Inneren haften. Sie schlug die Augen wieder auf, um sich von der Umgebung ablenken zu lassen. Nach dem heftigen Regen am Vormittag hatte der Himmel aufgeklart. Letzte Regentropfen hingen wie Tränen an den aufkeimenden Blüten, als würden sie Trauer tragen.

«Wo liegt das Motiv?», fragte Fabia.

«Ich möchte nicht darüber spekulieren. Warten wir den pathologischen Befund ab. Res hat mir versprochen, dass unser Fall höchste Priorität hat.»

Fabia wischte sich mit der Hand über die Augen. «Ich würde gern zu meinen Mädchen gehen.»

«Dafür habe ich Verständnis.» Valérie schniefte. «Lade mich beim SSB aus. Danach kannst du freinehmen. Ich bin froh, wenn du morgen wieder im Einsatz bist.»

«Danke. Ich habe ein grosses Bedürfnis, meine Kinder in den Arm zu nehmen.»

«Das verstehe ich.»

«Meinst du, du schaffst es allein?»

«Was?»

«Die Vernehmung von Fallegger.»

«Henry ist ja da. Es wird schon gehen … irgendwie.»

Vischer erwartete sie bereits beim Eingang. «Ich habe gehört, was passiert ist.» Er nahm sie beim Arm, führte sie zum Lift. «In einer halben Stunde findet die Vernehmung statt. Glaubst du, du bist dem gewachsen?»

«Ich kann den Kopf nicht in den Sand stecken.» Valérie betrat den Lift. «Zumindest habe ich einen Ausgangspunkt, auf dem ich das Verhör aufbauen kann.» Sie drückte auf die Etage, wo die Verhörräume lagen, holte ihr iPhone aus der Jackentasche und wählte die Nummer des Labors. Huwyler meldete sich. Der Lift setzte sich in Bewegung.

«Valérie. Ich werde in einer halben Stunde Jeronimo Fallegger zum Tod von Tatjana Boroschenko und ihrem Baby verhören. Hast du Fallegger eine Blutprobe für den DNA-Abgleich abnehmen können?»

«Die ist bei mir. Ich warte die Obduktion des Säuglings ab und werde die Daten vergleichen.»

«Ich hoffe, das geht schnell.»

«Ich kann nicht zaubern.»

Der Lift stoppte. Valérie und Vischer verliessen die Kabine.

Der Gang zum Verhörraum drei war schwer. Noch wusste Valérie nicht, was sie dort erwartete. Mittlerweile musste auch Falleggers Anwalt erfahren haben, was sich in Wollerau zugetragen hatte. Valérie sah auf die Uhr. Sie war zu früh. Trotzdem betrat sie den Raum, zusammen mit Vischer. Sie setzten sich an den Tisch, beide auf derselben Seite. Valérie schlug ihre Dokumente auf, die bereitlagen.

Das Bild wollte nicht verschwinden. Es fühlte sich an, als hätten sich Spuren eines Alptraums in ihrem Kopf eingebrannt. Sie wollte sie nicht zulassen, diese Vorstellung verdrängen.

Vischer fuhr mit seiner Hand über ihren linken Arm. «Du gefällst mir nicht.»

Valérie sah ihn traurig an. Sie wusste, dass er nicht ihr Äusseres meinte. «Ich muss da jetzt durch. Und ich werde es so professionell angehen wie immer. Das verspreche ich dir. Ich habe Badertscher ausgehalten, ich werde auch Fallegger überstehen.» Sie sah Vischer an. «Du wirst nur sprechen, wenn es nicht zu umgehen ist.»

«Du mutest dir ziemlich viel zu.»

«Ich weiss.»

Der offene Kühlschrank neben der Ablage mit der Milchflasche. Der Trinkschnuller wie ein Hinweis auf die Katastrophe.

«Es war *nicht* vorsätzlich.»

«Was meinst du?» Wieder spürte sie Vischers Hand, und sie wurde ganz ruhig.

Die Tür ging auf. Ein Wärter brachte Fallegger herein. Neben ihm ging ein Mann, den Valérie glaubte, schon einmal gesehen zu haben.

Das Erkennen beruhte offensichtlich auch auf seiner Seite. Er streckte die Hand zum Gruss aus. «Julius Weber, Sie erinnern sich?»

Valérie erwiderte den Gruss. «Sie waren der Rechtsbeistand von Roger Bulliard.» Mehr wollte sie dazu nicht sagen. Vor gut einem Jahr hatte er bereits sich lichtendes Haar gehabt. Trotz seines jungen Alters trug er heute einen Kahlkopf, nachgeholfen mit dem Rasierer, wo nur wenige Stoppeln sprossen.

«Es freut mich, Sie zu sehen.»

Die Freude würde ihm vielleicht vergehen.

«Ich gehe davon aus», begann Valérie und richtete ihren Blick auf Fallegger. Seinen geschniegelten Anzug hatte er gegen Jeans und Hemd eingetauscht. «Sie wissen, warum Sie hier sind. Sie gelten als Hauptverdächtiger im Fall Tatjana Boroschenko.»

«Noch ist nichts bewiesen», sagte Weber an Falleggers Stelle.

Valérie sah nur Fallegger an. «Wir wissen, dass Sie und Tatjana ein Verhältnis hatten. Es hat keinen Zweck, es abzustreiten. Gegen Sie liegen belastende Indizien vor. Des Weiteren haben wir Zeugen, die Sie zusammen mit Tatjana Boroschenko beim Nachtessen in Wollerau und zwei Tage später auf der Insel Schwanau gesehen haben. Tatjana muss gewusst haben, dass sie Sie auf der Insel antrifft. Erzählen Sie mir, was passiert ist.»

Weber intervenierte. «Sie müssen keine Antwort darauf geben.»

Fallegger rieb seine Handflächen aneinander. Er war spürbar nervös. «Ich weiss nicht …»

«Brauchen Sie eine Gedankenstütze?», fragte Valérie nur scheinbar ruhig. Ihr Inneres tobte wie ein Vulkan kurz vor dem Ausbruch. Wieder sah sie die Milchflasche in der Küche.

«Ich lernte Tatjana vor drei Jahren an einer Veranstaltung in Zürich kennen. Ich war hin und weg von dieser Frau. Sie erzählte mir, wie sie sich erst noch aus den Klauen einer Sekte habe befreien können. Die Ameise auf ihrem linken Schulterblatt war der Beweis, dass sie dem sogenannten Formica-Orden angehört hatte. Glauben Sie mir, mir tat die Frau leid.»

Weber unterbrach ihn. «Mein Klient ist sehr sozial eingestellt.»

Fallegger warf ihm einen vernichtenden Blick zu. «Ich kaufte Tatjana eine kleine Wohnung in Wollerau und half ihr, in den normalen Alltag zurückzukehren.»

«Mit dem Geld Ihrer Frau?»

«Mit meinem Geld. Ich habe eine Errungenschaftsbeteiligung. Unsere Agentur war in den letzten Jahren auf Erfolgskurs.» Fallegger hüstelte verlegen. «Ich verliebte mich in die Frau und begann eine Affäre mit ihr.»

«War die Affäre der Grund, weshalb Sie ihr die Wohnung gekauft haben?»

«Macht das einen Unterschied?», fragte Fallegger.

«Jemandem eine Wohnung aus einem sozialen Gedanken heraus zu schenken oder weil man ein Liebesnest braucht, ist ein ziemlicher Unterschied.»

Weder Fallegger noch Weber erwiderten etwas darauf.

«Dann wurde Tatjana schwanger», sagte Valérie.

Fallegger nickte. «Anfang September letzten Jahres verriet sie es mir. Ich fiel aus allen Wolken. Ich bin verheiratet. Damit hatte ich nicht gerechnet.»

Aber an den Heiligen Geist geglaubt, sinnierte Valérie. «Warum vertraute sich Tatjana nicht ihren Eltern an?»

«Sie schämte sich, weil sie dermassen auf Abwege geraten war, die Geschichte mit der Sekte. Sie hat dabei alles Ersparte verloren, was für ihre Ausbildung in Frankfurt gedacht war.»

«Obwohl Sie verheiratet sind, standen Sie zu Tatjana?»

«Ich wollte ihr zumindest im Rahmen meiner Möglichkeiten helfen.»

«Bis Ihre Frau dahinterkam.»

«Ich musste es ihr beichten.»

«Wie hat sie reagiert?»

«Sie fühlte sich betrogen.»

Kein Kunststück, dachte Valérie. Welche Frau teilt gern den Ehemann.

«Selbst hatten wir nie Kinder», fuhr Fallegger fort. «Cinzia hätte gern welche gehabt. Aber es klappte einfach nicht. Später haben wir uns unserem Schicksal ergeben.» Fallegger legte die Arme auf den Tisch. «Cinzia forderte von mir, dass ich die Beziehung zu Tatjana beende. Ich sagte ihr, dass ich die Vaterschaft sicher nicht verleugnen würde. Ich wollte mit Tatjana eine Lösung finden.»

«Die dann am Palmsonntag zu einem Abschluss kam.»

«Ja, ich sagte ihr unmissverständlich, dass ich sie weiterhin finanziell unterstützen, aber sie nicht mehr treffen würde.»

«Das hat sie offenbar nicht verkraftet. Erzählten Sie ihr von dem Event auf der Insel Schwanau?»

«Ja, sie wusste, dass ich mich mit der Werbegilde dort treffen würde.»

«Sie liess es darauf ankommen und reiste Ihnen nach.»

«Keine Ahnung, was sie dabei gedacht hat.»

«Dann kam es zum Eklat.»

«Sie legen meinem Mandanten die Wörter in den Mund», beschwerte sich Weber.

Fallegger schüttelte den Kopf. «Bitte, lassen Sie mich reden.» Er wandte sich wieder an Valérie. «Nachdem Claudio mir mitgeteilt hatte, dass eine Frau beim Turm auf mich wartet, ging ich nach oben zur Ruine, wo ich Tatjana traf.»

«Haben Sie ausser Tatjana Boroschenko sonst noch jemanden gesehen?»

«Nein, wir waren allein. Aber …» Fallegger rang nach Haltung. «Die Wehen setzten plötzlich ein, und sie verlor Fruchtwasser. Ich musste handeln. Ich begleitete Tatjana über die hintere Treppe nach unten zum Steg. Ich sagte ihr, dass ich Hilfe holen würde.»

«Zwanzig Leute hätten helfen können, wenn Sie die Frau zum Beispiel ins Gästehaus gebracht hätten.» Valérie konnte Falleggers Entscheid nicht nachvollziehen.

«Ich wollte doch nicht, dass das auskam … Ich holte das Boot von der anderen Seite der Insel. Ich befand mich in einem Ausnahmezustand.»

Das wiederum vermochte Valérie sich gut vorzustellen.

«Als ich zurückkam, lag da Tatjana bewusstlos und das Baby auf ihrem Umhang. Ich ging nach oben ins ‹Ritterhöckli› und bat Cinzia, mir zu helfen. Sie hatte, bevor wir heirateten, in einer Arztpraxis gearbeitet. Sie wusste, wie man damit umgeht. Sie kam sofort nach unten. Aber da war Tatjana schon tot, zumindest glaubte ich es.»

«Das haben Sie selbst festgestellt?»

«Cinzia hat es … Es ging nun um das Baby. Wir wickelten es in den Umhang. Ich bestellte ein Taxi, und Cinzia paddelte mit dem Boot zum Festland, von wo aus sie mit dem Taxi nach Wollerau fuhr.»

«Was haben Sie sich dabei gedacht?»

«Wir wollten wenigstens mein Kind retten.» Als Fallegger dies sagte, hatte er Tränen in den Augen. «Ich händigte Cinzia den Schlüssel aus, den ich zu Tatjanas Wohnung besass. Bei Tatjana lag alles für ein Erstgeborenes bereit, sogar Erstlingsmilch oder wie das heisst. Cinzia sollte dorthin fahren und das Kind versorgen.»

«Wir haben den Säugling im Gefrierfach gefunden.»

Valérie liess den Satz nachwirken. Dann erhob sie sich. «Wir unterbrechen hier für vierundzwanzig Stunden.» Sie ging mit Vischer nach draussen, ohne noch einmal einen Blick auf Fallegger zu werfen. Er würde im Moment allein damit fertig werden müssen. Vor allem mit diesem Bild. «Sollen wir ihm glauben?»

«Er redet, als hätte er alles einstudiert», sagte Vischer. «Aber deine letzten Worte müssen ihn arg durchgeschüttelt haben. Hast du seine Mimik gesehen?»

«Du schliesst aus, dass er das Kind getötet hat?»

«Nicht zu hundert Prozent. Ich denke, es lag ihm viel daran, sein Kind zu retten.»

«Glaubst du, es war Cinzia?»

«Sie hat Tatjana bereits auf der Insel für tot erklärt und ihr Wunschdenken auf die Situation projiziert. Für Cinzia war es die einzige Gelegenheit, ihre Konkurrentin zu eliminieren, ohne dabei ein schlechtes Gewissen haben zu müssen. Der Entschluss, die Hilfeleistung zu unterlassen, muss sich wie ein Flash angefühlt haben. Im Moment ihrer Entscheidung war sie sich keiner Schuld bewusst.»

«Warum tötete sie dann das Kind?»

«Weil sie die Normalität wiederherstellen will. Das Kind hat keinen Platz.»

«Und wer hat Tatjana Boroschenko tatsächlich auf dem Gewissen?» Valérie sah Richtung Lift, den Louis soeben verlassen hatte. «Das, was im Spital Schwyz passierte, war vorsätzlich.»

«Seid ihr schon fertig?» Louis kam auf sie zu.

«Wir machen Pause», sagte Vischer und sah dabei Valérie an. «Das war geplant. Das sehe ich genauso.»

«Gut, dass ich euch hier treffe», sagte Louis. «Man hat Cinzia Fallegger aufgegriffen.»

«Wo?» Valérie lehnte sich ans Fenster. Der Säugling in der Embryonalstellung, die wächserne weisse Haut, die Milchflasche auf der Küchenablage – all das ging ihr nicht mehr aus dem Kopf.

«Auf der Insel Schwanau. Sie wollte sich vom Turm in die Tiefe stürzen.»

«Wer hat sie dort runtergeholt?», fragte Vischer.

«Sie stieg von allein runter», erwiderte Louis. «Der Mut hat sie Gott sei Dank verlassen.»

«Ich denke, dass sie sich der Feigheit bewusst geworden ist», sagte Valérie. «Wo befindet sie sich zurzeit?»

«Wir haben sie hierhergefahren. Sie wartet im Sitzungsraum. Ich habe sie festgenommen, wegen des Verdachts, den Säugling umgebracht zu haben. Sie hat es nicht dementiert, sagte aber, sie wolle mit dir sprechen.»

***

«So trifft man sich wieder.» Valérie hatte lange damit gehadert, ob sie Cinzia Fallegger zum Tod des Babys befragen wollte, zumal sie mit der Vernehmung von Fallegger nicht fertig war. Die Überzeugung, dass sie die Aussagen des Ehepaares im Nachhinein würde vergleichen können, hatte sie zu dem Schritt bewogen, die Frau letztendlich anzuhören.

«Wer hätte das gedacht. Die Welt ist klein.» Cinzia Falleggers Stimme hatte den Klang verloren. Über ihre Wangen zogen sich dunkle Spuren verwischten Kajals.

«Wollen Sie mir erzählen, was passiert ist?» Valérie sah über den Tisch auf die Frau, die sie nicht anders in Erinnerung hatte. Auch heute sah sie ungepflegt aus, was Valérie diesmal jedoch ihrer seelischen Notlage zuschrieb. Sie hatte sich das Leben nehmen wollen, weil sie keinen Ausweg mehr sah.

«Ich bin am Ende», sagte Cinzia Fallegger leise. «Ich habe die Kraft nicht mehr, dieses Lügengebilde aufrechtzuerhalten. Ich liebe meinen Mann, verstehen Sie? Er ist ein gutmütiger Mensch, will es immer allen recht machen. Eigentlich passt sein Beruf nicht zu ihm ...»

Pause.

Valérie ermutigte sie, weiterzureden.

«Er ist sozial eingestellt ... Das wurde ihm zum Verhängnis, als er Tatjana Boroschenko kennenlernte. Er entwickelte ein richtiges Helfersyndrom, kaufte ihr sogar eine Wohnung.»

«Wann haben Sie davon erfahren?»

«Ein Jahr danach, als wir die Steuererklärung ausfüllten. Da konnte er es mir nicht mehr verheimlichen. Ich stellte ihn zur Rede. Er gestand mir, dass er sich in diese Frau verliebt habe und sie von ihm schwanger sei ...»

Valérie sah ihr an, dass es ihr schwerfiel, weiterzusprechen.

«Ich wollte für meine Ehe kämpfen und stellte Jeronimo ein Ultimatum. Er musste sich von Tatjana trennen, ansonsten würde ich ihn aus der Firma werfen, die mir gehört. Ich habe sie mit dem Erbe, das mir mein Vater hinterlassen hatte, gegründet.»

«Aber dann kam es ganz anders.»

Cinzia Fallegger wischte sich eine Träne aus dem Gesicht. «Tatjana musste erfahren haben, dass wir an diesem Dienstag auf der Insel Schwanau sind, und hat Jeronimo abgepasst ... Unerklärlich, in ihrem Zustand ... Ich wusste nichts von ihrem

Treffen bei den Ruinen, bis mich Jeronimo zu sich rief. Bei Tatjana hatten die Wehen eingesetzt. Er brauchte meine Hilfe. Früher arbeitete ich bei meinem Vater in der Arztpraxis. Ich habe eine Ahnung von Geburten. Dass Tatjana ihr Kind innerhalb von zehn Minuten geboren hatte, war für Mutter und Kind katastrophal. Die Frau war bewusstlos –»

«Ihrem Mann sagten Sie, dass sie tot sei», unterbrach Valérie.

«Ich weiss nicht, was ich alles gesagt habe. Ich durchtrennte mit einer Nagelschere, die ich immer bei mir trage, die Nabelschnur, ohne zu kontrollieren, ob sich die Plazenta gelöst hatte. Jetzt ging es um das Kind, um Jeronimos Sohn, den ich retten musste. Deshalb verliess ich die Insel früher als alle andern. Ich wickelte den Säugling in Tatjanas Umhang und fuhr mit dem Paddelboot, das Jeronimo von der andern Seite der Insel geholt hatte, zum Festland. Ein Taxi brachte mich nach Wollerau zu Tatjanas Wohnung. Dort stand alles für die Ankunft des Babys bereit …» Cinzia Fallegger schluchzte auf. «Ich liess nichts aus, um es zu retten. Legte es sogar auf meinen nackten Bauch, um ihm die Wärme zu geben. Der Kleine hat die Nacht nicht überlebt.»

ZWANZIG

«Warum haben sie keine Hilfe angefordert? Warum nicht?» Valérie hatte am Küchentisch Platz genommen, den ersten Kaffee bereits getrunken.

Zanetti sass ihr gegenüber. «Ich habe die beiden Rapporte von deinen Vernehmungen gelesen. Das ist eine sehr tragische Sache. Ich vermute, Cinzia Fallegger befand sich in einer Notlage, konnte nicht mehr klar denken. Trotzdem muss sie sich für den Kindstod verantworten, genauso wie ihr Mann. Sie hätten die Ambulanz rufen müssen.» Zanetti griff nach einem Stück Brot im Körbchen. «Noch wissen wir nicht, wer Tatjana auf dem Gewissen hat.»

«Cinzia Fallegger sagte aus, dass sie erst nach deren Tod davon erfahren habe. Sie habe ihren Mann zur Rede gestellt. Dieser habe abgestritten, etwas damit zu tun zu haben. Nun, wir werden sehen. Ich habe ihn für heute zum zweiten Teil der Vernehmung vorgeladen.» Valérie brachte nichts hinunter. Sie beobachtete Zanetti, wie er das Brot dick mit Butter und Honig bestrich. «Ist dir der Appetit nicht vergangen?»

«Mir vergeht er manchmal täglich, wenn ich sehe, mit welchen Schicksalen wir konfrontiert werden. Aber Körper und Geist brauchen Nahrung, um dem Alltag die Stirn zu bieten.» Wie zur Demonstration biss er kräftig ins Honigbrot.

«Denkst du manchmal daran, den Bettel hinzuschmeissen?»

«Du etwa?»

«Dieser Fall hat mich wieder einmal an meine Grenzen gebracht, wie damals der Fall in Muotathal. Wenn es um Kinder geht, droht mein Verstand auszusetzen.»

«Trotzdem dürfen wir nicht aufgeben.» Zanetti wischte sich mit der Serviette den Mund ab. «Uns braucht es zu jeder Zeit.»

«Und wir haben die Sekte zerschlagen.» Valérie spürte zumindest da grosse Genugtuung. Sie war sich bewusst, dass es nur ein Tropfen auf dem heissen Stein war. In einer Zeit wie dieser fanden Scharlatane wie Marius Badertscher genügend Nährboden, und Opfer gab es genug. Es fühlte sich so an, als wäre der Teufel schon längst aus der Hölle gestiegen.

Sie beendeten das Frühstück schweigend. Nach dem Zähneputzen fuhren beide nach Biberbrugg.

✳✳✳

Es regnete.

Valérie begrüsste ihr Team am frühen Vormittag aufgrund der aktuellen Lage zu einer vorgeschobenen Besprechung im Sitzungsraum.

«Es scheint, als könnten wir unseren Fall heute abschliessen. Noch stehen die Abgleiche mit Fallegger aus.» Sie drehte sich nach Schuler um, der an einem Buttergipfel knabberte. «Oder sind die schon da?»

«*Ein* Bericht aus dem Labor ist heute Morgen eingetroffen. Der zweite steht noch aus. Ich kann ihn dir im Verlaufe des Nachmittags präsentieren.» Schuler sah auf sein Dokument. «Auf dem Arztkittel konnten minimale Spuren von Hautschuppen sichergestellt und mit Falleggers DNA abgeglichen werden. Sie sind identisch.»

Der Moment der Wahrheit machte Valérie betroffen. «Die Resultate sind einwandfrei?», fragte sie, als könnte sie damit die Tatsache vernichten, dass Fallegger seine Geliebte umgebracht hatte. Was war geschehen? «Sorry, das war die falsche Frage.»

«Zu hundert Prozent», sagte Schuler ohne Groll. «Es war schwierig, deshalb hat es so lange gedauert.»

«Ein weiteres Verhör erübrigt sich somit», sagte Zanetti. «Ich werde einen Haftbefehl beantragen. Jeronimo Fallegger wird dem Haftrichter vorgeführt. Oder möchtest du diesbezüglich noch etwas abklären, Valérie?»

«Du weisst, dass ich den Fall erst abschliessen kann, wenn ich den Grund kenne.»

«Den wird er dem Richter mitteilen können.»

Valérie streckte den Rücken durch. «Ich werde das Verhör fortsetzen.»

«Wir haben den Beweis», sagte Zanetti, «dass Fallegger am Donnerstag, den 9. April, auf der Intensivstation war. Was hätte er dort sonst machen sollen … in einem Arztkittel?»

«Seine Wohnung in Pfäffikon und sein Keller wurden untersucht», berichtete Caminada. «Gestern spät rückten unsere Leute aus.»

Na toll! Valérie blieb die Sprache weg. Warum hatte ihr das niemand gesagt?

«Im Keller wurde flüssiges Rattengift sichergestellt. Die Beweislage ist erdrückend.»

«Lasst mich noch einmal mit ihm reden.» Valérie beharrte darauf und wandte sich an Fabia. «Konntest du das mit der Postanschrift abklären?»

Fabia schob einen Kaugummi im Mund von der einen zur anderen Seite, während er zwischen ihren Zähnen hervorblitzte. «Entschuldigung. Die Boroschenkos haben weder von ihrer Tochter noch von jemand anderem Tatjanas Post bekommen.»

«Apropos Boroschenko», sagte Vischer, der sich bis anhin im Hintergrund gehalten hatte, «bin ich der Meinung, dass wir ihnen mitteilen sollten, dass nicht nur ihre Tochter, sondern auch ihr Enkel gestorben ist.»

«Muss das sein?», fragte Fabia. «Ich glaube, sie haben mit dem Tod ihrer Tochter schon genug Leid.»

«Die Untersuchungen an Tatjanas Leichnam sind abgeschlossen», sagte Caminada. «Die DNA-Abgleiche ebenfalls. Wir werden die Eltern heute darüber informieren müssen.»

Valérie hatte dem nichts entgegenzusetzen. Sie drehte sich zu Fabia um. «Wenn sie erfahren, dass die Tote ihre Tochter ist, dann wissen sie auch, dass sie ein Kind geboren hat. Du warst dabei, als wir es ihnen mitteilten.»

«Einige Mitglieder des Formica-Ordens konnten bereits gefunden werden», sagte Vischer, der Valéries und Fabias Diskussion offenbar unterbinden wollte. «Meine Fachkollegen und

ich werden nun versuchen, sie in ein normales Leben zurück-
zuführen.»

«Danke», sagte Valérie. «Darauf wäre ich auch noch zu sprechen gekommen.»

∗∗∗

Fallegger sah eingefallen und krank aus. Von dem einst lässigen,
beinahe überheblichen Typen, den Valérie zum ersten Mal vor
knapp zwei Wochen gesehen hatte, war nichts mehr übrig geblieben. Er hätte ihr direkt leidtun können.

Keine Gefühle für den Täter zulassen!

Damit hatte sie gerade etwas Mühe. Ganz tief in ihr drin
wünschte sie sich, dass nicht Fallegger, sondern Badertscher vor
ihr sitzen würde. Es hätte ihr weniger ausgemacht. Der Stuhl,
auf dem Weber gesessen hatte, blieb leer. «Ihr Anwalt wollte
Sie nicht begleiten?»

Fallegger hielt den Kopf gesenkt. Er starrte auf die Tischplatte, als hätte er dort eine Antwort auf ihre Frage gefunden.
«Ich möchte ein Geständnis ablegen.»

Valérie warf dem Protokollführer einen kurzen Blick zu,
bevor sie sich wieder Fallegger widmete. «Bitte …»

«Ich habe Tatjana Boroschenko umgebracht.»

Dass Fallegger bereit war, die Wahrheit zu offenbaren,
machte die Situation nicht einfacher. Valérie sah in ihm nicht
den skrupellosen Mörder. Es musste etwas vorgefallen sein, was
ihn zu dieser Tat angestachelt hatte. «Womit?»

Fallegger verzettelte sich einen Augenblick lang. «Ich …
ich … mit Rattengift. Wir hatten vor zwei Jahren eine Ratten-
plage in unserem Keller … ich … erinnerte mich an das Gift. Es
wirkt schnell. Ich fuhr ins Spital nach Schwyz. Ich kenne mich
dort aus. Meine Firma war früher mit Werbeaufträgen betraut.
Ich kenne das Haus in- und auswendig. Ich schnappte mir einen
Arztkittel und verschaffte mir Zutritt zur Intensivstation, wo
ich Tatjana vermutete. Mir kam zugute, dass das Pflegepersonal
mit einem Notfall beschäftigt war.»

Grosser Gott! Valérie schluckte leer. Wie er das sagte, befand er sich nicht auf dem Höhepunkt seiner geistigen Zurechnungsfähigkeit. «Erzählen Sie mir, wie sich alles zugetragen hat.»

«Von Anfang an?»

«Von da an, als Ihre Frau die Insel verlassen hatte.»

«Ich verbrachte den Rest der besagten Nacht allein. Kurz vorher redete ich mit Cinzia. Sie war mit meinem ...», Fallegger kämpfte gegen die Tränen an, «... Söhnchen zu Tatjanas Wohnung gefahren. Aber das wissen Sie sicher von meiner Frau. So, wie ich sie kenne, hat sie Ihnen erzählt, wie es war.» Er schniefte. «Ich war der Meinung, dass Tatjana tot ist, das müssen Sie mir glauben. Aber ich konnte doch mein Gesicht gegenüber der Werbegilde nicht verlieren ... Es war ein Fehler, so zu handeln ... ich weiss nicht, was in mich gefahren war. Ich hatte Angst, alles zu verlieren.»

«Deshalb bezahlten Sie dem Koch so viel Geld?»

«Damit er schweigt. Er war der Einzige, der Tatjana gesehen hatte. Am Morgen rief mich Cinzia an und sagte mir, dass das Baby gestorben sei. Cinzia war in hellem Aufruhr, konnte nicht mehr klar denken. Ich riet ihr, den toten Körper ins Gefrierfach zu legen ... bis ... bis wir entschieden hatten, was wir machen würden. Ich wollte verhindern, dass er verwest ...» Fallegger pausierte. Seine Hände zitterten, als er sie an seine Schläfen hielt. «Am nächsten Tag vernahm ich aus den Medien, dass man auf der Insel Schwanau eine unbekannte Frau gefunden und sie ins Spital gebracht hatte. Ich ... ich drehte völlig durch. Wie wollte ich Tatjana gegenübertreten und ihr sagen, dass ihr Kind tot ist? Ich sah nur einen Ausweg. Ich musste ihr den Schmerz ersparen. Die Frau hatte schon so viel durchgemacht in ihrem Leben. Ich konnte doch nicht zulassen ...» Falleggers Stimme versagte.

Es klopfte. Auf Valéries «Herein» ging die Tür auf, und Caminada erschien unter dem Rahmen. «Valérie, kannst du mal kommen?»

«Bin gleich bei dir.» Sie liess es sich nicht zweimal sagen, derweil sie das Bedürfnis hatte, Fallegger seinem Schicksal zu überlassen. Vielleicht würde er die Zeit ihrer Abwesenheit nutzen, um über seine Tat nachzudenken.

Caminada nickte.

Valérie wandte sich an Fallegger. «Wir unterbrechen hier.» Sie erhob sich mit weichen Knien. Falleggers Geständnis war ihr eingefahren, die Energie aus ihrem Körper gewichen.

Caminada wartete vor der Tür.

«Was ist?»

«Wir haben die Auswertung der DNA aus dem Labor.»

«Den zweiten Bericht?»

Caminada nahm sie beim Arm. «Unser Team erwartet uns im Sitzungszimmer.»

«Mach es nicht spannend.» Valérie folgte ihm. Ihr schwindelte. Die letzten Tage waren anstrengend und zermürbend gewesen.

Ihr gesamtes Team war anwesend. Auch Zanetti.

Valérie hatte ein ungutes Gefühl. «Fallegger hat gestanden», sagte sie in die Runde, bevor sie Platz nahm. «Er hat Tatjana Boroschenko umgebracht ... aus ‹Nächstenliebe›.» Sie schluckte einen schweren Kloss in ihrem Hals hinunter.

Zanetti hatte sich erhoben. Auf seinem Gesicht war nicht die geringste Regung zu lesen. Irgendetwas stimmte nicht. Valérie sah ihre Leute der Reihe nach an. Niemand sagte etwas.

«Der ausstehende DNA-Abgleich ist vor ein paar Minuten hier eingetroffen», teilte Zanetti mit. «Der Abgleich zwischen der DNA des toten Säuglings und der DNA von Jeronimo Fallegger ...» Er sandte Valérie einen Blick zu, den sie nicht zu deuten vermochte. «Es gibt *keine* Übereinstimmung.»

***

Sie hätte den Tag gern aus ihrem Gedächtnis gestrichen. Der Fall war gelöst. Dennoch wollte sich keine Erleichterung einstellen.

Valérie war nach Hause gefahren, sass jetzt im Wohnzimmer auf dem Sofa und hatte die Füsse auf dem Salontisch hochgelagert. Am Rande hatte sie mitbekommen, wie Herr und Frau

Boroschenko in Biberbrugg eingetroffen waren. Vischer hatte sich ihrer angenommen und ihnen die Hiobsbotschaft mitgeteilt. Valérie hätte es nicht verkraftet, dabei zu sein. Sie war überarbeitet, ihre Nerven lagen blank. Sie hatte das Schlussprotokoll nicht geschrieben. Sie würde es in den nächsten Tagen tun, wenn sie etwas Abstand gewonnen hatte.

Eine tote Frau, ein toter Säugling, eine Frau, die aus Liebe zu ihrem Mann die falschen Entscheidungen getroffen hatte, ein Mann, der aus Verzweiflung zum Täter geworden war – was für ein Drama!

Fallegger hatte bislang nicht erfahren, dass Tatjanas Baby nicht sein Kind gewesen war. Der Gedanke daran schauderte Valérie. Irgendwo musste der richtige Vater sein, der weder wusste, dass er einen Sohn gezeugt hatte, noch, dass es diesen Sohn nicht mehr gab.

Und Tatjana? Wenn Valérie an sie dachte, wollte sich keine richtige Trauer mehr einstellen, eher Wut und Hilflosigkeit. Sie hatte nicht nur Falleggers, auch das Leben dessen Frau zerstört. Das zumindest versuchte Valérie zu differenzieren.

Als es an der Wohnungstür läutete, machte sie nicht gleich auf. Im Moment ertrug sie niemanden. Nicht einmal Zanetti. Er befand sich auf dem Gericht in Schwyz. Er hätte sie gern dabeigehabt. Valérie wollte allein sein. Sie musste mit sich ins Reine kommen.

Wieder läutete es.

Wer mochte das sein? Valérie erhob sich schwer atmend, schritt durch Wohnzimmer und Korridor. Sie öffnete die Tür.

«*Maman.*» Colin strahlte sie an. Hinter ihm stand Angela, schick angezogen in Rock und Pulli. «Kommen wir ungelegen?»

«Nein, nein, kommt rein.» Valérie hatte einiges wiedergutzumachen, nachdem sie ihren Sohn an Ostern mit ihrem unmöglichen Benehmen vor den Kopf gestossen hatte. Sie konnte sich sogar durchringen, nicht nur Colin, sondern auch Angela zu umarmen. Die junge Frau gehörte jetzt zur Familie. Colin war glücklich mit ihr.

Wie schnell etwas kaputtgehen konnte, hatte sie gerade eben

erfahren. Falleggers Schicksal hatte ihr nicht nur die Augen, sondern auch das Herz geöffnet. Sie hatte sich vorgenommen, die Dinge zu akzeptieren, die sie nicht ändern konnte.

Colin und Angela betraten das Haus.

«Geht es dir gut?», fragte Colin. «Du siehst müde aus.»

«Polizeialltag», sagte sie und lud ihn und Angela zum Sitzen ein. «Kaffee?»

«Du machst mir Sorgen», sagte Colin. Er wandte sich an Angela. «Möchtest du Kaffee?»

Sie verneinte und bedankte sich.

«Die brauchst du dir nicht zu machen», sagte Valérie. «Ich gebe dir einfach den Rat, es dir gut zu überlegen, bevor du zur Polizei gehst.»

«Nach der Lehre werde ich der Polizeischule Hitzkirch beitreten. Das ist beschlossene Sache.» Colin zog Angela an seine Seite. «Angela unterstützt mich in meinem Entscheid.»

«Schön, dass ihr da seid.» Valérie war trotzdem nicht geheuer. Unter der Woche hatte Colin sie noch nie besucht.

Colin sah erst Angela, dann Valérie an, dann sagte er: «Wir wollen zusammenziehen.»

Valérie liess in der Küche einen Kaffee aus der Maschine. «Ich dachte, ihr wohnt bereits zusammen.»

«Wir verlassen die Wohngemeinschaft in Zug. Wir haben eine Wohnung gemietet. Zwei Zimmer, ein geräumiges Wohnzimmer, Balkon … im Preis günstig.»

«Und wo?»

«In Wollerau.»

«Warum in Wollerau? Das ist ein langer Arbeitsweg nach Zug.»

«Der Lehrbetrieb, in dem ich arbeite, schliesst auf Mitte Jahr. Einige Mitarbeiter werden den Job verlieren und auf der Strasse landen, mit Ausnahme der Lehrlinge. Diese werden in anderen IT-Betrieben unterkommen. Ich werde ab Juli in Freienbach arbeiten können. Angelas Arbeitgeber befindet sich in Zürich. Für sie wäre es kein Problem zu pendeln. Bis anhin tut sie es ja auch.»

Damit hatte Valérie früher oder später rechnen müssen. Sie freute sich für ihren Sohn. Er war erwachsen, ging seinen eigenen Weg. «Wo in Wollerau?»

Colin lächelte. «An der Wächlenstrasse. Wir hatten Glück. Die Wohnung wird per Anfang Mai vermietet.»

«Die Nummer?» Valérie fuhr es eiskalt über den Rücken. Sie ahnte Schreckliches.

Angela nannte sie.

Valéries Anspannung wich. Am liebsten hätte sie laut herausgelacht, über sich selbst gelacht. So viele Zufälle konnte es tatsächlich nicht geben. «Ich mag es euch so gönnen», sagte sie erleichtert und meinte es ehrlich.

Glossar

Allora, ci vediamo domani. (italienisch) – Also, wir sehen uns morgen.

Capisci? (italienisch) – Verstehst du?

Cosa vuol dire? (italienisch) – Was bedeutet das?

Gummelistunggis (Dialekt) – Kartoffelstock, -püree

Palas – Hauptgebäude einer mittelalterlichen Burg mit Wohn- und Festsaal

Peperoni – Paprika

Per amor del cielo! (italienisch) – Um Himmels willen!

Porca miseria! (italienisch) – Verdammt!

Spiegelsaal – Gegenüberstellungsraum

Sydefädeli – Alterszentrum bei Wipkingen in Zürich

Tuppa chaura! (rätoromanisch) – Dumme Kuh!

Anmerkung der Autorin und Dank

Valérie Lehmanns sechster Fall führt auf die Insel Schwanau, auf einen historischen Fleck im Kanton Schwyz. Geschichten und Legenden gehen hier Hand in Hand. Die Insel im Lauerzersee war eine wunderbare Kulisse für meine Phantasie. Vieles, was ich beschrieben habe, existiert eins zu eins. Vor allem die unheimliche Ruine des Bergfrieds. Auch die Legende um «Gemma» ist nicht erfunden. Alles andere entstammt meinem Vorstellungsvermögen, gewürzt mit den tausend Dingen, die rund um den Globus geschehen.

Ihnen hat es, liebe Leserinnen und Leser, hoffentlich Spass gemacht, zusammen mit den Ermittlern der Schwyzer Polizei die vielen Rätsel zu lösen. Mir hat es viel Freude bereitet, dieses Buch zu schreiben. Wir Schreiberlinge sind letztendlich da, um auch gesellschaftsrelevanten Dingen Raum und Gehör zu verschaffen, und sei es bloss in einem unterhaltsamen Krimi.

Mein Dank geht in erster Linie an meinen Verleger Hejo Emons und seine Familie. In ihrem Verlag fühle ich mich absolut gut aufgehoben. Danken möchte ich dem gesamten Emons-Team – Dr. Christel Steinmetz, Stefanie Rahnfeld und Sophie Olk für die Lektorats- und Korrektoratsarbeit, Nina Schäfer für das passende Cover, Ingeborg Simandi und Mike Stirnagel für den Vertrieb, Leslie Schmidt und Dominic Hettgen für die tolle Pressearbeit, Svenja Schulze für die Betreuung von Lesungen, Angela Eichner für die immer korrekte Abrechnung. Ich weiss, dass nebst der Schreibarbeit des Autors noch viel mehr in einem Buch steckt.

Ein besonderes Dankeschön geht an meine liebe Lektorin in der Schweiz, Irène Kost – sie ist unersetzlich.

Ein grosses Danke an Tanja Aebli, die Wirtin des Restaurants Schwanau, für die Führung durchs Haus und die damit verbundenen Anekdoten, von denen ich die eine oder andere ins Buch geschrieben habe.

Und last, but not least vielen Dank allen Leserinnen und Lesern, die meine Bücher lesen und mir mein Schreiben erst möglich machen.

Die Erfolgsserie der Bestsellerautorin Silvia Götschi:
Alle Titel sind auch als eBook erhältlich.

Allegra-Cadisch-Reihe:

Jakobshorn
ISBN 978-3-95451-260-7

Mattawald
ISBN 978-3-95451-482-3

Bärentritt
ISBN 978-3-95451-777-0

Valérie-Lehmann-Reihe:

Herrengasse
ISBN 978-3-95451-713-8

Klausjäger
ISBN 978-3-95451-988-0

Muotathal
ISBN 978-3-7408-0053-6

Einsiedeln
ISBN 978-3-7408-0318-6

Itlimoos
ISBN 978-3-7408-0509-8

www.emons-verlag.de

Max-von-Wirth-Reihe:

Bürgenstock
ISBN 978-3-7408-0413-8

Engelberg
ISBN 978-3-7408-0625-5

Weitere Kriminalromane:

Der Teufel von Uri
ISBN 978-3-7408-0179-3

111-Orte-Reihe:

**111 Orte im Kanton Schwyz,
die man gesehen haben muss**
ISBN 978-3-7408-0116-8

**111 Orte in Nidwalden,
die man gesehen haben muss**
ISBN 978-3-7408-0566-1

www.emons-verlag.de